U0922004

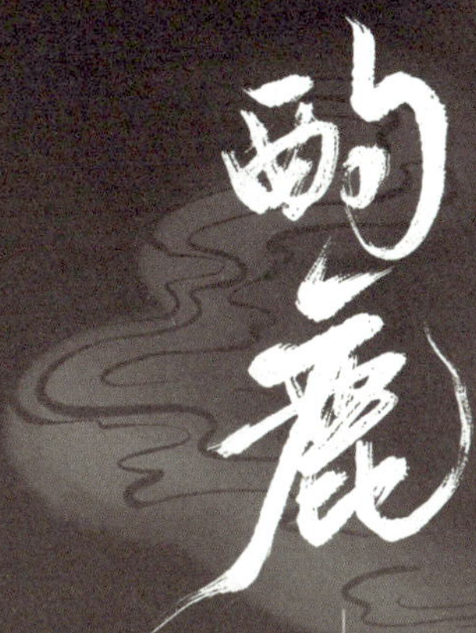

绿野千鹤 著

中国·广州

有你在，不必点灯

酌鹿

目录

清绝朱弦，不愧丹青镜
照到林梢风有信，抬头疑
是梅在领。

古籍烬
道卒崩
鹿璃一出天下兴
争，争，争
万骨枯
天子令
不负皇恩负君情
命，命，命

第一章 非命

前世种种尚历历在目，
眼皮开合间竟已沧海桑田。

［一］

北风裹挟着米粒大的雪珠子，雷鸣电掣般地砸在药庐屋顶的茅草上，发出凄苦的簌簌声。

“把这个端给夫人，走快些，万不可叫这仙茶冷了去。”药庐里走出个穿着褐色夹袄的丫鬟，十四五岁的年纪，将一方木托盘并一个盛满了热茶的瓷盏交给站在门前的小童。

小童矮墩墩的还不到成人腰际，瘦弱的身子装在空荡荡的灰色棉袍里，像一只刚熬过冬的小老鼠。他乖巧地接过托盘，软糯糯地应了一声：“小莹姐快进去吧，外面风大。”说罢，端着托盘，摇摇晃晃地踏着石板路离开。

仙草熬煮不能沾染其他灵气，所以这药庐设在远离府邸的后山，要呈递给主人，还须经过一条长长的、人迹罕至的小路。

“唉，你说同样是少爷，这三少爷怎么就这么可怜？”小莹看着那孩子的背影，心生怜惜。

“庶子的野种，又死了爹，还能过得锦衣玉食不成？”端着药罐出来洗刷的另一名丫鬟撇嘴，并不觉得三少爷有什么可怜。再受欺负，那也是有灵力的仙者，不像她们，只是干粗活的凡人奴。

林信快步走过石板路，转弯踏上有顶的雨廊，便骤然放慢了脚步。将托盘稳稳地放到美人靠上，也不管那斜飘进来的雪豆子会不会弄凉了仙茶，兀自搓了搓冻僵的小手。

刚醒过来没多久，他还不太适应这小小的身子，低头看看细瘦的手腕，骨骼笔直匀称，显然还没有被掰断过，怎的连个托盘都端不稳？

前世种种尚历历在目，眼皮开合间竟已沧海桑田。令人闻风丧胆的大魔头，就这么莫名其妙地回到了小时候还在赵家充当三少爷的艰难岁月。

阵阵热气从瓷盏中冒出，尺腥草的味道避无可避地散发开来，惹得林信皱起了眉头。

尺腥草是安魂养神的上品仙草，只有一样不好，有股子尿臊味。长在土里的时候，近在咫尺才能闻到，但熬煮成汤药就不一样了，热气带着腥臊，袅袅腾腾地在冷风中化作白雾，直呛得人脑仁疼。

对于赵家这样的万户领主，尺腥草算是比较奢侈的东西了，是不会煮来随便喝的。盖因大少爷暴毙，赵夫人忧思过重伤及神魂，这才嘱咐药庐煎了来喝。

单指摩挲着左手腕子，摸不到那凸出的骨节，还真有些不习惯。林信嗤笑一声，目力所及之处，赵家那冷成铁灰色的屋脊参差错落，跟儿时的记忆一般无二，怎么赵大少爷这么早就死了？那人明明是他成年之后亲手杀的，如今才什么年月……

“哟嗬，这不是三堂弟吗？”少年人变声期的公鸭嗓，让林信从沉思中惊回了神。

穿着宝蓝色锦袍、头戴貂毛小帽的二少爷，带着一名目含精光的随从，一步三摇地走过来。腰间的佩剑因为他扭腰的姿势不时甩到外侧，露出剑柄上那颗拳头大的鹿璃。

即便天色阴沉，净度极高的鹿璃依旧光彩夺目。如今鹿璃的价钱还没有几年后那般离谱，但基本上也是一两黄金一两璃了。非战时，赵家是不许子弟在府中佩带这么大颗的鹿璃的。

这人非但带了，还一摇三晃，生怕别人不知道他死了哥哥很高兴似的。

林信暗道一声“蠢货”，低下头，两只冻得通红的小手绞在一起，做出一副无措的模样，小声唤了一句：“二少爷。”

蠢货二少爷向来喜欢欣赏林信卑微怯懦的样子，这副作态多半可以打发了他，尚未摸清如今的状况，林信暂时不想惹事。然而今天的二少爷并不满足于此，“唰啦”一声拔剑出鞘，用剑尖挑起了林信的下巴。

这是那位已经作古的大少爷常做的事，或许是即将成为家族少主的兴奋使然，这个平日只知吃喝的少年，竟大胆地模仿起了兄长。

剑柄上的鹿璃闪着幽亮的光，充沛的灵力瞬间覆满剑身，由剑尖荡漾开来，在那幼嫩的下巴上割出一道道抓痕般的细小伤口。鲜红的血线顺着林信的脖子滑进衣襟里，他却连眉头都没有皱一下，依旧柔顺地垂着眼，仿佛对疼痛毫无所觉：“这茶要快些给夫人送去，否则就凉了。”

这腥臊味趁热还能忍受，若是放凉了，喝到嘴里就完全与喝尿无异。赵夫人喝得不高兴，少不了又要迁怒于他。

二少爷听到这话，反倒来了兴致，收起剑尖，对身边的随从打了个眼色：“送茶有什么要紧，先让堂兄考校一下你的功课。”

那随从名叫谢天河，赵家年青一代家将中的佼佼者，原本是大少爷的走狗。

谢天河接到指示，轻车熟路地抓住林信的衣领，将他直接拖到了山石背面的僻静处，将一把没有装鹿璃的铁剑扔过来。过于沉重的剑身，让接剑的林信连连倒退了两步才勉强站稳身形，笨拙地调整了一下姿势，脚底打滑差点摔倒。小小的孩子，抱着跟自己几乎等高的长剑，场面有些滑稽。

林信摸到剑柄上空空的鹿槽，眸色微暗。没有鹿璃的剑，便如没有流水的水磨，只能依靠修行者本身的灵力驱动。以他如今的力量，莫说是对上谢天河，就是对上不学无术的二少爷都很吃力。

揣着手笑嘻嘻跟过来的二少爷，显然不知道“恃强凌弱”这几个字怎么写，直接把自己那把嵌了鹿璃的宝剑递给了谢天河。

“嗡——”浩瀚的灵力没顶而来，在宝剑完全出鞘之前，林信已经抱着铁剑就地一滚，勉强躲过了那凌厉的剑气，身后的山石哗啦啦碎了一地。

谢天河资质再高，也不过十三岁稚龄，使不出那气吞山河的大招，这让林信还有躲避的可能。越下越大的雪豆子砸在脸上，发出噼里啪啦的声响，破旧的棉衣随着他满地打滚嵌进了碎石枯草，硌得他生疼。

“哈哈哈……”二少爷看林信像只小地鼠一样左支右绌、满地打滚，禁不住捧腹大笑，丝毫没有注意到，点点微光正从自己和谢天河的身体里逸散而出。

狼狈地躲过了十几招，林信虽然清楚地知道对方下一招要劈向哪里，却已经爬不动了。长剑从头顶劈过来，他只得跪直身体，咬牙横剑相抗。

“咔嚓！”没有鹿璃的铁剑，宛如薄脆的杨木，直接断成了两截。眼看着宝剑就要削掉林信半个肩膀，二少爷也丝毫没有叫停的意思，反倒笑得更欢。

剑气削断了林信额前的碎发，就在此时，那小小的身体突然鬼魅一般闪躲开来，瞬间蹿到谢天河身侧，挥动半截断剑。

“刺——”鲜血从谢天河脖颈处喷涌而出，溅了呆愣的二少爷满头满脸，未及反应，林信已经握掌成爪，紧紧扣住了二少爷的天灵盖。

“啊啊啊，你、你是谁？”魂魄被一股无形的力量撕扯拖曳，似要从天灵盖破体而出，二少爷想要大喊大叫，发出的声音却是变了调子的微弱气声。

这人绝不可能是他那个任人欺负的堂弟，定是被什么恶鬼附身了！

林信闻言，轻轻地笑起来，凑到二少爷耳边，小声吓唬道：“吾乃无间恶鬼，受上天感召，特来让你尝尝魂飞魄散的滋味，二少爷可还高兴？”

猜测成真，赵二少爷无声惨叫，吓得眼珠子就要脱眶而出，涎水从无法合拢的嘴巴里淌出来，保持着惊恐至极的表情直挺挺地昏死过去。

半透明的魂体像受挤压的豆腐，从指缝里缓缓逸出，随意捏了两下，林信骤然松开手，魂魄便如落在泥地上的水珠子，渐渐渗回了身体。这时候杀死二少爷可不是个明智的选择。

扔掉断剑，一阵晕眩骤然袭来，林信靠在石壁上喘息片刻，踉踉跄跄地跑回雨廊，抓起那杯半冷的尺腥草茶，咕嘟咕嘟喝了个精光。

味道着实不怎么美好，但一杯下去，那天旋地转的感觉就消失了。林信叹了口气，身体瘦小无力，魂魄也异常衰弱，要尽快离开赵家这鬼地方才好。

将断剑塞到二少爷手中，抠掉对方剑上那块熠熠生辉的鹿璃，握掌成拳。鹿璃以肉眼可见的速度迅速衰败，化为齑粉。

四下无人，他轻撩衣摆，对着那空空的杯盏嘘嘘一番，热气腾腾的"尺腥草茶"便出炉了。随手抓起一把雪擦掉脖子上的血迹，林信端起木托盘，不紧不慢地往赵家主母的院落行去。

"我的儿啊，好端端的怎么说没就没了……"女人的哭声从厚实的棉布帘子里传出来，跟呼啸的北风融为一体。

"沈家回信说会派人来查验。"赵万户略显疲惫地在旁边劝解。

沈家？林信撩帘子的手不由得顿了一下，眼前浮现出沈楼那张俊美至极的脸，也不知得到自己的死讯，那人会是个什么表情。

［二］

掀开门帘，炭火温暖的气息扑面而来，让冻透了的林信禁不住打了个冷战。

赵夫人头上绑着条防受风的布巾，精神不济地单手撑着脸，今日没有描眉，眉间的两道断痕便露了出来。

记得当年师父来寻他，说的第一句话便是："这赵夫人断眉鬼齿，定是个恶毒妇人。"他当时崇拜至极，认定这是个有本事的人，二话不说就跟着走了。

时隔多年，再见到赵夫人的断眉，他心里竟生出几分亲切之感。

"放着吧。"赵夫人抬抬下巴，没心思理会林信，继续跟丈夫说着沈家的事。

"夫人，这个茶……要冷了……"林信磕磕巴巴地说，似乎有些急切，但因为年纪小而表达不清。

"快点趁热喝，这是尺腥草。"赵万户闻到了隐隐的尿臊味，便催促妻子快喝。

赵夫人这才想起这是自己让药庐煎的珍贵药材，端起来一饮而尽，长舒一口气，揉揉额角："果真好多了。"

林信瞥了一眼通体舒畅的赵夫人，重新低下头。

也不知沈家的人几时来，赵万户跟妻子商量，推迟长子下葬的时间。

"这已经是第三天了，再推都要过头七了！"赵夫人咬着一口参差不齐的牙，气道，"叫他们早些来啊！"

前日发丧，理应今日下葬，但因为大少爷死得太蹊跷，赵家要找线索，便耽搁了一天，如今因为沈家，还要再推。

"胡闹！浣星海的大人，是我催得动的吗？"赵万户被妻子的无理取闹弄得有些火大。

赵家是世袭的万户，隶属北域玄国公治下。食邑万户，有收税租的资格，无吏治之权。说到底，也不过是沈家的属臣，哪里有附庸命令主人的道理？

浣星海，便是沈家所在，整个北域的中心。

北域寒冷，如今不过是九月中旬，已经飘起了雪。浣星海的楼阁中燃起了地龙，哪怕是临水的小榭，也温暖如春。来往的随侍、家将，个个衣衫单薄，唯独坐在水榭上看雪的少年裹着一件狐裘。

身着暗色劲装的侍卫端着一碗汤药，快步走到少年面前，单膝跪下，低声道："世子，该进药了。"

少年从千山落雪的景致里收回目光，没有接那药碗："可有朱星离的消息？"

"朱家也不知所终，一年前有人见到他往西域去了，之后便断了音信。"侍卫稳稳地端着药，一字一顿语调平静地说。

"西域……"沈楼缓缓抿紧了色泽浅淡的薄唇，"再去查。"

"是！"侍卫起身，走了两步才想起手中还端着药碗，"世子，这药……"

"倒了。"

水榭外面站着一名紫衣侍女，瞧见侍卫原封不动地把药端出来，顿时叉起腰："刚才进去的时候你怎么跟我保证的？这药可动了一口？"

侍卫涨红了脸："世子说倒了，我就……"就下意识听从他的命令走出来了。

"瞧你这点出息。"紫衣侍女撇嘴，接过药碗，嘴上说得厉害，自己却不敢再进去劝，只能又骂侍卫两句撒气。

查了这么久，事情依旧毫无进展。

沈楼站起身，单手握住水榭低矮的栏杆，雪落在冷白的手背上，缓慢地化成水珠。冰凉的触感，也难以平息心中的焦灼。

上辈子遇到林信的时候，那人已经是不可一世的割鹿侯，鲜少提及幼时过往，只有一次喝醉了才与他说起幼时家中遭变，自己随侍卫一路奔逃至侍卫的本家，充当其子多年。

“他们都欺负我，你为什么不把我带走？”醉眼蒙昽的割鹿侯攥着他的衣襟，似哭似笑地质问。

当时他只觉得莫名其妙，如今想来却是透骨酸心。当时醉酒的林信应是把他当成了已逝的父亲，像儿时绝望之时那般，求着父亲把自己带走。

他必须尽快找到林信，可庸国幅员辽阔，小家族多如恒河沙，又不知他儿时姓甚名谁，当真是大海捞针无处寻。只能先找林信的师父朱星离，然而朱星离这人行踪飘忽不定，也不比林信本人好找几分。

“世子，”紫衣侍女走过来，身后还带着个小厮，“国公爷找您。”

北域之主，这一代的玄国公沈歧睿，大马金刀地坐在主位上，见长子进门，便把手中的书信递了过去。

“渭水赵家？”沈楼扫了一眼，只是一份寻常的报丧函，赵家大少爷暴毙，英年早逝，不日下葬。

“这赵家公子死得蹊跷，赵万户想请浣星海的人帮着寻凶。”旁边的家臣东涉川解说道。

听到“死得蹊跷”，沈楼便多问了一句：“如何蹊跷？”

“据报丧之人说，那大少爷死相可怖，分明是刚死之人，身体却已经腐烂。祭魂礼上，三魂七魄皆无应……”

沈楼捏着信的手骤然攥紧。

“东先生，您讲这个也太吓人了。”紫衣侍女搓了搓胳膊。

东涉川说话有点像说书先生，带着些不必要的抑扬顿挫，听得人毛骨悚然。

“前日你向我举荐的那个年轻人叫什么来着？”沈歧睿问儿子，“叫他跟着涉川去一趟吧。”北域的属臣世家，分为百户、千户与万户，渭水赵家作为万户，理应受到重视。

“不，我亲自去。”沈楼果断地说。

肉体之外的灵体，分为魂与魄。魂可离体，而魄不可离，纵然身死，也不可能魂魄皆无应。

站在赵夫人屋里听夫妻俩互相指责的林信，也是这么想的。这赵大少爷死的时间不对，方式也太过古怪，他得去看看尸体，以确认这个世界与他上辈子的世界有什么不同。

“推迟下葬，今晚谁去守灵？”赵夫人又头疼起来，因赵大少爷未满十五，算是夭折，丧事不能大办，晚上只能由一名至亲守灵。前两晚都是二少爷守灵，昨日他实在太累，赵夫人就亲自去守，这才一夜就病倒了。

“还叫老二去吧。”赵万户叹气，叫人去知会二少爷一声。不料传话的人去而复返，说是寻不到二少爷了。

这下夫妻俩都慌了，就这么两个儿子，一个刚没了性命，另一个可不能再出事，他们立时叫侍卫御剑去寻。小半个时辰之后，终于在后山的僻静处寻到了谢天河的尸体和昏迷不醒的二少爷。

“我的儿啊，这是怎么了？”赵夫人将小儿子紧紧搂到怀里，上上下下检查一番。

“谢天河手里拿着二少爷的剑，二少爷手里拿着一把断剑，满脸是血……”侍卫把自己看到的场景描述出来。

赵万户立时叫人排查后山，又是给儿子输灵力，又是叫大夫问诊，很是兵荒马乱了一番。最后大夫得出结论，二少爷就是被吓晕的，加上他手上的断剑和满脸血迹，怎么看都像是两人玩闹，谢天河抢了二少爷的剑，二少爷失手把人给杀了，自己被喷溅出来的血给吓晕过去了。

虽然有些地方说不通，但后山除了一些凡人奴也没有别人，二少爷只是有点擦伤，并无大碍。赵夫人立刻要求压下这件事：“谢天河自己练功出岔子死的，跟二少爷没一点关系，都听见了吗？”

家臣是仙者，是不能随意杀死的。

二少爷被抬回房去，此事不了了之，但晚上就没人守灵了。

一筹莫展的赵万户，转头看见了站在角落里怯生生的堂侄儿：“信儿啊，今晚你去给你大哥守灵。”

“守灵？”林信睁着一双幼鹿般的眼睛，乞求地看着大伯，“我、我害怕……”

“啪！”正心烦的赵夫人一巴掌扇了过来：“小杂种，给你堂兄守灵怕什么？”

巴掌打在脸上，林信顿时落下眼泪来，委委屈屈地应了。

赵万户看着他的样子，微微蹙眉，交代管家给林信换一身像样的衣服，万一沈家人一早过来，瞧见守灵的人像个小乞丐就丢人了。

林信换了一身素色棉袍，额上系一条细麻绳，掌灯时分就被人拉到灵堂去跪着了。

灵堂里空无一人，鬼气森森，赵大少爷就躺在未曾钉盖的棺材里，脸上贴着张黄纸符。显然赵家人对于招魂不应的大少爷有些害怕，就给他贴了张符。

林信窝在蒲团上饱饱地睡了一觉，待到月上中天，这才爬起来。随手掰一支白烛，费劲地迈着小短腿爬上棺木，坐在棺材沿上端详赵大少。

“啧，赵世耀，你怎么这么早就死了？这叫我找谁报断臂之仇啊？”林信说着，揭开了大少爷脸上的黄纸符，伸手戳了一下，黏腻的触感惹得林信一阵恶寒。

将烛火凑近，那一张不甚英俊的脸，已经看不出“脸”的形状了。

据说人死之后，魂归天而魄入地，魂为神，魄为形。这人腐烂得如此之快，魄定然是不在了。

［三］

林信翻身跳下棺材，在灵堂里寻了一圈，才在角落里扒拉出一面镜子来。老榆木为底的黄铜镜，镜面用白纸糊了，倒扣在桌上。这是下葬时用的随葬品，跟一堆乱七八糟的小玩意儿堆在一起。

三两下揭开白纸，镜中立时映出了一张苍白的小脸。

“嚯！”林信吓了一跳，还没画符，怎的就显出鬼魂来了？仔细一瞧，好像是自己的脸。

十几年未见儿时的脸，他一时有些不熟悉。没吃晚饭，又穿得单薄，在这四下漏风的灵堂，可不就脸色发白了？

尴尬地摸摸鼻子，林信被自己给逗笑了。镜中的小孩子，有一双比寻常孩子深邃些的眼睛，随着林信笑开，依稀可以看出日后的模样。

“可惜，不像林家人的桃花眼，倒像个狼崽子。”林信学着当年林家主说他的口气，似真似假地感慨一句，咬破手指，在铜镜背面快速画符。

最后一笔勾过，铜镜突然光芒大盛，片刻之后，由阳镜转为阴镜。阳镜，即平日所用之镜，镜中看字，是左右颠倒的，称之为镜像；阴镜，乃是法器，镜中看字，是正的，就像把现实完全搬进了镜中，再透过镜子来看。

如今这面老榆木铜镜里，显示出灵堂正中的那个“祭”字，便是正的。

随手拿一颗祭品果子来吃，林信端着镜子在灵堂中走了一圈。阴镜照不出活人，照的是魂魄，不多时他便瞧见了一名眉清目秀的小姑娘，像是赵大少身边的冬梅。

人死后，若不用特殊方法留存，魂魄只能在人间停留七日。也就是说，这冬梅是七日之内死的，估计是大少爷暴毙，她被夫人迁怒了。凡人命贱，说杀便杀。

林信叹了口气，三两下吃完果子，抓了一把纸钱烧给冬梅。

再往前走，又瞧见了谢天河，他正一脸茫然地乱飘。咂咂嘴，林信有些可惜，这谢天河资质不错，可惜现在没有值得一炼的兵器。

绕着灵堂走了一圈，熟人见了好几个，就是没见到赵大少。

“难不成真是魂飞魄散了？”丢掉镜子，林信重新爬上棺木，给赵大少盖上黄纸符。这状态，跟当年自己捏碎他魂魄的时候一模一样，可碎魂之法是他十七岁那年才琢磨出来的，这个时候谁会碎魂？

莫不是有什么噬魂的上古精怪现世了？

林信抬手想挠头，想起来自己的手戳过赵大少的脸，遂放弃，低头在棺材里摸索一阵，从赵大少腰间扯出一块黄玉佩。

这是刚来赵家的时候，赵大少从他身上抢走的。凉滑细腻的黄玉，雕成仙鹿回头的模样，那是爹临别时给他的，是他唯一的念想。

他扯掉上面艳俗的丝绦，寻一盆清水洗干净，又拆下一根细麻绳，把玉佩绑到自己脖子上。爹死了之后，自己还没给他戴过孝，麻绳系之，聊表心意吧。

“信儿，你跟赵坚先走，爹过些日子去寻你。”面色坚毅的男人，把玉佩塞到了幼子手中，本应多情的桃花眼中满是哀戚。

“爹，我不走，呜呜呜……”

“少爷，咱们先去渭水赵家，那是我兄长的领地，咱们歇一阵子再走。”

“赵叔叔，你睁开眼，呜呜呜……”

也不知是不是身体的原因，幼时那些本已模糊的记忆，又清晰地泛了上来，林信被叫醒的时候，都有些分不清自己是几岁了。

“别睡了，快跪好，沈家人就要来了！”天刚蒙蒙亮，管事的就带着一群穿着孝服的下人鱼贯而入，把灵堂重新打扫布置一遍。

“不是昨天就知道了吗？”林信揉揉眼睛，嘟嘟囔囔地爬起来。

“昨天哪知道世子要亲自来呀！”管事的脸上露出了既兴奋又愁苦的表情，太过复杂以至于皱成了一团。

“世子？”这个称呼，仿佛一道细小的雷电，将林信定在了原地，“是浣星海的世子吗？”

“还能是哪个世子！”管事的叉起腰，仿佛下一刻就会被世子看中而飞黄腾达一般，如数家珍地念叨起这位世子爷，“玄国公的嫡长子，不世出的天才，虽然自小体弱多病……”

体弱多病？听到这个跟沈楼应该完全不搭边的词，林信又有些不确定了，那人的身体有多好，他再清楚不过，据说从小就壮如牛犊、力能扛鼎。莫非世子不是沈楼？那沈楼又在哪儿？

沈楼在飞驰的马车上。

家臣东涉川骑马在前，苦着脸迎风吞雪：“世子爷，那赵家说了会推迟下葬，咱们没必要星夜兼程啊。”

嵌了十六块鹿璃、行止如履平地的马车中，传出少年人沉稳而不容置疑的声音：“入土为安，岂有让人家停丧几日的道理？且若是有妖魔作祟，一时一刻都不可耽搁。”

碰了一鼻子灰，东涉川讪讪地夹紧了马肚子，小声问身边那名面无表情的世子侍卫：“黄兄弟，你说世子这么着急作甚？那赵家大少爷又不会跑了！”虽然也是仙者，但他在浣星海是文臣，已经许久不曾这般劳碌奔波了。原以为是个简单的差事，没料想被世子一搅和，就成了苦差事。

穿着暗色劲装的侍卫，便是那日端药的侍卫黄阁，闻言他头也不回地说：“先生有所不知，世子一直叫我等留意疑似魂飞魄散之人，寻了这许久，总算有了消息，焉能不急？”

饶是东先生见多识广，也想不明白世子寻那魂飞魄散之人有何用，只能拉起防风面罩，朝马屁股抽一鞭，想早点赶去，少挨点冻。

沈楼坐在温暖的马车里，捧着一个银色雕花手炉，轻轻摩挲炉盖上雕的小鹿。本以为一切早已开始，却不料是自己早回了两年，那些魂飞魄散的恶果，竟是到今日才显现出来。幼时的林信，会在渭水吗？但愿这赵家，不会让自己失望。

赵万户带着一脸病容的妻子亲自到门前迎接，远远瞧见那一辆银边华盖马车，便矮身行礼：“属臣赵定，恭迎世子殿下！”

前一刻还在一箭之外，眨眼间已到了眼前。

马车停稳，侍卫下马掀开门帘，一名身着玄色广袖华服的少年走出来，旁边的侍女立时上前给他披上狐皮大氅。少年生得极俊，萧疏清癯，轩举似九天星；龙章凤姿，容止若松下风。见之不忘，久视则心生畏。

赵万户前年岁贡时见过世子，那时的沈楼虽也骄矜孤傲，与眼前这个让人不敢直视的少年相比却差得很远。不知世子爷这两年练了什么神功，气势竟比他父亲还要骇人。

沈楼脚步不停，微微抬手示意众人免礼，便径直往灵堂而去。

来不及整理完的仆役们迅速退避，独留两名家将和跪在蒲团上的“孝子”林信。沈楼入得灵堂来，一眼就看到了那一身素衣的小小孩童，对上那双不容错认的深蓝色眸子，颠簸一路的心瞬间落回了实处。

“世子，这就是我那苦命的长子，您可得给我们做主啊。”赵夫人被丫鬟搀扶着走过来，用帕子捂着嘴啼哭。

目光一触即离，林信甚至没有察觉到这位世子爷对自己多看了一眼，他自己倒是没什么避讳，待那人转过眼去，用近乎贪婪的目光把那人描摹了一遍。小时候的沈清阙真好看，带着些少年人独有的清瘦，仿佛艳阳天里溪水洗过的嫩藕。

沈楼给赵大少上了一炷清香，因为身份，不必跪拜，而作为孝子贤孙的林信却要还礼。小小的孩子，举着短短的胳膊，一本正经地行礼，煞是可爱。

即便是凶残的恶狼，幼时也是毛团奶犬，何况林信本就生得好看……

“犀颅玉颊，鹤骨松姿，小公子相貌不凡，将来必成大器，”东涉川捋了捋嘴角的两撇胡须，夸赞道，“这位可是府中的二公子？”

此言一出，灵堂中倏然静了一下，赵夫人的脸色有些难看，赵万户却是面不改色：“让大人见笑了，这是舍弟的儿子。”连林信的名字也没提，他便请诸位大人查验尸体。

“涉川，你去看吧。”夜行八百而来的沈世子，如今却对赵大少丝毫不感兴趣了，示意东先生去开棺。

“……”东涉川目瞪口呆地看着世子闲闲地把那小孩唤到身边，一副事不关己的样子，骤然生出一股吟诗的冲动。

穿雪山，跨冰原，世子爷日夜兼程到底为哪般?

吟诗也免不了开棺，说书也救不了东涉川！认命的东先生只能硬着头皮去跟赵大少爷会面。

林信一直注意着沈楼的动作，见他冲自己招手，立时颠颠儿地跑过来，把位置让给开棺验尸的人。

“你叫什么名字？”沈楼低头看他，如今自己也不过是个小少年，只比林信高了一头。

“信，我叫阿信。”林信似乎有些害羞，低头绞着手指，趁着沈楼不注意，悄悄摸了一把他垂在身侧的手背。

［四］

忽觉手背上有软软暖暖的东西滑过，像是被幼犬舔舐了一般，沈楼的指尖禁不住轻颤了一下。只当是孩子好奇，怕吓到他，沈楼便克制着假装不知。

开棺验尸，很是折腾了一阵，东涉川得出的结论跟林信的判断相似，只是这时候还没有能让人魂飞魄散的功法，他便猜测是遇上了什么精怪魔物。

“半年前，大荒那边出了件怪事，一家人刚娶了新妇，却在一夜之间全家近乎死绝，唯独新妇活着，只是痴傻了一阵，不记得发生了何事。浣星海派人前去，发现那家人死得甚是可怖。”东先生一句三叹地说起了书，引得众人侧耳倾听。

“可是如我儿一般，皮囊尽毁？”赵万户急着知道自己儿子的死因，没耐心听这冗长的铺垫。

“那倒不是，不过也是没了魂的，”见赵家人不捧场，东涉川意犹未尽地咂咂嘴，直接说起了结果，“经过查验，发现大荒附近有吞魂蛊雕的踪迹。”

沈楼面色淡淡地听着，不置可否。这件事他是知道的，那些人只是丢了魂，魄还在，死相可怖完全是那位被强抢来的新妇心有怨气，在他们死后划的。

“吞魂蛊雕……”听到这个词，赵家人都有些慌乱。这是《异物志》中很有名的怪物，形如雕而有爪牙、异角，夜入门户，专噬生魂。传说百年前曾因此大规模死人，朝廷下令围剿，修行世家纷纷出动，才将这种怪物斩杀殆尽。如今竟然又出现了，且还出现在他们家！

恰在此时，下人来报：“二少爷醒了。”

赵家二少爷昏迷了一天一夜，大夫也查不出病因，如今终于醒来，赵夫人立时就坐不住了，告了罪要去后院看儿子。

“我也想去看看二少爷。”林信小声对赵万户说。

林信分明也是家中的主子，却称呼堂兄为“少爷”，浣星海的人有些诧异，听惯了的赵家人一时倒是没觉出有什么不妥。赵万户努力在外人面前做出个好伯父的模样，和颜悦色道：“信儿有心了，去吧。”

得到赵万户的首肯，林信又询问地看向沈楼。

割鹿侯要做什么，连皇帝都不必问，何时有过这般乖巧的模样？沈楼看得心中一片柔软，微微颔首，示意他自便。

沈清阙果然喜欢乖巧的人，迈腿跑出灵堂的林信撇嘴，前世沈楼每次看到他都没有好脸色，想来是很看不惯他乖戾的性子。如今意外地早早遇上沈楼，怎么也得给他留个好印象。

搓搓手指，回味方才的手感，林信忍不住偷偷笑起来。小少年的手摸起来凉滑如玉，也不知指根生出薄茧没有……

入得二少爷的院落，林信立时收起脸上略显猥琐的笑，缩起肩膀，溜着墙根站到卧房的窗户下面，尽量缩小自己的存在感。

"我的儿，是不是谢天河害你？"赵夫人看到坐在床头目光呆滞的小儿子，顿时落下泪来。

"谢天河？"二少爷一脸茫然，完全不记得自己是怎么昏迷的，甚至很多过去的事都想不起来了，想多了就会头疼。

"竟然没变成傻子，啧。"林信掰了掰自己的小短手，还是力量太弱。热闹没看成，后面的母慈子孝自是没眼看，林信背着手溜溜达达地晃进赵夫人的院子。

虽然见到沈楼他很高兴，但高兴不能当饭吃，当务之急还是要尽快离开赵家，找到他那不靠谱的师父。

赵夫人院子里的人已经习惯了他的出入，对于这个怯懦无用的三少爷并没有什么防备。屋里只有赵夫人的大丫鬟春水在。

"春水姐，夫人让你取十两金子给我。"林信睁着一双天真无邪的眼睛，冲春水伸出手。

"取金子做什么？"春水狐疑地问。

"说是要给那位东先生的，夫人说什么浣星海，要叫二少爷也去。"小孩子的话颠三倒四的，但并不妨碍春水听明白。这是要给世子身边的人送礼，好叫他们帮着说好话，让二少爷能跟着世子到浣星海去。

自以为会意的春水立时打开箱笼，取了十两碎金片给他。

大少爷死于非命，二少爷短暂失忆，这与大荒那家人的经历完全相同，更加坐实了东涉川的猜测。

"既如此，便让大公子入土为安吧。"沈楼无意多言，甩袖离开了灵堂，也就把这件事归罪到了吞魂蛊雕身上。

事情查清楚，沈家的人便要离开了。

家中可能藏着一只吞魂蛊雕，赵万户哪里敢让沈楼走，就求着世子爷多留一日，好叫浣星海的高手帮忙排查一下怪物："世子远道而来，若不用一顿便饭，属下以后可没脸面见国公爷了。"

弓着腰说完话，赵万户只觉得一道视线落在头顶，瞬间将自己从里到外看了个通透，心中顿时打起了鼓。

静默许久，就在赵万户以为世子要发脾气的时候，沈楼说了一个“好”字，并吩咐黄阁带人搜山。

赵万户大喜，立时请世子到装潢最好的暖阁去坐。

北域境内，一切都是沈家的，对于赵家这种仙术低微、只靠着祖荫过活的人家，更要仰仗浣星海的鼻息存活。这种场合，自然要让儿子来露露脸。

于是，赵夫人也不管小儿子脑袋还迷糊着，叫人给收拾一番便生拉硬拽到了世子面前，说是陪世子用饭。

“世子喜静，尔等还是莫打扰的好。”身着紫衣的侍女守在暖阁门前，傲慢地斜视拖家带口来“陪饭”的赵万户。这侍女名叫紫枢，跟那位名唤黄阁的侍卫一样，是沈楼的近身随侍，浣星海的修行者。她腰间挂着一把镏金云纹剑，剑柄上嵌着一颗流光溢彩的鹿璃，行止间灵气缭绕，断然不是个好相处的。

沈楼看着赵二少那双赵家典型的三白眼，很是不耐烦，冷声道：“叫阿信过来。”

揣着一袋金子正准备翻墙离开的林信，又被灰头土脸地带到了沈楼面前。而添乱的赵夫人和赵二少，则被赵万户给赶了回去。

“怎么弄得这般狼狈？”

昨日刚换上的雪白棉袍，如今满是泥点子，头上的细麻绳早不知飞到了哪里。早上还是白净可人的小公子，转眼间又变回了小乞丐。

听到这话，林信便知沈楼那无用的仁义病又发作了，这人战场上杀伐果决、统领万军，却总改不了那怜惜弱小的毛病。这是沈楼的弱点，也是唯一能牵制他的地方。

“我去厨房拿吃的，不小心摔了个跟头。”林信抬头，黑色海珠一般明亮的眼睛，可怜巴巴地望过来。

果不其然，听到这话，沈楼的眉头便皱了起来，心中隐隐地疼，这人小时候竟连饭都吃不饱！沈楼示意林信在旁边坐下，捏一块糕点喂他。

林信手脏，不便伸手拿，便背着手，乖乖张嘴，两口吃完了一块点心。因为吃得急，嘴巴鼓鼓的，像只嘴中塞满坚果的小松鼠。沈楼觉得指尖又开始痒痒，轻咳一声，抬眼对赵万户道：“孤欲讨此子为随侍，万户大人可愿意？”

第二章 冤家

人非草木，
孰能无情。

[一]

随侍，不是小厮。小厮凡人也可以做，随侍是臣属，世子的心腹，只要努力修行、认真办差，以后封侯拜相不在话下。

赵万户自是不敢有什么意见的：“能被世子看上，是信儿的福气。”

林信听到这话，心中却是一沉。自己如今不过是个手无缚鸡之力的孩童，沈楼连资质都没测过，怎会轻易就要他做随侍？莫非沈楼已经知道自己是林争寒的儿子？

垂眼沉思，余光瞄到了沈楼那玄色广袖上的银线雪松纹，忽而想起了沈家“立如雪中松”的家风，骤然松了口气。以沈楼和他爹的人品，即便知道自己是林争寒之子，也不会把自己怎么样。

浣星海的高手将赵家的前院后山巡视一遍，未曾发现吞魂蛊雕的踪迹。赵万户也不好再留，次日赵大少下葬之后，便千恩万谢地将世子一行送出门。而林信，就穿着一身孝服，被黄侍卫抱上了世子的马车。

趴在车窗上，看着渐行渐远的赵家大宅，林信有些犯愁。入了浣星海，再要出来就难了，师父还能找到自己吗？

当年师父是根据父亲的旧部，一个一个查过去的，如今自己离开赵家，又没有主动去找他，要相遇便很难了。

“舍不得吗？”沈楼从书中移开眼，单膝屈起撑着执卷的手臂，好整以暇地看着林信。

“不是。”林信放下车帘，轻轻摇了摇头。

“那怎的一脸不高兴？”本不是多话之人，但面对着眼前这个柔软鲜活的林信，沈楼便忍不住想跟他多说几句。问出的话，会有回应，不管说的是什么，都能让他感到欣喜。

“世子恕罪，”林信仿佛被吓到了，僵直地跪坐在软垫上，无措地揪着衣摆，

“我、我害怕……”

软糯清甜的声音，带着些不安的颤抖，惹得沈楼顿时心疼起来，他告诫自己莫吓到孩子，招手让小林信坐过来：“莫怕，来，我教你认字。”

这马车上装了鹿璃，基本上轮不沾地，平稳得可以读书写字。林信挪到沈楼身边，看他放在小几上的书籍，竟是一本《四海注》，上面乃是大庸的舆图，以及各地的风土人情。

“咱们所在的国，叫大庸，大庸分东南西北四域和中原腹地，浣星海和赵家都在北域。”沈楼尽可能说些小孩子感兴趣的东西，吸引他的注意。

“浣星海是一片海吗？”林信尽职尽责地扮演着一无所知的孩童。

“不是，浣星海是一片溪湖，”沈楼伸手，指向图中的一点，想了想又加了一句，“有很多水。”

清溪与深湖交错，处处有活水，处处有楼阁。传说冬天的时候，湖水凝结成冰，星河倒灌，宛如被洗过一般，美不胜收，故名浣星海。这样的美景，到了沈楼口中，就剩一句干巴巴的“很多水”。

林信很想开口嘲笑他一番，生生忍住了，借着马车转弯的晃动，往沈楼身边靠了靠。淡淡的草木香夹杂着微苦的药味，缓缓袭来。

“世子，您在喝药吗？”林信抽动着小鼻子，仰头问他。

“嗯。”沈楼应了一声，看着近在咫尺的林信，还是没忍住，伸手轻轻把人圈进了臂弯里，端着书给他看。

“为什么要喝药？”林信不依不饶地追问。

“因为我做错了事，这是惩罚，”沈楼一本正经地骗小孩子，弹了弹手中的书页，“所以我讲的东西，你要认真记下，不然……”

“也要给我喝药吗？”

“嗯……”微微上挑的尾音，昭示着声音主人的好心情。

问不出什么，林信只能暂时按捺，百无聊赖地听沈楼念书。

“北域沈家、西域钟家、南域朱家、东域林家，除却这四位国公，大庸还有列侯十数，可自行治理封地，每年上缴岁贡。我们沈家……”念着念着，怀中忽然一沉，沈楼低头看去，方才信誓旦旦说要认真听的家伙，已经靠在他怀里睡着了。

无奈一笑，沈楼扔了手中书，索性也放松身体，靠在软垫上假寐。心思，却从书中飘到了天下局势上，如今酌鹿之律还未实行，四域尚且安乐，但随时都有可能乱起来，自己要早做准备才好。

“岁贡是什么？”困得睁不开眼的林信，嘟嘟囔囔地问。

“金银、粮食、布匹……鹿璃。”

少年微低的嗓音，像是风雪中穿梭的雏鹰，破开眼前的迷雾，却又把人带进更深更远的梦境里。

十七岁那年，他第一次踏入浣星海。冬日初阳漫松林，雾锁楼台，雪掩津渡。仙境般柔软的地方，却立着一群面冷似铁的人。

所有的沈家人都穿玄色广袖，远远瞧着，像是一群猎鹰，随时都会扑上来把人撕成碎片。

“割鹿侯年纪轻轻，心性竟如此狠辣，连自己的恩师都不放过！”玄国公沈歧睿还未见礼，就把他的脸面直接扔到地上踩。

“呵，两年前的事了，国公爷莫不是刚听说吧？”林信用拇指顶开剑鞘，杀意四起。提什么不好，偏要提他师父。

天下皆知，林信是个穷凶极恶、无情无义的弑师之人，或者根本不配称为人，假谲妄执，嗜杀成性，谓之魔也。

蓦然睁开双眼，血雾尽散，唯余靛青色的车顶与氤氲的檀香。

“恭迎世子。”窗外传来整齐的问候，潺潺流水声与松涛声不绝于耳，竟是已经到了浣星海。

林信一骨碌爬起来，掀开车帘，瞧见沈楼正站在车前，跟几名玄衣修士见礼。

“我们正要去猎鹿，大哥去吗？”一名年纪较小的少女，手里拿着嵌了鹿璃的猎弓，笑着问沈楼。

“你们去吧。”沈楼伸手，摸了摸少女的头，转身回到马车上，把探头探脑的家伙揽进车中。

［二］

“那是你妹妹吗？”林信认不大准，便问了一句。沈家人数众多，能管沈楼叫大哥的不在少数，不知是不是那位桑弧郡主沈秋庭。

看着怀里伸长脖子还想往外看的孩子，沈楼微微蹙眉：“是，她叫楹楹。”

果然是她！沈楹楹，及笄时取小字秋庭，天生神力，挽弓裂石，大庸第一神箭手。

当年一箭透骨的感觉记忆犹新，林信挠了挠胸口，知道她是沈楹楹，胸膛就开始隐隐作痛：“那，我该称她……”

“离她远点！”沈楼粗暴地打断了林信的探究，见他满脸诧异，还当吓到他了，立时缓和了语气，“她，脾气不好，莫与她玩耍。”

这下林信就更加不解了。这人不是一直很宝贝这个妹妹吗？怎么会在刚认识她的人面前说出“脾气不好”这种贬损的话来，莫非沈秋庭小时候熊到连沈楼都嫌弃的地步？

浣星海占地广阔，马车一路不停，又行了许久才到达世子的住处——枫津。

处处有水，处处都是渡口，浣星海的各处居所，皆以“津”为名。世子的住处，有几株上百年的枫树，树冠参天。如今正是落叶时节，片片红枫满秋庭，给临岸的水面染上了一片绯色，煞是好看。

院落里有几名凡人在打扫，见到世子回来，立时躬身行礼。枫津中的仙者，除却沈楼，就只有侍卫黄阁与侍女紫枢。

将林信交给紫枢照料，沈楼便带着东涉川离开了。

“世子去哪儿了？”林信有些无措地站在庭院里，跟紫枢大眼瞪小眼。

“出门归来，自然要先面见父亲，要不是因为你，世子就直接过去了。”紫枢说话语速快、口气重，像是随时要吵起来。

林信自然不会怕这么个小丫头，乖巧地点点头，捡了一把比自己还高的扫帚，跟着那些凡人哗啦哗啦地扫落叶。

“哎……”紫枢阻止不及，踌躇片刻，松开了习惯性叉在腰上的手，弯下腰来，“你叫阿信是吧？我叫紫枢，以后……”

“嗯，”林信仰头弯起眼睛笑，“我可以叫你紫枢姐姐吗？”他本就生得好看，又因在马车上睡得饱，此刻看起来像根吸饱了水的嫩萝卜，水灵灵的惹人疼。

“当、当然，以后……姐姐照顾你，”教训提点的话生生吞了回去，紫枢牵起林信的小手，把扫帚扔到一边，语气也缓了下来，“你是随侍，不是下人，所以这院子里的杂活都不需要你做！”

说着，她翻箱倒柜地给林信找衣裳。

“那我做什么？”林信扯着身上的衣服，眸色微暗。从箱笼里翻出来的锦袍玉带，明显是沈楼小时候的东西。这侍女竟然直接给他穿世子的衣服，也不知是沈家规矩特别松，还是有别的意思。

扒下孝服，换上锦袍，小可怜立时变成了贵公子，紫枢看着从屏风后面走出来的小家伙，甚是满意，伸出一根手指，戳了一下那光洁的脑门：“自然有用得着你的时候。”

收拾停当，紫枢就带他去吃东西。赶了一天的路，此刻已是日暮，黄阁跟着世子去国公爷面前露脸了，枫津里就剩紫枢和林信两人用饭。

“……世子性子冷，无事莫烦他，”紫枢扒两口饭，将浣星海里的规矩大致讲给他听，“有一点你须记得，世子睡觉，要点着蜡烛，一夜都不许熄灭。若是晚上入了内室，万不可熄了烛火。”

“为什么？”林信狐疑地问，前世他可不知道沈楼有点蜡烛睡觉的怪癖，“世子是怕黑吗？”

“嘘，别胡说，”紫枢夹起一块排骨塞到他嘴里，“不该你问的别瞎打听。”

所以真的是怕黑！林信不敢相信地啃了一口排骨。

沈楼可不知道自己的形象正被好心的侍女破坏，入得正堂向父亲复命，却见沈歧睿正与一名白衣修士相谈甚欢。

素衣箭袖，领口一圈白虎毛，正是西域钟家的人。

“见过世子！”那修士见沈楼进来，立时起身行礼。

沈楼抬手回礼，此人面生，他对这张脸没什么印象，想来不是什么要紧的人，便转头看向父亲。

“这是钟家的信使，你钟世叔叫我去喝酒。”沈歧睿笑着说道，他与钟长夜自幼交好，在沈楼面前提及西域素国公，一直是“你钟世叔”这样的称谓。

“莫归山的百年陈酿要开封了，特请国公爷前去品鉴。”信使又解释了一遍。

好友邀请自己去喝酒，沈歧睿自是欣然应允。沈楼却听出了一丝不寻常，他分明记得，莫归山的百年陈酿，是榼榼及笄那年才开的。

“父亲，儿子也想去，”沈楼插嘴道，“儿子已经许久不见有玉和无墨了。”

钟有玉和钟无墨，是家主钟长夜的一对双生儿子，几乎每年都会来浣星海玩耍。

“好，你想去便一起吧。”沈歧睿爽快地答应了。

在琼津陪着父亲用过晚饭，沈楼才步履沉重地回到枫津，走到回廊尽头，蓦然停下脚步。

“世子？”跟在后面的黄阁出声询问。

“你去查查，那个钟家信使是谁的人。”沈楼立在灯火阑珊处，眸色晦暗。

“是。”黄阁会意，躬身而去。

林信用过晚饭，拒绝了紫枢要带他四处转转的提议，老老实实地坐在内室地毯上，眼巴巴地看着门外，像只等着主人回来的奶犬。

紫枢无奈摇头，嘱咐他莫乱动屋里的东西，便径自走了。待人一走，林信便猴子一样地翻了个跟头，蹿进内室东看西看。

这可是沈楼从小生活的地方，对他来说全是稀奇之物。北地寒凉，屋中烧着地龙，人可以赤脚前行。矮几上点着冷香，幽静弥远，含着几分草木的清甜。架子上整齐地摆着书籍，墙上挂着长剑，翻遍每个角落，也没找到小孩子应有的弹珠或是九连环。

“这人，小时候就这般无趣吗？”林信撇嘴，跳到充满草木香的大床上打了个滚，“嘿嘿，沈清阙，老子睡到你的床了！”

听到外面有脚步声，林信一个激灵爬起来，跳下床，一个猛虎落地式滚回地上。

等沈楼踏进屋子，就见那小小的孩子，双手抱膝坐在地毯中央，睁着一双乌溜溜的眼睛看过来。

林信的眼睛其实是深蓝色的，寻常看不出来，只有离得特别近才能分辨出那夜幕般的缱绻幽蓝。但沈楼是近距离看过的，一眼就能分辨出来。

沉重的心绪在对上这双眼睛的时候瞬间烟消云散，沈楼走过去，把地上的家伙拉起来：“怎么坐在地上？”

“等你，”林信低着头，没穿袜子的脚趾在地毯上轻轻滑动，“我不知道要做什么，紫枢姐姐说你会告诉我的。”

沈楼深吸一口气：“你知道随侍是做什么的吗？”

林信茫然地摇了摇头。

沉默许久，似乎认真考虑了一下，沈楼把双手背在身后，摆出跟林信一样幼稚的站姿，微微扬起下巴：“天气寒凉，你给我暖被窝吧。”

说罢，他转身就要去沐浴，走了两步忍不住加了一句：“这是随侍的职责。”

呸！林信在心中啐了一口，怕黑就怕黑，瞎胡扯什么，欺负自己没见过世面啊！面上却是一脸茫然：“那，紫枢姐姐也暖过被窝吗？”

“没有，她是女孩子。”沈楼轻咳一声，闪身进了浴房。

听到这话，林信便满意了，三两下脱掉外袍，在水盆里洗干净手脚，乖乖地钻进了被窝。

等沈楼沐浴出来，就看到锦被鼓起了小小一团，一双白嫩的小手拉着被角，林信只露出两只亮晶晶的眼睛，闷声闷气地说：“世子，已经很热了，进来吧。”

光脚的沈世子，左脚踩右脚，打了个趔趄。他歪歪扭扭地爬上床，钻进被窝，弹指熄了烛火。

“咦？紫枢姐姐说烛火不能熄的。”林信故作震惊地蹭到沈楼的枕头上。

“没事，有你在，不必点灯。”沈楼给他掖了掖被角，丝毫没有提醒小随侍越界了的意思。

好嘛，果然是怕黑，有人陪着睡就不怕了。林信得意地晃了晃被子里的脚丫，发现沈清阙的弱点总能让他感到愉悦。借着月光，他用慈父般的目光盯着轻合双目的沈楼，无声道，不怕不怕，哥哥疼你。

［三］

月上中天，沈楼倏然睁开双眼，四下里漆黑一片，冷汗瞬间浸透了内衫，正要翻身坐起，碰到了一只柔软温暖的小手。蹿出九霄云外的魂魄，呼啦一下回归本体。

小林信睡觉很不老实，不知何时已经完全挪到了沈楼的枕头上。

在黑暗中适应片刻，眼前的一切渐渐清晰了起来，沈楼翻了个身，借着月光看着眼前这熟睡的孩子。尚年幼的林信，竟是如此地软糯乖巧，万幸自己早早找到了他，在一切发生之前。

想起前世初次见面的场景，十六岁的林信，已经被幼时的种种逼成了那副模样。

皇家闲池围猎，对于八岁就开始参加的沈楼来说，并没有什么新鲜的，他便晚去了两日。

“看剑！”一声冷喝自身侧传来，拔剑出鞘，沈楼头也不回地接下了这从天而降的一招。

“不是吧，这你都能接住？”钟有玉在半空中怪叫一声，快速回身，足尖在树干上连点数下，三两下跃上了高树，“弟弟，救命！”

这句话一出口，一名与钟有玉生得一模一样的少年从后方袭来，用剑尖挑开了即将戳到兄长屁股的剑尖，与沈楼双双落到地上，沉默地看着他。

沈楼收剑入鞘，树上的钟有玉便也跳了下来，一把搂住他的脖子：“你怎么才来啊，我这两日天天对着无墨这张无趣的脸，都快闷死了。”

“若是我没记错，你与无墨是一张脸。”沈楼斜瞥他。

“谁说的？我明明比他英俊多了！”钟有玉坚信自己比弟弟长得好看，老实的钟无墨就静静地跟着他们，并不出声反驳。

三人慢慢往猎场中心走，钟有玉吹嘘完自己的风流倜傥、英武不凡，又说起了近来的新鲜事：“瞧见皇上身边站的那尊煞神了吗？新封的割鹿侯，才十六岁。”

皇家高台上，身着宝蓝箭袖劲装的少年，腰间挂着一把形如钩月的弯刀，感觉到有人在看他，立时顺着视线看过来。那一双满是暴戾的眼睛，看得沈楼心神微震：“他便是林争寒的儿子？”

“可不就是他嘛，”钟有玉见好友知道林信的身份，便不作赘述，直接说起了重点，“这小子，亲手杀了把自己养大的恩师，狠毒得没眼看！看到他腰间的弯刀了吗？皇上赏的，妖刀吞钩！啧，也就他这种连恩师都杀的人，才能镇住吞钩的邪气。”

闲池围猎，未及弱冠的世家子弟大多会参加，众人因着各家之间的关系远近分作几堆。然而无论是哪一拨的人，都自觉地与林信划清界限。

“可千万不要惹到他，人家圣宠正隆。前日他用这把刀砍断了望亭侯次子的手，最后竟然不了了之。”钟有玉心有戚戚焉地搓了搓手腕，拉着沈楼走远。

之后围猎，钟无墨猎到了一只稀有的白虎，尚未捡起，就被不知从哪里冒出来的林信给抢走了。

“还给我。”钟无墨抿着唇，直勾勾地盯着林信。

“哼，白虎，真是晦气，”林信骑在高头大马上，身后的跟班快速将老虎捆起来，放到他们自己的猎车上，“回去把这白衣畜生染成黑的。”

身着白衣的钟家兄弟齐齐变了脸色，钟有玉忍不住叫道：“臭小子，你骂谁呢？”

“谁应了就是谁。”林信斜睨着他们，慢悠悠地说。

“你，跟我打。”钟无墨翻身下马，取下腰间佩剑，指向林信。

“小墨！”钟有玉赶紧叫住弟弟，示意他别冲动，然而已经晚了。那边林信连句应战的话都没说，直接拔刀扑了过来。

妖刀吞钩，带着上古传下来的煞气，鬼魅般缠上了钟无墨的长剑。钟有玉还没看清形势，吞钩已经钩住了弟弟的脖颈。

吞钩的刀柄上嵌了三颗品相极佳的鹿璃，浩如江海的灵力沿着弯刀流转，将钟无墨的脑袋整个圈在了一个圆中。

“本侯有件事想跟世子请教。”林信漫不经心地转动着手里的弯刀，四溢的灵气将钟无墨肩头的衣料切得七零八落。

“什么事？”钟有玉紧张地看着林信的手，生怕他一个手抖，自家兄弟就人头落地。

“钟家人的脖子，跟别家的有什么区别？是不是特别硬？”林信满脸好奇地问，带着近乎天真的浅笑。

“你……”钟有玉气得两肋生疼。

一道耀眼的剑光破空而来，精准地对上吞钩的刀刃。林信只觉得手中的弯刀像是被磁石吸住一般，倏然偏离。

弯刀太利，恐伤到钟无墨，沈楼只能死死绞住吞钩。放开钟家小子，林信横刀对上多管闲事的沈楼，却被沈楼上一招的收势困住了。一个不察，长剑穿进了弯刀中间，一挑一抹，整个人都被沈楼困在了臂弯里。

“好剑法。”林信口中赞着，手中的弯刀骤然发力，却被早就预料到的沈楼再次按下。

林信回头，仔细地看了沈楼一眼：“你是谁？”

“沈楼。”

弯刀入鞘，林信道：“好，我记住你了。”

一句“记住”，对于割鹿侯来说绝非戏言……

细数两人这些年的纠葛，沈楼实在不知是该哭还是该笑，静静地看了一会儿睡到他枕头上的小孩。

清晨，林信睁开眼，沈楼浅浅的草木冷香，能把他从最深的噩梦里救出来。

屏息听沈楼的呼吸，均匀绵长，显然还在熟睡。林信仰起头，张开两排小尖牙，准备等他醒了吓唬他。

绵长的呼吸逐渐变短，沈楼睁开双眼，发现林信已经彻底滚到了自己身前，睡得人事不省，甚是满意。这时候，似乎快要醒来的林信，又往他这边拱了拱。

沈世子坐起身来，装睡的林信睁开眼，看着沈楼一侧的腰窝沉思。这人的体温明显比自己要低，对于火力正旺的少年人来说显然不正常。他慢慢爬起来，揉揉眼睛，打了个人畜无害的哈欠。

紫枢进来的时候，就看到睡眼惺忪的林信正坐在世子的被窝里发呆，而他们的世子爷，已经自己跳下床穿起了中衣。

“你这孩子，叫你不用干粗活，你就睡到世子床上了！”紫枢伸手去拽林信的耳朵，却打到了世子正套外衫的胳膊，立时拐了个弯，改为替沈楼整理衣裳。

“收拾一下，孤今日与父亲去莫归山。”沈楼扣上箭袖的护腕，低声吩咐紫枢。

“是。”紫枢应着，给他套上玄色广袖外袍，再转头去看林信，那家伙已经穿戴整齐，献宝一样双手举着拧好的布巾，递给沈楼。

“阿信以后就睡这里。”沈楼接过布巾，直接断了紫枢后面的话。

紫枢惊异地发现，世子脸上没有了往常起床时的青白，想来是睡好了，原来如此……自以为找到了原因的紫枢，看着林信的目光越发柔和了起来：“阿信早上想吃什么？”

“肉！”

侍卫黄阁顶着一头露水回来：“信使奉的是钟随风的命令，家主钟长夜早在几日前已经闭关了。”

素国公的弟弟钟随风？沈楼微微蹙眉。

西域素国公钟长夜，功法高强，杀伐果决，将西域治理得宛如铁桶。有这样的兄长在前，没有爵位的钟随风一直不显山露水，也不常来沈家做客。如今家主闭关，钟随风根据兄长的交代，在开坛日叫沈家主来喝酒。

这听起来毫无破绽。

“要去莫归山吗？”林信问低眉沉思的沈楼。

“嗯，阿信随我一起去。”沈楼本想把林信留在家里，但想起那随时可能找来的朱星离，还是决定把人带走。

莫归山……林信藏在袖子里的手悄悄攥紧，那个地方对如今的他而言，可不是个好去处。

“大哥！我也去！”清灵洪亮的声音，远远地传了过来，穿着玄色衣裙的少女箭矢般冲进来，直朝林信的胸口撞去。

沈楼出手如电，一把将林信揽过来，任由自家妹妹在地毯上摔了个狗啃泥。

“呸呸呸！”沈楹楹吃了一嘴灰，气急败坏地爬起来，抬头看见站在自家哥哥身边的小少年，顿时把摔跟头的事忘了，“他是谁？”

林信下意识地向后躲闪，还是被少女抓住了衣袖。

“他是你新收的随侍吗？”沈楹楹没有理会兄长的瞪视，兀自盯着林信的脸，“他真好看！”

［四］

林信看着沈楹楹那双柔若无骨的手，只觉得毛骨悚然。

“他还不到十岁吧？你要个比你小的随侍有什么用，不如给我！”沈楹楹目不转睛地盯着林信，越看越喜欢。

这位大小姐可不是一般女子，给她做随侍，自己的小身板估计撑不过三日，林信委屈地看向沈楼，小声说：“有用的，信要暖床的。”

“……”

“……”

屋子里一片静谧，落针可闻。

头上露水还没擦的黄侍卫，震惊地看向世子，又转头看紫枢。紫枢一脸菜色地把林信从大小姐手中解救出来："阿信，那不叫暖床，莫乱讲。"

沈楼深觉自己教坏了孩子，脸色有些不好，把沈楹楹训了一顿，不许她跟着去西域。

"凭什么不许我去？！我就要去！"沈楹楹一巴掌拍在手边的高脚梨木坐墩上，"咔嚓嚓"一声脆响，整个凳子四分五裂，碎了一地。

"沈楹楹。"

听到哥哥连名带姓地叫自己，语气并不冷厉，沈大小姐却明显瑟缩了一下，梗着脖子瞄林信，轻哼一声："不去就不去，谁稀罕！"

说罢，她气呼呼地走了。

林信轻叹一口气，很想把去莫归山的名额让给沈楹楹，但又不知如何开口。前世这时候，他还不知道钟家，只记得赵坚抱着自己一路奔逃，被不知凡几的白衣修士截杀了三次。

"我不去莫归山了，让小姐去吧。"林信试图跟沈楼讲道理。

"莫归山跟咱们浣星海可不一样，山下就是西都，可好玩了！"紫枢端着一碗汤药走过来，笑着哄他。

林信抽了抽鼻子，闻到了"破厄"的味道。破厄与尺腥草的功效相近，都是补益神魂的灵药，只是破厄比尺腥草要贵重许多，也没有尺腥草那种惹人嫌的尿臊味。

沈楼正翻看着檀木匣子里的信件，对于紫枢的到来视而不见。

紫枢看看把她当空气的世子，气得跺脚，把过满的汤药倒出些许，递给林信："去，让世子吃药。"

林信接过汤碗，不甚稳当地走到沈楼身边，歪头看看他，自己偷偷喝了一口。破厄、归灵、三文草，还有几味尝不分明，治什么的都有，不单是补魂的。这人的身体到底怎么了？

沈楼哭笑不得地放下信件，这小馋猫怎么什么都敢吃，连药也偷喝！"好喝吗？"

"苦，"林信皱着鼻子，"但我娘说，良药苦口。"

以身作则，不能给孩子立坏规矩，沈楼接过药碗来，一饮而尽。

林信接过空空的药碗，甚是欣慰。看紫枢的模样，这位世子爷平日怕是没有好好吃药。如今的沈清阙应该才十二岁吧，正是反骨横生的时候，得顺毛摸。

紫枢心满意足地端着空碗走了，沈楼重新拿起信件翻看。

每每有莫归山的人来，都会带来一封钟家兄弟的信，大多是钟有玉在啰唆，沉默寡言的钟无墨顶多在后面添一句。最近一封是想请他重阳节到莫归山登高射雁，完全没有提及百年佳酿的事。而这次的信使，两手空空而来……

合上匣子，沈楼起身带林信去见父亲，即刻起程。

接连几日的风雪稍稍停住了，纤细的小枫树都被打蔫了枝丫，变得光秃秃起来。百年的老枫树却毫发无损，依旧满树繁华，慢悠悠地掉着叶子。

“我不能去。”林信抱住那棵老枫树死活不走。

“为何？”

“我……”总不能告诉沈楼，自己是林争寒的儿子，钟家一直想抓他吧。那沈楼最可能做的，就是把他交给皇帝。林信有些犯愁：“我穿的是世子的衣服，被人看到会打死我的。”

沈楼愣了一下，才发现林信穿着自己小时候的衣裳。随侍在沈家地位超然，其实相当于门徒，不过各有各的依附对象。沈家人是把他们当同门看待的，断没有穿了世子衣服就要被打死的危险。

沈楼有些心疼地摸摸那颗小脑袋：“无妨，出去之后莫离开我左右，没人会欺负你的。”

林信不情不愿地被沈楼带到了琼津，玄国公的住处。

沈歧睿生得高大，行至近侧会给人很重的压迫感，冷若寒星的目光在林信身上扫过，突然“咦”了一声。

脉腕骤然被一只大手抓住，林信下意识就想拔刀，摸到空空的腰侧狠捏一把，才生生克制住了反手掰断沈歧睿手腕的冲动。

“灵脉宽广，资质上乘，这孩子哪儿来的？”沈歧睿用看上等灵剑的目光看着林信。

“赵家的孩子，父母已经亡故，赵万户和夫人苛待他……”沈楼把林信明面上的身份解释了一遍。

“暴殄天物，真是暴殄天物！”沈歧睿捏了捏林信细弱的手腕，很是生气。

林信摆出一张无辜的脸。

沈歧睿从袖中摸出一颗鸽蛋大的鹿璃给他：“以后你就是沈家人了，勤加修行，将来必成大器。”

捧着那颗晶莹剔透的鹿璃，林信万般无奈地跟着世子上了马车。

“爹赏你的，收起来吧。”沈楼眼中带着莫名的笑意。

“这是什么？”这颗鹿璃是打磨过的，光滑无棱，是沈家这种财大气粗的人家拿来给孩子玩的，与平日修士装在剑上的很是不同。作为一个没见过世面的孩子，林信不能表现得很懂行。

“鹿璃。”沈楼从自己袖筒里也掏出两颗来，一并给了林信，顺道给他解释了一下鹿璃的由来。

上古的仙术失传，修行世家靠符箓与宝器苟延残喘，忽一日逐鹿入山，得灵石，灿灿兮若琉璃，遂名鹿璃。

鹿璃的出现，让仙道再次繁盛起来，差点沦落为江湖骗子的仙者，又能御剑乘风了。

西域没有北域那般寒冷，秋高气爽，北雁南飞。

莫归山的确是一座山，钟家就住在山上，山下便是西域的都城。浣星海离北都还有一定的距离，莫归山却是与西都紧密相连，热闹非凡。

山脚下人头攒动，装满金银、粮草的车马将山门堵了个水泄不通。

“国公爷见谅，恰逢秋贡，境内的万户、千户们都在，拥挤了些。”那信使连连道歉，御剑前去通禀。得知玄国公到来，一群白衣修士立时出现，将送货的车马赶到路边，给沈家人让出道路。

国公、列侯每年给天子进贡一次，而各域收取封臣贡金的规矩各不相同。北域收夏贡与岁贡两次，西域则春夏秋冬四季各收一次，如今正是秋贡。

同样一身广袖白袍、领口缀着白虎毛的钟随风，焦头烂额地跑出来招呼沈家人。

“兄长闭关，我一时有些手忙脚乱，万望见谅。”钟随风长了一张老好人的脸，说话慢吞吞的，这面相说好听点叫慈祥，说难听点就是窝囊。

“你怎么也来了？”跟着叔叔出来迎客的钟有玉看到沈楼，脸上非但没有惊喜，反倒有着压抑的怒火。身旁的钟无墨面无表情，看起来很是憔悴。

站在沈楼身后的林信微微眯起眼，这兄弟俩不是跟沈楼好得穿一条裤子吗，怎么见到沈楼却都是一副死了爹的样子？

他记得钟家前世可没出什么大事，后来他出手捏碎了钟长夜的神魂，钟家才开始衰败的。

［五］

钟家双生子生得一模一样，不过仔细看还是有区别的。钟有玉的眼角上扬，钟无墨的眼角则略低垂，这也跟两人的性子有关。如今的钟家兄弟尚稚嫩，显然还没有学会收敛情绪，喜怒哀乐都写在脸上。

钟无墨扯了一下兄长的袖子，提醒他莫激动。钟有玉这才回过神来，抬手向沈歧睿行礼：“父亲闭关，不能相迎，还望世伯见谅。”

“无妨，就是可惜了，不能跟长夜对饮啊！”沈歧睿哈哈笑着，跟钟随风入正堂叙话。

沈楼跟钟家兄弟站在原地没动：“不请我喝杯茶？”

“喝那么多药，你还有肚子喝茶啊？”钟有玉阴阳怪气地说着，转身带着沈楼往他们兄弟住的院落走去。

“可是钟叔叔出了什么事？”沈楼还记得出门前对林信的承诺，让他寸步不离地跟着，上台阶还拉着他的小手。不过小孩子总是闲不住，刚站定就撒开手，好奇地东看西看了。

听到这话，钟有玉的脸色更加难看了，脱口而出：“你怎么知道？”

沈楼好整以暇地看着钟有玉，一副高深莫测的模样。

钟有玉自己憋不住了：“我就知道，叔父是个办不好差的，跟他说了别告诉你！爹出事了，家里一团乱，叔父说要找你爹来商议对策，你来凑什么热闹？！”说着说着，竟红了眼。

果然，百年佳酿是个幌子。沈楼已然明白发生了什么事，薄唇渐渐抿成了一条直线。

林信对于这些小孩子口中的大事不感兴趣，兀自靠在墙根招猫逗狗，左右不会是什么大岔子。

廊下的金丝架上站着一只绿毛红嘴鹦鹉，正无所事事地摇着脑袋。林信捡了根小树杈，戳它屁股。鹦鹉不大高兴，冲他叫嚷：“不会拿狐狸毛凑吗？”

哟嗬，林信觉得有趣，扔掉树杈用手指弹鸟头：“什么狐狸毛？”

“虎毛不够，不会拿狐狸毛凑吗？”鹦鹉气恼地训他。

钟有玉听到这话，立时涨红了脸：“闭嘴，傻鸟！”

鹦鹉在架子上走了两步，回了句：“呸！”

钟有玉气得七窍生烟，撸起袖子就要把鹦鹉抓过来教训。那鹦鹉就扯着嗓子叫唤：“不会拿狐狸毛凑吗？呸！”

“哈哈哈……”林信忍不住大笑起来。

钟家以“伏虎之家”著称，子弟满十五岁，都要去山上猎一只虎来，以证明自己的英勇。衣领上的白色虎毛，便是伏虎的象征。前世林信就拿这个嘲笑他家，毕竟世间的白虎少之又少，钟家子弟众多，想来都是把黄斑虎皮染成白的来用。没想到竟还会拿狐狸毛充数！

钟有玉这才注意到沈楼的这个小跟班，眉清目秀的孩子，就是有点瘦小："这是谁？"

"我爹新收的弟子，阿信。"沈楼招手让林信过来跟钟家兄弟打招呼。

林信乖巧地见了礼，睁着清澈天真的眼睛小声问："钟家衣领上的，究竟是虎毛还是狐毛呀？"

这是还惦记着沈楼布置的功课，小孩子自以为的小小声，周围的三个大孩子都听到了。钟有玉面有菜色，撞了撞沈楼的肩膀："这孩子跟谁学的，怎么这么欠啊？"

沈楼挡开那只试图弹林信脑袋的爪子："他刚学字，分不清虎和狐。"

"……"

少年人的情绪来得快，去得也快，几句话的工夫，钟有玉又恢复了平日对待沈楼的态度，不再无端指责他来看笑话，但笑起来还是有些勉强。

"钟叔叔出了什么事？"沈楼低声问钟有玉。

钟有玉犹豫了一下，正要说，却被一直沉默寡言的弟弟抢了先："爹，闭关，要几年。"

修行之人，遇到"瓶颈"或是突有所感，是会闭关一阵子的。但如今两个儿子年幼，弟弟又是个指望不上的，钟长夜会选择在这个时候闭关几年吗？还有一种可能，那就是钟长夜意外受伤了，需要闭关调养。

沈楼不再多问。

莫归山上的气氛与浣星海的气氛很是不同。钟家等级森严，按照衣领上黑色条纹的多寡来区分辈分，凡人奴见到仙者要下跪行礼。

林信跟着沈楼往前庭走，廊上洒扫的凡人跪了一排。

秋贡之日，莫归山要摆宴，西域的万户、千户大人们，正在前庭热闹着。酒菜饭食已经摆上桌，台上有衣着单薄的凡人舞姬，随着丝竹声翩然起舞。

沈歧睿面色如常地跟着钟随风走上主位，与西域的属臣们见礼，朗声笑道："孤不过贪杯，来品尝莫归山的百年佳酿，不想遇到了秋贡，叨扰诸位了。"

属臣们连称不敢，落座后纷纷偷瞄这位不常见的北域之主。玄国公沈歧睿为人直爽、不拘小节，看起来比喜怒不形于色的钟长夜要好相处很多。

窖藏百年的好酒开坛，浓郁的酒香宛如落水的蜂巢，瞬间炸裂开来，绵延十里。

"久仰国公爷大名，属臣万户吴兆阳敬玄国公一杯。"一名腰佩鹿璃宝剑的中年男子，举着酒杯上前敬酒，此人龙行虎步，显然灵力颇高，乃是钟长夜最器重的属臣之一。

沈歧睿认得此人，执起酒盏与之相碰。

各自掂量自己的身份，有头脸的万户或随侍，都准备上去敬酒。原本稍次一点的可以敬世子，但不论是沈楼还是钟有玉，都不及十五，尚不可饮酒，也就免了这份应酬。

“那位就是玄国公世子吗？当真是少年才俊，仪表堂堂啊。”

“听闻他七岁便能御剑，是沈家不世出的天才。”

“何止沈家，纵观整个大庸，都没有资质比他更高的了。只是听闻他近两年身体虚弱，去年的闲池围猎都不曾参加呢。”

“听说他已经病到拿不起剑了，玄国公都起了改立世子的念头。”

“慧极必伤，年少成名未必是件好事。”

众人偷瞄俊若修竹的沈楼，低声议论着这位传说中的世子爷，一个个都仿佛沈家的嫡系，知道得比本人还要清楚。

林信一边往嘴里塞东西，一边侧耳听那些议论，正听得起劲，突然传来一阵叫好声。

几名牛高马大的侍卫上前，撤掉了舞姬起舞的红毯。秋贡有一项传统节目，各家出仙者上台，用不带鹿璃的剑比武。钟长夜不出席，出席的是管不着他们的别域主公，属臣们放松了许多，纷纷叫嚷着要加彩头。

方才敬酒的那位吴万户，在摆酒盅的银盘上“咣当当”放下十颗鸡蛋大小的鹿璃：“我先出，诸位随意。”话音落地，吴万户身边的一名年轻人便跃上高台。

“嚯，断剑吴越！”有人立时叫出这年轻人的名号。此人乃是吴家镇宅的高手，尊号断剑，便是因为他有一剑断人兵器的绝招。

那是一名很精神的小伙子，浓眉虎目，眸中精光湛湛。此人一出，各家便谨慎起来，纷纷点了家中的高手应战。

“吴万户，你这不厚道啊，上来就出断剑客，叫我等还赢什么？”有跟吴万户相熟的人开口打趣。

“不敢出，就拿鹿璃来！”吴万户伸手讨要，对方笑着躲闪。话虽如此，依旧有人应战。

断剑吴越笑着拱手，露出一颗尖尖的虎牙。对手见他这副模样，紧张之意大减，提剑冲了上来。

吴越站在原地岿然不动，等着对手迎上来的瞬间，骤然出剑，以一个极为刁钻的角度劈砍而下，只听“咔嚓”一声脆响，对方的剑应声而断。三招之内，胜负已分。

“好剑。”林信禁不住喝彩一声，吴万户笑呵呵地收了对方家主的鹿璃。

“平日装鹿璃的剑，剑心是空的，乃引导灵力所用，离剑柄三寸处最弱，此人胜在出剑较快罢了。”沈楼在林信耳边低声道。

林信斜睨他，对于这傲慢的语气甚是怀念。沈清阙年少时资质超凡，指点人总是实话实说，不留情面，连别人的独门绝技也常一语道破，得罪不少人，到了二十岁之后才知道收敛。

沈楼可不知道自己“认真教孩子”的话，到了林信耳中就变成了“年少轻狂”。

台上比武还在继续，连上几个人，都被吴越十招之内断了铁剑。无论是凡人还是仙者，遇到赌局都免不了兴奋过头，宴会上一时间沸反盈天。

“属下不才，想挑战钟家高手。”又断一剑之后，吴越冲上位的钟随风拱手。

挑战钟家高手，若是赢了，可以得到丰厚的赏赐，往年连胜几场的人都会提出这么个要求。

以前都是家主钟长夜做主，钟随风没点过名，一瞬间的无措之后，随口叫了个名字：“钟戮！”

“叔父！”钟有玉阻止不及，眼睁睁地看着一名身形高大、面有横疤的钟家人走上台，脸色有些不好。

台下的人纷纷倒吸一口凉气，吴万户更是当场白了脸：“小越，我们认输。”

“此人是钟长夜的随侍。”沈楼解释了一句，没有注意到林信骤然紧绷的脊背。

“他生在一个千户家，小时候被后娘推下陡坡破了相，被我爷爷捡回来改姓钟，后来一直跟着我爹。”钟有玉不想理会乱说话的叔叔，便也学着沈楼哄孩子，在林信耳边叨咕起钟戮的由来。

林信自然是认得钟戮的，那道自眉骨裂至鼻梁的横疤他死也忘不了。这人可不仅仅是钟长夜的随侍，还是钟长夜养的疯狗。他两次在这人手中死里逃生，常常在赵坚怀里一回头，就对上钟戮这狰狞嗜血的面容。他至今犹记得赵坚被砍断手臂时喷溅出来的血浆的温度。儿时的噩梦里，大多有这张刀疤脸。

这时候的钟戮，不是应该到处找他的踪迹吗？怎么会出现在钟家的秋贡宴上？林信手脚有些冰凉，是自己太大意了，这一世的很多事都不一样了，前世的经验根本不管用！

不过是秋贡上的小节目，钟随风竟然叫钟戮出手，着实有些小题大做。钟随风似乎也感觉到自己的决定有些不妥，求助地看向沈歧睿。

沈歧睿摆手示意无妨，这钟戮的厉害，西域之人都知道，没见那吴万户已经认输了？当不会出什么乱子。

“请。”台上的吴越却仿佛没有听到家主的话，抬手示意钟戮出招，众人哗然。

钟戮提着一把乌突突的短剑，面无表情地抬头，不等吴万户再劝，已经单脚踏地，一跃而起。木质的高台发出了承受不住的闷响，钟戮整个人如同一把利剑，快准狠地直取吴越的人头。

“咚咚咚”，两人在空中瞬间对了十几招，快得只剩道道残影，重重相击。

“啊——”台下有人惊叫出声，在两人相撞的瞬间，钟戮已经割下了吴越的脑袋，拎在手里，那张年轻的脸上，还带着与高手切磋的兴奋笑意。无头的身体保持着出剑的动作，直挺挺地倒在了台上，发出沉闷的声响。

钟随风霍然起身：“钟戮，叫你切磋，你怎么杀人了？”

“戮，只会杀人。”钟戮把人头丢在地上，抬头，直勾勾地看向矮几后面的林信。

［六］

仿佛被一条吐着芯子的毒蛇盯住，林信浑身的血液瞬间凝固了，面上却是一片牛犊天真，直接迎着钟戮的目光瞪视回去。

电光石火的目光交会之后，钟戮没有任何表示便头也不回地下台离开了。

片刻的惊慌过后，林信迅速冷静下来。当年被追杀的时候，自己只有五岁，小孩子的脸一天一变，如今三年过去，钟戮不见得能认出自己。

“小越！”吴万户跃上高台，捧住那颗年轻鲜活的头颅，俊俏的少年郎犹在微笑，皓白的小虎牙迎着秋日闪闪发光，根本不知自己已经身首异处。一手捧着脑袋，一手揽住尸身，吴兆阳极力克制，还是红了眼眶。

“兆阳啊，实在对不住，这钟戮下手没轻没重的。”钟随风很是过意不去，许了吴万户不少赔款。然吴万户一言不发，只是抱着吴越的尸首不说话，场面一时有些尴尬。

沈歧睿出面调停，才勉强安抚住了吴万户。

不带鹿璃，只用仙者自身的灵力切磋，本身就是为了点到即止，如今见了血光，实在不吉利。这比剑自然是进行不下去了，宴会也匆匆结束。

“简单的秋贡宴都能办砸，真是服了叔父了！”钟有玉气得肝疼，拉着沈楼诉苦，“还有这么多的事务要批复，叔父却只知道陪着你爹喝酒，都扔给我批。我哪会批啊！谁十二岁就会管整个域的事，搁你身上你会批吗？你说你……”

话说到一半卡壳了，因为沈楼正提笔在一张文书上写字，说话的工夫已经批了三张：“不会就学，你爹不在，总得有人挑大梁。”说罢，将三张批好的文书贴在钟有玉的脑门上。

钟家这一代的家主钟长夜，是个很能干的人，以至于这两个傻儿子从小只知道修行、玩耍，别的一概不理。于是，当林信一言不合杀了钟长夜，钟家便一夜坍塌，迅速衰败。

“妖孽，你怎么什么都会啊？！”钟有玉揭下脑袋上的纸，怪叫道。

“你学，还是无墨学？”沈楼不想理他，转头去看林信。

林信不知何时把廊下的鹦鹉取了下来，举着那绿毛鸟，让它啄歪在软榻上熟睡的钟无墨。钟无墨眼底下一片青影，显然是夜里没睡好。

钟有玉一把捏住那马上要戳到弟弟的鸟嘴：“别弄他，叫他睡会儿。”

鹦鹉挣扎开来，蹦到林信肩膀上，扯着嗓子大叫：“别弄他！不会拿狐狸毛凑吗？”

“你个王八蛋，看小爷今天不炖了你……”钟有玉气得冒烟，拎着翅膀把鸟扔出去。

林信捂着嘴咯咯笑：“这鸟叫什么名字？”

“哪壶。”沈楼快速看着桌上的文书，一心两用地跟林信聊天。

哪壶不开提哪壶，这名字有点意思。林信趴在窗口往外看，看着钟有玉跟鹦鹉吵架，微微眯起眼。钟家追杀他的事，这对双生兄弟自始至终都不知道，所以钟戮应该是不受他们掌控的。如今钟长夜闭关，钟戮那条听命咬人的狗不见得会有什么行动，但他不能冒这个险。

钟戮记不记得他，知不知道他的身份，会不会动手，这些都是不可预估的。一旦落到钟长夜手中，等待他的恐怕便是生不如死的结局，回到过去，活得比前世还短，那也太窝囊了。

回头看看正在快速浏览文书的沈楼，林信跳下软榻，走到沈楼身边，攥住他的衣摆。

“怎么了？”沈楼转头看他。

要跟沈楼告别，有些舍不得，林信眨眨眼，打了个哈欠。

天色不早，见林信犯困，沈楼便不再多留，跟钟家兄弟告辞，回了自己的客院。林信一路攥着沈楼的袖子不撒手，钟家不敢当着外人的面动手，为了保住小命，他必须跟沈世子寸步不离。

但这绝非长久之计，若是回头钟长夜寻了理由跟沈家讨要他，不明所以的沈家将他送过来，那可真是没地方哭去。

“阿信，先去沐浴吧。”桌上堆着钟随风叫人送来的礼物，沈楼拿起一把灵剑查看。这把剑比寻常灵剑要短上三寸，也要轻便许多，想来是考虑到沈楼近年来身体不好，专门为他打造的。

灵剑，是指可以安装鹿璃、游走灵力的宝剑。世家子弟通常到了十五岁才能得到自己的本命灵剑，在此之前用的都是长辈送的普通灵剑，钟随风送他这个乃属寻常，只是旁边的几盒鹿璃就过于贵重了。

“世子……”林信揪着衣摆，站在浴房门前眼巴巴地看着他。

“嗯？”沈楼转头看林信。

“这个，我不会用，”小小的脸皱成一团，“咱们一起洗，好不好？”

一起洗……

沈楼手中的小剑“哐当”一下砸在了脚上。

……

记忆中，热气氤氲缭绕的温泉池，林信骤然收紧了扣在他手腕上的锁链，将他钉在池壁上。

“滚！”

“真是无情，”林信哑声道，“我无愧于心的玄王殿下……”

人非草木，孰能无情，何况面对着那样的林信，他又怎么可能真的无愧于心？

……

烙印在魂魄里的记忆，不合时宜地冒出来，沈楼闭了闭眼，弯腰捡起小剑，僵着步子带林信去浴房。

莫归山中有温泉，通向每一个院落。浴房里是一方青石砌成的小水池，墙壁上雕着一颗硕大的虎头，源源不断地吐着水。池旁放了一口大缸，里面是清凉的山泉水。

沈楼拧动虎头，关闭了水闸，虎口停止喷水，摸摸水温有些烫手，他便舀了些冷水兑进去：“试试烫不烫。”

林信蹬掉鞋袜，伸出一只脚试水，刚触到水面，便怕痒似的缩回来，咯咯笑着又伸过去，踢了两下：“不烫了。”

转头看向被温泉熏红了脸的沈楼，林信摸摸自己脖颈上的细麻绳，赤脚摇摇晃晃地走到沈楼面前，脚下一滑，扯着沈楼就摔进了水池里。

“扑通！”还穿着中衣的沈楼被水浸了个透，吐出一口水，手忙脚乱地把挣扎的林信捞起来。

“衣服湿了。”林信勉强站好，扯掉自己湿透的内衫，露出了那块黄玉佩。

剔透无瑕的鹿回头玉佩，被一根细细的麻绳拴着，美玉系麻，明珠蒙尘，荒唐得悲凉。这是寻鹿侯林争寒的列侯信物，封侯之时昭告天下，作为世家子弟，沈楼自然是认得的：“阿信，你……”

林争寒叛出林家，自立门户，被天子封了个寻鹿侯，一时间风光无两。奈何英年早逝，独子不知所终。皇帝派人寻了许久，终于在林信十六岁那年找到了他。本该继承父亲爵位的林信，却没有得到寻鹿侯的封号，改封了个“割鹿侯”。

割鹿与寻鹿，差之毫厘，谬以千里。

割鹿侯的职责，就是每年去各地征缴鹿璃。林信手段狠辣、任性妄为，对看不顺眼的人便要多征，尤其是西域，硬是多加了三成，因此跟钟长夜起了冲突。

“林信那个畜生，杀了我爹！来日，定要将他碎尸万段！”钟有玉来报丧的时候，沈家的人都很吃惊，虽然知道林信厉害，但没想到他竟连灵力那般高强的钟长夜都能杀死。

割鹿侯一战成名，世人对林信的忌惮，也由此越来越深。

林信见沈楼捏着玉佩发呆，知他是认出来了，在心中默默叹了口气。先前在渭水意外相遇，又被沈楼捡回家，是他前世奢望不来的幸运。本以为可以好好陪着沈楼长大，奈何造化弄人。

“……你怎么用麻绳系玉佩呢？叫紫枢给你换条软绸。”捏着玉佩半晌，沈楼却说出了这么一句话，然后便挪开眼，兀自脱着湿透的中衣。

“这是什么玉佩，你不知道吗？”林信却不打算放过他，今天这事必须告知沈楼，以保证他不会把自己交给钟家，“我不是赵万户的侄子，我是林争寒的儿子。”

“阿信！”沈楼吃惊地看着林信，原以为林信小时候不知道自己的身世，直到朱星离找到他，他才发现。原来这孩子一开始就知道。

“我今天看到那个人了，那个追杀赵叔叔的人，脸上有一道疤，”林信红着眼睛，“他们也会杀了我的，那个钟戮一定会来抓我的。”

“你是说，当年追杀你的，是钟家的人？”沈楼瞳孔骤缩，终于明白了前世林信为何针对钟家，为何要杀死钟长夜。若是钟长夜害死了林争寒……

回想当年自己因为林信杀死钟长夜而指责他……沈楼伸手扶住瑟瑟发抖的

林信："别怕，有我在，没人敢伤害你。"

林信垂下眼帘，掩去眸中的嘲讽，一个孩子口中的保护能有几分可信？终不过是把他交给"立如雪中松"的玄国公，转手送到皇帝手里。"你可以把我交给皇帝换奖赏，但求你不要把我交给钟家人。"

［七］

"世子，国公爷请您到偏厅一叙。"门外突然传来通禀的声音。

按照钟家兄弟的说法，钟长夜闭关，他们无能的叔父拿不了主意，便找沈楼他爹来商量，想借着玄国公的名头震慑西域封臣，好徐徐图之。瞎热闹了一整天，也该是谈正事的时候了。沈歧睿谈正事，向来不避讳长子，便叫他一起去。

沈楼来不及跟林信多解释，只干巴巴地说了一句："莫怕，跟着我。"

既然钟戮对林信有威胁，他便不能把林信独自留在屋里，挂上那把刚得的小宝剑，带着重新穿戴整齐的阿信小尾巴，跟着门外的侍卫走出去。

天已经黑透了，莫归山夜里禁烛火，侍卫手中的灯笼便是唯一的亮光。

莫归山上的房子依山而建，随着山势上下错落，由许多飞檐走廊相连，甚是复杂。白日里便容易走错，何况是在黑灯瞎火的夜晚。

沈楼还在想着林信的事，没注意侍卫把他们领到了哪里。

七拐八拐，行至一处九曲回廊，侍卫将一盏灯笼交给沈楼："前面唤作梅园，国公爷与二老爷皆在厅中，属下不便相随，世子请。"

说罢，那侍卫便退了几步，立在廊柱边，做出在这里等的姿态。前面是一道月亮门，穿过门似乎是个园子，沈楼微微蹙眉，这两人秉烛夜谈，怎会到如此偏僻之地？他看了一眼身边的小林信，对方低着头，不知道在想什么。

林信正把一小颗鹿璃攥在手里，慢慢吸着灵力，忽见一只冷白的手递到面前。这只手比记忆中的要小一圈，也不是健康的小麦色，他抬头看看小小的沈楼，把空着的那只手递了过去。不管怎么说，这个孩子，这一刻是真的想保护他的，哪怕是出自沈家与生俱来的仁义病。

踏进园子，微弱的烛火照亮了前后三步的距离，鹅卵石铺就的小路弯弯曲曲，上面的石子已经掉了不少。举起灯笼，看向远处，亭台倒塌，荒草丛生。

"这里……"沈楼一惊，抓住林信就往后退，然而已然来不及，荒草深处倏然蹿出一道人影，封住了他们的退路。迅速将林信护到身后，沈楼撷来一缕烛火弹射而出，微弱的火苗与那人影在空中相撞，映出了钟戮那张疤痕纵横的脸。

林信咬牙，还真是怕什么来什么，扔掉已经变成粉末的鹿璃，握掌为爪，正待动手，耳边忽然传出拔剑声。

沈楼握着那把看起来有些可笑的小宝剑，将灯笼扔到空中一脚踢开。

“哎……”林信阻止不及，那边沈楼已经冲了上去，顿时有些着急。且不说只有十二岁的沈楼是不是钟戮的对手，就说他现在这个身体，外界可都传说他连剑都提不动的！

“嗡——”的一声，剑柄上的鹿璃被激发，淡蓝色的荧荧灵光瞬间充满了剑身，沈楼稳稳地握着小剑，与钟戮那乌黑的短剑相碰。

又是一声嗡响，钟戮的剑也激发了鹿璃。烛火熄了，周围一片漆黑，只看见两道幽蓝的光在空中瞬息间对了几十招。

年仅十二岁的沈楼，竟然能接住钟戮的杀招，这让林信很是吃惊。自己的资质已经算是极好，十二岁的时候在钟戮手下也撑不到五招，这沈楼莫非是妖孽不成?

还未待林信细看，沈楼突然御剑而来，抓着林信就跑。

竟然还能御剑！之所以十五岁才开始练本命灵剑，是因为御剑需要神魂相佐，十五岁之前神魂一般很难凝练到可以御剑的程度。

沈楼紧紧抱着林信，从袖中摸出一颗鹿璃捏碎，充沛的灵力充盈全身，灵剑化作一道流光向前冲去，不料这园子尽头竟是一处山壁。转头欲向上，钟戮已经追了上来。

一阵晕眩袭来，沈楼甩了甩脑袋，踉跄着落下飞剑。

“那边是道石门！”林信眼尖地发现了山壁下面的机关。

尖锐的杀气撕开微凉的夜风，带着雷霆万钧之势，自头顶破空而来。林信只觉得自己被狠狠推了一把，撞开石门，“咕噜噜”滚下了几层石台。

“嘶——”手掌撑在地上，被碎石划出了几道口子，林信龇牙咧嘴地爬起来，立时被明亮的烛光晃花了眼。

“谁？”钟无墨那稚嫩冰冷的声音从烛光明灭处传来，未及反应，一道剑光便隔空而来。

就地一滚，躲过那凌厉的杀招，林信来不及重新站直，就被一跃而出的钟无墨拿剑指住了脖子。

“小墨，别杀他！”钟有玉穿着一身麻衣跑过来。

这是一间凿山而出的宽广石室，四周挂满了白幡，正中摆着口精致的石棺。丝丝白气从棺材里源源不断地冒出来，显然里面是镇了冰的。再看这披麻戴孝的兄弟俩，哪里还有不明白的！他们的父亲——西域素国公、钟家家主钟长夜，竟是死了！

秘不发丧，两个儿子晚上冷凄凄地偷偷守灵。

“他，看到了。”钟无墨盯着林信，并没有收起手中的剑。

“他是沈大的师弟，不能杀他，杀了他，这事就更兜不住了，”钟有玉看向一脸无辜的林信，“小阿信，你怎么跑到这里来了？”

林信丝毫不在意两个小孩子的威胁，大声道：“钟戮要杀沈楼，就在外面！”

“什么？”钟有玉一惊，他们的确让钟戮在外面守卫，若是沈楼误闯进来，定然会碰到。钟有玉赶紧跃上台阶开门，冲天的火光带着浓烟扑面而来，却不见沈楼的身影。

外面都是荒草枯木，一点即燃，火舌在开门的瞬间舔上了石门，把钟有玉逼回了台阶下。

竟然着火了！林信了然，这火定然是沈楼放的。钟家再怎么样，也不敢在这里杀沈世子，只要引来了人，沈楼就安全了。

“快把门关上！”钟有玉自然也明白这一点，大火会引来众人，到时候父亲的死讯就再也瞒不住了。

这边兄弟俩手忙脚乱地关石门，林信已经蹿到了石棺上。棺中堆满了冰砖，连带着石棺边缘都结了一层寒霜。冰凌之下躺着一人，素白衮服，领口缀着绵密的白虎毛，腕上扣着白虎纹嵌鹿璃金护腕，即便死了，依旧透着一股无可抵挡的睥睨之势。

只可惜，那张剑眉鹰目的俊朗面容已经坍塌，只能勉强看出是钟长夜的脸。这死相，与魂飞魄散的赵家大少别无二致。

钟长夜，难不成也魂飞魄散了？

手边没有镜子，无法验证，但林信已经基本确定了。赵大少、钟长夜，这些原本还能活好几年的人，在他这一世开始时统统死去，死法都是魂飞魄散。

而这两个人，前世都被他捏碎了魂魄。

［八］

火光，在漆黑的莫归山上极为显眼，不多时，救火的、看热闹的便蜂拥而至。石门未及合拢，满脸烟熏火燎痕迹的钟家兄弟俩狼狈地站在原地。

匆匆赶来的钟随风看到这一幕，不由得顿足捶胸。西域的属臣基本上都在，钟长夜的死讯再也瞒不住了。

宵禁时熄灭的烛火重新被点亮，整个莫归山亮如白昼，将藏在暗处的秘密尽数翻了出来。

“主公死了！这是怎么回事？”几名有头脸的属臣不管不顾地冲进石室中，看到钟长夜的尸首，顿时号啕大哭起来。

“主公啊！”

石室中乱成一团，林信矮着身子从人群中挤出，就见沈家侍卫扶着沈楼站在刚灭了火的泥地边，沈歧睿负手站在他身边，神色冷峻。钟戮单膝跪在青石板上，一言不发。

“世子。”林信快步走过去，拉着沈楼上下看看，他手臂和腿上有些外伤，看起来并不严重。

沈楼低着头没说话，撕裂的疼痛在灵台中炸开，疼得他眼前一片模糊，依稀听到林信的声音，却辨不清方向。好在他已然习惯了这种疼痛，面上没有任何不妥。

钟随风焦头烂额地跑过来，踹了钟戮一脚：“叫你守园子，你对世子下杀手做什么？”

“戮，是杀人的刀，不是看门的狗。”钟戮被踹得歪了歪身子，索性站起身来，直勾勾地盯着钟随风。

空气有一瞬间的凝滞。

“好了，随风，现在不是计较这个的时候！”沈歧睿沉声道，抬手示意沈家的侍卫去清场。灵堂里挤满了人，像什么样子？

钟戮头也不回地御剑而去，冲进石室中抱剑立在棺材前，强大的灵力往往伴随着慑人的威压，震得众人齐齐后退三步。沈家的玄衣侍卫走进来，将那些不论真情假意哭得稀里哗啦，伤心欲绝的万户、千户大人们请出去，石室终于恢复了安静。

沈歧睿走进来，看着棺材里的钟长夜，良久不言。夜风穿过石门，吹得桌上的白烛明明灭灭。“怎么回事？”

“那日父亲正与人过招，不知为何突然倒地不起，”钟有玉红了眼睛，“药石罔效，招魂不应。”

沈楼缓步走进来，步履沉稳，面色平静。他接到父亲的示意，上前给钟长夜行礼。

林信抱着手臂站在一边，完全没有行礼的意思。暗道自己白忙活一场，既然钟长夜已经死了，钟家一盘散沙不足为惧，自己当真没必要跟沈楼坦白身份，真是亏大发了。

“哎呀呀，怎么这么热闹？”一道略显聒噪的声音从门口传来，还未等众人回头，钟戮已经瞬间蹿了过去。

两股灵力在空中相撞，直接轰碎了半掩的石门。

“哎，有话好好说，别动手！”来人手中握着一根通体漆黑的短棍，丑兮兮不似灵器，却如同活物一般，在指掌间翻转，精准无比地将钟戮的杀招一一拆解。

春痕！林信一眼认出了那柄长得像烧火棍的灵剑，双目一动不动地盯着那一身红衣的人看。

“不打了、不打了，你们钟家尽会欺负人！”红衣人不愿再接招，就地一滚，也不顾这招式是否难看，直接滚到了沈歧睿脚边。

“住手！”沈歧睿抬手制止了钟戮的追杀，低头看向朝着钟戮做鬼脸的男人，“亦萧，你怎么在这里？”

听到这个名字，沈楼立时抬头看向那人，心中暗道一声糟糕。上辈子被林信亲手杀死的师父朱星离，表字亦萧。

“可不是我要来的，是钟长夜不让我走！”朱星离爬起来，拍拍衣袍上的尘土，绛红绡，金玉袍，是南域朱家一贯的奢靡打扮，与这苍白的灵堂格格不入。

“你胡说！”钟有玉忍不住反驳，“是你赖在我们家不走，还把我爹害死了。”

“哎，小子，饭可以乱吃，话不能乱说。钟长夜可不是我杀的，我哪里打得过他，你们得讲道理！”朱星离生得一副好相貌，然而站立说话没个正形，活像从深山老林里蹿出来的大猴子，丝毫没有南域朱家“动若凤凰灼九天”的气派。

灭了火，安抚了外面号丧的属臣，钟随风满头包地跑进来，就看到朱星离在灵堂里撒泼打滚，顿时气不打一处来：“朱星离，你怎么跑到这里来了？”

“你们不让我出莫归山，又没说不许我出院子！”朱星离躲到沈歧睿身后，转头看到了脸色苍白的沈楼，“呦，大侄子也在呢，脸色怎么这么差？”说着，又看向沈楼身边的小林信。

沈楼侧身上前一步，挡住了朱星离看向林信的视线，拱手见礼：“朱二叔……”话没说完，他忽然一头栽倒，被朱星离手疾眼快地接住。

“这孩子，怎么一身冷汗？！”朱星离打横将人抱起来，感觉到有人抓住了自己的衣摆，低头看，正是方才就一直盯着自己的那个小孩子。

“师……叔叔，世子方才跟钟戮打架了，得找个大夫来。”林信努力克制住自己喉头的颤抖，眼一眨不眨地看着朱星离年轻英俊的脸。

大夫说不出个所以然来，只能归结于强行御剑伤到了神魂，休息几日也就好了。

朱星离撇嘴：“庸医。”

“你说人家庸医，你倒是治啊。”林信习惯性地开口戗他。

“嘿，”朱星离绕着林信转一圈，突然伸手弹他脑袋，“你这小子有点意思。”

林信捂住被弹的地方瞪他，瞪了一会儿，视线渐渐模糊了。他许久、许久，不曾听到这个声音，也不曾有人弹他脑袋了。

“哎呀呀，怎么还哭了，”朱星离挠头，蹲下来跟林信平视，“我给你弹回来行不行？”

林信抹了一把眼睛，抬手弹了回去。

“嗷！还真弹啊你！”

一夜闹剧就此收场，钟长夜的死讯再也捂不住了，钟家第二天就把灵堂移到了前庭，派了人去各域报丧。消息以最快的速度传入京城，不日就会有天子的旨意降下，在此之前还不能下葬。

钟有玉和钟无墨不再是晚上守灵了，白天也得跪在灵堂，披麻戴孝，迎来送往。原本热火朝天来秋贡的万户、千户们，纷纷换上了素衣黑袍。

只有朱星离还穿着一身喜庆的红衣，四处溜达。

“朱亦萧，你不要太过分！”钟随风看着他这一身打扮，气得指尖发抖。

南域朱家喜好奢靡，嫡系子弟都穿红衣。绛红鲛绡金玉袍，额间缀着一颗米粒大小的鹿璃珠，八面精雕，玲珑剔透，在阳光下好不耀眼。

“我们朱家就这么打扮，丧事喜事一概如此，”朱星离张口就开始胡诌，“我可不是来给钟长夜办喜事的啊，你可别误会。”

“你……”钟随风气得要拔剑，刚露出剑刃，就被骤然出手的春痕给撞了回去。

朱星离握着那根黢黑油亮的“烧火棍”，笑道：“你看你，不让我走，又天天气得跟喝多了水的王八一样，何苦来哉。”

“亦萧。”沈歧睿从远处走过来，及时止住朱星离的胡言乱语，拍拍钟随风的肩膀示意他先去忙，自己跟朱星离说几句话。

沈楼昏睡了一夜，次日又像没事人一样拒绝喝药。

林信扒着窗台往外看，远远瞧见师父跟沈楼他爹说话。按照时间来算，这时候的朱星离应该是在到处寻他，跑到莫归山来直接管钟长夜要人，这还真是他的作风。只是钟长夜死得蹊跷，一直跟他不对付且恰好在莫归山上的朱星离自然成了怀疑对象。

沈楼轻咳一声，把未动一口的药碗放到小几上，发出一声脆响。

听到声响，林信回头，看向双目紧闭倚在软榻上的世子，想起昨夜师父说的话。朱星离这人，跟普通修士不一样，修行的东西十分庞杂，奇门数数、刻阵画符……

按照朱星离他哥——朱家家主的说法，他整个就是猴子转世，没个常性，什么都会一点，什么都不甚精通。

但驳杂有驳杂的好处，许多常人看不到的东西，他却能发现。听紫枢说，沈家找了许多仙医来都没治好沈楼，自家师父或许能有办法。

“世子，我想出去玩一会儿。”林信眼巴巴地看向沈楼。

“……去吧。”话没说完，那孩子已经一阵风地跑出去了，沈楼看看小几上的药碗，薄唇抿成了一条直线。

给朱家报丧的信使不日便至，连带朱星离在莫归山的消息也会带去。沈歧睿答应替他从中说和，洗脱他的嫌疑，朱星离一时半刻还不能离开莫归山，百无聊赖地蹲在院子里挖蚂蚁。

一抬头，瞧见篱笆上冒出的半颗小脑袋，朱星离笑着招手让对方过来：“小子，你怎么找过来的？”

“我来问你怎么治世子的病。”林信绕过篱笆，走到朱星离面前，盯着那双朱家人独有的凤尾目看。朱家人长得艳丽，凤目眼尾上挑，只有朱星离是个异类，他眼角有些向下，应当是他自己那吊儿郎当的表情造成的。

“你是沈楼的什么人？”朱星离蹲在地上，跟林信平齐。昨夜昏暗看不清楚，此刻再看这孩子的眉眼……

“我是世子的随侍。”林信乖乖地回答。

“这么小的随侍！”朱星离比了比小家伙的高度，“你叫什么名字？”

“信，单名一个信。”林信垂下眼，回想自己前世第一次见到朱星离的时候，也是这么说的，只有名，没有姓。

朱星离眉梢轻挑了一下，面色丝毫不变，依旧是那副笑嘻嘻的模样，握住林信的胳膊手法熟练地摸骨：“啧，好小子，资质不错，给我当徒弟吧。”

我本来就是你的徒弟，林信背在身后的手倏然攥紧：“我为什么要给你当徒弟，你有什么本事？”

“我啊，是个仙人，”朱星离一本正经地说着，从背后拿出他的春痕，“瞧见没？这是根烧火棍，我只要吹口气，就能把它变成灵剑。”

林信对此毫不感兴趣，甚至有点不想认他了：“我是世子的随侍，不能跟你走。”

“没事，我把你偷走，咱们悄悄的。”

“……”

第三章 九悔

何以结恩情？
鹿璃缀罗缨。

[一]

林信回到沈楼的院子里时，侍卫黄阁正兢兢业业地把汤药浇灌给院子里的桂花树。

“黄大哥，世子又不喝药了？”对于昨晚沈楼突然的昏迷，林信很是在意，方才问了朱星离，结果那老浑蛋又开始装傻充愣，说这是吃饭的手艺，定要他拜师才肯说。

“是啊。”黄阁愁苦地挠头，紫枢没有跟来，他笨嘴拙舌的，不会劝。

“世子的身子，是自小就这样吗？”林信折下一枝桂花在手中把玩，“听说北域每年都要跟北漠的蛮族打仗，世子这么弱的身子，沈家族人……”

“不是的！”黄阁义正词严地纠正林信的猜测，“世子儿时身子强健，是两年前才……唔，你别看世子要天天吃药，他的灵力、剑术远在其他同族之上，这世子之位，谁也夺不去！”

不善言辞的黄侍卫，夸起世子来却是滔滔不绝，甚至因为激动还红了脸。

两年前吗？林信蹙眉，赵大少和钟长夜接连死去，死法还都是魂飞魄散，皆是在他回到过去的那一天，这让他不得不将两人的死和自己联系起来。那么沈清阙呢？沈清阙的身体是两年前坏掉的，似乎跟他搭不上什么边。

屋子里，沈楼看起来已经没事了，正在擦拭那把短小的灵剑，瞧见冒出半颗脑袋的林信，便招手让他过来。

收剑入鞘，沈楼将一块鸽子蛋大小的鹿璃放在鹿槽里：“会用剑吗？”

“会一点。”林信接过来，单手握住剑柄，鹿璃激发，剑身瞬间被淡淡的荧光笼罩。既然已经将自己的身世告诉了沈楼，会用剑这件事就不必藏着了。

沈楼也毫不意外：“送你了。”

“真的？”这还是沈楼第一次送他东西，林信立时觉得手中的小剑可爱起来，抱着不撒手，“这是信物吗？”

“……你哪里听来的？”这种话，二十岁的林信张口就来，但从八岁的林信口中说出来，就太过惊世骇俗了。

“说书先生讲的，”林信面不改色地胡说八道，“何以结恩情？鹿璃缀罗缨。”

“那是美玉缀罗缨……”沈楼哭笑不得，又莫名地失落，那个肆意不羁的割鹿侯，终究是灰飞烟灭了，如今的林信，还是什么都不知道的孩子。

“哦，”林信浑不在意地应着，低头摩挲这把小剑，“可是，我没有什么可以送你的。”孑然一身，只有父亲留给他的一块玉佩，他只能把手中刚折的桂花塞给沈楼。

已经打定主意要跟师父离开，他本就想跟沈楼讨一样东西的，好在经年再见之时拿出来叙旧。

他是列侯的儿子，说出了身份，便不可能再做沈楼的随侍。以沈家人的正直，相关消息必然已经送往京城，不日，皇家的车马就会到莫归山，接“寻鹿侯”的遗孤回宫，由天子亲自教养。

“父亲说你资质极好，想教你破冰剑法，”沈楼佯装不知林信去见过朱星离的事，“这剑你现在用正合适。”

沈歧睿竟然说要教他，这是不打算把他交给皇帝的意思？

林信颇感意外，眼中露出些许挣扎。

沈楼只当作没看见，带着他去看望钟家兄弟。

前世，关于林信为何弑师，有很多传说。嘴巴闲不住的钟有玉，便是给沈楼提供消息的“中流砥柱”。

“据说，林信他爹就是朱星离杀的。说是林争寒临死前托孤，仔细想想，如果不是朱星离所为，他是如何见到临死前的林争寒的？啧啧，杀父之仇与养育之恩，林不负这人也挺不容易的。”那时候的钟有玉，尚觉得林信可怜。

“呸，你道那林不负是为了报仇吗？他是想独吞朱星离的万卷书帙，因为朱星离更宠爱他那个师兄，嫌他性情暴虐，于是他便恼羞成怒了！”听到第二个版本的时候，钟有玉已经对林信很看不惯了，毕竟林信对别家都一样，唯独向他家多收三成鹿璃。

“听去雁丘接人的金吾卫说，他们去的时候，林信衣衫散乱地拿剑指着他师父，眼眶都是红的，那模样显然是……”仿佛说到了什么恶心的东西，钟有玉骤然停了下来，“呸呸，我是听别人说的。当不得真、当不得真。”

虽然林信是他的杀父仇人，但这样的说法太过龌龊，钟有玉自觉不该这般诋毁林信，便及时住了嘴。

究竟为什么，林信从未对人提起过，总归不会是什么好缘由。他不能把林信交给朱星离，绝对不能。

连打了三个喷嚏的朱星离，可不知道沈楼在背后嘀咕他，找到故人之子的他，正兴奋不已地在院子里搓着手。沈家父子都是榆木脑袋，如果知道小阿信的身世，肯定要告知皇帝，所以不能正着来。

现在朱星离只有两条路，要么让朱家出面，说这孩子是他的私生子，死皮赖脸地要走；要么偷，抱起林信就跑，让他们找不着。

两条路都行得通，就看林信愿不愿意跟他走了。朱星离找来纸笔，给自家大哥写了封信，而后大摇大摆地寻钟随风去了。

钟随风正在清点秋贡的账册，一个头两个大，忽然被一枝带着香气的桂花砸中了脑袋："谁？"他捏着花枝看过去，就见到了坐在窗台上晃着脚的朱星离。

"随风啊，借我点鹿璃吧。"朱星离笑嘻嘻地冲他伸手。

这人，刚骂完他，转头还敢管他借钱？钟随风憋了半晌，蹦出一句："你要多少？"

"不多，十斤，"朱星离跳下窗台，随手拿起钟家的账册翻看，"今年收成不错啊。"

钟随风把账册夺过来，慢吞吞道："你要那么多鹿璃做什么？你行踪不定，离了莫归山，我去哪里讨债啊？"

"啧，你看你，忘了我姓什么了？我们朱家，还能讹你十斤鹿璃啊？我兄长肯定会还你的。"朱星离说着，自己在盛鹿璃的箱子里抓了一把。

"哎，你……"钟随风做事本就犹犹豫豫的，被朱星离三言两语糊弄了，再要说什么时，那人已经风一般地跑掉了。

钟长夜的葬礼大办了七天，各大世家都派了嫡系前来吊唁，东域林家家主有要事走不开，便派了世子前来。南域朱家家主就没这么客气了，直接说自己跟钟长夜关系不好，指了恰好在莫归山的弟弟朱星离代替他。

对于这种状况，沈歧睿早有预料："你可知他们为何不来？"

"因为父亲在此。"沈楼垂目，今上对四域颇为忌惮，如果三家家主聚首，不管是为了什么，定然会引起天子不满。

原本还有些生气的钟有玉，听到沈楼的话，立时明白过来："等热孝过了，我和无墨再去给各位叔伯回礼。"

沈歧睿欣慰地点点头："不错。我已经奏请皇上，让你叔父暂理西域之事，你们两个便跟我回北域吧。"

“可以吗？”听到可以去北域，钟有玉眼睛一亮，用手指戳了戳弟弟。他还担心着父亲过世，没人教导他们修行，若是能跟着沈歧睿，自然是再好不过了。

钟无墨却没什么反应。

就在这时，外面传来一阵长号的鸣啸声，屋中几人皆神色骤变，起身快步走出去。但见数道金光自天边而来，乃是帝王的金吾卫。

林信躲在廊柱后面看着那迎风招展的金旗，迅速转身，头也不回地朝朱星离的院子跑去。

“哎哟，这是怎么了？”朱星离接住飞奔而来的小家伙，见他脸色煞白，连忙开口问。

“走，我们快走！金吾卫来了，定是来接我的！”林信紧紧攥着艳红衣袍的前襟，“师父，我认你做师父，带我走吧！”

不必细说，朱星离已经知道发生了什么事：“别怕，咱们走。”

说罢，拿出“借”来的鹿璃，嵌入灵剑，掐了个法诀，丑兮兮的烧火棍春痕灵活地在空中打了个旋。抱紧怀里的孩子，朱星离一跃而起，踩上灵剑，瞬间化作一道红光，飞驰而去。

［二］

金吾卫，乃是皇帝亲卫，执金吾仪仗，守天子近侧。此行十二人，整整齐齐御剑而来，代行天子令。

为首的统领拿出一道金丝盘龙的圣旨，双手翻转，黄绢布于半空中展开。

圣旨言，西域素国公溘然长逝，天子甚是痛惜。域中不可一日无主，令钟随风代行国公之责。二子皆年幼，着金吾卫接入宫，由天子亲自教养。

“入宫……”钟有玉惊慌地转头看向弟弟，虽说国公乃一域之主，但终究是天子臣下。他们在西域可以称王称霸，到北域也自由自在，但入了京就得夹起尾巴做人。

钟无墨依旧是一副不动如山的模样，仿佛早有预料。

金吾卫收起圣旨，呈递给在场地位最高的沈歧睿。沈歧睿验了天子印，交给钟随风保管：“诸位一路奔波，入内堂用茶吧。”

“这可怎么办？我可不想入京！”钟有玉愁眉苦脸，让沈楼给他拿主意。

“圣旨已下，你待如何？”沈楼转身未见林信，交代黄阁去寻他，虽说钟家如今没有表现出要抓林信的意思，但还是要防着点。

“小墨，你倒是说句话呀！”钟有玉拍了弟弟一巴掌，神色颓然，“我待如何？我能如何？要不是你爹请旨，他怕是会直接接管了西域。爹不在了，二叔又是个指望不上的，我还能领兵抗旨不成？诸侯子弟入宫，与质子无异，万一皇帝故意要把我俩养废了，到时候以‘未及弱冠，不得继位’为由，扣我俩十年八年的，我们……”

“慎言！”沈楼喝止口无遮拦的钟有玉，弹指把蹲在窗口的鹦鹉哪壶给打下去。

“养废！养废！”哪壶从窗台上跌下去，嘎嘎地重复着钟有玉的话，很是生了一股鸟气。

钟有玉垂头丧气地把躺在地上耍赖的鸟捡起来，塞到沈楼手里，托他代为照顾。这鸟是绝不能带去京城了，哪壶不开提哪壶。他是个话痨，每日说的话没有一万也有几千，指不定被这鸟学了什么去。京城不比莫归山，隔墙有耳。

“小玉、小墨，二叔有话跟你们说。”钟随风一脑门子官司地走进来，招呼兄弟俩过去。

沈楼拎着鸟起身告辞，想着阿信好似挺喜欢这只鸟，正好拿回去给他玩。沈楼刚走出钟家兄弟的院子，便见黄阁匆匆而来：“世子，阿信不见了。”

“什么叫不见了？”沈楼心头一紧，把鹦鹉扔给黄阁，快步朝朱星离的院落跑去。

院子里空荡荡的，细沙铺就的地面上留下一圈浅浅的涟漪，乃是灵剑漾开的灵力造成的纹路。很显然，有人在原地御剑而去了。

“林信……”沈楼握紧拳头，黄沙从指缝里迅速漏出去，直到掌中空空，什么也没抓住。

林信还是跟朱星离走了，不可避免地重复起前世的命运。可是为什么？先前还说得好好的，林信回浣星海跟着他一起练剑，以后就叫他师兄，怎么突然就变卦了？

“金吾卫来之前我还瞧见他了。”黄阁抱着鸟，努力回想林信的踪迹。

金吾卫……

沈楼蓦然惊醒：“黄阁，你马上御剑去追，往东南方。告诉阿信，金吾卫不是来抓他的，我没有告诉父亲。”活了两世，他竟被乖巧可人的外表蒙蔽了。再如何年幼，林信也是那个谨慎多疑的林不负，绝不可能是刚认识几天就全心信赖他的傻孩子。

“是！”黄阁半句废话也不问，直接祭出灵剑，御风而去。

半空中掉下来的哪壶转了个圈，愤愤地叫嚷：“不会拿狐狸毛凑吗？”

春痕剑一日千里，黄侍卫一门心思往东南方向追的时候，林信已经跟师父在小城中摆起了卦摊。

“一两银子一卦，不准不要钱。”长幡上龙飞凤舞地写着句话，最后一个“钱”字写不下，委委屈屈地缩在边角上。

脱掉绛红鲛绡，扯下头上的鹿璃额坠，朱星离穿着一身仙气飘飘的白衣，坐在卦摊前任人围观。林信就拿着个签筒，面无表情地站在一边，尽职尽责地“哗哗”晃动。

“一两银子一卦，你是神仙啊？”看热闹的人对着这对厚脸皮的师徒指指点点，别人算卦都是两文钱，这人竟然敢要一两。

“心诚则灵。”朱星离微微一笑，天生一副好相貌，即便眼角向下，也自有一派仙风道骨。

“哎，小孩儿，你师父是不是骗人的？”有人开口逗林信。

“信则有，不信则无，若是出不起一两银子，便莫扰我师父清净！”林信抬起小下巴，冷着脸道。

“嚯！”众人都被这小童的言语唬得一愣。

朱星离饶有兴致地瞥了徒弟一眼，好小子，无师自通，该不会真是他忘在哪里的私生子吧？

“我来算一卦！”一名锦衣华服的男子坐下来，摸出一块碎银子，放到桌案上。

朱星离什么也不问，单指点在男子的掌心，慢条斯理地摸了一番手相，沉吟片刻道：“蓬莱有路，一朝错恨，可惜、可惜。”

朱星离连道几声“可惜”，男子倏然变了脸色。

蓬莱有路，是说他本可以登上仙途；一朝错恨，是说他这些年把罪责都归到了错误的人身上。

“先生怎知我恨错了人？”他出身凡人之家，幼时曾有仙者来摸骨，不了了之。待他成年之后掌家，认识了仙门贵人，竟得知自己有上好的资质。回想当年后娘曾跟那摸骨仙者谈了一番，定然是故意毁他仙途，他心中愤恨，便一直苛待后娘。

林信垂目不言，默默听着朱星离瞎胡扯。方才那一番看相，实则是在摸骨，这浑人定是看出对方似有仙根灵脉，摸查一番得知是时有时无的隐脉，修为低的仙者摸不出来。

上辈子没少跟着朱星离出来摆摊，有时候是算命，有时候是卖胭脂，偶尔也会要饭。按照朱星离的话说，出世入世，皆是修行。话说得难听点，不过是为了玩。

以前他觉得丢脸，不耐烦陪着朱星离疯。直到师父死后，他回想往昔，竟是举着破碗要饭的那些日子最幸福。

“回魂了，”朱星离弹了他一指头，把用作招牌的白布随便卷了卷，扔到一边，“是不是饿傻了？”

林信帮着师父收摊，收法就是把手中的签筒随手一扔。

朱星离抱着手臂，跟这奇怪的徒弟大眼瞪小眼：“你说咱俩上辈子是不是见过？”

嗯？林信对于“上辈子”这个词很是敏感，立时抬头看向朱星离：“为何这么说？”

“要不然，你怎么像是跟了我很多年一样？”朱星离单手把他抄起来，扛到肩上，“走，儿子，爹赚钱了，给你买好吃的去。”

“谁是你儿子！”林信挣扎着滑到朱星离怀里，“师父，你什么时候教我仙术？”

“我不是一直在教你吗？摸骨看相，也是仙术。”朱星离胡咧咧，抬手从卖糖葫芦的草垛上拔了一根糖葫芦塞到徒弟手里，头也不回地扔了两枚铜钱过去。

“这世间，可有一种仙术能使人灵脉断绝？”林信拿着舔了一口，才意识到自己在吃什么，禁不住老脸一红。

朱星离凑过来，偷走一颗山楂，呜呜啦啦地说：“自然是有的。”

“那如果这东西会传染呢？”林信紧紧盯着朱星离的眼睛。

“那是遭瘟了。”朱星离想也不想地说，凑过来还要再偷，被林信给躲了过去。

师父不是从前世来的，想来也是，这种玄而又玄的东西，可一不可二，哪是那般容易的？

“那沈楼的身体，是怎么了？”坐在城中最好的酒楼里，林信扒着饭继续问。

朱星离要了一壶好酒，慢悠悠地喝着：“他啊……”故意拉长了声音，引得那问题颇多的孩子伸长了脖子，“逆眉薄唇，是个负心薄幸的面相，定然是上辈子欠了情债未还。”

“……”就知道！林信翻了个白眼，不想理他。沈楼是生了一对薄唇，但绝对没有逆眉，剑眉星目，一身正气。

朱星离是个随性的人，跟小孩子说话也是口无遮拦，提起这一茬，就止不住地说起什么面相姻缘浅、什么面相招桃花，惹得邻桌之人频频侧目。

两人并未如沈楼所料地向南回朱家，而是一路向东，出了西域地界又向北。

“这是什么地方？”站在招瑶峰下，林信明知故问。

“招瑶峰。”朱星离抱起他，御剑跃上山去，于林中一处风水极佳之地落下，牵着他的手走上前，花草堆叠处，有两座坟冢。坟前立着山石雕刻的墓碑，龙飞凤舞地写着“挚友寻鹿侯林争寒之墓”与“挚友妻兰苏之墓”。

开一坛好酒，点一炷清香，朱星离道：“来给你爹娘磕个头吧。”

［三］

招瑶峰，是林争寒夫妇的埋骨之地。当年一家人要赶去京城墉都复命，忽然遭到一群白衣人的截杀。

“赵坚，你带着信儿先走！”林争寒把臂弯中的儿子扔给侍卫。

“是！”赵坚抱起挣扎不已的林信，“少爷，我们走。”

“我不走！”白衣人众多，灵力高强，年幼的林信意识到，这一别怕是再难相见了。

“信儿，听话，爹过几日就去寻你，”林争寒眉梢挂着血珠子，满面寒霜，一双桃花眼却笑得温柔，将黄玉佩塞到儿子怀里，狠推了一把，“走！”

“爹！娘！”他趴在赵坚的肩膀上，纵横的灵气与漫天血雾，便是留在他脑海中最后的画面，在岁岁年年的梦境中挥之不去。

林信跪在坟前，掌心朝上，一叩三拜。

朱星离斟了两碗酒，一碗倒在林争寒的坟前，一碗自己举起来，虚空一碰：“我找到信儿了，你放心吧。”

“钟家为什么要杀我爹？”林信站起来，将坟头长出来的青草拔掉。白衣修士，一直追杀他的钟戮，凶手是钟家的人，毋庸置疑。

“不见得是想杀他，”朱星离赶到的时候，已经晚了，具体原因不可考，但钟家紧追不放只能为了一件事，“你知道你爹为什么叫寻鹿侯吗？”

林争寒原本是东域林家人，出身高，灵力强，偏是个情痴，喜欢上了一位凡人女子。仙者，尤其是诸侯贵族仙者，是不可与凡人通婚的。修行需要灵脉，仙者的后代必然有灵脉，凡人中偶尔会出现有灵脉之人但极为稀少。为了保证血统，各家都有家规，东域林家的家规尤其严格。

为了娶凡女兰苏，林争寒叛出林家，与东域林家恩断义绝，自此生死有命，永远得不到家族任何庇佑。

当今皇帝却不拘于此，他欣赏林争寒的本事，给了林争寒一大块地并封其为列侯。为报帝王知遇之恩，林争寒接下为帝王寻找鹿璃矿脉的密令，这一找就是许多年。

“所以，我爹找到新矿了？”

“找没找到无人知，只是钟长夜认为他找到了。”

“这些事，通常不是应该等我成年再说吗？”林信有些无奈，如今的他只有八岁，一般长辈是不会把这些复杂的仇恨告知孩童的，他这位师父倒好，竹筒倒豆子全抖出来，丝毫不怕他心志不稳走岔了路。

“人得知道自己的来处，才能找到自己的归处。”朱星离高深莫测地说。他没养过孩子，就胡养，该说的不该说的全说了，长成什么样只能随缘。

林信知道自家师父是个什么德行，懒得理他，低头给父母烧了一沓纸钱。为了兰苏叛出林家，又为了皇帝寻找鹿璃，最后死在这上面，这里或许就是父亲选择的归处。那么他的归处在哪里呢？

前世他过得一团糟，什么都想要，什么都留不住，最后两手空空，烂命一条，换了个沈清阙……或许，沈楼便是他想要的归处吧，可惜窗斜屋漏、千疮百孔，遮不住这满世风雨。

黄侍卫一路向东南，连个人影也没见着，无功而返。

“将南域与东域交界一处名为雁丘的地买下来，一旦有人询价，即刻上报。”沈楼单指落在《四海注》舆图一角上，用力按出个凹坑。寻不到，便只能守株待兔，一年、两年，无论如何，一定要在林信弑师之前找到他。

“雁丘是什么地方？”清脆洪亮的声音从窗外传来，卷帘被支起的窗棂上，趴着羊角辫乱翘的沈楹楹。

将那枝已经干了的桂花夹在书中，沈楼合上舆图：“你又跑来做什么？”

“你那个小随侍呢？”沈楹楹不走正门，双手撑着低矮的窗台，直接翻身进来，背上还背着一把弯弓。

“丢啦！丢啦！”站在鸟架上的哪壶，扯着嗓子回答。

沈楼拈起一粒豆子，精准地砸在鹦鹉头上。

“呜——”苍凉悠长的号角声，如同惊雷，在边境炸响，瞬时如烽火传递，响遍整个北域。

北漠异动，蛮人入侵！

“父亲！”沈楼快步追上换了一身铠甲的沈歧睿，“我也去。”

“不可，世子体弱，尚未……”东涉川急忙开口阻拦。

“走！”沈歧睿一把抓起儿子，浣星海精锐集结，道道玄色流光仿佛积攒雷电的黑云，于半空中汇成一团，直奔北漠而去。

蛮族，生活在大庸北域以北的草原上，此处荒草萋萋，黄沙漫漫，庸国人称之为北漠。他们的修行方法与庸国人的不同，无论仙者凡人，个个能征善战，悍不畏死。每逢秋收、春耕，粮食短缺之时，这些蛮族便会南下抢掠。

骏马立在山丘上，望着远处乌泱乌泱的蛮族大军，不耐烦地打着响鼻。

“沈家人的归处，只有沙场，没有病榻。你若是不能上战场，趁早自绝灵脉！”沈歧睿握着马鞭，冷声对脸色苍白的沈楼道。

沈楼微微一笑，手中嵌了鹿璃的长枪稳稳地挽了个花，枪尖指地，充沛的灵力将脚下的枯草齐齐斩断：“父亲放心，楼，必不给沈家丢脸！”

寒风起，秋水逆，百战沙场碎铁衣。

战事突发，年仅十二岁的沈世子上了战场，无暇继续寻找他的小随侍。斩铁骑，杀胡虏，一战成名。

“却说那玄国公世子，独领一队轻骑，冒着鹅毛大雪，绕至野狼关外。当时，月黑风高，伸手不见五指，世子爷……”关于那位神勇无敌少年世子的传奇，是近来说书先生们最爱讲的。

出身高贵，年少成名，沈楼从小就活得如同传奇话本。

“好！”说到精彩处，林信扔掉手中的瓜子高声叫好，拍完巴掌犹不过瘾，三两下跳上高台，仗着人小，直接坐到了说书人的桌上，“你讲的野狼关之战甚是有趣，只是关于沈世子的样貌，讲得不对。”

“哪里来的孩子，下去下去！”说书先生甩袖，轰他下桌。

林信一骨碌爬起来，在桌上跳来跳去：“沈世子可不是身高八尺的壮汉，他才十二岁，哪里使得动八百斤的铁剑？他长得俊若修竹，使的是一杆鹿璃银枪，待到十五岁才能得本命灵剑。纵使他会御剑，他爹也不能同意。”

“小孩子知道什么？”说书先生涨红了脸，抬手就要打他，被林信顺手抢了折扇。

“我在沈家当过小厮，见过沈世子的！”林信打开折扇，像模像样地扇了两下，站在桌子上，自己说起了书，“却说那野狼关，乃是一处峡谷……”

关于沈楼的书，林信上辈子没少听，早已倒背如流。那是经过多年打磨修饰之后的经典版本，比如今这些现编的段子要有趣得多。

台下人渐渐听得入了迷，叫好声此起彼伏。

朱星离单手托腮，有一搭没一搭地往嘴里扔豆子，等林信说完一段，他恰好将一盘豆子吃完，拎起空盘伸到那些听书人面前：“我儿子说得好吧！给钱了、给钱了。”

“有你这样当爹的吗？不让孩子好好读书，在这里说书像什么话？”被赶下台的说书先生，梗着脖子骂道。

“就是，瞧你穿着锦袍玉带，竟还好意思要钱。”有不想给钱的找起了碴儿。

“这孩子是我捡来的，我供他吃喝，他就得给我赚钱。”朱星离摆出一副无赖嘴脸。

“混账东西！”一位胡子花白的老人骂道。

“抓住他，他是个人贩子！”一句玩笑话，捅了马蜂窝，群情激愤，大伙儿要揍他。朱星离见势不妙，抱起看热闹的林信就跑，从茶楼二层一跃而出，甩出春痕，溜了。

茶钱也没给。

“嚯，竟然是位仙者！”

“……那肯定是说笑的。”

仙者与凡人有天壤之别，人家能教孩子仙术，哪里需要读书？

“哈哈哈，谁让你胡说八道！”林信趴在师父肩膀上，笑得喘不上气。

“嘿，你小子，敢笑话为师！”朱星离抬手要揍他，忽然面色一肃，两指夹住了一把疾驰而来的小剑。那小剑只有巴掌长，嵌了块拇指大小的鹿璃，落进朱星离手中，鹿璃里的灵力已然耗尽，忽闪了两下，碎成齑粉。

“怎么了？”林信见朱星离脸色不好，忙问道。

“出事了，”朱星离摸出一颗鹿璃，捏碎，将一小块嵌入小剑，打了一道法诀进去，“阿信抓紧，咱们要快些赶过去。”

林信二话不说翻身爬到师父背上，紧紧抱住他的脖颈。

朱星离放开小剑，用衣带将林信绑在身上，跟着小剑疾驰而去。

与师父重逢太高兴，竟把这事给忘了！林信趴在师父的背上，暗自着急。上辈子遇到师父的时候，师父已经收了一个徒弟，那就是他的师兄，剪重。

“师父，是谁求助？”

“半夏仙子，剪秋萝。”

［四］

半夏仙子，乃是一名散仙。世间修行之道千千万，有人修行是为了封侯拜相、富贵荣华，有人修行只是为了追寻大道，这些不参朝政、不入世家的高手，称之为散仙。

半夏乃是她的尊号，她本名剪秋萝，只因她性情古怪，一言不合就断人舌根，与那哑药半夏一样毒，故而得名。

小剑指向时时变换，春痕剑快速行进了半日，耗费足足十两鹿璃，终于在一处荒山停下来。

“师父，那边！”林信指向一片倾倒的树木。

棵棵矮树拦腰折断，焦痕遍地。朱星离落下来，捡起地上的一条断臂查看。那是一条男人的右臂，干瘪青白，尚带着余温，已经干涸的血液使断臂上的布料结成块，看不出原本的颜色。

扔掉手臂，给小剑换了块鹿璃，快要跑不动的小东西又如入水的活鱼一般，摇头摆尾地蹿了出去。

这小剑，名叫摸鱼儿，乃是南域朱家的不传秘宝。能得一枚摸鱼儿，必定是朱星离的生死之交。

摸鱼儿可以寻到特定的人，并将之带回，但前提是鹿璃够用。

朱星离背着林信，跟着摸鱼儿在林中穿梭，七拐八拐，绕到一处山石背面，浓重的血腥味扑面而来。

“朱亦萧，你一路爬过来的，生怕老娘没死透啊！”碎石杂草间，半躺着一名面容娇艳的女子，罗裙染血，手中握着把豁了口的长剑，筋肉紧绷，单腿蜷曲，随时都可能扑上来割断来人的喉咙。

“我看你还挺精神的，要不我去山下买壶酒再来？”朱星离嘴里说着，动作却不慢，指若莲花地迅速封了对方的几处要穴，捏住脉腕渡灵力给她。

“谁？”用叶子捧着泉水奔来的少年，警惕地低喝一声，拔出腰间短剑就要冲过来。

“别动！”一把细剑从背后伸出来，逼到了距脖颈半寸处。少年剪重吃了一惊，仰头躲避，却撞到了持剑的林信，被他如猴子抱树一般紧紧锁住。

剪重僵住不动，认出给母亲疗伤的是以前见过的朱星离，稍稍松了口气：“你是朱叔叔的徒弟吗？”

啧，竟然这么机灵！林信松开剑，上下打量这位隔世许久不见的师兄。当年第一次见剪重的时候，这人已经跟着朱星离一年了。兴许是跟着师父四处算命讨饭太辛苦，瞧着远比现在清瘦。

现在还跟着母姓的剪重，年岁与沈楼相当，比林信大一些，明显还没有开始抽条，脸颊两侧肉乎乎的。

“咯咯，行了，别费劲了。”剪秋萝推开朱星离，咳出一口血来，摆手不让他再输灵力。

见娘亲吐血，剪重顾不得跟林信说话，快步跑了过去，扶住已经坐不稳的剪秋萝。

朱星离红了眼睛，也不知是伤心还是生气：“你可真有能耐，带着孩子还敢惹事。”

“谁惹事了？老娘仇家太多，都不知道是谁！呸！”剪秋萝啐了一口血沫子，紧紧抓住儿子的手，似是用上了所有的力气，苍白的手背鼓起根根青筋，直把剪重的手攥出一圈青紫印记，“咯咯……这小王八蛋以后交给你了……”

“管养不管活啊。”朱星离丝毫没有安慰她的意思。

剪秋萝哈哈大笑，笑声像是从风箱里传出来的，带着呼呼啦啦的声响：“若他不寻莫去找，若他寻来莫强留。”

前言不搭后语的一句话，剪重都没听懂，林信却是懂的。剪重是剪秋萝与人春风一度生下的孩子，这个“他”说的应是剪重的父亲。

“好。”朱星离低低应了一声，将那豁口的剑收入剑鞘。

“咯咯……随心而为，九死未悔，小王八蛋，记住娘的话……”剪秋萝从牙缝里挤出这句话，而后看向朱星离：“记得给我烧纸。”

“……”朱星离没说话，看着剪秋萝遽然合上眼，灵气断绝，魂归于天。

“娘……娘！”剪重抱着娘亲的尸首，失声痛哭。

这位师兄很少哭，他总是笑呵呵的，仿佛没有忧愁，上辈子唯一见他哭得这般伤心，还是师父死的时候。

处理完剪秋萝的丧事，朱星离便带着两个孩子继续四处乱跑。

“以后，我就是你师兄了。”林信踮着脚，拍拍剪重的肩膀。

剪重啃着一张烧饼，低头看他：“可是，我比你年长。”

“先入门的就是师兄，不信你问师父！”林信得意地看向朱星离。

朱星离正提着酒壶往嘴里灌酒，胡乱地点点头：“唔，你师兄说得对，谁先入门，谁是师兄。”

前世的师兄，就这么变成了师弟，自觉占了便宜的林信，很是高兴了一阵子。

冬去春来，四季轮转。

北漠的蛮人部族，在与北域的战争中逐渐合拢，小的被大的消灭，大的又被更大的吞并，非但没有因为战争而败落，反倒如群狼争食，在厮杀中选出了头狼。

断断续续的仗，一打就是六年。

“世子回来了！”

“世子回浣星海了！”

刚从战场上回来，沈楼带着满身杀伐之气跃下灵剑。本命灵剑虞渊，在空中打了个旋，浩瀚的灵力如长虹贯日，将出来迎接世子的几名凡人压得趴跪在地。

收剑入手，沈楼面色冷峻地踏入浣星海，一道冷箭突然破空而来。

“嗡——”虞渊落日，灵气化作万千虹影，瞬间将铁箭碎成三截。没有加鹿璃的箭矢，“咣当当”落在青石板上，没了声息。

“哥！”背着箭筒飞奔而来的沈楹楹惊讶不已，“你怎么比上次更厉害了？”

“胡闹！”沈楼蹙眉，转身往枫津行去。

“哎，别走啊，”沈楹楹快步跟上去，面朝哥哥，倒着走路，“我刚从墉都回来，你不问我得了第几？”

“第四。”沈楼脱下铠甲，扔给迎上来的紫枢，转了转手腕，“扑通”一声躺在软榻上，闭目养神。

又被猜中了！沈楹楹噘起嘴：“今年闲池围猎你又没去，平白让林家那小子出风头。钟有玉都快把我耳朵叨叨出茧子了，定要你今年去看看他。”

“小姐，世子刚回来，您让他歇会儿。”紫枢端着一碗汤药过来，劝沈楹楹离开。

沈楹楹看到那汤药，顿时闭了嘴。

玄国公世子在战场上英勇无双、百战百胜，下了战场立时就变成了病秧子。他这些年看遍了大夫，大夫也瞧不出个所以然，他的身子一日不如一日。

沈楼缓缓睁开眼，接过紫枢手中的药一饮而尽。

随着灵力的增长，他的身体越来越差，动用灵力之后，便会有长久的疼痛等着他。原本胡乱补身子的灵药，换成了安神止痛的汤剂。

喝下药之后，沈楼的脸色明显好了些，坐起身来，接过钟有玉的书信看。

钟家兄弟被困在京城，跟着太子读书修行。三年前，他们的叔父钟随风，以他们的父亲早逝，当早些顶立门户为名，让两人十五岁就行了冠礼，想以此为借口让钟有玉回西域继承国公之位。

奈何皇帝对奏封国公的折子一直留中不发，硬是将两人扣在墉都，让手忙脚乱的钟随风继续治理西域。钟家逐渐衰败，西域已经有了乱象。

沈楼揉了揉眉心，轻叹口气，他凭着经验，提前两年结束了北漠之乱，却无暇顾及钟家。他现在，还有更重要的事要做。

“黄阁，上次你说，雁丘已经被人买下了？”沈楼抬眼问立在角落里的黄阁。

“是，一年前就已经搬进去住了。”这些年黄阁一直奉命查找朱星离的踪迹，每每有了消息，等他追去的时候人已经不见了。六年前，世子让他买下雁丘，说是要等一个来买的人，等了这么多年，终于在去年有人来问价。

那个问价的人，恰好就是朱星离。

黄侍卫对于世子的料事如神佩服得五体投地，欢天喜地跑回来报信，世子却又去了战场。

“秋庭，跟我去见爹。”沈楼换了一身玄色锦袍，黑底银纹把他的脸色衬得更加苍白。十八岁的沈楼，身形修长、气宇轩昂，看起来一点也不瘦弱，然而那张从未有过健康色泽的俊脸，始终让人放心不下。

“你要去哪儿？”沈歧睿惊奇地看着儿子。

“去治病，”沈楼垂目，“六年前在钟家昏迷之时，依稀听到朱星离言及可以医治。”

“当真？”沈歧睿霍然起身。

一旁的沈楹楹气得直跺脚：“哥你怎么不早说？！”

“朱星离行踪不定，过年也不回南域，我找了他六年才有消息，”沈楼真假参半地说，“如今北境稍安，我要离开一段时间，若是突发战事，父亲可带秋庭前去。她在闲池围猎已然拿了第四，可以上战场了。”

沈楹楹方才还不知道兄长带自己一起来是什么意思，原来在这里等着她呢，顿时哭丧了脸：“哥，我不放心你，让我陪你去吧。”

“不必。”沈楼淡淡地说着，转身离去，徒留下满眼欣慰的老父亲和欲哭无泪的亲妹妹。

雁丘是一片小山丘，位于南域和东域的交界处，风景秀美、气候宜人。朱星离带着两个徒弟在外浪荡了四五年，终于选定了这一带落脚。

平日穷得要饭的朱星离，买地的时候眼都不眨，成箱的金银哗啦啦就给了出去。

“原来师父这么有钱啊。”剪重啃着用算命钱买来的包子，看着广袤的地界感慨。

林信抿嘴笑：“是啊、是啊，以后咱们修行的鹿璃有着落了，你快去跟师父讨一块。”

剪重笑呵呵地冲师父伸手。

“啪！”朱星离一巴掌打回来：“要什么要，咱家穷得都揭不开锅了，修行得靠自己，别总想着靠鹿璃。”

第四章 芄兰

容兮遂兮，

垂带悸兮。

[一]

雁丘一带草木茂盛，山丘低矮，每年北雁南飞，成群的大雁在此歇脚，雁丘故而得名。

北域的车马载着世子与整车整车的礼物，缓缓驶入雁丘腹地。远远就能瞧见土丘之上的庄子，白墙灰瓦，茂林修竹。新栽的藤萝长势喜人，已经爬上了墙头，郁郁葱葱，一派生机盎然。

“见鬼了！”车夫跃下马车，绕着路边的野枣树转了一圈。这树生得丑，歪歪斜斜横生错长，活像专用来拦路的挡杆。马车经过的时候，还须车夫亲手挑起树杈，因而记得分明。

“世子，这路咱们方才已经走过一遍了！”车夫有些惊慌，绕了半个时辰，竟在原地打转，怕贵人怪罪。

沈楼走出马车，看了一眼满是乱石、歪树的路，翻身跃上一匹马：“此处布了阵，尔等随我来。”

朱家善阵法，这是他们祖上留下的传承。朱星离什么都会一点，阵道自然也没落下。

林信也颇通此道。当年他被林信囚禁，就算林信不锁着他，他也走不出那间宫室。后来还是林信牵着他的手，一步一步教他怎么看阵位、怎么破迷阵。

举一反三，触类旁通，在那之后，沈楼就能勘破这种普通的阵法了。

没有惊动主人，一行人就这么悄无声息地直接上了雁丘。

山丘上生了几株大枣树，三丈高，合抱粗。剪重正坐在树下看书，当年的小胖子已经抽条成了玉树临风的青年，举手投足自有一番风流姿态，两颊的软肉已然消失，留下了斧刻刀削一般清晰的轮廓。

“咚！”青枣砸在脑袋上，发出一声闷响。

剪重浑不在意地继续翻书。

"咚咚！"连着两颗，剪重无奈抬头，接住掉落的枣子塞进嘴里："做什么？"

"哗啦！"树冠中突然倒吊下来半个身子，嘴里嚼着枣子的林信笑嘻嘻地问："虫虫，读什么书呢？"

"《国礼》，"剪重翻过书页给他看，"师父让我读的。"

朱星离教给他俩的是不同的东西，让剪重读史书、兵法，学的是治国之道。至于林信，则是想起什么就教什么，阵法、五行、剑法刀法、牧羊驯马……

"还读书，你都读傻了，过来跟我过两招。"林信钩着树枝翻身，枣树枝叶因为灵力的牵动纷纷扬扬地落下来。

"别闹。"剪重笑着接招，嘴角两个不甚明显的小梨窝微微凹陷，瞬间弱化了冷峻的面容。

"丁零零——"一声细碎的铃声从远处传来，林信拍开剪重攻来的手，借力收势，三两下蹿到了树梢，举目眺望。

"有人闯入。"剪重也爬到树上，跟他凑在一起，这么远的距离看不清来人的面容，高头骏马华盖车，一看就不是普通人。

"管他是谁，先捉了再说。"林信眯起眼睛，马上要到十五岁了，师父就是在他十五岁那年出事的，无论什么访客，定要排查清楚。

打了个呼哨，隐藏在林子里的雁丘侍卫如灵蛇出洞，呈"品"字形疾驰而去，瞬息间将那一队人马锁定。

"轰！"玄铁铸造的大网冲天而起，连带着被卷起的枯枝败叶，兜头罩来。

"咴——"骏马嘶鸣，人立而起，车夫吓得抱头大叫。沈家侍卫纷纷拔剑，却没能砍破那铁网，纵横的剑光反倒被弹射回来，割破了自己的衣衫。

沈楼抽出虞渊落日剑，并未出鞘，只是在空中挽了个花，剑气将枯叶震得高飞，他以剑尖抵住铁网，宛如撑伞一般从容不迫。

"来者何人，为何擅闯雁丘？"剪重冷冽又不失礼数的声音传来。

"跟他们啰唆什么，擅闯者，杀！"阴森恶劣的语调，正是沈楼前世认识的那个林信，熟悉到心颤的声音，令他挥开落叶的动作凝滞了一瞬。

枯叶落地，数名穿着绯衣的侍卫将沈家车马团团围住。沈家的侍卫被铁网困住，正准备装上鹿璃迎战。

"都住手！"沈楼低喝一声，沈家侍卫便只按着剑柄不动了，他就保持着撑伞的姿势，于落叶纷飞中看着已经长成少年人的林信。

看清了来人，林信眼中的杀气瞬间消失，一闪而过的错愕之后，他彬彬有礼地拱手："敢问公子姓名，为何来我雁丘？"

正要劝师兄别乱杀人的剪重，伸出去的手还没收回来，听到林信这堪称温柔的问话，差点以为自己听错了。绯衣侍卫们也有些呆滞，刚才给他们的命令还是砍了再说，这会儿他们是砍还是不砍？

“我们是浣星海的人，这位是北域玄国公世子，”紫枢从马车中钻出来解释道，“世子是来拜访朱前辈的。”

小孩子一天一个样，六年未见，紫枢自是认不出林信了。

而林信作为一个“孩子”，对于儿时短短相处了几日的世子，自然也不该一眼认出。听到紫枢说是“玄国公世子”，林信这才做出了惊愕、怀念的神情：“原来是北域世子，失敬。”

说罢，林信打了个响指，那玄铁丝编制的大网便倏然立起，重新落回两侧的地面上，又被绯衣侍卫用枯枝败叶掩好。一切仿佛没有发生过，只除了沈家人的破衣烂衫与满身的泥土草叶。

沈楼翻身下马，随手把缰绳扔给侍卫，两步行至林信面前：“你不记得我了？”

林信微微一笑：“世子请。”

沈楼深深地看了林信一眼。这小浑蛋，分明第一眼就认出他了，偏还要演一遍“纵使相逢应不识”，是还在怪他吗？

北域带来了丰厚的礼物，绫罗绸缎、鹿角狐皮、金银鹿璃，另有一封沈歧睿的亲笔书信。

“你爹还真大方，”朱星离把书信扔到一边，仔细看了一遍礼单，“既如此，你便在雁丘住一段时日吧，先说好，我可不保证能把你治好。”

“是。”沈楼毫不犹豫地应承下来。他的身体他自己知道，对于治好并不抱什么希望，来这里只是为了寻林信。

朱星离对于沈楼的态度很是满意，摸摸下巴，忽然想起雁丘没有客房。他交友甚广，狐朋狗友一大堆，得知他定居雁丘之后，三不五时就有人造访。为了不浪费米粮，便没有设装潢奢华的客房，除却他们师徒住的，全是陋室。

“要不……”朱星离的目光往两个徒弟身上瞟。

林信挡在师弟面前，摆出了师兄应有的姿态：“跟我住吧。”

剪重本想说把自己的住所让给世子，自己搬去跟师兄住，没料想林信这般仗义：“师兄，还是让我……”

“也好，我们幼时便一起住过。”沈楼站起身来，直接打断了那两人“兄弟情深”的对话。

沈世子就这么堂而皇之地住进了林信的屋子。靠在柱子上，偷瞄在内室换衣的沈楼，林信有些神情不属。

前世沈楼可没有来过雁丘，更别说找朱星离治什么病。如此说来，沈楼这个体弱的毛病，上辈子定然是没有的。这几年他查遍了师父的藏书，又暗中寻找了几名被他捏碎过魂魄的人，这些人无一例外都魂飞魄散了，他对于沈楼的问题大致有了点猜测。

窸窸窣窣的衣料摩擦声，将林信唤回了神，他又很快把神思抛到了九霄云外。沈楼，竟然把内衫也脱了。

十八岁的沈楼，身体已经完全长成，举重若轻的动作仿佛在克制着皮肉之下惊人的力量。素白的衣衫从肩头落下，露出了肌肉坚实的后背和形状优美的蝴蝶骨。

“我没有把你的身世告知父亲。”沈楼把脱了一半的内衫重新拉起，余光瞄向身后盯着他看的家伙。

“嗯？哦，”林信回过神来，丝毫没有偷看被抓包的尴尬，索性走到沈楼面前，“我知道。”

离开莫归山之后，他就猜到这事是个误会了。

［二］

金吾卫接走了钟家兄弟，这件事很快就传遍了西域。朱星离师徒一路算命骗钱，这种消息自然是知道的。

年幼的沈清阙竟然没有把这种事告知父亲，令林信有些吃惊，甚至动过回到沈楼身边的念头。但他不能放下师父不管，在沈楼身边长大变数太大。

听到林信这么说，沈楼垂目不再说话，快速穿上了中衣和外衫，明显不打算换内衫了。

林信温文尔雅地转身，拿起桌上的细剑。两人多年未见，说到底也不过有儿时几日的情分，没什么可聊的，便从这“信物”开始吧。

“我很担心你。”还没等林信没话找话，忽然听到沈楼说了这么一句，林信不可思议地回头看向沈楼。

“你说什么？”

“我一直在找你。”沈楼走到林信身侧，低头看他。失而复得，得而复失，这样的大起大落，着实不是什么美好的体验。

林信微微瞪大了眼睛，这话真不像是沈清阙会说的。

“信信，师父让我给你送点东西过来。”门外响起剪重的敲门声，打破了屋里诡异的气氛。

林信冲沈楼歉意一笑，转身去开门，伸手就给了剪重一个栗暴：“叫谁呢你？”

剪重嘿嘿一笑，把一套新茶具递给林信。虽然林信入门早，但实实在在比他小了好几岁，他始终无法把林信当个师兄对待，私下总是叫他信信。

林信不接茶具，直接上手揍他。

“哎哎，别闹，一会儿碎了！”剪重努力躲避，但林信出招向来又快又狠，专往些刁钻的地方打，让人防不胜防。

“哗啦啦！”托盘里的黑曜石茶具终于在剪重挨到第三招的时候脱离了盘子，一只骨节分明的手伸过来，抽走托盘，在空中挽了个花，“咚咚咚”，稳稳接住了杯盏。

“你师兄？”沈楼随手将茶具放到桌上，冷眼打量着林信的这位同门，未来的英王殿下——封重。

“是师弟，”剪重揉揉被揍的地方，抬手见礼，“在下剪重。”显然，方才在正厅的时候，这位世子爷根本没拿正眼瞧他，也不记得他叫了一声师兄。

前世的师兄，这一世竟然变成师弟了。沈楼微微颔首，还了一礼：“既是师弟，理当敬重兄长，怎可直呼其名？”

“呃，世子教训得是。”剪重讪讪一笑，传达了两句师父交代的话，便一溜烟跑了。这位浣星海的世子殿下，似乎对他很有敌意。

朱星离让二徒弟给沈楼带话，收拾停当便去跟沈楼喝茶，特意强调不许林信跟着。

林信撇嘴，说什么喝茶，一听就是找沈楼喝酒。因为林信还未束发，师父一直不准他喝酒，而剪重酒量很差，喝不了多少，没人陪着喝酒的朱星离一直颇为寂寞。

北域的人常年饮烈酒，酒量自然是好的，难得遇见沈家人，少不得要拉着沈楼喝两杯。

去年埋下的梨花白，这时候拿出来刚好入口。朱星离拿出一套碧玉双环杯，满满地倒上酒。

沈楼端起杯盏，敬过朱星离，一饮而尽：“朱二叔叫侄儿来，可是有话要说？”

“找你喝一杯，”朱星离吊儿郎当地倚在竹榻上，懒散地说，“你爹给你取字了吗？”

“尚未取字。”沈楼应着，抬手给朱星离倒酒。男子十五束发，二十及冠，理当二十岁的时候取字。但若是此子早慧，或是需要他早些顶立门户，便会如钟家兄弟那般十五就取字。

朱星离有些意外，十二岁就能上战场的儿子，足以顶门立户了，这沈歧睿竟然没给他取字，还把他当孩子养，想来是觉得他身体不好，怕过早取字削薄了福气。朱星离顿觉好笑："沈歧睿那五大三粗的人，竟然还在意这个。"

沈楼无话可说，前世他的确十五岁就取字了，这次束发却被父亲拒绝取字，导致钟有玉那家伙嘲笑了他好几次。

两人喝光了一小坛梨花白，沈楼还脸不红气不喘的，看得朱星离啧啧称奇："好小子，这酒量，赶上你爹了，来来，再来一坛。"

难得遇到个能喝的，朱星离兴致大涨，又叫侍卫去挖一坛出来，换了酒碗来喝。

梨花白入口清甜，但后劲十足，又喝了三碗，上一坛的酒劲便蹿了上来，朱星离的眼尾渐渐染上了绯色，说话也开始打飘："寻鹿侯的事，你应该听说过，林争寒没找到鹿璃矿脉，但天下人都觉得他找到了，包括皇帝，还有你爹。"

沈楼端酒的手微顿："嗯。"

"我这儿没有旁的要求，只一条：关于信儿的事，半个字都不许说出去。"漫不经心的语调忽然冷下来，朱星离那双眼角向下的凤尾目，清明透亮，没有半分醉意。

"六年前我没说，如今更不会说，断不会让阿信落到钟家兄弟那步田地。"沈楼抬手给朱星离倒酒。诸侯子嗣，谁都不愿意入京长住，寄人篱下，为奴为质，自然不是什么好事。

"你比你爹明白。"朱星离重新软倒在榻上，水汽漫上眼眶，醉醺醺哼着小曲儿，仿佛刚才那个清醒的人从来没有存在过，"容兮遂兮，垂带悸兮，你爹小时候，可不是个好东西。"

"……"

沈楼带着一身酒气回到林信的卧房，屋里的人已经睡下了。

沈楼坐在床边，缓缓伸手，摸了摸那暖乎乎的侧脸。明明是个皮猴子，偏要在他面前装乖卖巧，也不知是怎么想的。

除了外衫躺下，抬手揉了揉眉心，随着神魂越来越虚弱，他睡得也越来越少，总是被各种噩梦惊醒，醒来分不清前世今生。

白日里见到的剪重，与记忆中的英王封重合为一体。与散仙剪秋萝春风一度的男人，便是当今皇上。起初剪秋萝并不知道这人的身份，后来皇帝想纳她入宫，她才明白过来，断然拒绝。

五湖四海自由自在的散仙，并不稀罕那皇妃之位，皇帝也就没有强求。直到后来，林信杀了师父，这师兄弟两人才被皇帝双双寻回。皇姓为封，剪重便叫了封重，王号为英，理由是他长得俊俏。

只是兄弟两个刚入宫的时候关系很差，都说是因为林信杀了师父，被封重记恨，直到那日……

沈楼拿着一块雕成小鹿的星湖石去寻林信，想着自己摔裂了他的玉佩，好给他赔罪。

“你得赔给我，我要你亲手雕的星湖石。”想起林信气红的眼睛，沈楼指尖发痒，忍不住搓了搓手中的小鹿，藏进衣袖里。

背着手，他绕过重重假山。

“信信！”英王封重的声音从山石后面传来。他定睛一看，一身亲王常服的封重正紧紧盯着林信，脸上满是痛惜怜爱。林信闷闷地靠着封重，一言不发，背对着沈楼，看不清表情。

藏在袖子里的手倏然攥紧，攥得指尖发白。

星湖石小鹿没能送出去，心中那点小小的念想就这么直接被人扔在地上摔得稀碎。

“你不知道吗？林不负天生浪荡，荤素不忌，太子给他送了多少美人，他全都收了。”

莺莺燕燕环绕四周，风流的割鹿侯跟着众人冲他轻佻地眨眼睛。

难平的怒火直接把沈楼给气醒了，睁开眼，身旁热乎乎的，带着一股青枣的香甜气息。

吊到半空的心落到实处，沈楼轻叹了口气，微微偏头。

“唔……”林信哼唧了一声醒过来，“对不住啊，我睡相不好，吵到你了？”

“没有。”沈楼摇头。

“你怎么出了一头汗？”林信伸手摸了一把，噌的一下坐起来。修行之人，身体强健，万没有半夜出虚汗的道理。

沈楼伸手把他重新按回被窝：“无妨，做了个噩梦，睡吧。”

“你都多大了，还会被噩梦吓出汗！”林信忍不住嘲笑他，“哈哈哈……”

有心问问沈楼现在还怕不怕黑，又怕惹恼了他，林信只能把后面的调笑咽下去，笑眼弯弯地盯着他。直到沈楼重新睡去，这笑意才倏然消失。

噩梦连连，是魂力虚弱的征兆。林信吹了吹沈楼的睫毛，确定他真睡了，悄悄伸出食指，在他眉心轻点，慢慢拉开，抽出一丝极细的魂力来。轻吹一口气，那细如发丝的魂力便倏然断裂，烟消云散。

怎么这般虚弱！林信紧紧皱起眉头，如果他猜得没错，前世沈楼的神魂定然受过极重的伤，就如那些被他捏碎了魂魄的人一样，魂魄的损害直接延续到了这一世。

［三］

次日，林信醒来的时候，沈楼已经起身了。他未着广袖外衫，穿着一身箭袖劲装，在庭院中挥剑。

虞渊剑，全名叫虞渊落日剑，挥剑时剑气如虹，即便没有鹿璃，靠着沈楼本身的灵力，亦可幻化出耀目灵光。

刺、劈、挂、撩、抹、云、架、挑，他一遍一遍地重复着用剑最基本的招式，手腕稳如千斤坠，每一招都点到同样的位置。

林信倚在廊下，咬着一根柳枝漱口，默默数着沈楼的挥剑次数。

此时恰好换到了“撩剑式”，立剑，自下而上，贴身送出，翻转手腕以为撩。这一招需要配合腰力，做不好会很丑，沈楼的动作堪比剑谱上的工笔画，撩剑一出翩若惊鸿，一息一招，整整一千次！

灵力到了这个程度，还每日练基础剑招，也就沈楼有这份毅力了。

吐出嘴里的柳枝，林信回屋里拿了自己的小剑出来，自廊下一跃而出，与平平而过的“抹剑”相撞。

“世子，你方才那一招撩剑式怎的那般好看，教教我吧。”林信露出勤学好问的眼神。

沈楼看看他手中握着的小剑：“好。”

林信捏着剑柄挽了个花，摆好架势准备跟着沈楼学，却不料那人直接绕到他背后：“你出一招，我看看。”低沉如钟鼓的声音，从耳畔钻入脑中，让林信差点忘了动作。

胡乱摆了个撩剑的姿势，还未等林信开口，平平递出去的手腕突然被托住：“撩剑式不拘高低，但出手定要快且直。”

因为练剑而升高的体温，在这暮春时节的暖风里，惹人沉醉。

“师兄！”剪重匆匆忙忙地跑过来，就看到自家那个入门第一年就学会了所有剑招且无可挑剔的师兄，竟然像个初学稚儿一般，摆出个歪歪斜斜的撩剑式。

这简直比师父给他一箱鹿璃还要稀奇。

“又怎么了？”林信收起剑，瞪向没眼力见的师弟。

“师父要下山除妖，叫咱俩一起去。”剪重已经穿戴齐整，腰间挂着本命灵剑。

“除什么妖？”林信迅速回屋穿上外衫，顺手将沈楼的玄色广袖扔给他，抓了面带柄的小铜镜揣在腰间，边走边说。

“我也不知道，”剪重咂咂嘴，露出两个委屈的小梨窝，“早膳还没用呢。”

“就知道吃！”林信敲他脑袋，当师兄最大的好处就是可以肆无忌惮地敲剪重的脑袋，就算以后他当了王爷，还可以敲。林信回头看沈楼，见那人已经穿戴整齐默默跟上了：“世子也去？”

沈楼有些好笑，这人把衣服递给他，不就是邀他同去的意思？他但笑不语地点点头。

雁丘只是个小土包，土包外五里便是一处小镇，名叫落雁镇。平日里的吃穿采买基本都在这个镇上，朱星离所谓的“下山”，就是下了土包往镇上去。

“师父，出什么事了？”林信顺手摘了把枣子，蹿到朱星离身边问。

朱星离抢了颗枣塞到嘴里嚼：“为师夜观星象，察觉附近有妖物出没。”他高深莫测地说了这么一句，将枣核吐出了一丈远。

“昨夜不是阴天吗？”林信扒着师父的肩膀，“呸”一声将枣核吐出了一丈零三寸远。

“去去去，就你话多。”朱星离抬手要揍他，林信“哧溜”一下躲过，藏到沈楼身后，冲师父做鬼脸。

沈楼抿唇轻笑，任由林信在自己周围跑来跑去。

因为是南域与东域的交界处，南北贯通、东西有路，落雁镇很是繁华，绝非一般小镇可比。客栈、酒肆、勾栏，该有的、不该有的，一应俱全。

剪重到了镇子上便如雏鸟归林，直奔路边的小吃摊：“师父，那边有馄饨！”

“没出息！”朱星离敲徒弟脑袋，他穿着朱家的绛红鲛绡，额间缀着八面玲珑的鹿璃珠子，一看就是出身颇高的仙人。这样的仙人，能坐在馄饨摊上吃馄饨吗？

当然能。

于是，馄饨摊主战战兢兢地端了四碗热馄饨上桌，眼睁睁地看着仙风道骨的仙长吸溜吸溜喝馄饨汤。

“这位大哥，跟你打听个事，”朱星离喝了口汤，勾勾手示意摊主过来坐，

“听闻这镇上有人丢了魂，你可知是哪家？”

“知道，就北街那家开药铺的，”说起这些市井传言，摊主渐渐没了先前的拘谨，将胳膊上的搭巾往肩上一甩，坐到了看起来最无害的林信身边，“前日他儿子去山里收药材，一天一夜没回来，后来爷娘去寻，发现儿子与两个药童都像睡着了一样。药石罔效，便求了位仙长来，招魂阵一起，反倒死了个透彻。”

好似被摊主挤到了，林信捧着馄饨碗，往沈楼身边蹭了蹭：“若是没了魂，即刻就死，这没死就是还有魂。怎么一招魂就死了呢？”

“仙长说是魂被妖物吞噬了，只有一缕残魂，残魂留存时间不长。”摊主也不是很懂这些魂灵之事，道听途说，有一句学一句。

“胡说八道，哪里找来的废物！”朱星离蹙眉，三两口吃完馄饨就甩袖往北街而去。

剪重见师父走了，端起碗把馄饨一股脑倒进嘴里，抹着嘴跟上去。林信压根没吃完，窜得比师弟还快。留下不明所以的沈世子，面对伸手要钱的摊主。

药铺关了门，院里正办丧事，白发人送黑发人的老两口泣不成声。众人见是仙人，纷纷起身行礼，七嘴八舌地将情况告知。

布招魂阵的是一名过路的散仙，不知名姓，据说只招出了魄，没有魂，那仙人说可能是吞魂蛊雕作祟。

“一定是蛊雕来了，六年前不就死了好多人吗？”

“哎，还以为都走了呢，怎的还来？”

没有灵力的凡人，对于这些妖魔精怪甚是害怕。

“六年前怎么了？”沈楼听到六年前的事，立时开口问。

“这镇上六年前曾一夜之间死了数人。”林信小声给他解释，说起这个，不免有些心虚。这些人的死，跟他也有关系，都是镇上那家醉荷居的小二和跑堂。

那年他刚被封了割鹿侯，清明时节回来祭拜尊师，想在醉荷居买一份师父最爱吃的酱鸭舌。

“半斤鸭舌，一只烧鸡，一坛梨花酒。”林信没有带侍卫，独自一人坐在醉荷居大堂里。外面春雨绵绵，行人匆匆。

“呦，这不是割鹿侯吗？”三名绯衣玉袍的修士，认出了低头喝茶的林信。

林信抬头，那三人没有戴鹿璃额坠，不是朱家的嫡系，但也是南域朱家的人。“见本侯却不行礼，绛国公就是这么教你们规矩的？”

“呸，你还有脸提国公爷，”其中一人将手里的竹筐摔在桌上，筐里放着刚买的香烛纸钱，“弑师杀父的小畜生！”

林信单指按在弯刀吞钩的刀柄上，声音中仿佛透着冰碴子：“你骂谁是畜生？”

“骂你！二公子把你从小养到大，教你仙术，还亲自到南域求家主给你铸剑，你却杀了他！皇上竟然封你这不仁不义之徒做割鹿侯，我呸！”三名朱家子弟义愤填膺，大声叫嚷，引得过路之人纷纷驻足。

众人没想到，大名鼎鼎的割鹿侯竟然是个未及弱冠的少年，无论凡人仙者，都忍不住多看几眼，想知道他有没有传说中的三头六臂夜叉嘴。

是，他是个弑师的畜生，朱家人骂也就骂了，但割鹿侯的威严不容挑衅！

吞钩出鞘，凶悍的杀伐之气瞬间将大堂内的一排桌椅震得粉碎。那三人丝毫不惧，纷纷祭出鹿璃灵剑，摆出了六璃三绝阵。这三人竟然是朱家的高手“叠剑三尊”！

这三人都使的双剑，一次就要消耗六颗鹿璃。然朱家财大气粗，供应得起，六把灵剑纵横交错，呈蛛网状朝林信扑来。

吞钩以一敌六，丝毫不落下风。然朱家鹿璃充足，斗了小半个时辰，吞钩上的鹿璃便化为齑粉，朱家三人却轮番换了新鹿璃。林信什么也没带，手边只有一包鸭舌、一坛梨花白，强大的灵力兜头压下来，将酒坛子压碎了，清香的酒液淌了一地。

单膝跪地的林信，嘴角溢出了鲜血。

“师父，灵力的本源是什么？”

“灵力，其实就是日月精华，鹿璃天生地养，乃存储日月精华的上品。”

“那魂魄是什么？”

“魂为天地精华，吞吐日月；魄为肉体禁锢，接地入土。”

鹿璃里的日月精华可用，魂魄的精华自然也可用！逆转灵脉，抽取周遭魂魄之力，无数光点自周遭汇聚而来，妖刀吞钩的银刃如浸进了血池，红光大盛，将距天灵盖只有半寸的剑光绞了个粉碎。

“这是什么妖术？”三人大吃一惊，纷纷回剑防御。

对方的魂力被源源不断地抽取，越战越虚弱，而没有鹿璃的林信却越战越勇。

“轰——”三人被扔出了醉荷居，因为魂魄虚弱，倒在地上抽搐不已。

林信收刀入鞘，深蓝色的眸子亮如星辰，仿佛上古的吞魂大妖，吸了魂魄，涨了修为。

回头看去，躲在角落里的小二和跑堂已经魂飞魄散，没了生机。第一次悟出了魂魄之力，抽取得没有章法，将方圆三丈内的魂力尽数抽走。

仙者修魂，将魂与魄剥离而成神魂，失了魂力会虚弱；凡人魂魄相连，又脆弱无比，抽魂力便会连带着毁了魄。

“啊，杀人了——”百姓们四散奔逃。

割鹿侯滥杀无辜，连手无寸铁的百姓也不放过，凶名一夜传百里，可止小儿夜啼。

再次回到雁丘，林信第一时间去了醉荷居，却打听到，这里的小二、跑堂六年前突然死光。老板吓破了胆，卖了酒楼，回乡种地去了。

〔四〕

“信儿，你来看看。”朱星离冲林信招手。

林信拿出腰间的小铜镜，扯过剪重的手指咬了一口。

“嗷！”剪师弟惊叫一声，被攥着手指在铜镜背后快速画了个符，就被丢到一边，委屈巴巴地举着受伤的手指。

铜镜里的景象逐渐变成了正向，镜中的人脸倏然消失。将镜子挪到棺材附近，寻不到游魂，但能看到尸体上未曾离体的魄。凡人死去，则魂魄分离，魂升天，魄随肉体入地。

三具尸体五官完好，皮囊没有塌陷。“魂没了，魄还在。活不过来了，但还能投胎。”

“令郎是在哪里找到的？”朱星离问了三人出事的地方，没有多做停留，便带着徒弟们入山去寻。

采药的山在镇东三十里处。悬崖峭壁，怪石嶙峋，古木高树遮天蔽日。朱星离寻了块平地，拿出一盒朱砂、一支玉笔，开始布阵。

“师父，真的是吞魂蛊雕吗？”剪重寻了片药草叶包住受伤的手指。

山中寂静无声，暮春时节，却没有鸟叫虫鸣，只有山风拂过树梢的沙沙声。

林信端着尚未失效的阴镜四处看，三两下爬上一块高高的圆石头，沈楼就一步不错地跟着他：“你画符为何要咬师弟的手指？”

“咬自己的多疼。”林信笑道，把镜子凑到沈楼面前，“看，你牙上有片菜叶子。”

沈楼下意识地看过去，镜中却显出了一只野猪的游魂。

“哈哈哈哈……”林信忍不住笑起来，心道少年时期的沈楼真好玩，比二十几岁的时候好骗多了。

沈楼错开一步，挡在石头边缘，防止他笑的时候掉下去：“下次你可以咬我的手。”

“我哪舍得？”林信正笑着，随口就把心里想的说了出来，说完两人都是一愣。林信摸摸鼻子，转身跳下石头，去给师父捣乱了。

朱砂列阵，一丈见方，最后一笔画成，朱星离摸出一颗鹿璃，让林信摆到阵眼上去。

满地的鬼画符，他也没说哪里是阵眼，林信毫不犹豫地就放到了艮位。鹿璃刚一落地，仿佛火山岩浆涌出了地面，红光以鹿璃为中心四散蔓延，几息间点亮了整个法阵。

阴镜中看到零星几只野物的魂快速向阵中飘去，一道人影如兔起凫举倏然闪过。待要再看，镜面映出了林信自己的脸，符已失效。用肉眼看过去，朱星离画的大阵除了越来越亮，并无其他动静。但林信知道，这山中死去不足七日的魂，都被聚拢到了阵中。

聚魂阵会让死魂显出生魂的气息，倘若真有噬魂的怪物，这些魂应当能把它引来。

“北域有蛊雕吗？”林信安静了一会儿，又忍不住往沈楼身边凑。

百年前吞魂蛊雕如蝗虫泛滥，经过这些年的捕杀，几乎已经绝迹，偶有出没也很难遇上。前世他只见过一次蛊雕，还是在大漠上。他对于今日的捉妖行动并不抱多大希望，多半要让想看新鲜的师父大人失望了。

“有，”沈楼言简意赅地回答，大荒那家的惨案，就是蛊雕所为，不过当年就提了一句，小林信肯定不记得，便换了个说法，“你可记得，赵家大少爷是怎么死的？”

“他才不是被蛊雕吃的。”林信撇嘴。

“你怎知……”话没说完，山中忽然狂风大起，四周飞沙走石、枝叶翻飞，沈楼立时把林信拽到身边。

“哇啊——”近似婴孩哭号的嘶鸣，尖锐地穿透耳骨，漆黑沉重的大翅膀从林信方才站立的地方划过，罡风将林信狠狠推出去，一头跌进了沈楼的怀里。

“哎呀，没站稳。”林信没什么诚意地道歉，在沈楼肩颈上蹭了一下脸，正待站好，却被沈楼一把揽住，跃上虞渊剑腾空而起。

那怪物原本是直冲聚魂阵而去，半路上瞧见了新鲜可口的林信和沈楼，顿时掉转过来。

虞渊落日剑在空中化作一道残影，飘至朱星离身边，朱星离两眼冒光地拍了二徒弟一巴掌：“重儿，上！”

“啊？”还没看清来的是个什么东西的剪重，就这么被师父推了出去。

雕身褐花羽，兽首生角，尖嘴浑圆如竹管，露着空空的黑洞，正是古书中所言的异兽——吞魂蛊雕！

剪重被推到了蛊雕的屁股后面，只得抬脚踹了上去，好借力翻身。这一踹，立时把蛊雕给吸引过来，它不再追杀沈楼、林信两人，掉头来冲着剪重吼叫。

半夏剑未出鞘，剪重御剑与蛊雕在空中周旋。

那蛊雕因常年捉魂，比寻常的鸟都要灵活，可在半空中直接折返，丈许长的身子竟如蝴蝶一般上下翻飞。一掌拍在那仿佛要吸人脑髓的长嘴上，剪重侧身拔剑出鞘，削断蛊雕几根翎毛。

“对，砍它脖子！”林信跟朱星离两人闲闲地抱着手臂看热闹，朱星离不像是来降妖除魔的，倒像是来遛徒弟的。

剪重的剑法学得不错，只是御剑稍差点，无法灵活地在御剑和砍怪物之间衔接。躲过巨翅，跃上蛊雕的脊背，剪重提剑欲刺，却不料蛊雕突然翻身，巨大的利爪朝上，直朝他胸口抓去。他再要向上提升已然来不及。

“唰——”一道凛冽如霜的剑光袭来，稳稳接下了那一爪，沈楼身形如电，挡开利爪之后毫不停滞地闪至外侧，松手让灵剑滞空，单脚踏在剑上，借力向上，收剑回手。行云流水，一气呵成。

“鹰踏！”剪重看到沈楼的动作，吃了一惊。

修士凌空需要借助飞剑，空中打斗只能在跃下剑的瞬间出招。这一招鹰踏，是仿照老鹰在空中踩在其他飞鸟背上借力向上的动作，极为难练，要与灵剑练到人剑合一才使得出。

剪重至今还没学会滞剑于空，沈楼竟已把“鹰踏”用得炉火纯青。

“好小子，”朱星离收起没来得及出招的春痕，重新抱起手臂，愤愤道，“沈歧睿是积了什么德，竟生了个如此颖悟绝伦的儿子！”

“那肯定是人家玄国公教得好。”林信凉凉地说。

“呸，他会教个头。”

沈楼并不着急出剑，绕着蛊雕来回绕圈：“这东西十分灵活，须得激怒了它才好下手，左边。”

“哦！”剪重应了一声，立时向左挥剑，蛊雕的大翅膀正好扫来，被他一剑斩断了前半截。

“不错。”沈楼淡淡地说了一声，晃身向下，直击蛊雕门面，剑刃与堪比金石的长喙相撞，擦出一串火花，“斩它尾羽，会虚空斩吗？”

“会！”手起刀落，剪重于虚空中挥剑，一道亮如闪电的剑光虚空斩向鸟尾。失了尾巴，蛊雕的身体开始倾斜，难以平衡，它越发暴躁起来，长鸣一声，张开利爪朝剪重抓去。

这时候沈楼却御剑飞到了高处，没了帮助的剪重狼狈躲闪：“现在怎么办啊？”

林信挑眉，沈清阙恐怕一开始没打算帮到底，但一出手就忍不住开始指挥，自家师弟竟还如此听话，真是令他叹为观止。这场景，前世是绝不可能出现的。

“跟我来。”沈楼感觉到林信正盯着自己看，在空中使了一招极为华丽的扶摇，引着那蛊雕追随而来，直扑到朱砂满地的招魂阵中。

招魂阵突然红光大盛，一圈光柱冲天而起。沈楼加快速度，在光柱越过他之前逃出阵，那红光便如牢笼一般将蛊雕困在其中，然后封顶。

剪重吃了一惊，这招魂阵里竟然还套着一个困阵，沈楼是怎么看出来的？

“呀——”断了一节翅膀和尾巴的怪物在困阵中挣扎不已，朱星离立时上前，一剑斩断了兽头，而后祭出一个巴掌大的捕兽笼。笼子在空中变大，“咣当”一声将异兽罩住，逐渐缩小。

这笼子有空间叠加阵，可以将东西变小，但只能装死物，不能装活物。

“却笼？”沈楼认得这东西，这是朱家的宝贝，世间仅此一件，“你师伯还真疼你师父。”

“有吗？可我师父每次回家都要挨打。”林信小声跟沈楼咬耳朵。

“哈哈哈，竟然真给我捉到一只，走走走，回家去！”朱星离把却笼揣回袖子里，支使剪重弄些水来冲掉朱砂阵，兴高采烈地拍了拍沈楼的肩膀：“你怎知我在招魂阵里叠了困阵，你懂阵道？”

“猜的。”沈楼避开朱星离的拍打，言简意赅道。

朱星离拍了个空，龇牙骂了声臭小子，转而去揉林信的脑袋，同样被躲开了。林信道：“师父，我方才在镜子里瞧见一条人魂。”

“是吗？我瞧瞧。”朱星离接过镜子捏了个法诀，虚空一抓，便将刚从聚魂阵里散出来的一条人魂投进了镜像里，那魂很是虚弱，影影绰绰的，勉强能看出是个少年。

“这不就是药铺那家的药童吗？”剪重一眼就认了出来。他记性极好，特别是认人脸，镇子里那匆匆一瞥，在场四人就他记住了。

应该已经被吃了的魂，为何会在外游荡？

“估计是蛊雕吃多了，打嗝吐出来的残魂。”朱星离说着，放了那条懵懵懂懂的魂。

“也可能是放屁……喀喀……”林信说了一半，意识到沈楼在场，生生给咽了下去。

［五］

回到雁丘，朱星离就迫不及待地把蛊雕尸体拿出来，拿了把刀开始拆解。

蛊雕是上古传下来的异兽，有些部位是比较珍贵的炼器材料，尤其是那长长如黑竹管的嘴。

林信就蹲在一边看：“这嘴能做什么？”

“你觉得能做什么？”朱星离把嘴剜下来，扔到竹管引来的山泉活水下冲洗干净，随手抛给林信玩。

吸魂之物，自然是做个用来抽魂的灵器，林信这般想着，却没敢说出来，把中空的鸟嘴抵在一只眼睛上，透过空管看向树下饮茶的沈楼：“师父，你今日抓魂的那一手，是什么功夫？”

“摄魂，嗬！”朱星离抡起斧头，想把那坚硬如铁的爪子给剁下来，一斧头下去，只剁了个豁口，无法，便捏了块鹿璃出来，嵌在了凹槽里。在斧头上留鹿槽，也就朱家人干得出来。

灵力包裹的斧头削铁如泥，“咔嚓”一声就断了一只鸟爪。

“教教我呗，我也想学。”林信把鸟嘴别到腰间，殷勤地从师父手中夺过斧头，帮他砍另一只鸟爪。

摄魂，御魂术中的一个小法术。御魂术乃是偏门法术，用处不大，寻常修士都不会练，早已失传，朱星离是自己照着古书瞎琢磨的。前世林信只学了个皮毛，以至于后来用魂力的时候走了不少弯路。

朱星离接过徒弟砍下来的鸟爪洗干净：“回头把这对鸟爪给你师伯送去，好叫他给你锻灵剑。”

眼看着林信要满十五岁了，作为最亲近的长辈，朱星离要给他准备本命灵剑。而南域绛国公，也就是朱星离的兄长，乃是大庸最好的炼器师。

想起那把师父去世多年才到手的灵剑，林信没接这话茬，垂目道：“前日读《青云纪》，书中说上古的修士都是靠自身的灵力御剑，为何我们却要靠鹿璃？”

“上古的修士还能移山倒海呢，为何你不能？”朱星离反问他。

“上古修行之道失传，我哪知道！”林信抽出腰间的鸟嘴挠痒痒，“我是说，既然灵力的本源是日月精华，为何我们不能如鹿璃一般将日月精华存于灵脉之中？”

朱星离握着鸟爪，宛如握着拂尘的老神仙，以“仙人抚顶”的姿势在林信脑袋上拍了拍：“血肉之躯，如何存储日月？”

“神魂就可以，”林信拍开鸟爪，言之凿凿地说，“魂也是日月精华凝合而成。”

听到这话，在不远处喝茶的沈楼顿时皱起眉头，起身朝林信走去，刚迈出步子，就被从天而降的剪重给挡住了去路。剪重方才在练“滞剑于空”，多少摸到点门道了，便想试试今日见到的招数。足尖轻点，一招“飞鹰踏鸿雁”，整个人弹射出去，一头栽到了沈楼脚边。

“呸，”剪重吐出吃到嘴里的草屑，抬手抓住沈楼的衣摆，“沈兄，你是怎么做到鹰踏不摔下来的？”

“滞于空而剑随身动，自不会摔下。”沈楼不想跟他多说话，但也没有藏私的意思，简明扼要地指点了一句，便抬脚离开。

剪重琢磨了一下沈楼的话，茅塞顿开，一骨碌爬起来又去练。自己实在是太笨了，必须用勤补拙。师兄比自己小，却学什么会什么，几年时间就把师父的本事学了个七七八八。原以为就林信是个妖孽，如今见到跟自己同龄的沈世子，他这才彻底死心，当真是自己的天资太差。

“魂不可再生，炼魂之术古书有载，是为邪术。”沈楼试图阻止林信继续探究下去，抽人魂力代替鹿璃，太过阴损，他不希望林信再走上这条路。

听到“邪术”二字，林信指尖微颤，低头小声道：“我没说要炼魂。”

沈楼见他不高兴，顿觉自己话说重了。

“大道三千，不拘一格，修行之道万不可死脑筋。”朱星离见两个孩子有分歧，貌似公正地调和了一句，将装了蛊雕血的葫芦递给林信，“去药室画个聚魂阵。”

“叠困阵还是叠杀阵？”林信拍拍手，把鸟嘴还给师父。

“叠个护灵阵吧。”朱星离想了想道，转头看向沈楼：“你，洗个澡，过会儿到药室去。”

不着边际地忙活了这么久，他仿佛才想起来沈世子还身患重病。

灵兽血绘制的聚魂阵，比朱砂绘出来的要好，也相对温和一些。沈楼坐在阵中央，看着林信在他身边笔走龙蛇：“这是要给我治病吗？”

“非也，算命而已，”林信乜他一眼，“手拿来。”

沈楼递给对方一只手，掌心立时被红艳艳的笔尖画了一道：“算什么呢？”

“算命数，”林信一本正经地盘膝而坐，“我问你答，不可说谎，否则会被阵法惩罚。”

沈楼莞尔："好。"

林信合目，念念有词地诵了几句经，而后神色肃穆地睁开眼："无量天尊问沈世子，可有婚约？"

"尚无。"

"可有通房丫鬟？"林信提笔画了个叉。

"不曾有。"仿佛被小猫舔了手心，又麻又痒，沈楼蜷了蜷指尖，努力忍住缩手的冲动。

"年十八，还没有通房，骗谁呢？"林信画了个圈，"想好了再说。"

沈楼无奈，修行之人，过早泄了元阳容易毁根基。通房是凡人才会有的，没见哪个修行世家有这规矩。未等他申辩一二，林大仙就自顾自地开始了惩罚——给圆圈添上了脑袋、尾巴。沈楼缩手回来看，掌心里躺着一只圆壳扁脑的王八。

"做什么呢？"朱星离走进来，关上了药室的大门。

"给世子点守宫砂。"林信龇牙笑。

"呦，点这个作甚？"朱星离煞有介事地问。

"叫他守身如玉。"林信随口胡扯。

朱星离嫌弃地瞥他，夺走朱笔，在林信鼻尖画了个叉："一边儿去。"

[六]

聚魂阵套上护灵阵，是查验神魂所用的。修士的神魂乃是御剑、修行的关键，传说上古时期的仙者，可以练到神魂离体。神魂脱离肉身，化神而去，便是飞升成仙了。

如今的修士自然是做不到的，神魂也非常脆弱，必须完全信赖布阵之人，才能让其查看。

"你爹小时候见风就咳嗽，每年冬天，你爷爷都会把他送到南域，"朱星离在阵脚放上鹿璃，不紧不慢地说着些不着边际的话，"那年我掉进火炎谷，是他进去把我背出来的。"

温和幽蓝的光掠阵而起，将坐在阵中的沈楼完全包围。这些事沈楼以前从未听说过，透过阵光看朱星离，对方额间的鹿璃璀璨如星："侄儿明白，您尽管查看便是。"

色泽浅淡的神魂透体而出，在护灵阵的作用下平静安然，没有丝毫的逸散。

林信屏息凝神，紧紧盯着沈楼的神魂，缓缓攥紧了身下的坐垫。

这根本不像是少年人的神魂，好似被什么东西给锯开了一般，千疮百孔、残破不堪。

朱星离看了一眼，便立时收阵。

刚刚回魂，沈楼还在昏睡，毫无防备地向后软倒，被林信手疾眼快地接住，靠到自己怀里。

“哎，可怜可怜，”朱星离摇头，他的猜测果然没错，“这孩子，怕是时时都在忍痛。”

“能治吗？”林信的声音有些哑，对于魂魄的理解，他其实比师父更在行。

这种状况的神魂，最好的治疗办法就是不要御剑、不用灵力，像凡人一样活着。因为每一次过度使用灵力，都会带来撕心裂肺的疼痛。且随着沈楼自身灵力的增加，残破的神魂会难以负重，最后的结果就是神魂溃散、撒手人寰。

朱星离摇了摇头，见沈楼睁开眼，便道：“等我回南域，找找上古遗册，或许还有办法。”

信儿的剑要铸，世子的病要看，得早点回尴家才是。

打发了沈楼去休息，林信独自走到放置蛊雕的院落，发狠把蛊雕脑袋上的毛拔了个干净，而后狠狠地掼到地上。他实在是太大意了，六年前就看出沈楼身体有恙，却一直没重视，不知道查验一下他的神魂。

林信只灭过魂，没做过补魂的事，要怎么治疗沈楼，他也是两眼一抹黑。

“一定会有办法的。”林信捡起光秃秃的蛊雕脑袋，自言自语。他回到过去以来，魂魄也很虚弱，为了让自己康健起来，这几年吸了不少修士的魂力。

俗话说，吃什么补什么，或许可以试试以魂养魂。

他就地画了个阵，敲碎蛊雕的脑壳，聚集于天灵盖里未及消化的残魂呼啦啦地奔涌而出，又被阵法固定住。有凡人魂，也有修士魂。凡人的魂魄比较脆弱，作用不大；修士的魂是神魂，富有灵气。

他盘膝而坐，将灵力聚于指尖，抽丝剥茧般地一点一点将这些杂乱的魂剥离开来。

夜深人静，林信轻手轻脚地爬起来，在沈楼耳边吹气：“世子、世子？”

沈楼睡得很沉，丝毫没有转醒的意思。林信放下心来，掏出一直用灵力护着的一点点神魂，单手轻抚在沈楼的天灵盖上。因为不知道这办法是否管用，他也不敢给沈楼补太多。

萤火般的光点没顶而入，林信握着沈楼的脉腕，紧张地观察他的状况。

“唔……”沈楼突然痛哼一声，平静的梦境似被什么东西闯入了。

小镇里的过客、官道上的阵阵马蹄、陌生的女人笑脸、蛊雕黑洞洞的大嘴……沈楼知道这是不属于自己的记忆，想要把这些东西扔出去，抗拒使得来自神魂的疼痛越发剧烈。忽而听到林信的声音，似远似近，不知从何处传来：“别怕，试试让它们融合。”

与此同时，一双柔软温暖的手抚上了他的胸膛。

梦中的景象倏然变换，那些不属于自己的记忆渐渐消散。满眼红绡，烟雾袅袅，耳边似有流水声。这里是割鹿侯的封地，那间他怎么走都走不出去的宫室。

沈楼双目赤红，忽觉手腕一轻……

这人是怎么了？被梦魇着了？

林信见沈楼满头是汗，似乎很热的样子，不放心地摸摸他的胸口，想渡些灵力给他。正在这时，沈楼突然睁开了眼。

“这都是你自找的！”沈楼咬牙切齿地说着。

“啊！”林信吃了一惊，“世子，你怎么了？唔……”

脖子冷不防被咬了一口，林信闷哼一声，意识到沈楼可能是被那些残魂里的记忆影响了。

忽觉有趣，林信做出一副柔弱无助的样子，哭喊道：“世子，不要！”

梦境与现实一瞬间的重叠，让沈楼有些分辨不清，虚弱的神魂无法帮他迅速找回理智，直到听到了林信的惊呼声。

眼前的景象逐渐清晰起来，比梦境里年轻了不少的林信，正被他按在锦被间，满眼惊恐。一桶凉水从头顶浇下来，沈楼停顿了片刻，如同被烫到一般，迅速放开了林信。

林信蜷缩到一边，深吸一口气把眼睛憋红，低着头不说话。

沈楼尴尬地坐在原地，不知如何是好。

屋内静默下来，只剩下烛火燃烧的噼啪声。

“你是不是做噩梦了？”林信做出一副忍辱负重还要坚持给人递台阶的君子模样，小声问沈楼。

沈楼摇了摇头，抬手抚额。脑袋里的疼痛比睡前好了不少，然而面对如今的状况，他倒是宁愿头更疼点，索性昏过去的好。“对不起，我方才入了幻境，一时迷乱。并非有意要冒犯你。”

“你在幻境里看见谁了？”林信微微眯起眼。

沈楼抬眼看他：“没谁，方才发生什么事了？你怎么点了蜡烛？”

正演得高兴，冷不防被这么一问，林信顿了一下才道："我见你睡得不安稳，出了一头汗，就想把你叫醒……"带着点鼻音的话，配上那缩成一团的身子，说不出的委屈可怜。

看着林信红了一圈的眼眶，沈楼有些不知所措："信信，我……"

"别叫我信信！"林信打断了沈楼的话，这个称谓是剪重自创的，每每听到都惹他起一身鸡皮疙瘩。

沈楼气息微滞，原本就色泽浅淡的薄唇，渐渐失了血色。

见沈楼脸色变得这般难看，林信咂咂嘴，暗道自己玩过了。

"方才的事，你也不必太在意。"林信揉揉眼睛，展开身体，往沈楼身边挪了挪，表示自己不害怕了。

沈楼指尖微颤，垂目看着林信攥着被面的手。

若是前世的林信，遇到这状况只怕会狠狠嘲笑他一番。

……

啧啧，你这伪君子的面具终于戴不住了，装什么清高？

沈清阙，嗞，对我好点。

……

眼前的林信可怜可爱，那个肆意妄为、艳若骄阳的林不负却已经不在了。

沈楼也不知自己在纠结什么，苦笑道："不叫信信，那我叫你什么？"

"啊？"没料想这人还沉浸在上一个话题里，林信一时没反应过来。

"你还没有取字，可有小名？"沈楼抬眼看他。

这还是沈楼第一次问他小名，林信莫名地心中一热，暗道这世子爷不会是因为咬了他一口就要对他负责任吧？那可真是赚大了，他毫不犹豫道："小时候，我娘叫我迟诺。"

"迟诺。"沈楼低声咀嚼这个名字，这么规整的词，还真不像个小名。

"世子爷，你刚才咬我一口，让我咬回来，这件事就算扯平了，行不行？"林信龇着一口白牙，凑到沈楼面前，浑然忘了自己方才还是个瑟瑟发抖的苦情小白菜。

"你以后也不要再叫我世子了。"沈楼微微偏头。

"好啊，那我以后叫你清阙如何？"

沈楼突然颤抖了一下，哑声道："你怎知我的表字？"

第五章
无常

春归兮，
花开尽，
郎君有意执荼蘼。

［一］

这有什么奇怪的？表字而已，问师父、问紫枢都能知道，又不是非得沈楼亲口告诉他。不过这话说出来有点破坏气氛，林信不答，狡黠地乜他一眼，张口狠狠地咬下去。

“唔……”

趁着咬人，林信抓住沈楼的脉腕查看。脉象看不出神魂状况，但能看出他的疼痛是否减轻，出乎意料的是，沈楼的脉象极不平稳，肌肉也绷得紧紧的。

“很疼吗？”林信松开嘴，担忧地问沈楼。

“不疼。”沈楼定定地看着他，眸子里好似生出了旋涡，恨不得将人吞进去似的。

“我是说，你的神魂。”林信不放心地摸摸他的额头，以魂补魂的法子完全是他臆想的，就怕给沈楼补出个好歹来。

沈楼拉下他的手，摇了摇头：“比之睡前，好些了。”

看来是有用的，林信松了口气，又涌出几分欢喜，不管作用有多大，这个方向是对的。剥魂非常耗费心神，骤然放松，林信便止不住地打起了哈欠，一滴眼泪从微红的眼角溢了出来，要掉不掉地挂在睫毛上。

“睡了睡了，明日还要早起。”林信说着便钻进了被窝，睡眼蒙眬地看向坐得直挺挺的沈楼，怕他还放不下刚才的事跑去睡软榻。

好在沈楼并没有这个意思，弹指熄了烛火便钻进了被窝。

不愧是光明磊落的沈清阙，说不在意就真不在意了。林信愤愤地把一条腿压到沈楼的腿上，心满意足地睡了。

沈楼睁着眼睛，一夜无眠。

次日一大早，就听到朱星离在院子里吵吵：“谁把我的鸟头敲碎了？”

林信打着哈欠走出屋子，眼都不睁地说：“估计是虫虫吧，昨日他还说想吃鸡脑子。”

“我几时说要吃鸡脑子了？”一口黑锅从天而降，差点把剪重师弟给砸趴下。

“臭小子，蛊雕脑子也敢吃，就不怕吃了冤魂拉肚子！”朱星离接茬就开始骂，仿佛已经认定是小徒弟吃了。

剪重苦着脸，求助地看向沈楼：“世子，你给评评理，谁会吃那玩意儿啊！”打从昨日见识了沈楼的强悍，剪师弟就单方面对沈世子友好了起来。

沈楼没理会他，兀自练完第一千剑，收势回身，向朱星离拱手行礼。

“咦，你这脖子是怎么了？”朱星离眼尖地发现了沈楼脖子上的牙印，青紫相间的一圈，还破了皮。

“我咬的！”这事林信倒是承认得快，见师父黑了脸，似要训人，立时加了句，“这可不赖我，是他先咬我的，你看。”说着，拉下了肩头的衣服。

沈楼咬得比较靠下，几乎到了肩膀上，要拉开衣服才看得到。白皙的肩膀上，红痕清晰可见，看起来跟沈楼脖子上的完全不是一个性质。

朱星离的脸瞬间铁青了，院子里的所有人，包括进来送药的紫枢，都用谴责的目光看向沈楼。

“我俩互相咬着玩的。”越描越黑，林信纯良无辜地看向沈楼。

沈楼没有任何要解释的打算，只是走到林信身边，将他的衣裳拉好。

“信儿，你给我过来！”朱星离面色冷峻，把林信叫走。

雁丘的庄子不大，但亭台楼阁样样都有，以空竹引清溪而入，积于浅池，池中趴着乌龟三两只。池畔廊柱上题字曰：“池浅王八多。”

师徒俩走到浅池边的水榭上，左右无人，朱星离忍不住哈哈大笑：“这沈家小子也忒好玩了。”

“徒弟都被人欺负了，亏你笑得出来。”林信捞了一只小乌龟，在手里抛着玩。

“你？”朱星离斜瞥他，自家徒弟自家清楚，他不占沈楼便宜就算好的了，昨晚上指不定怎么欺负人家，还来恶人先告状。

就知道无良师父不会给自己做主，林信把乌龟扔到水里，看向师父：“出什么事了？”

朱星离把一张信纸递给他：“墉都来的信。”

林信眉梢一挑，接过来看。苍劲有力的大字，乃是当今皇上的亲笔。

信中的口吻很是熟稔，仿佛多年未见的老朋友，先客套寒暄了几句，才提及正事。皇帝问朱星离是不是收养了剪秋萝的儿子，言明这个孩子是自己遗落在民间的皇子。听闻剪秋萝过世，他已经寻找了许久。

前世，林信不曾见过这封信，想来也是存在的。此世他表现得过于早慧，朱星离已经习惯了凡事与他商量，这才会拿给他看。沉默片刻，他故作惊讶道："师弟，是皇子？"

"嗯，"朱星离拽了根草叼在嘴里，"皇帝来要人了，你说我给还是不给？"

林信抿唇，不作声。给还是不给？

其实朱星离早就做好了决定，这些年让剪重学治国之道，又不是吃饱了撑的。

"阿萝说过，不寻莫去找，寻来莫强留。"朱星离吐出草茎，掏出一支半干的毛笔，在舌尖上舔了一下，于信纸背面写了个潦草至极的"是"字。

"他非嫡非长，你让他学治国之道，岂不是徒增烦恼？"这句话，前世他无数次想问师父，可惜师父已经作古，无处可问。

"该懂的道理，迟早要懂，他不学，回了皇家就过得好了？"朱星离把信纸随意团了团，塞进一个皱巴巴的信封里，扔给林信，"去，交给镇上悦来客栈的一个小胡子。"

林信接过来，转身离开。

"等等！"朱星离忽然想起了林信的身份，把信拿回来，"还是我去吧，你去收拾东西，明日咱们去南域。"

四域之中，南域最为富庶，车马行至境内，可以明显看出南域人与中原人的区别。

南域一念宫，朱家的所在。

琉璃窗，鲛绡帘，白玉为砖金作檐。时人云，天上白玉京，地上一念宫。

［二］

南域炎热，初夏时节已是酷暑难耐。一念宫中处处古木参天，倒也还算凉爽。

朱星离穿上了他的绛红鲛绡，给林信也穿了一身同样的衣裳。朱家好奢靡，若是穿得寒碜了，可能会被下人轰出去。沈楼也换上了他的玄色银纹衮服，并用一根带着长长银色流苏的黑色缎带束发。

与此行无关的剪重师弟，留在雁丘看家。

"这房子怎么会下雨？"林信惊奇地指着一处三层高的宫室，艳阳高照的大晴天里，密如山瀑的流水源源不断地从房檐上落下，远远就能闻到沁凉的水汽。

粘 贴 处
粘 贴 处
粘 贴 处
粘 贴 处

粘

贴

处

粘　贴　处

粘

贴

处

粘　贴　处

粘贴处

粘 贴 处

配 件

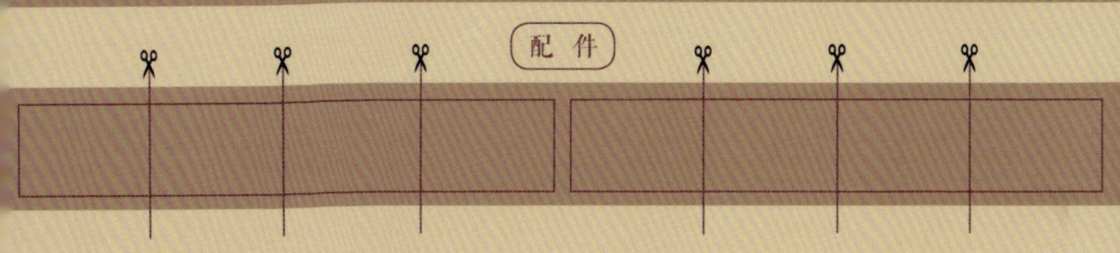

屏风制作说明

1. 将卡套配件折叠并按照文字所示粘合起来。

2. 完成后可将角色卡插入其中。本品可单独作为书签使用，也可以选择继续加工。

3. 将本页所示配件沿实线剪下来，并剪成小段。然后依次将其粘贴在卡套背面，完成制作。

TIPS：可先将每段配件对折，以便制作，粘贴时注意预留适当的缝隙。

展示效果

“那是清凉殿。”朱星离走在前面，额间的八面玲珑鹿璃珠灿若星辰。一路上遇到的下人、侍卫纷纷躬身行礼，待他们过去了方直起腰，继续做自己的事。

所谓清凉殿，是用机关将山泉水提到屋顶，再沿着房檐洒下来，用以解暑降温。无论外面多么酷热，那清凉殿中永远是凉风习习，可盖被而眠。

林信自然是知道的，前世他的封地里，也有这么一座清凉殿，只是地处偏北，并不常用。

“清阙，你说这水是怎么跑上去的？”林信趴到沈楼肩上，跟他咬耳朵。

沈楼耳尖微红：“鹿璃水车。”

普通水车的力量，不足以提供这么多的水，朱家在水车上装了鹿璃，又快又稳地供水上去。用鹿璃做这种消遣，也就只有朱家干得出来了。

“嗨哟嗨哟！”几名壮汉抬着个大铁笼子路过，一名身着绛红衣的修士领着一名蓝衣修士走在前面，步履匆匆。

“大春，干什么去？”朱星离叫住那名修士。

“二公子，”被叫作大春的修士停下来，给朱星离行礼，“望亭侯派家臣来，属下正要带人去见家主。”

那名蓝衣修士抬手跟朱星离见礼，面上是客气的笑意，眼中却露出了几分不甚尊敬的打量。这位朱家二公子，可是四境之内有名的大混混，文不成，武不就，被绛国公赶出家门，几年都不敢回。

修行界以强者为尊，朱星离这种人即便出身高，也没什么可忌惮的。

“你们先去、先去。”仿若没有看到对方的神色，朱星离笑眯眯地摆手，示意他们先上清凉台，自己则老实巴交地拉着徒弟和假装与古木融为一体的沈世子让开路。

见朱星离这般作态，那望亭侯的家臣顿觉自己猜对了，这朱家老二果然是不受家主待见的。他微微颔首，跟着被唤作“大春”的红衣修士踏上了清凉殿的白玉阶。

“叠剑三尊的春水剑。”沈楼看到那红衣修士腰间的双剑，低声给林信解释，眸光不动声色地停留在他的脸上。

“我知道，朱江春嘛。”林信撇嘴，对那总是跟他过不去的三兄弟不怎么待见。

沈楼收回目光，不再多言。

清凉殿高，玉阶悠长。

林信像只长了跳蚤腿的花蝴蝶，甩着绛红鲛绡跟在师父后面一蹦一跳地上了玉阶。穿过流水帘，踏入清凉殿，正殿里白天也点着琉璃灯、燃着沉香，一张金丝楠木卧榻摆在正中，背后则是近乎落地的珠帘大窗。

一身艳红鲛绡衣的男人，斜卧在榻上，凤目轻合，似在小憩。额间三颗米粒大小的鹿璃珠子，呈枫叶状坠在眉心，映着琉璃灯的光亮熠熠生辉。此人正是朱家家主，绛国公朱颜改。

“望亭侯的次子即将束发，想请国公爷给我们小少爷铸剑。”

林信他们走进来，就听到方才那蓝衣修士的声音。巨大的铁笼子就摆在大殿里，上面蒙着的黑布被掀开，一只通体漆黑的豹子正扒着铁栏杆低吼，利爪剐蹭在铁栏杆上，发出刺耳的声响。

春水剑客朱江春恭敬地站在一旁，大气都不敢出。

“这是日前捉到的一只黑豹，颇有灵性，侯爷希望能把这豹子炼进小少爷的剑中，以增灵性。”那蓝衣修士还在滔滔不绝。

朱颜改之所以成为大庸顶端的炼器师，是因为他炼制的灵剑有一定概率能生出灵性。据说是因为他把一些妖兽的血肉魂魄炼进了剑中。

凤目缓缓睁开：“你说谁？”

“望亭侯，皇上刚封的列侯。”朱江春赶紧低声解释，并将一封望亭侯的亲笔信呈递上去。

朱颜改并未伸手去接，瞥了一眼道：“他是个什么东西。”

蓝衣修士的笑容僵在脸上，就见朱颜改提笔，在那封信的背面写下一个苍劲有力的“滚”字。

一方列侯的家臣，就这般被扔出了清凉殿。

朱江春额角冒汗，躬身告罪，递给朱星离一个“自求多福”的眼神，便老老实实地退了出去。

朱星离吞了吞口水，拉着两个孩子上前：“嘿嘿，哥。”

朱颜改与朱星离长得有七分相似，只是他的眼尾上挑，使整个人显得凌厉而难以亲近。凤目张开之时，霸道的气势宛如狂风过湖骤起波澜，呼啸着横扫整个大殿。

“你还知道回来？”朱颜改冷眼看向久不归家的弟弟。

“我师伯脾气不好。”林信小声对沈楼说。

“嗯。”沈楼微微颔首，绛国公脾气不好，极难相处，是大庸人都知道的事，并没有什么稀奇的。他几乎年年都会见到朱颜改，早就习以为常。

殿中气氛很是紧张，笼子里的黑豹都不敢吼叫了，趴在笼子里抿着耳朵小心观察。

正在这时，一只乌云踏雪的小猫从多宝阁上跳下来，直接踩着朱颜改的头走了过去。小猫立在他身上打了个哈欠，长长地伸了个懒腰，又在原地扒了扒，将昂贵的绛红鲛绡钩开了丝。

“侄儿见过朱世叔，见过菁夫人。”沈楼上前，拱手向朱颜改行礼，而后又向那只猫轻施一礼。

“侄儿见过师伯，见过菁夫人。”林信也跟着行礼，偷偷冲那只小猫挤眼睛。

菁夫人是朱颜改的爱宠，一只乌云踏雪的猫，许是常年在鹿璃堆里打滚的缘故，比寻常的猫要机灵一些。但不管怎样，它只是一只猫，且是一只脾气比朱颜改还要差的猫。朱颜改给它取名叫菁夫人，还要求所有人按照对待国公夫人的礼数对待它。

“小楼来了，”朱颜改坐起身，把猫放在腿上，想摸一把毛，结果被猫狠狠拍了一爪子，“你爹说让你跟着亦萧治病，我劝他别犯糊涂，他倒好，还真把你送去……”话没说完，他突然瞪大了眼睛。

菁夫人从朱颜改怀里蹿下去，直接跑到林信脚边，围着他瞧了一圈。林信伸手，试探着摸向猫头，脾气暴躁的菁夫人竟然“皇恩浩荡”地让他摸了。

“信儿是吧？”朱颜改的脸色似有缓和，招手让林信过去，看向跟在林信身后的猫，凌厉的凤目中满是温柔，“夫人很喜欢你。”

“谢夫人厚爱。”林信应得甚是干脆。

朱颜改眸中有了些笑意，瞥向自家弟弟：“几年不见，你这徒弟倒是越发出挑了。”

“嘿嘿，那是，”朱星离蹭到兄长的榻上，把提着的锦布包袱交上去，“前日捉了只蛊雕，你瞅瞅。”

听到蛊雕，朱颜改来了兴致，打开包袱拿起鸟爪和鸟喙查看：“说吧，又想要什么？”

“这不是信儿要满十五了，你说咱们做长辈的，是不是得给他弄把剑？”朱星离笑嘻嘻地说。

朱颜改不置可否，抬眼看看兀自跟菁夫人玩耍的林信：“你想要什么剑？”

这几年朱颜改很少铸剑了，最近的一把就是沈楼手里的那把“虞渊落日”。原因是他觉得铸剑无趣，一门心思去研究上古残卷，想要做出传说中的仙门法器。

虽然林信是他的师侄，但若是林信的回答让他不满意，这剑也铸不得。

林信抬头看看冲他挤眉弄眼的师父，又看看面无表情的沈楼，轻撩衣摆跪了下来："侄儿斗胆，想求一把能存储魂力的剑。"

"什么？"朱星离吃了一惊。

沈楼藏在衣袖里的手骤然攥紧。

朱颜改有些诧异："魂力？你是说神魂之力？你自己的，还是他人的？"

"他人之力，"林信垂目，看着地砖上若隐若现的朱雀纹，"神魂之力，可以抽取出来替代鹿璃灵力，但无法留存。侄儿妄想，或许师伯可以做出能留存魂力的灵剑。"

这话给在场之外的任何人听，都会觉得林信在胡说八道，但作为立于顶端的炼器、阵道大师，朱颜改瞬间就明白了林信说的是什么。

御魂之道，是为邪术；妄图抽取魂力为己用，简直大逆不道！

"这小子……"朱星离侧挪一步，万一兄长暴起要打人，他得替信儿挡着。

"世叔，阿信他是一时贪玩，您别当真。"沈楼上前一步，挡在林信面前。

朱颜改站起身，负手在原地走了两步，抬眼用冷厉的凤目瞪向林信，在朱星离和沈楼绷起身体准备护犊子的时候，自言自语道："魂之力，代替鹿璃……有趣、有趣！"

〔三〕

不等朱星离再说什么，徒弟就被热血上头的大哥扛走了，直奔着炼器室而去。

菁夫人也跟着凑热闹，迈开四足跟了上去，却被"砰"的一声关在了金石门外，很是气愤，刺啦刺啦地使劲挠门，扯着嗓子嗷嗷叫唤。

"好了好了，嫂子，别叫了。"朱星离把猫抱起来，看着那满是阵法纹路的金石门发愁。

"阿信他只是一时好奇，二叔莫责怪他。"沈楼单指摩挲着自己的虞渊落日剑，既然林信还是要走这条路，那朱颜改答应给林信铸剑倒是件好事。朱颜改做出的剑，起码不会伤到主人，比皇帝给的那把上古妖刀好得多。

这样的劝慰没有起到丝毫作用，朱星离依旧眉头紧锁："我兄长发起疯来，七天七夜都不出炼器室。信儿还在长身体，饿坏了可不好。"

说罢，他举着猫拍门："哥，你把嫂子关在外面了！"菁夫人被掐着腋窝四爪乱蹬，挣扎着想给他一巴掌。

金石门轰然打开，穿着红绡的长臂伸出来，抓住朱星离的衣襟，将他和怀里的猫一并拉进去，顺道将林信扔了出来。

林信踉跄两步，瞧见沈楼就站在门口，“哎哟”一声就扑到人家身上：“我师伯也忒有劲了。”

沈楼伸手揽住他的腰，帮他站好：“你怎么出来了？”

“我又不懂御魂之术，师伯嫌我知道得少，”林信语带无奈地说，眉眼却飞扬起来，“走走走，咱们出去玩。”

他只是未曾束发的少年，说多了不好，以朱颜改的才智，只消告诉他只言片语即可。至于会御魂术的师父，半卖半送，让他们兄弟培养培养感情。

沈楼没有多问，任由林信拉着他跑出了一念宫。等在门口的紫枢和黄阁立时跟了上来，四人浩浩荡荡地往菩提城而去。

南域的中心城叫菩提，朱家祖先认为，修行之道在于心境，一念可成魔，一念亦可成佛，据说还寻了很多佛经来读，将南都取名菩提。

南域富庶，菩提城中常年热闹，即便没有集会，主街上也是比肩继踵、笙歌鼎沸的。

“荔枝，新鲜的荔枝！”

“耗子药！”

“新开坛的桃花酒，十文一壶，客官尝尝吧！”卖酒的汉子拎着竹提壶，把酒倒进一口量的小竹杯里，递到林信面前。

林信伸手要接，被沈楼给抢了过去：“你还未束发。”

“我就尝一口。”林信扒着沈楼的手，可怜巴巴地说。这么多年，师父一滴酒都不许他喝，他自己也知道，修行之人过早饮酒伤灵脉，但尝个味道总是可以的吧。

伸出舌头，快速舔一口，清甜的桃花香在舌尖蔓延，林信忍不住弯起眼睛，撩起眼皮看向沈楼。

沈楼的手臂突然僵住了。

林信趁机抱住他的手，“咕嘟”一声把那一口都给喝了。浅浅的桃花色迅速漫上眼尾，终于有了几分桃花眼的模样。他酒量好，但上脸，一杯下去就眼角泛红。

“好喝就买一壶吧。”卖酒的人热情地将一个封盖的竹筒递给沈楼。

沈楼看看意犹未尽舔着唇的林信，便接了过来，示意紫枢上前结账，自己则拖着挂在手臂上的林信继续往前走。

“荼蘼、荼蘼，”卖花人用南域的口音叫卖，带着几分古韵，“春归兮，花开尽，郎君有意执荼蘼。”

马上就是荼蘼节，街上到处都是卖花的，这是南域特有的节日，在荼蘼花盛开的最后一天。过了荼蘼，就会进入盛夏。

在荼蘼节那天，年轻的男男女女都会走上街头，围着灯火载歌载舞。小伙如果有看中的姑娘，就可以把荼蘼花送给对方，收到的花越多，说明这姑娘越受欢迎。

林信从卖花人手里抽走一枝，粉白的花还带着水珠子，青皮绿萼，甚是娇艳，随手别到了沈楼的头上。

沈楼眸色微暗，由着他胡闹。

年少的沈楼就是好，木呆呆的任戏弄，这要是二十几岁的沈楼，早把花扔到地上跟他打架了。林信美滋滋地想着，冷不防也被沈楼插了一枝，禁不住笑起来，这沈清阙还学会报复了，真是稀奇。

沈楼喉头一阵干燥，禁不住滑动了一下喉结，落在身侧的手缓缓抬起来。还未碰到林信，那家伙就泥鳅般地滑下去，“哧溜”一下跑掉了。

沈楼取下头顶的荼蘼花，随手扔给卖花的几个铜钱，薄唇勾起，露出个清浅的笑来。

茶馆里，说书先生抑扬顿挫地讲着近来的新鲜事。

太子在闲池围猎中拿了头名，皇上龙颜大悦，赏了太子一把桑弧神弓，却被太子转手送给了沈秋庭；北漠战事结束，玄国公准备给世子定一门亲事。

“北域兵强马壮，皇室有意与之联姻，诸家猜测，最有可能做世子夫人的，当属云熙公主！”说书先生说到关键处，语调激昂，满面红光，“却说这云熙公主，乃是百年难得一遇的美人，她的母妃，乃是西域钟家的表亲，顾山侯的侄女……”

林信听得甚是认真，用手肘杵杵低头喝茶的沈楼：“哎，云熙公主好不好看？”

沈楼放下茶盏：“不曾见过。”

“没见过，你就敢娶啊。”林信撇嘴，这云熙公主的确倾心于沈楼，到他把沈楼拐走的时候，那姑娘还没嫁人，痴痴地在闺中苦等。

“不敢娶，”沈楼眼中含笑，“我有世子夫人了。”

这话让林信心中一热，以前他用尽手段逼沈楼说句软话，从没有成功过，即便是玩笑，也能让他高兴很久。“那行啊，回头你就这么跟公主说。”

“不必我说，父亲不会同意的。”沈楼垂目，倒了杯茶。沈家世代守着北域，是大庸的城墙，与皇室一直保持着不近不远的微妙关系，是不会轻易与皇室联姻的。

林信撇嘴，拿吃剩下的瓜子壳丢沈楼脑袋："你是不是还挺遗憾的？啧，大庸有名的美人儿，哪天我功成名就了，也去求娶个公主来。"

沈楼意味深长地瞥他一眼，抬手唤黄阁来："叫那说书的换个段子。"

"是。"黄阁颠颠地下楼去了，不多时，关于玄国公世子的闲话便停了，那人说起了近来的怪事。

"你怎么管得住那说书的，这茶楼你开的呀？"林信觉得稀奇，修行之人讲究无为而治，大庸的吏治一直较为松散，对于百姓的言论也不怎么管束。

"是我开的。"沈楼接过黄阁带上来的账本，随手翻看。

不食人间烟火的沈清阙，什么时候做起了这般接地气的买卖？林信诧异地盯着他："你开茶楼做什么？还开到南域来。"

"赚钱，"沈楼淡淡地说，迅速看完了账册，账册前面是真实的账目，后半段则是搜集的各种消息，"南域的鹿璃，价钱比北域低了一成。"

"那是，南域有矿，自然价格低廉。"事实上，整个大庸，也就只有南域有大矿脉，其他地方即便有鹿璃矿，也是极小的那种，几年就会被挖空。因此，哪怕朱颜改脾气再坏一点，其他的几位域主和皇帝，也得对他笑脸相迎。

沈楼把账册给林信看："这都是我的私产，你师父不给你鹿璃，我给你。不必担心鹿璃不够，莫去练那抽魂的功法了。"

林信听着前半句还有些飘飘然，听到后半句就像被从云端踹到了泥地里，挑起一边眉毛，冷笑道："怎么，你也觉得这是邪路？"

他抽魂力，并非害人性命，魂力虚弱之人可以靠药草和晒太阳养回来。前世要杀他的人太多，魂力是他保命的绝招，让他遭万军围困而无须惧，无论如何也得练。

刚正不阿的沈清阙，即便与他自幼相识，还是会视他为邪魔。林信摸上了装着桃花酒的竹筒，很想喝杯酒。

"大道三千，各有所长，仙途之道本无高下之分，我只是怕你伤到自己。"沈楼挪开竹筒，给他添了杯茶。

沈楼记得有一年林信与人拼斗，消耗太过，最后控制不住地连自己的魂力也抽，差点没命。

……

"不知道是不是魂力吸多了，我近来总能看到别人的记忆。昨夜梦到满室红绡，吹吹打打拜堂，我瞧见了新娘子，竟是太子侧妃周氏。”

……

林信怔怔地看着他，下颌微颤，垂眼端起茶喝了一口，低声道：“我只是想试试，若是能练成就用来保命，寻常不会用的。”

“嗯。”沈楼轻声应着，转头看向楼下。

“却说东山那边，有人瞧见一怪物，鹰身兽首，长嘴漆黑如烧过的竹管。有仙者认出，乃是上古异兽吞魂蛊雕。”说书先生讲起了新传言。

“嚯，不是说蛊雕在南域以东吗？”

“这东西，一日千里，谁说得准！”

林信跟沈楼对视一眼，这蛊雕百年不曾现身，怎么他们最近总遇上？沈楼让黄阁去查，自己则带着林信离开茶馆。

回到一念宫，正瞧见一辆素色华盖马车缓缓驶来，看到钟家的标识，林信下意识地摸向腰间的剑。

“来送荼蘼酒的。”话多的紫枢已经上前去打听了，南域荼蘼节，各域都会给朱家送节礼，称之为荼蘼酒。

林信冷眼瞪着那辆马车，心道若是钟戮来了，定要寻个由头杀了他。当年就是因为来铸剑的时候遇上了送荼蘼酒的钟长夜和钟戮，被他们认出来，师父担心他的安危，将他留给朱颜改，独自回了雁丘。

这一去，便是永别。

车帘掀开，跃下马车的乃是钟家的属臣，万户吴兆阳。六年前，在秋贡比剑上见过的那位。已经魂飞魄散的钟长夜是不能来送礼了，焦头烂额的钟随风脱不开身，便派了属臣来。

“世子！”吴兆阳是个八面玲珑的人，大庸的权贵们他都记得一清二楚，快步走过来给沈楼行礼，“西域属臣吴兆阳，见过世子。”

[四]

“吴理事。”沈楼微微颔首。

吴兆阳穿了钟家的素色锦袍，只是领口没有缀白虎毛。

钟长夜过世后，即便有沈歧睿坐镇，西域依旧乱成了一团。无能的钟随风只能倚仗能干的属臣，本就颇受钟长夜器重的吴兆阳，立时脱颖而出。去年被封为总理事关内侯，相当于西域的丞相。

“在下眼拙，不知这位小公子是……”吴兆阳礼数周到地转向林信，因为常年带笑，眼角已经生出了深深的笑纹，仿佛锦鲤的鱼尾，见之可亲。

“朱二叔的徒弟。”沈楼简单介绍了一下，没有提林信的名字。

“原来是二爷的高徒，失敬失敬。”吴兆阳拱手见礼，没有因为林信年纪小而怠慢了他。

林信的目光落在吴万户腰间的玉佩上。贵族出身的仙者，玉佩刻的多为家族纹。不佩族纹，也是吉祥如意的五蝠、双鱼之类。这人的玉佩，却是一枚“桂花糕”。

方方正正的一块，面上带着几点瑕疵，瞧着像是桂花糕上散落的花瓣。

这人倒是有趣，林信眉梢微挑，以主人之姿请吴兆阳入内。回头看马车，只有几名寻常侍卫，没有钟戮的身影。

荼蘼酒并不需要国公亲自送，当初钟长夜前来，是为了跟朱颜改联络感情。钟戮作为钟长夜的疯狗，自然是主人到哪里，他到哪里。

“师父，我见到那个追杀赵叔叔的人了。”年幼的林信尚不会御剑，提着一口气跑到师父身边，尚未缓过神来，忽觉背后一阵寒意。骤然回头，发现钟戮就站在窗外，用猎狗看猎物的眼神盯着他。

“亦萧，这是你的徒弟？”钟长夜走进来，鹰目微转，落在脸色发白的林信身上。

“是啊，信儿，这是钟世伯。”朱星离笑嘻嘻地揉揉林信的脑袋，示意他打招呼。

林信死死地盯着钟长夜：“见过钟世伯。”

“这眼神，倒是让孤想起一个人来，”剑眉微蹙，钟长夜扶起行礼的林信，“孤有两个年纪与你相仿的儿子，调皮得很，荼蘼节后，随孤去莫归山玩耍吧？”

本是寻常长辈邀请小辈的话语，听到林信耳朵里却似勾魂的咒语，令他浑身紧绷了起来。

“莫归山鸟不拉屎的，谁要去！”朱星离嫌弃地摆手，“你上回欠我的鹿璃，几时还？”

“孤几时欠你鹿璃了？”钟长夜对于朱亦萧的胡搅蛮缠领教颇深，不想与他多说，转身便走。

朱星离骂骂咧咧地啐了一口，拉着林信去了清凉殿。

“哥，荼蘼节后我回去一趟，你帮我看着孩子。”朱星离凑过去，抢了朱颜改手里的酒。

“滚！”朱颜改给了他一巴掌。

“喵！”蹲在扶手上的菁夫人有样学样地跟着揍他。

朱星离抱着头在原地打了个滚，笑嘻嘻地站起身：“这就说定了，在我回来之前，莫叫别人给拐了去，尤其是姓钟的。”

“师父？”林信疑惑地看向师父。

“傻小子，我打不过钟长夜，但你师伯打得过他。好好待在一念宫，等剑铸好了再回去。”有了本命灵剑，打不过钟戮，可以跑，也就不必担惊受怕了。

才分离两日，带着血的摸鱼儿突然飞到了一念宫。

血，雁丘上到处都是血。

一脚下去，从朱家穿出来的绛红薄履，就被血水浸了个透彻。

素白衣料像是绞碎了的纸钱，散得到处都是，与那些血纠缠在一起，看不出原貌。

“师父！”林信快步穿过这片死地，在残垣断壁中翻找，“朱亦萧！朱星离！”

“信儿……”虚弱的呼喊声，自乱草丛里响起。

徒手扒开碎石，朱星离就靠在杂乱的石堆上，绛红鲛绡瞧着比往日厚重许多，额间的鹿璃坠子也不知掉到了哪里，只剩一条浅金色的链子空荡荡地歪在头上。

“信儿，”朱星离睁开眼，面色平静，脖颈上的青筋却根根绷起，声音像是从老风箱里传出来的，呼呼啦啦漏着风，“杀了我……快……”

修长的双臂以不正常的角度弯折着，艰难地碰了一下身边的春痕剑。

林信捡起春痕，握住师父的手腕，试图渡灵力给他，却如泥牛入海。灵脉断绝，生机全无，还有什么东西在筋脉中快速游走。

“此乃毁灭仙道的邪物，”朱星离颤抖着吸了口气，完整地说出这句话，“信儿，我快撑不住了，杀了我！”

脖子上的青筋越绷越紧，朱星离终于露出了一抹难忍的痛苦之色。

“不……师父……唔……”林信在梦中挣扎着，出了一头的冷汗。

“信信、信信！”沈楼推了推他。

猛地睁开眼，血雾退尽，入目的是一顶薄绡帐子，耳边是哗啦啦的雨声。天气炎热，一念宫中最凉快的地方便是清凉殿，左右长辈都不在，林信便要赖睡在了这里，还拉着沈楼陪他。抬眼，他便能看到师父所在的石室。

师父出事的时日将近，他像个得了癔症的疯子一样，看到紧闭的石门才能安心片刻。

“做噩梦了？”沈楼单手撑在他身侧，眼神清明地看着他，不像是被吵醒，而像是一直没睡。

林信看着沈楼，唇瓣轻颤，似乎想说什么，突然翻身，哑声道：“沈清阙，别对我这么好。”

沈楼僵了一下，瞬间以为林信看穿了自己：“怎么了？”

林信深深地吸了口气，沈清阙身上淡淡的草木香总能驱散阴霾。前世所有人都说他是弑师的魔，只有沈楼问过他是不是有什么苦衷。

他就像一名陷在沙漠里的人，遍体鳞伤，快要焦渴而死。沈清阙就是一汪不见底的深潭，明知跳下去会溺毙，他还是义无反顾地向着那边爬行，哪怕为此丢了性命。

林信没有回答。

“咻——”轻微的破空之声，沈楼抱着林信瞬间翻了个身，抬手两指夹住了一枚银光闪闪的小剑。

“摸鱼儿！”林信抓过那枚剑来看，后面刻着个“重”字，是剪重发过来的，雁丘出事了。

钟长夜已经死了，雁丘如何还能出事？

林信指尖一片冰凉，紧紧捏着那枚试图往炼器室蹿的小剑：“我要回雁丘，立刻，马上。”

沈楼快速起身穿衣，看看已经泛起鱼肚白的天色：“要不要叫你师父一声……”

“不行！”林信骤然提高了嗓音，紧紧攥住沈楼的手腕，“绝对不能让师父知道，一个字都不能！”

［五］

师弟出事了，却不告知师父，这种行为在他人看来，就像是林信故意要害剪重一般。

沈楼定定地看了他片刻，一口答应下来：“好，不告诉师父，我调沈家的人来。”

南域与北域相隔最远，沈家鞭长莫及，沈楼能调动的人手有限，且此刻黄阁去查蛊雕的事了，不在身边。

“林公子，这是要去哪里？”朱江春正带着其他两个兄弟——朱江夏和朱江秋去演武场做早课，瞧见林信步履匆匆，便多问了一句。

“我要回一趟雁丘，你们谁也不许惊动我师父。”林信捏着那枚摸鱼儿，语带暴戾地说。

“摸鱼儿！可是剪公子出什么事了？”朱江春看到了林信手中的小剑。

紫枢快步跑过来：“世子，调人手过来还需一个时辰，您且等……”

“来不及了，我自己去。”林信摆手，拿出那枚小剑就要走，若当真是上辈子那群穷凶极恶之徒，一时一刻都不能耽搁。

“林公子，我们跟你去吧。”朱江春说道。他的两个弟弟也纷纷祭出灵剑来，脾气暴躁的朱江夏撇嘴：“走走走，咱们朱家的事，还用不着沈家的人管。”

这说话难听的三兄弟，上辈子每次见林信都要讽刺他一番，多数时候都要大打出手，林信这还是第一次听到他们把自己划到“咱们朱家”的范围内。

“那便有劳三位了。”林信拱手拜谢，叠剑三尊在朱家算是一流高手，有他们帮忙，自然是再好不过。

沈楼揽住林信，跃上虞渊剑：“你还不足十五，尚不能御剑。”

“我能，早在十二岁的时候就会了，”林信左右看看，小声道，“你神魂有损，我来御剑吧。”

“无妨，”沈楼抱紧他，灵剑宛如流星追日，倏然蹿了出去，“我已然习惯了。”

浓烟滚滚，满目疮痍，便是此刻众人在半空中瞧见的雁丘。

此处原本是块风水宝地，花红柳绿，碧草连天。入侵者被草木山石组成的阵法所困，干脆就放火烧山。那些林信挨个爬过的大枣树，俱化为焦炭，山石颓圮，屋舍坍塌。

这情景跟前世看到的一模一样，林信双眼赤红，跳下飞剑，转道往后山跑去。

“阿信，”沈楼示意众人跟上，自己则快步追上林信，一把抓住他，“你要去哪儿？”

“后山有条小路。”林信不解地看他。

沈楼无奈，他们一行六人，也算是一支小队，照林信这么一言不发地就跑，一会儿就散了：“既能烧山，里面定然人数众多，我们走后山小路。诸位屏息凝神，切莫发出声响。”

“好。”紫枢对于世子的话自然是无所不应的，叠剑三兄弟也不自觉地听从了，应下之后才反应过来，他们正被那未及弱冠的沈家少年指挥，不禁懊恼地互相瞪视。

雁丘正面是坡缓，背面险峻，只有一条小路隐藏在石缝中。

“路上有阵法，你跟着我走。”林信拉住沈楼的手。

沈楼点头，告知后面的人踩着他俩的脚印走，一步也不能错。

时而向左，时而偏右，有时候还要绕到路外面的树丛里去。这路只有师徒三人知晓，那些个侍卫和下人都是不知的。即便有人误入，也走不出这路上的阵法，很快就会惊动山庄里的主人。

一行人爬上山顶，伏在乱石后面，眺望死寂的山庄。

“什么味道？这里是茅厕吗？”朱江夏拨开手边的杂草，一颗双目圆睁的人头露出来，半张着嘴，满脸是血地看着他，“哇！”

旁边的朱江秋赶紧捂住他的嘴，向下看去，不由得倒抽一口凉气。

他们趴卧的这高石之下，堆叠着十数具尸体——绯衣的侍卫和褐衣的奴仆。林信单手撑着石壁翻身跃下，翻开一具穿着粗布衣裳的尸身，黝黑的面容还有些稚嫩，乃是每日清晨给雁丘送菜的农户。

“他父亲去得早，家里只有老母和八岁的妹妹，靠给人送菜为生。”林信抬手，给满脸惊恐的少年合上双目，也不知他那头拉菜的骡子跑了没有。

沈楼蹙眉，足尖轻点，掠到院墙附近，扒着墙头向内看。院墙里不时有人走过，个个穿着素白衣裳，背着长剑，蒙着脸，步伐似狼行：“你可识得这些人？”

看服色像是钟家的，但钟家人使的是短剑，比沈家的佩剑还要短上几分，不会背在背上。

“不是钟家人吗？”当年他赶回来的时候，所有人都被师父设下的大阵绞成了肉泥，只留下几片白衣碎布。

“似是，而非。”沈楼摇了摇头。

林信呼吸一滞。

白衣人察觉有异，倏然转过脸来，三两下跃上墙头，呈半蹲状左右查看。墙外空空一片，蚊蝇在死人堆上嗡嗡作响，什么也没有。白衣人重新回到院中，继续巡逻。

沈楼拉着林信从墙角拐弯处闪身出来，朝紫枢打了个手势。紫枢将紫衣外袍的袖口扎紧，绑起长发，鹞鹰一般蹿了出去，隐没在房檐屋脊的阴影中。

“紫枢练了匿踪术。”沈楼低声给林信解释了一句。所谓匿踪术，并非真的凭空消失，而是借着屋舍的阴影藏匿身形，同时收敛气息让人难以察觉，乃是北域斥候都会练的一种功法。

小半个时辰之后，紫枢便跑了回来：“山庄里有白衣人二十三名，似有一首领，属下未曾看清；剪公子被关在西边的厢房里，尚安好，有两名白衣人看守。俱是仙者，说的是北蛮语。”

“北蛮语？”沈楼蹙眉，“所有人都说北蛮语吗？”

北蛮语，是常年与北域交战的北漠蛮族常用的语言。

“这属下不敢肯定，但听到的几句皆为蛮语。”紫枢据实禀告。

怎会如此……

林信蹙眉，他听剪重说起过，袭击雁丘的人中有一个身高九尺的，似是蛮族力士，其余人说的都是汉话。为何这次会有如此之多的蛮人？

沈楼听到是蛮人，也跟着皱起眉头。北漠距此地甚远，他们跑到雁丘来做什么？

“二十几人，我们恐怕不敌啊。”朱江春开口道。

“怕什么，一群蛮人而已。”朱江夏不以为然，大庸的仙者多数瞧不起北漠蛮族，认为他们的修行之法太过粗鄙。

朱江秋不说话，两个哥哥说什么，他跟着干就是了。

“院子西南有师父布下的大阵，我去查验。”林信撂下这么一句话，闪身离去。沈楼来不及阻止，只得让其他人原地待命，自己去追林信。

西南是一片竹林，此地雨水丰沛，竹子生得十分茂盛。林信趴在墙头，将小剑伸进去，点点荧光从墙内飘上来，乃是立在墙下之人的魂力。

“哗啦啦——”一名蒙面白衣人正在竹林边撒尿，身上的魂力被林信不知不觉地抽取，忽觉一阵晕眩。

未及站稳，一把细短的小剑就架到了白衣人脖子上。林信接住白衣人倒下的尸体，轻轻放在地上，跃入竹林中。

沈楼看着林信熟练无比的杀人手法，默不作声地跟着他。

竹林中处处是落叶，林信凭着记忆寻到一处，快速扒开枯枝，露出了朱砂、石蜡混合而成的阵线。这是朱星离根据古籍残卷里的绝杀阵画出来的，因为古卷残缺，很多地方是他自己补充的，也不知能不能用。

那时候雁丘的满地肉泥，多半就是这大阵造成的。不管这些人是谁，今天，自己依旧要将他们碎尸万段！

林信接连查看了几处阵脚，掐指快速计算。

他单指描摹一遍复杂无比的线条，终于找出了缺漏。没有朱砂，便咬破食指，以血描绘。

沈楼的手指没能递出去，在半空中顿了片刻，改道回了虞渊的剑柄上。

“给我三块鹿璃。”林信头也不回地伸手。

沈楼掏出三块给他，鹿璃被快速安在了阵眼之上。鹿璃入阵的瞬间，好似巨兽被突然唤醒，朱砂殷红，灵力流转，地上的枯竹叶无风自动。

“走。”林信拉住沈楼，快速退出竹林。这位开小差撒尿的仁兄迟迟不归，很快就会有同伴来找，此地不宜久留。

“这个大阵，会困住他们吗？”沈楼向林信确认。

“不会，”林信抬头看他，深蓝色的眼眸里古井无波，“会杀死他们。”

沈楼看了一眼草丛里的尸堆，送菜少年的脸正朝着太阳：“好。”

没想到沈楼会这么利索地答应，林信狐疑地看看他：“你不觉得我残忍吗？”

“这是他们应得的。”沈楼摇头，唤了众人过来，用树枝在地上画出了院子的大致方位，“紫枢作饵，你们三人在外围，将蛮人往竹林驱赶……”

清晰明确的分工，将每个人的用处发挥到极致。

“一切待我与信信救出剪重之后再开始。”约好了行动的信号，众人伏在枯草丛里，静待天黑。

［六］

鹞鹰的鸣叫声于黄昏的雁丘响起，白衣人在院中生起篝火，从厨房里拿出鸡鸭来烤。

西厢房里，剪重被五花大绑地扔在地上。一名白衣人在门外用力撕扯着烤鸡，叽里咕噜地说着话，另一人的语气温和些，似在劝解。

“再等等，红衣人会回来的。”沈楼用灵力传声，一字一句地翻译给林信听。

林信往沈楼身边凑了凑：“你懂蛮语？”

沈楼点头，继续听那两人对话：“我们要找的不是他，为什么不杀了他？”

“留着他，做要挟，”劝解的那人说道，“我们必须尽快抓到林争寒的儿子，交给巫神。”

巫神？林信吃了一惊，这些人竟然是想抓他去北漠的。莫非蛮族也知道寻鹿侯找到了矿脉，想要从他身上问线索？

那当年袭击雁丘的，还是不是钟长夜的手下？

林信突然看向沈楼，往事如浮光掠影，在脑海中纷涌而至。

……

“玄王在战场上受了重伤，恐怕命不久矣。”

“胡说，沈清阙只是被北蛮邪术封住了灵脉，解开便是了。”

“哪有那般容易，朱颜改说，那东西叫‘噬灵’，是上古邪术，他都束手无策。”

噬灵封了沈楼的灵脉，他连起码的御剑都无法做到了。然而北域战事告急，还需要他在前线支撑。

“殿下，您不能去！”黄阁跪在辕门口挡路。

“战场上刀剑无眼，您现在没有灵力，如何与蛮人拼斗啊！”紫枢死死拉着战马的缰绳。

“两军交战，孤又不是去比剑。”沈楼挥剑，斩断了紫枢手里的那截缰绳，狠抽马鞭，骏马嘶鸣，直接从黄阁头上跃了过去，直奔战场而去。

一道流光自天边而来，剑光如狂风卷韧草，将战马的两只前蹄齐齐斩断。

“咴——”战马嘶鸣着跪地，将沈楼狠狠地甩了出去。

下意识地祭出灵剑，浑身却使不出半点灵力，虞渊落日剑“咣当”一声掉在地上，沈楼只好在空中翻身，被出剑之人接了个正着。

“玄王殿下，这是要去哪儿？”锦衣华服的割鹿侯林信，用妖刀吞钩圈住沈楼的脖子，瞬间止住了黄阁与紫枢拔剑的动作。

“与你何干？”沈楼试图挣开他。

“我追随于你久矣，如今你要去送死，你说与我何干呢？”林信贴着他的耳朵，笑得诡异，“既然要死，不如死在我手上，如何？”

说罢，当着全军将士的面，他直接把人给绑走了。

“你……唔……”沈楼怒极，竟生生吐出血来。

没有灵力的沈楼，就像被拔了牙的老虎，任他摆布。

……

师父拼死要控制在体内，在师父筋脉里游走的东西，会不会就是多年后沈楼在战场上被下的“噬灵”？就断绝灵脉、损毁根基而言，着实有些相似。

当时朱星离说，那东西一旦破体而出，必将传染天下仙者。噬灵会传染吗？

如果这两者是一个东西，那当年袭击雁丘的，必然就是蛮人！

林信一时间心乱如麻。

“屏息凝神！”沈楼突然在他耳边低喝，待林信清醒过来，问道，“你怎么了？”

那两个白衣人已经结束了争吵，推门进了屋内。方才拔剑的那人，一把抓起昏睡过去的剪重，将他拍醒，用中原话道：“小子，想清楚了吗？”

剪重抬起眼皮，突然张口咬住白衣人手中的鸡腿，整个包进嘴巴里，“啵”的一声把肉吸了个干净，留下一根光秃秃的鸡骨头：“唔，想清楚什么？”

白衣人被他这一气呵成的动作震住了，半晌才反应过来，一拳打在他脸上："谁准你吃东西了？快把林争寒的儿子交出来！"

"我说了，我就是林争寒的儿子！"剪重吐出嘴里的血沫子，语调平静，他似乎永远不会生气，甚至因为吃到了鸡腿而愉悦地露出了小梨窝，"我叫林虫虫。"

白衣人耐心告罄，狠狠地踢了他一脚，把人踹得撞到柱子上。剪重"哇"的一声把刚吃进去的鸡腿肉给吐了出来，呛咳不停。这一动，白衣人才看出来，剪重的两条胳膊并没有被绑，而是无力地垂在两边，挪动之后就以一个奇怪的角度反折着，显然是断了。

也不知是不是心疼那本打算留着一会儿慢慢吃的鸡腿，白衣人完全没有停手的意思，追上去对他一顿好揍。

林信跟沈楼对视一眼："这些蛮人手里有些古怪东西，你且小心，莫空手与之相触。"说罢，就要下去救人。

沈楼眸色微闪，拉住准备冲出去的林信："且慢。"

这屋中有两人，且与竹林中那种巡逻的小喽啰不同，灵力应该比较高。要想一招杀了他们根本不可能，如果发出声响，势必引来其他蛮人。

他们本打算等两个看守离开，但再这般打下去，剪师弟估计要没命了。

"你抽魂力，能挑特定的人抽吗？"沈楼指指趴在地上一脸愁容地盯着鸡腿肉挨揍的剪重。剪重年纪小，神魂中存储的日月精华定然没有这两个蛮人多，如果无差别地抽，最先受不住的会是剪重。

"不能，师父还没教我御魂术。"林信抿唇，他想跟朱星离学御魂术，就是为了解决这个问题。他只能控制远近范围，要精确到人却是做不到的，不管不顾起来，连自己的魂力都抽。

沉思片刻，沈楼干脆发出了信号。

"你做什么？"林信吃了一惊，这信号发出去，紫枢他们就要动手了。

沈楼不答，翻身直接冲进了屋中。

"什么人？"两个蛮人回头，一道剑光横劈而来，恍花了人眼。

从容不迫地合上房门，虞渊剑尖指地，沈楼用东胡语道："撕咬伤残，乃疯狗所为，可对得起你们的狼主？"

两名白衣人顿时被激怒了，提着重剑冲上来。这些蛮人擅使重剑，招式非常单调，可能是从狩猎中得来的，劈、砍、刺，三招来回交替，但胜在重且快。

沈楼使出专克重剑的"破冰剑法"，以一敌二，丝毫不落下风。

林信扶起脸色青紫的自家师弟，手掌贴在背心给他一点灵力，一口气上不来的剪重抽搐了几下，长叹一声，终于缓过来，大口大口喘着气。

“死不了吧？”林信割断绳子把人扔到一边，不等师弟回答，就拔剑去帮沈楼了。

“……”剪重把刚张开的嘴重新合上，寻了个舒服点的姿势靠着。

“沈家的黑郭落！”白衣人一跃而起，叫骂着朝正与另一人对招的沈楼劈砍而去。重剑上嵌着带杂质的鹿璃，灵力并不稳定，像是狂风中四散的蒲公英，时短时长，纵横交错的灵力划破了沈楼背后的衣裳。

“哧——”剑身入体的声音，如同肉铺里尖刀入肉的声响，开瓜般清脆。

白衣人低头看看穿胸而过的细剑，鲜血从喉咙里汩汩而出，滴落在青石板上，他不可思议地转头，却没能看清林信的模样便咽了气。

与此同时，沈楼忽然收剑，身体化作一道残影，瞬间移动到敌人身后。虞渊剑光大盛，朝着敌人的颈项劈砍而去。

“啊啊啊！”那人拼尽全力将重剑抵挡在身后，没想到中原还有如此诡谲的身法，抬头看到了死相凄惨的同伴，用蛮语大叫着朝房门扑去，“贺六浑，救命！”

没等他跑出门，就被沈楼一剑了断。

“你受伤了。”林信看着沈楼后背的几道剑痕。

“我也受伤了。”剪重无力地呼唤毫无兄弟情的师兄。

沈楼以拳抵唇，掩住嘴角的笑意，随手劈开木桌，削了几块板子，端起剪重一条断臂：“忍着点。”战场上断手断脚是家常便饭，常在军中的人基本上都会接骨。

“啊——”剪重还没做好准备，那边就开始接了，惨叫卡在喉咙里，差点闭过气去。剪重怀疑地看着给他夹木板的沈楼，暗道自己是不是得罪他了。

但沈楼的动作十分光明磊落，还撕下自己的衣摆给他裹伤口。那可是浣星海的玄丝袍，金贵着呢。

外面已经乱起来，蛮人们烧烤吃了一半，院子南边却起了大火。不多时，有人大喊“敌袭”。

“这些人灵力一般，但有一个很厉害，恐怕跟师父不相上下，”剪重被林信背着，在屋檐上奔跑，语速极快地将知道的情报告诉他，“那人身高九尺，是个蛮人。”

“这些都是蛮人。”林信沉声道。

话音刚落，就听到一道巨大的吼声。被叠剑三尊的平沙剑阵扰得心烦意乱，一道高大的身影越众而出，抓住朱江秋就折了他一条手臂。

“贺六浑！贺六浑！”其他人见此情景，开始高喊。

沈楼御剑冲下去，挡住贺六浑的一记重剑：“散开！”

［七］

乌青重剑起码有百斤重，浩瀚的灵力犹如千斤压顶，将沈楼脚下的石砖震得碎裂。

朱江春救下弟弟，三人立时分开，按照原先的计划，继续用平沙剑卷起沙尘障眼。紫枢作为诱饵引着众人往西南边去，他们就像赶羊的牧羊犬一般，将人往竹林那边赶。

“待着别动。”林信把师弟扔到房顶上，跃下去帮忙。

贺六浑方头大耳、眼阔鼻高，身形比寻常人高大了一倍。上古时有巨人，一丈宽，三丈高，疾呼可使山崩。这贺六浑俨然就是那巨人的后裔，仿佛有使不完的力气，挥起百斤大剑犹如挥舞杨柳枝。

沈楼运转灵力，抵开重剑，瞬间挪到三步开外。

“嘿嘿！”贺六浑粗粗地笑了一声，追着沈楼而去，又是迎头一斩，被沈楼勉强避开。

若是全盛时期的沈楼，别说是一个贺六浑，就是三个也不怕。但他现在还是少年身体，灵力不足，且神魂有损，能使出的力量不足以前的三成，应付起来就很是吃力。

“哎，傻大个！”林信的剑光倏然而至，自下而上，直取贺六浑的裆下。

贺六浑立时收回劈砍沈楼的剑，抬腿躲过剑光。

“啧，原来你们蛮人也怕打裆啊。”林信尽使些跟朱星离学的阴招，一会儿撩裆，一会儿戳眼，将贺六浑撩拨得暴跳如雷，举剑追着他砍。

“沈楼，救命！”林信高喊着。

沈楼御剑而来，一把将他捞起：“我引他，你启阵。”

“好。”两人在竹林附近骤然分开，沈楼回身与贺六浑拼斗，从地上打到天上。

御剑过招，极为耗费神魂，天灵盖突然一阵刺痛，沈楼提剑的手偏了一下，贺六浑的重剑擦着他的肩膀削下去，切掉了他的半截衣袖。咬住舌尖让自己保持清醒，沈楼提气，横剑平平扫过去。

贺六浑起初不以为然，都没有立剑抵挡，不料那剑气极盛，扫到身边他才感觉到风疾雨骤，然而已经来不及躲闪，小腹被划开一道口子。沈楼一脚踏在贺六浑胸口，将人从半空中踢了下去。

林信手中捏着一颗鹿璃快速吸收，只等着这一刻，双手结莲花印，将十三道法诀瞬息间打入阵中。

“轰——”上古杀阵启动，叠剑三尊和紫枢快速逃离，沈楼却被忽然反弹上来的贺六浑一把抓住了小腿，带着一起坠下去。

“沈楼！”林信御剑冲过去，大阵已开，整个竹林仿佛陷入了石磨地狱，所有的生灵都被牵扯进去，搅成碎片。

林信没有去拉沈楼，而是当机立断地砍向贺六浑，将他整只手砍了下来。

沈楼顺利脱身，掉转飞剑，拉起林信就跑。冲得太猛，两人一起跌到了地上，抱着滚了一圈。

“你没事吧？”林信坐起来，扶着沈楼查看。

沈楼垂目，缓过一阵剧烈的头疼，这才面色平静地抬头：“我没事。”

血肉浇灌了阵眼，似乎开启了什么叠加阵，红光大盛，直冲云霄。

林信抬头看过去，骤然松了口气的同时，又泛起些许疑惑。当年，师父拼死启动了杀阵，将这些蛮人尽数坑杀，必然也要瞬息间打出十三道法诀。但是他见到师父的时候，朱星离双臂俱断，那又是怎么回事？

正在这时，坐在房顶上的剪重惊呼一声：“小心！”

红光聚集处，断了一只手的贺六浑宛如从无间地狱爬出的恶鬼，御剑冲过来。

“闪开！”沈楼一把推开林信，挽剑画出一个完满的圆，将近乎所有的灵力灌注到灵剑上。

“轰轰轰——”贺六浑的红光与沈楼撞在一起，周遭石板、草木尽数化为齑粉。

光芒散去，两人谁也奈何不了谁，贺六浑突然丢掉重剑，用仅剩的一只手抓出一道似玉非金的符箓。那符箓上画着青黑色的古怪花纹，中央嵌着一颗滴溜溜转动的圆珠子，好似人骨打磨的一般，透着森森鬼气。

林信看到贺六浑将那珠子拍向沈楼，目眦欲裂，虽然与当年从沈楼身上抽出的不尽相同，但他绝不会错认，那是噬灵！

林信飞身上前，双手相合，将噬灵紧紧困在双掌间。

“信信！”

“别过来！”林信咬牙，逆转灵脉，抽取自身的魂力包裹双手。噬灵会吞噬灵力，却不能吞噬魂力。孤注一掷的一试，竟然有用！

贺六浑也吃了一惊，而后便是恼怒，抓住林信的一只手。

“咔嚓！”林信听到了一声脆响，断骨的疼痛从小臂上传来，激得他痛喊出声，大叫着将噬灵拍到了贺六浑的身上。

沈楼的剑光也同时到达，将贺六浑的整条胳膊沿着肩颈砍了下来。

“是你啊啊啊啊——”林信发疯般地丢了剑，扑到贺六浑身上，没断的那只手仿佛利爪，死死扣住贺六浑的脑袋。

没了灵力的蛮人大汉无力反抗，被林信直接抓出了神魂，捏得粉碎。

沈楼站在三步开外看着这一幕，没有出手阻拦。当年的事已经很清楚了，是这些蛮人占领了雁丘，给朱星离下了噬灵，林信在万般无奈之下了结了师父的性命，恰好被赶来接封重回宫的金吾卫看了个正着。

这一切，便是林信落入深渊的开始。

咔咔咔轰——

大阵杀气太重，引发了天象，一瞬间大雨滂沱。雨水混着竹林里的血，冲刷着那具魂飞魄散的死尸，也浇透了跪在地上的林信。

沈楼走过去，伸手，把人揽过来，捧着他的断臂查看。

林信索性靠在他身上，仰头，任由豆大的雨珠落在眼睛里，变成热泪，滚落下去，溅入血泥。

他不再是弑师之徒了。

他不再是没人疼、没人要的可怜虫了。

他的师父，可以活下去了。

沈楼给他接好手臂，低头看到林信通红的眼角，说：“是不是太疼了？”

“哼……”林信嗤笑一声，斜眼看他，“是啊，疼得厉害，你给我呼呼。”

沈楼当真捧起他的断臂，一本正经地吹气。

林信忍不住笑起来，笑着笑着开始鼻子发酸，忍不住骂道：“沈清阙，你是不是有病？你对谁都这么好吗？”

这指责来得毫无道理，沈楼垂目，看着雨珠顺着林信白皙的下巴淌到自己的手背上，带着暴雨不该有的温热。

第六章 狼跋

不负长生不负卿。

［一］

雨越下越大，轰鸣的水声近乎要把耳朵震聋。

“你……”林信盯着沈楼，突然问了一句，“你看到我刚才捏碎了贺六浑的魂魄了吗？”不是神魂，而是魂与魄，让他变成赵大少那样，永世不得超生。

“嗯，下回尽量不要捏了，魂飞魄散的人没有轮回。”沈楼把他抱起来，准备寻一间尚未坍塌的屋子避雨。

这时候，一道艳红流光自天边而来。

“怎么回事？”朱星离看看变成一片废墟的雁丘和窝在沈楼怀里的半残徒弟，暴跳如雷，“林信，你还真出息了！”

“嘿嘿，”林信看到活蹦乱跳的师父，忍不住咧嘴笑，顿时被灌了一大口雨水，连忙从沈楼怀里跳下来，“呸呸，师父，嗷！”

脑袋上挨了一巴掌，林信不以为意，反倒笑得更欢，单臂挂到朱星离身上：“师父，我救了师弟，还坑杀了二十三个蛮人，是不是可以顶门立户了？给我取个字吧！”

杀气引起的天象，来得快，去得也快。骤雨初歇，乌云刹那间散了个干净，阳光照在林信的脸上，退尽阴霾。

朱星离摸了一把脸上的水珠，斜眼看他：“门呢？你顶哪儿去了？”

梁倒屋塌，满地狼藉。

林信讪讪地松开手，缩回沈楼身边，回头看沈楼，金光满目，耀得人睁不开眼：“日头怎么这么烈？”

“不是日头。”沈楼的话音刚落，那耀眼的金光就倏然而至，竟是一排穿金甲、执皇旗的金吾卫。

这些人身上滴水未沾，显然是瞧见山上有雨，在山脚下等雨停了才上来的。

林信眯起眼睛，这金吾卫当真是每次都赶得正是时候，好似专程来看热闹的。

“金吾卫，奉皇命，来接六皇子回宫。”为首的统领出列，向朱星离和沈楼行礼。

“什么六皇子？”朱江春扶着一瘸一拐的弟弟们走过来。

朱星离这才想起自己可怜的二徒弟：“重儿呢？”

众人转头，看向不远处的屋顶。尊贵的皇子殿下，正举着两只断手坐在屋脊上，身上滴滴答答淌着水。

散仙剪秋萝与皇帝的儿子，遗落民间十八年，帝王知晓之后甚是惦念，着金吾卫即刻接人回宫。

这是金吾卫给的说辞，究竟有几分惦念，无从得知，但皇命是真的，即刻便要出发。

对于突然要进宫认爹这件事，剪重很不乐意：“我还没吃饭呢！”他都饿了好几天了，又被蛮人狠揍，还断了胳膊，就这么赶路，肯定要死在路上。

东北角还有几间陋室没有倒塌，又累又饿的众人换了干净的衣服，又重新处理了伤口。

没有受伤的紫枢去做饭，材料有限，凑合着煮了一锅米，炖了大盆的杂烩菜。这是北域人的吃法，四名朱家人看到那一锅乱炖都颇为嫌弃。

食不厌精、脍不厌细的朱家人，最是看不惯北边的吃法。西戎北狄，都是粗人。

朱星离盛了一大碗饭，又扣了半碗菜进去，像拌猪食一样搅和搅和，挖一勺塞到没手吃饭的剪重嘴里。

荤素掺杂的乱炖，竟意外地好吃，饥肠辘辘的剪重眼睛一亮，差点把勺子给吞了。快速咽下去，看看站在门外的金吾卫，他低声道：“师父，我不想去墉都。”

“雁丘都毁了，我可没米养你，”朱星离舀一大勺饭堵住他的嘴，“这是你娘交代过的，吃完就快滚吧。”

剪重被噎得直翻白眼，吃完饭就委委屈屈地跟着金吾卫走了。他手断了，不能颠簸，金吾卫只得借了沈家停在山下的鹿璃马车把他拉上。

金鳞岂是池中物，一遇风云便化龙。[①]经年再见，他就是英王封重了。

朱星离绞尽脑汁也想不明白几时漏了消息给北漠蛮人，左右雁丘是不能再住了，只得带着徒弟继续在一念宫打秋风。

回到一念宫，叠剑三尊面对着刚出炼器室的朱颜改，齐齐软了膝盖。

---

①金鳞岂是池中物，一遇风云便化龙。——[清]钱彩、金丰《说岳全传》。

“知情不报，跟着孩子胡闹，你们还真有能耐。”朱颜改不眠不休地熬了几日，丝毫不见憔悴。倒是菁夫人被炼器室的炉火熏蔫了，趴在宝座上软成一摊。

“属下一时糊涂，怕扰了主上炼器。当时只想着林公子也是咱朱家的人，有事了就得帮忙。”三兄弟低着头，个个鼻青脸肿，折胳膊断腿的。

朱颜改挑眉，抬手摸了摸猫耳朵：“这事，你们做得对，勉强算是功过相抵。”

不等三人高兴，他又加了一句：“扫兽园一个月。”

“不是功过相抵了吗？”林信趴在兽园的木栅栏上，看着用一条胳膊铲粪的朱江秋。

西域送来的那只黑豹，缩在角落里，盯着朱江秋晃动的屁股看。不远处一只斑斓大虎懒洋洋地趴在水池子里，在扫地的朱江夏路过时伸爪绊他。

“兴许只抵了一半，”沈楼倚在栅栏上看他，“知情不报，可是很重的罪。”

“你看着我作甚？”林信突然回头，将来不及移开目光的沈楼抓了个正着。

偷看被发现，沈楼依旧一脸的光明磊落：“看你与以前有何不同。”

“有何不同？”林信凑过去给他看，“是不是牙长齐了？”

沈楼微微地笑着，不言语，只是摇头。看着林信翻过栅栏去帮朱江秋铲粪，两个独臂大侠齐心合力，把粪扬到了天上，砸中了被老虎欺负的朱江夏。

以前的林信不会说话，不会睁眼，也不会叫他清阙。

“世子，朱二爷叫您和林公子去清凉殿。”紫枢跑过来传话。

朱星离翻遍了朱家的藏书，才找到一本破破烂烂的小册子，记载了关于修补神魂的只言片语。

“神魂者，魂之凝聚也，类瓷。”

翻页，后面就什么都没了，向前翻，毫不相干。“就这一句？”林信嫌弃地问，“‘类瓷’是什么东西？”

“类瓷，是说神魂犹如瓷器。凡人活着的时候魂魄不分，便如泥土与水。仙者，炼魂入神，泥土就变成了瓷。”朱星离解释道。

林信了然：“所以，要补他的神魂，就得再捏点泥巴糊上去？”

“聪明！”朱星离拿古卷敲徒弟脑袋，而后挠了挠头，“泥巴也可，只是修复得慢，要想快些就贴瓷片。只是这泥巴、瓷片要如何打碎，如何贴上去，我还没想好。”

“这个不难，咱们可以先试试！”林信忍不住露出笑来，之前他已经试过了，有上古遗册佐证，便可以放心给沈楼用了，只是有一个问题，“还需要一个收集残魂的容器。”

从蛊雕脑袋里剥出来的魂，他一直用灵力裹着才没有飘散，半个时辰就几乎耗尽了他的灵力，实在艰难。

朱星离眨眨眼，看向身后趴在地上看猫睡觉的兄长。

［二］

在师父的死缠烂打之下，师伯同意给林信做魂器，但要等到灵剑炼成之后。毕竟炼器炉一次只能做一样，林信要求的这把剑还不大好做，估计连他束发之日都赶不上。

“赶不上就赶不上吧，我不着急。”林信现在是有师父万事足，暂时用不着跟人拼命，连修行都怠懒了，天天拖着断臂拉着沈楼出去玩。沈楼除了清晨雷打不动的练剑，其他时候都由着他。以至于林信自己都忘了灵剑的事。

“胡说八道，束发礼上没有灵剑，丢人的可是我！”朱星离坐在长桌后，整个人近乎埋进了成山的公务文书里。

为了加快铸剑进度，朱星离被迫答应替兄长处理南域公务，面对冗杂的公文，一张俊脸都皱成了苦瓜，本就下垂的眼角几乎要拉到耳根去。

林信舔着沈楼给他买的糖葫芦，难得生出几分愧疚，凑过去想说自己可以帮忙，瞟了一眼桌上的公文。

桌上摊开的是一份问安信，乃是一名千户呈递的，没什么重要的事，只是例行的问安。朱星离提起朱笔，用潦草至极的字批复“废话”，顺道画了只乌龟。

“信信。”沈楼一转眼不见了林信，便上清凉殿来寻。

林信咬了一颗山楂，酸得挤眼：“你怎么又叫信信，不是说要叫小名吗？”

沈楼抿唇，私心里他是想叫信信的，至于“迟诺”——“在外面这般称呼，他人就知道你的乳名了。”

乳名不尊，只有亲近的长辈和夫妻打趣可唤，让别人听到沈楼叫他乳名，确实不好。

说起名字，林信把吃了一半的糖葫芦塞给沈楼，自己跑到书架前，翻了本《尔雅》放到师父面前：“师父，等会儿再画乌龟，先给我取个表字。”

朱星离提笔，在他鼻尖上画了个圈：“就叫龟儿吧。”

“我是龟儿，那你就是龟爹。”林信把朱笔夺走，将《尔雅》推过去。

前世师父没来得及给他取字就走了，“不负”二字是皇帝取的，说是希望他不负父愿。父愿，便是林争寒给他取名的意思——重诺守信，而林争寒一生所守的信，是替皇家寻找鹿璃矿脉。

说到底，就是不负皇恩。对于一个少年人来说，这太过沉重了。

沈楼走过来，坐在林信身边："你可有心仪的字？"

"朱弦！"林信立时答道。

"什么猪咸？"正在翻《尔雅》的朱星离抬眼。

"菩提城里唱曲儿的词，"林信倚在长几上，笑眼瞧着沈楼，两指在桌面敲打，似模似样地唱了一段《蝶恋花》，"清抱朱弦，不愧丹霄镜。照到林梢风有信，抬头疑是梅花领。[①]"

清抱朱弦？

沈楼轻咳一声。

"清抱朱弦，多有意境。"林信得意地冲师父挤挤眼，指望着师父骂他两句，诸如"又欺负人家世子"或是"不许占世子便宜"之类的。

可惜朱星离没听懂，毕竟他可不知道沈楼的表字叫"清阙"："狗屁的意境，这有什么相关？"

"朱弦，听起来像是随了朱家姓。"沈楼不动声色地岔开话题。

林信回头看沈楼，顿生知己之意。其实这才是他真正的目的，若是取字朱弦，就好似变成了师父的儿子。

朱星离愣怔了片刻，抓起书册揍他："滚滚滚，叫人以为你是我儿子，我还怎么娶亲？"

"说得好像你能娶到一样。"林信扯着下眼皮冲他做鬼脸。

师徒俩眼看就要打起来，沈楼翻了翻书册，指着其中一行道："朱弦虽好，然北域方言读出来不大好听，叫'不负'吧。"

林信和朱星离齐齐看向他。

沈楼面不改色，迎上林信的目光："不负长生不负卿。"

这个字，被皇帝说出来，就是要挟；被沈楼说出来，却似情诗。

"这个好，就这个吧。"朱星离拍板道，"信"字对"朱弦"，八竿子打不着，但配"不负"，甚是合适。大笔一挥，他在纸上写下"不负"二字，递给林信。

林信将那张纸珍而重之地叠好，方才那一瞬间，他差点以为沈楼也是有前世记忆的，听到后面却是松了口气。

---

①节选自［宋］黄裳《蝶恋花》。

不负长生不负卿，反复咀嚼这句，心里痒痒的，他忍不住用脚趾抠鞋底。这个字真是太好了，就叫这个吧。

美滋滋的林信伸手要自己没吃完的糖葫芦，却发现沈楼手里只剩下一根光秃秃的竹签。

方才有些紧张，无意识地给吃了，沈楼扔掉竹签："我再给你买一串。"

荼蘼节后，一日热过一日，林信白日不愿出门，就赖在清凉殿里读古籍。天下间大部分的孤本残卷都在一念宫里，乃是朱家几代人积累下来的，每本都是无价之宝。

他想在书里寻到自己回来的原因。而沈楼似乎也没什么事要做，偶尔出门见属下，大部分时间陪着他。

沈楼给浣星海去了封书信，提醒父亲查一下北漠的动静，告知他关于噬灵的消息。在雁丘见到的那颗噬灵，着实让他吃了一惊。这东西理当在几年后才出现，没料想这么早就有了踪迹，须得尽快查明，越早掐灭越好。

"信信，你可知那日贺六浑扔出的东西是什么？"沈楼觉得此事应该跟林信探讨一下，当年朱星离中的噬灵应该跟后来他遇到的那种不尽相同。

"唔，应该是北漠的巫术，"林信含糊地说了一句，没骨头似的歪到沈楼身上，"那东西你要是再遇见，千万不能碰。我隔着灵力触碰了，到现在还有点晕。"

沈楼低头看看"弱不禁风"的林不负，顿时歇了点破的心思。噬灵的事，也不着急。

暑消秋风至，师弟已经走了两个月了，没有任何书信传来。林信看看自己已然拆了夹板的左手，嘀咕着封重的胳膊也该好了，怎么这般没良心。

明日便是他束发的日子，朱颜改骗弟弟给自己做苦力，结果还是赶不上，朱星离气得跟他打了一架。

女子十五及笄，男子十五束发。束发之后，便可以娶妻了。

"明日束发，你可有礼物相送？"林信拆了夹板，立时变成了拴不住的跳蚤，拉着沈楼去郊外骑马。

沈楼看着前方，装没听到。

林信策马拦住他："好你个沈楼，打算空手观礼啊。"

"束发、及笄，只有长辈或是丈夫才会赠礼。"沈楼垂目看着低头吃草的马。

听到这话，林信就更想要了，跳到沈楼的马背上挠他痒痒："我不管，就得给，咱俩可是小时候一起睡过的交情！"

这一闹，马惊了，尥蹶子把两人给甩了出去。沈楼自己垫到下面，抱着林信滚了一圈。

林信爬起来，顶着一头的草叶子，委屈道："要是虫虫在的话，肯定会给我准备的。"

故作娇柔的模样，看得沈楼嘴角直抽，他叹了口气，从袖子里摸出一条带银色长流苏的黑色发带，上面还缀着鹿璃的碎屑。

黑绸银苏，是浣星海给家族子弟准备的束发礼，金贵点的会加上鹿璃碎屑，意为聚揽万千星辰。沈家没有朱家把鹿璃雕琢得八面玲珑的手艺，就简单粗暴地打碎了粘上。

沈楼不喜欢这么耀眼的，寻常只戴没有鹿璃的那种。

林信立时抢过来："这个好，等束发的时候，就让师父给我戴这个。"

"你那块玉佩，也拿出来吧。"沈楼看向林信脖子里的细麻绳，这孝他戴了六年，也该摘了。

"那怎么行？"林信把黄玉小鹿掏出来，这可是寻鹿侯的玉佩，给人瞧见了，他的身份就瞒不住了。

"已然瞒不住了。"沈楼看向京城的方向。他刚刚收到消息，一队金吾卫正朝南域而来。

林信眸色一暗。

"你杀了蛮族，被金吾卫看到了，他们一定会把这事告知皇帝。"皇帝感兴趣，略微一查证就会明白，不爱操心的朱星离，收养的孩子定然都是至交好友的，而他最好的朋友就是林争寒和剪秋萝。

"那我是不是得进京了？"林信把小鹿扯下来，摩挲着背后的"争"字。

"莫怕，若是进京，我会护着你的。"沈楼把自己腰间的玉佩绳解下来递过去。他自己定然还是会陷入那个泥潭的，但林信只要不做那劳什子的割鹿侯，就不会有事。凭着前世的经验，他总能护得林信周全的。

束发礼，穿朱家的绛红鲛绡金玉袍，戴沈家的浣星玄夜流苏发带，挂寻鹿侯的黄玉佩，林信这一身打扮堪比紫枢炖的大杂烩。好在他生得俊，倒也不显花哨。

跪在地上让师父给自己束发，林信笑得见牙不见眼。礼成，一队金光灿灿的金吾卫就出现了，这次拿着圣旨的不是统领，而是一名文官。

"下官中书令杜晃，见过绛国公。"那文官甚是儒雅，说的是墉都雅言，字正腔圆，不疾不徐，对着负手立在玉阶上的朱颜改拱手相拜，举手投足的礼节堪称典范。

他身后的金吾卫也跟着行礼，齐齐单膝跪地：“见过国公爷。”

站在一边的紫枢撇嘴，小声对黄阁道：“这些金吾卫，见到咱们国公爷怎么不跪？”

黄阁憋红了脸，不知道怎么形容：“兴许，因为朱家有钱吧。”

“错，”林信突然出现在两人中间，高深莫测道，“因为我师伯，脾气不好。”

三人转头看去，果然见朱颜冷了脸：“亦萧，去把蛛网打开。”

蛛网，是指一念宫的护宫大阵，会在有人御剑闯入的时候响起钟声，宫中的侍卫便会立刻拉弓将人射下来。

那位中书令顿时露出几分尴尬神色来：“下官唐突，还望国公爷恕罪。”

〔三〕

金吾卫作为帝王亲卫，四处传递圣旨号令，管它是浣星海还是莫归山，向来都是直接闯入，从没有站在门外等通报的习惯。

但是他们忘了，他们只是朝廷的四品武官，国公是超品的一方诸侯。寻常诸侯不愿得罪他们，没有计较礼节。但朱颜改不是寻常诸侯，计较与否完全看心情。

“既然来了一念宫，就要守一念宫的规矩。”朱颜改抬手，房前屋后瞬间冒出数十名手持鹿璃弓的红衣侍卫，个个弯弓似满月。

中书令出了一头的冷汗：“下官知罪，我等重新通报。”

说罢，杜晃带着金吾卫火速退出一念宫，前脚刚出去，后脚一念宫上空就泛起了纵横交错的灵光，显然是开了蛛网。

金吾卫统领气得脸色发青，走遍整个大庸，他还从未受过这等羞辱：“杜大人，你这般作为，折的可是圣上的颜面。”

“张统领回去大可如实回禀，看圣上如何裁决。”杜晃叹了口气，这位张统领新上任不久，根本不了解情况，年轻人这般莽撞，迟早要吃亏的。

杜晃带着金吾卫立在大门外，礼数周全地请守门侍卫通报，等了近一刻钟才重新被放进去。

先前为束发礼准备的东西都收了起来，朱颜改在一念宫正殿重新接见众人：“来者何人？”

杜晃按下几欲发作的张统领，好脾气地再次自报家门，而后宣读圣旨。出人意料的是，这圣旨并非是来讨要林信的：“南域朱家亦萧，博学多艺，冠绝古今，着入宫为太师，教导太子及诸皇子课业。”

林信诧异地看向师父。

正偷偷喂菁夫人吃鱼干的朱星离手一抖，把鱼干戳到了猫脑袋上，立时被菁夫人挠了一爪子。他捂着手龇牙咧嘴地走上前，拿过圣旨重新看了一遍，的确是在说他没错。

“亦萧顽劣，怎可为太子师？”朱颜改蹙眉，自己的弟弟，自己清楚，若是做了太师，不出一年，太子就会变成上房揭瓦、下水摸鱼的浪荡子。

“国公过谦了，皇上考校六皇子功课，龙颜大悦，望太子也能习得如此广博之学，这才派下官前来，务必请亦萧先生入宫，”杜晃苦笑道，“另外，皇上还有一道口谕。请寻鹿侯遗孤随先生一同入京，拜爵封侯。”

朱星离本来是一副吊儿郎当的样子，听到最后这句，立时把圣旨黄绢卷了卷，塞进袖子里：“承蒙圣上不弃，那我就恭敬不如从命了，信儿，收拾东西。”

林信原以为师父会拒绝入宫，没想到他答应得如此干脆。

“去哪里打秋风都一样，”朱星离无所谓道，“要不要打个赌，看封卓奕能忍我多久，十两鹿璃。”

封卓奕是当今皇上的名。

林信看着他擦拭春痕剑，心中有些不是滋味，师父为人放荡不羁，最不爱被管束，答应入宫，多半是为了他和封重：“师父，要不，咱们跑吧？”

“跑？”朱星离收剑入鞘，照着林信的小腿敲了一记，“臭小子，教了你这么多年，就学会个跑啊？”

在莫归山相遇的时候，林信太年幼，他不可能把这么小的林信交给皇家，那简直就是羊入虎口。如今林信和封重都长大了。“该是你的东西，就去拿回来，有师父在呢。”

有师父在呢……林信心头一热，所有的忐忑与惶恐、忿狷与厌憎，都在这句话里灰飞烟灭。

“见势不对，大不了到时候再跑。”朱星离补充了一句。

林信：“……”

马上就是闲池围猎的日子，沈楼跟着他们一起入京，参加今年的秋猎。

朱颜改和叠剑三尊出来送行。朱江秋拉着林信，很是不舍，给他塞了一堆南域小吃。

“喵呜！”菁夫人蹿出来，扒着林信的衣摆往上爬。

沈楼把猫抱下来还给朱颜改：“世叔，侄儿前日听说一件事，北域有酒楼卖火焰鱼，某人贪吃，一次吃了八条，第二日竟被发现死在家中。”

朱颜改听到这话，瞳孔骤缩：“你什么意思？”

“我见后园池塘里养了不少火焰鱼，想起此事，跟世叔说一声。”沈楼拱手作别，拉着林信上了马车。

朱颜改摸摸怀里的猫，回头对侍女道：“削减夫人的火焰鱼，改为三日一次。”

“是。”侍女躬身应道。

“喵？”

南域尚炎热，墉都已经下起了秋雨。茶楼酒肆坐满了避雨的人，谈论着秋闱的盛况。

大庸科举选才，分秋闱和春闱，秋闱比武，春闱比文。想要做武官的小家族子弟和散仙，须参加秋闱夺个好名次；要做文官，则只需在秋闱上入围，不讲求名次，来年再参加春闱便是。

凡人也可以参加春闱，但比仙者要难很多，需要府试、乡试层层选拔，且有当地的修行大族保举。

皇宫在墉都正中，穿过御街便可到达。

林信跳下马车，看着气势恢宏的城墙，禁不住深吸一口气。矮墙曰垣，高墙曰墉，京城的城墙、皇宫的宫墙，都有三丈高，故名墉都。

高墙森森，宛如石头砌的大瓮，把所有人关在里面，斗个你死我活。

元朔帝封卓奕，亲自站在廊下迎接众人：“亦萧，你可是好几年都没来墉都了。”脸棱角分明，看起来颇有威严的帝王，一笑便没了架子，只因他生了一对甚是显眼的梨窝。

皇族的人都有梨窝，或大或小。因而封重回宫，没有任何人会质疑他的血统。

女人长了梨窝会显娇俏，男人长了梨窝则显可亲。

“参见皇上。”一行人齐齐跪下行礼。

“起来吧，外面雨大，都进殿去，”封卓奕拍了拍沈楼的肩膀，“多时不见，楼儿都长这么高了。”

“蒙皇上惦记。”沈楼低头应了一声，并不多言。

帝王赐座，叫了林信到身边来，仔细看了看他的模样，捏着小鹿玉佩深深叹了口气：“朕这些年都在寻你。你父亲为皇室寻鹿，死于非命，只你一个孩子，朕怎忍心让你流落在外。”

感慨一番物是人非，绝口不提朱星离这么多年隐瞒不报的事。

“皇上，您当真让我教太子读书吗？”朱星离坐没坐相地窝在椅子上，看起来实在不像为人师表的材料。

“你呀，休与朕装腔作势，”封卓奕抬手，虚空点了点朱星离，笑着摇头，明黄金龙袍随之晃动，举手投足尽显尊贵，“朕考校了六皇子的功课，此子上知天文，下知地理，剑道阵法无所不通，太子与之相差多矣。”

一名宫外长大的皇子，却强过了多年精心培养的太子，这让元朔帝甚是不安。

不管朱星离怎么说，这太师的官职是定下了，在东宫划了一片宫室给他用，林信和沈楼也暂居东宫。

寒暄过后，皇上放他们去安顿，却留下了林信单独叙话。

厚重的殿门轰然紧闭，隔绝了沈楼担忧的目光。

“走了。”朱星离不甚在意地拽上沈楼，直接往东宫而去。自家徒弟比自己都精，皇帝也不会把他怎么样，没什么可担心的。

随着殿门关合，门外淅淅沥沥的雨声也渐渐远去。林信回想着前世与元朔帝初见的时候，还是艳阳高照的初夏，落在他眼中的天色却比如今还要昏暗。

金吾卫把刚刚杀了师父的他和重伤昏迷的封重带回宫。师父死在自己手中，对十五岁的林信来说打击太大，他几天没说出一个字来。封卓奕叫了最好的太医给他治病，几乎每日都来探望。

缓了大半年才好，等林信走出宫门的时候，关于他弑师的流言已经传遍了墉都。

“就是他，杀了自己的恩师。”

“小小年纪就这么狠心，莫不是狼崽子成精的吧？”

“你为什么要这么做？”已经是英王殿下的封重抓着他的衣领质问。

“不为什么，我只做我该做的。”林信甩开他的手，又被一拳打在胸腹，重重的拳头带着充足的灵力，直将他打到了一丈开外，他喷出一口血来。

“林信，从今往后，你我恩断义绝！”封重红着眼睛，甩袖离去。

众叛亲离是什么滋味，林信不知道，左右，他已经没有亲人了，爬起来擦掉嘴角的血，转头去寻皇帝。

无牵无挂，孤臣一个，声名狼藉。他要给父亲报仇、给师父报仇，要撼动那百年大族，能依靠的，只有皇帝。

记忆淡去，林信抬头看看跟记忆里没什么差别的封卓奕，露出一丝略显拘谨的笑来。

“朕听金吾卫说了，那二十几个蛮人，都是你杀的？”皇帝笑得和蔼，仿佛在问门外的蚂蚁窝是不是你捣毁的一般，云淡风轻。

“并非臣子所杀，而是启动了师父布下的大阵。”林信实话实说，眼中尽是天真的残忍，仿佛对于坑杀二十几人毫不在意。

封卓奕微微颔首：“你可知，你父亲是谁杀的？”

“不知道。”林信摇了摇头。

元朔帝叹了口气，将林争寒如何去寻鹿璃矿脉，如何被那些没有矿脉的家族盯上，尽数告知。

林信紧紧攥着拳头，红了眼眶。

“你已经束发，可取了表字？”封卓奕摸摸林信的脑袋，很是疼惜。

“不负，林不负，”林信深吸一口气，“家父有言，重信守诺，不负皇恩。”

“不负皇恩，好好好，”封卓奕又惊又喜，“好孩子，过些时日朕就下诏，将寻鹿侯的爵位传给你。”

离开大殿，林信单指将眼角的泪水抹掉，嗤笑一声，向东宫走去。

［四］

宫墙百丈高，人心似海深。

因为鹿璃的存在，人分成了三六九等：凡人、普通修士、贵族修士、大贵族修士。

林信穿着朱家的绛红鲛绡，走在宫道上，路过的宫人会低头向他行礼。大部分宫女太监都是凡人，只有近卫和大宫女是仙者。

“东宫怎么走？”林信拉起一名小宫女询问，钩住她的衣袖轻搓了一下，粗糙质硬，不及一念宫下人的衣料昂贵。

小宫女瞧见他这个动作，禁不住红了脸，偷瞄一眼林信的长相，绯红的色泽从脸颊一直蔓延到了脖颈：“回、回大人，在那边。”

林信微微颔首，赏了颗金瓜子给她。这是临行前跟师伯讨的，朱家专门用来打赏的小玩意儿，每颗瓜子都雕得极为精巧，棱角凸起，纤毫毕见，侧面还有个小小的“朱”字。

皇室乃天下之主，宫人的衣料竟还比不上一念宫的下人，这其中虽然有朱家奢靡浪费的原因，但更多的是因为国库空虚。

林信神色有些凝重，照这样下去，酌鹿令很快就会有人提及。

……

“朕知你心中委屈，重儿那边朕会替你解释，”封卓奕将一份奏表推给他，“先看看这个。”

“四域横行无忌，养兵众多，不听号令久矣，长此以往，君威薄，江山动荡，宗庙不存。当行割鹿之律，验岁贡以削诸侯封地……”

……

林信努力回忆上面的字迹，然岁月久远，已然记不清了。

“信信。”沈楼的声音打断了林信的思绪，林信抬头瞬间，来不及遮掩的阴沉戾气尽数落在沈楼眼里。

沈楼就站在东宫门外的石阶下，没有宫人跟随，显然是在等他。

看到这场景，林信顿时笑起来，方才的神色似乎从未存在过，快步走上前去：“你在等我？”

“嗯，你师父说怕你走丢。”沈楼说完，才意识到自己的行为有些傻，林信有前世的记忆，哪里会不记得东宫的路。

师父？朱星离可不会操这个心，只会告诉他找不到路就翻墙。他抿唇忍笑，忆及雁丘大雨中的情景，心尖发烫。

“我刚才骗了皇上，”林信快走两步，绕到沈楼面前倒着走，“我说我的表字意在不负皇恩。”

沈楼一本正经道：“这不叫骗，叫官话。”

“哈哈哈，”没想到正直的沈世子会这么说，林信忍不住笑起来，“那你也说句官话我听听？”

“你以后是侯爷，我是世子，我得向你行礼了。”沈楼一把拉住快要撞到柱子的林信，忽然脸色一变，用力将人拉到身后，将虞渊落日剑带着剑鞘抽出，准确接住自上而来的一剑。

偷袭者怪叫一声，旋身欲逃，被沈楼用剑鞘敲中了小腿，不得已又回来接招。

“不打了、不打了，你的剑怎会如此之快！”钟有玉嚷嚷道。

沈楼将未出鞘的虞渊剑挂回腰间：“不是我快，是你太慢了。”

“呸！”钟有玉气得跳起来，“那是我让着你，走走走，咱们去演武场打一架。”禁宫之中不许使用鹿璃比剑，要用鹿璃就得去演武场。

沈楼不理他，抬头看到石阶之上正站着一身杏黄常服的太子——封章，躬身行礼：“参见太子殿下。”

“不必多礼，”太子走下台阶，身后跟着沉默不语的钟无墨，“多日不见，小楼的剑法又长进了。”

太子封章比沈楼年长，面颊瘦削，嘴角的梨窝偏狭长，看起来有些冷厉。

林信躲在沈楼身后，观察着钟家兄弟。身处矮檐之下，两人过得定然没有在西域自在，但也没吃什么苦，只是钟有玉越发话多，而钟无墨更加寡言。

他对钟家兄弟没有什么恶感，钟长夜已死，杀父之仇便报了，祸不及子嗣。何况这两个傻子根本不知情。

“这位就是寻鹿侯世子吧？”太子看向林信。

林信从沈楼身后出来，给太子见礼：“臣林信，林不负，见过太子殿下。”

封章伸手扶起林信：“听父皇提及，过几日就会下旨让你承爵了。”太子自幼聪慧，说话做事虽带着几分简傲，却绝对礼数周到。这话就好似一直在关注林信的事一般，让人心生好感。

说罢，他又转头打趣钟家兄弟和沈楼：“寻鹿侯乃是列侯，以后不负就是侯爷了，你们还是世子，见到人家，可得行礼了。”

这还真是官话，林信忍不住跟沈楼挤挤眼。

三言两语，拉近了几人的距离，太子邀请众人去厅中宴饮，给沈楼和林信接风。

“谢太子美意，臣想去看看六皇子。”林信这话一出口，所有人的面色皆是一变。

六皇子何许人？皇家子嗣单薄，太子其他的兄弟基本上都夭折了，近来新寻回的这位皇子殿下，对太子的地位可是个不小的威胁。寻常都不敢在太子面前提及，这林信倒好，初次见面就驳了太子颜面，还提出要去看六皇子。

也不知他是真的不通人情世故，还是故意为之。

“皇弟伤势未愈，在别庄调养，今日怕是见不到了。”太子面不改色地说，眼中隐隐有些不悦。

伤势未愈……

林信摸摸自己完好无损的小臂，眸色微暗。前世这个时候他浑浑噩噩的，并不知道封重过得如何。但大半年之后再见，整个人明显变了很多。

次日，林信找到封重的时候，这家伙正在城中茶楼里啃烧鸡。

手上的夹板已经撤了，只是还缠着布条，不能持物。他身边站着两名年轻貌美的侍女，一个倒水，一个举鸡腿。

“你倒是自在。”林信上去给他后脑勺一巴掌。

“唔……喀喀……”封重被鸡肉噎到了，倒水的侍女赶紧将茶杯递上来，让他喝一大口茶，又给他拍了拍胸口。好容易缓过来，他发觉自家师兄正用一言难尽的目光看着自己，顿觉丢人，摆手道："行了，你们俩外头候着吧。"

两名侍女应声离去，屋中只剩下师兄弟二人。

"你的手怎么回事？"林信拉过封重一只缠满布条的手看，弹了弹露出来的指尖，"这么久了还没好吗？"

"太医说伤筋动骨一百天，昨日来看还说没长好。"封重无奈道，没有手很不方便，吃饭都得侍女喂。

"那你不会叫人代笔写封信回去吗？"林信三下五除二地将布条拆下来，捏着封重的胳膊查看。

封重摇头："那样，他们就注意到你了。"说完，他叹了口气，虽然他已经尽量隐瞒，但还是被皇帝发现了林信。

"啧，吃几天墉都米，都会说矫情话了。"林信使劲在封重小臂上拍了一巴掌。

"啊啊啊，断了断了！"封重吓了一跳，赶紧把手收回去，一摸才发现根本没事，"咦？"

筋骨完好，活动自如。

明明已经痊愈，太医却说他没好，这是为何？

"因为后天便是闲池围猎。"林信把布条扔到他头上，因为师父尚在，心中没有怨恨，他这师弟真是越发往傻了长，就知道吃。

这几年沈楼都没有参加闲池围猎，太子一直是头名。今年太子是最后一次参加闲池围猎，明年就要开始临朝听政了。若是输给沈楼，不丢人，毕竟玄国公世子十二岁就上战场，不是他们能比的。但若输给这个不知从哪里冒出来的弟弟，就难看了。

"太子还真是多虑，以我的资质，哪里赢得了？"封重拿起没吃完的烧鸡继续吃，果然还是自己拿着吃舒服。

林信挑眉："是啊，你资质这么差，只怕要丢人。丢你自己的人不打紧，折了师父的名头可不好，他是要做太师的。"

吃鸡的封重听到这话，眉头一皱，愁苦地继续吃鸡："我尽力吧。"

敲打完师弟，林信心满意足地下楼去。大堂里说书先生正讲着南域的奇闻逸事，茶桌上坐着的多是刚考完武科的年轻人。

"这话说的，难不成朱家比皇家还有钱吗？"有人不甚相信说书先生对一念宫的夸赞。虽然整个大庸都知道南域富庶，但在普通仙者与凡人眼中，天下最有钱的应该是皇室。

"咱们大庸就那么一条鹿璃矿脉，全在南域，连个尾巴梢都没留给中原，你说朱家多有钱？”

“朱家只是好奢靡，每年挖出的鹿璃，大部分交了岁贡，哪里比得上皇家？”

“你知道朱家挖多少鹿璃又交多少岁贡？”

众人争执了起来，大庸不禁民言，但他们也不敢直接说大家族的坏话，毕竟这是皇城根，四处都是显贵，指不定被哪位大人物听了去。

“四域诸侯手握重兵，实力太强，久则必成大祸。应当收拢边界，归权于天子才是！”突然有人说了这么一句，全场皆惊，整个大堂都静了下来，朝着说话的人看去。

林信循着声音看过去，说话的乃是一名身着靛蓝儒衫的男子，被众人盯着看，他很快就涨红了脸。同桌的伙伴赶紧打圆场：“他喝多了，诸位莫怪。”

在茶楼外久等不见人的沈楼寻了进来，恰好看到这一幕，行至看热闹的林信身边，低声道：“那人是个凡人，望亭侯举荐的举子，明年要参加春闱的。”

“你怎么知道？”林信感到奇怪，这种小人物，应该没有什么机会能让沈世子认识的。

“见过。”沈楼面不改色地说，也不说具体在哪里见过。

新上任的太师朱星离，以马上要秋猎为由，不去学宫讲课，整日躲在皇家藏书楼里翻看古籍。

转眼到了闲池围猎这天，太子殿下还没见到太师。

换上一身箭袖劲装，林信依旧跟在沈楼身后。圣旨未宣，理当称林信为世子，但事实上林信也没有被封过世子，于是众人就暂且叫他小侯爷。

“我说，咱们是不是在哪儿见过？”钟有玉看看跟沈楼黏在一起的林信，总觉得这一幕似曾相识。

正在兄弟情深互相关切的太子与六皇子殿下，听到这话纷纷转过头来。

钟无墨拽了兄长一下，示意他别瞎问。

然而话已出口，林信并不打算糊弄过去，十分真诚地答道：“你不记得了，咱们小时候见过的，我就是沈世子收的那个随侍，阿信哪。”

正在查验弓箭的沈楼：“……”

［五］

钟有玉脸上的表情霎时变得十分精彩。

“哟嗬，猎场也能带暖床的了？”几名世家子弟走过来，其中一人语调轻佻，目光露骨地在林信身上扫了一圈。

林信没穿朱家的绛红衣，而是穿了一身宝蓝箭袖劲装，周身没有多余的装饰，瞧不出来历。

“罗展，不得无礼！”太子及时制止那些人的调笑，“这是马上要继位的寻鹿侯林信。”

方才开口说话的年轻人就是罗展，望亭侯的次子：“什么寻鹿侯，没听说过。万户还是千户？”

列侯是统领一方的诸侯，没有万户、千户之分，作为属臣的关内侯才有此分别。养了林信几年的赵家，就是万户侯。

罗展这话一出口，跟他一起来的世家子都笑起来。大贵族瞧不起小贵族，一向如此。

“不是万户，也不是千户，是你爹……”林信停顿了一下，看着罗展脸色骤变，才不紧不慢地继续道，“……那样的列侯。”

“哈哈哈哈，是你爹——那样的列侯！”少女清脆的声音从林间传来，不多时，一道清丽的身影御剑而来，大笑着落在罗展面前。

世家子弟们见到来人，不由自主地后退半步。少女穿着一身玄色劲装，头发尽数梳上去，用发带扎了个颇为英气的马尾，身后背着一把几乎与之等高的大弓。正是多时不见的沈楹楹。

沈家人都生得漂亮，去年闲池围猎，许多世家子弟还试图向沈楹楹献殷勤。但在她一箭射穿了巨石之后，他们就不见了踪影。

果不其然，方才还放肆调笑的罗展等人，见礼之后就溜了，一个个跑得比兔子还快。

沈楹楹撇嘴，转头看向林信，准确地抓住了他的胳膊：“你真的是阿信啊！你还记得我吗？你比小时候更好看了。”

林信背上的汗毛瞬间就立了起来，生怕这天生神力的姑奶奶一不小心把他刚长好的胳膊又给掰折了。前世，这位可是唯一一个在林信灵力全盛之时差点取他狗命的人，林信是真的怕了她。

“秋庭！”沈楼厉声呵斥，话音未落，直接动手把两人分开，“不得无礼！”

“秋庭来了。”太子见到沈楹楹，眼中禁不住露出笑意。

“太子哥哥！”沈楹楹笑起来很甜，分明是娇俏玲珑的二八少女。

“啧啧，楹楹，你说说你，别的姑娘一来，小伙儿们都争相讨好，你一来简直是蝗虫过境，寸草不生。”钟有玉凑过来笑话她。

“就你话多！”沈楹楹跺脚，不依地推他，顿时将钟有玉推了个狗啃泥，“我有什么办法？墉都里关于世家女子的传闻，都是什么‘周雅儿千金买桃花’‘李明珠垂泪青丝桥’，轮到我了，就是‘沈秋庭倒拔垂杨柳’！”

“噗——”封重忍不住喷笑出声，被沈楹楹瞪了，立时捂住嘴。

“好了，快去打猎吧，再不去连第五都沾不上了。”沈楼赶妹妹走。

“知道了。”沈楹楹笑着道，忽然面色冷峻，抽出背上的桑弧神弓，搭上羽箭，直接指向了林信。

桑弧，是去年闲池围猎皇帝赏给太子的，又被太子转送给了她。

这是一把装了鹿璃的灵弓，寻常大弓有六钧弓、九钧弓，这一把桑弧，却是仙者也难以拉开的百钧弓！桑弧箭一出，可穿透几尺厚的山石。

箭矢带着充沛的灵力，直冲着林信的脑袋而去。

沈楼瞳孔骤缩，这场景与前世天牢峰混战的情景瞬间重合。百钧弓大箭，于万军中射中林信，一箭透骨，将他整个人钉在了山石之上，鲜血将整个山壁都染成了红色。

记忆中的血光，染红了沈楼的眼珠子。“嗖——”箭矢飞来，被沈楼一把抓住，百钧弓的力量不是常人可以阻止的，即便沈楼用上了灵力，那力量巨大的箭还是在他掌心滑了很长一段，到尾羽处才勉强停住。

“哥，你做什么呀？”沈楹楹吓了一跳，这一出声，原本站在林信身后几丈远的雄鹿顿时跑掉了。

沈楼将那支箭一下折为两段，狠狠地扔在地上，不等沈楹楹再说什么，一巴掌扇了过去。

“啪”的一声脆响，把在场几人都给震蒙了。

“沈楼！”太子快步上前，推开沈楼，把沈楹楹护在身后。

“沈大，你疯了，你打她做什么？”钟有玉也上前劝阻。

沈楹楹不可思议地捂着脸，瞪大了一双眼睛看着兄长。

封重走到林信身边，面色有些不悦。他不知道沈楹楹箭术如何，方才那一箭就算射得准，也是擦着林信的脸颊过的，稍微有一点闪失，就会射穿他的喉咙。

“箭术，不是让你用来卖弄的。再让孤看到你拿箭指着人，以后就不许你用弓了！”沈楼的声音冷得仿佛带了冰碴子。

从没被哥哥这般凶过，沈楹楹顿时哭了起来。

她的箭术极高，射石饮羽、百步穿杨，林信离得这般近，是不可能被她伤到的。以前她在家里也常这么玩，从没有人说过她，还常常引来诸多赞许。

“不用就不用！”沈楹楹把桑弧弓掼到地上，转身跑开了。

“哎，楹楹！”钟有玉着急，推了弟弟一把，“快去追上她。”

钟无墨听话地去追了，太子无奈地叹了口气。

林信缓过神来，拉过沈楼的手来看，冷白干燥的掌心，多了一条长长的血痕，乃是被百钧弓的灵箭磨出来的。

想起前世自己差点被沈秋庭射死，睁开眼看到的却是沈楼的脸。那时候两人明明已经水火不容，斗得你死我活，有“仁义病”的沈清阙还是救了他。这人总是这样，在他绝望的时候突然出现，又在他生出希望之时撒手离开。

［六］

“时候不早，两位殿下先去打猎吧。”沈楼收回手，示意太子和封重先行。闲池围猎不是普通的打猎玩耍，是所有世家子弟的较量，比他们沈家兄妹闹别扭重要得多。

太子点了点头：“秋庭是孩子心性，你莫与她计较。”

“是。”沈楼低头应下。

林信给封重使了个眼色，示意他赶紧去，笨鸟先飞。

钟无墨追了很远，才追上一路狂奔的沈楹楹。

“你跑来做什么？”沈楹楹捂着眼睛哭，从指缝里偷瞄钟无墨身后，空荡荡的，没有人，她的哥哥丝毫没有过来哄她的意思，她顿时哭得更伤心了。

“兄长让我来的。”钟无墨实话实说。

沈楹楹松开手，瞪他一眼：“你哥让你来你就来啊，你哥打你巴掌你是不是也不还手？”

无辜被骂的钟无墨内心毫无波澜，默不作声地听着沈楹楹叨咕。“我的箭法他又不是不知道，以前从来没有说过我，呜呜……”

钟无墨不善言辞，沉默半晌憋出来一句：“本来就是你不对。”

“你还说！”沈楹楹恼羞成怒，狠狠推了钟无墨一把，直接把人给推到了一丈开外，撞断了一根插在地上的皇旗旗杆。

“什么人？”随着一声低喝，铺天盖地的剑光横扫而来。

钟无墨单手拍在地上，就地翻身，拉着沈楹楹急速后退。

“大胆，谁敢出剑？！”沈楹楹伸手摸背后的桑弧弓，摸了个空。出来打猎，她为了多得猎物，没带灵剑，只背了大弓。如今扔了弓，可谓是手无寸铁。

持剑者一身皇家侍卫的装束，听到沈楹楹开口也没有停手："擅闯皇帐者，格杀勿论！"

锋利的剑芒，眼看就要戳到沈楹楹的眼睛上，她只得随手拔下一根皇旗旗杆，运转灵力抗下这一击。

"咔！"竹质的旗杆根本扛不住灵剑的剑气，只略略阻拦了一下攻势，钟无墨拔剑，从地上横扫过来。两人战成一团，皆用上了鹿璃，刀光剑影招招致命，钟无墨明显处于下风。

"你这是什么烂招啊！"沈楹楹急道，眼瞧着那侍卫的剑就要刺中钟无墨的胸口，只得大喊，"哥！救命！"

"嗡——"虞渊落日剑的剑光，宛如九天长虹，自下而上，稳稳地挑开了两人的剑。沈楼回剑，顺手将背上的桑弧弓扔给妹妹。

林信的小剑不好飞，一路跑着过来，看到那持剑的皇家侍卫，不由得眸色微暗。是位老熟人，未来的金吾卫大统领——周亢。

"此处乃皇帐，尔等退避。"周亢横剑于前，因为对沈楼有所忌惮，没有再出招，但依旧杀意浓重。

在附近打猎的几名世家子弟，听到声响也跑过来看热闹，其中就有那爱说话的望亭侯次子罗展："呦，周亢，得了武状元了不起啊，都敢对玄国公世子出剑了！"

"他是谁呀？"

"千户之子，今年秋闱的新科状元。"罗展嗤笑，作为列侯之子，那些个千户、万户在他眼里都是下人。自家父亲越是夸奖这个周亢，他就越是瞧不起。

林信瞥一眼罗展，就算他不断这人的手掌，这人的手掌迟早也得被别人砍了，这人实在是欠教训。

"怎么回事？"皇帝封卓奕从帐中走出来，瞧见外面聚集了一堆少年人，便问起来。得知是沈家兄妹闹别扭，误入此地，元朔帝哈哈一笑："朕当多大点事，都打猎去，得不到好名次，看你们老子怎么收拾你们。"

皇帝并不计较众人随意闯进皇帐禁区的事，世家子弟们笑着散开了，周亢重新站到值守的行列里，宛如雕像。

"舍妹无状，惊扰了圣上。"沈楼没有走，拉着沈楹楹给皇帝赔礼。

"你这小子，总是这般客气。"封卓奕嘴上这么说，面上却甚是满意，摆手示意他们赶紧去打猎，转头冲林信招招手。

沈楼看了林信一眼，拉着妹妹和钟无墨离开了。

“玄国公世子，堪为世家楷模，你与他交好，有什么不会的尽可问他。”皇帝看着沈楼劲松修竹一般的背影，意味深长道。

林信垂眸：“臣与沈世子相处不过月余，算不得交好。”

封卓奕微怔，没料到林信是这个态度：“那你，总得有个玩伴。”

“臣有六皇子。”林信抬头，坦荡地说。他与封重从小一起长大，朱星离尚在人间，好端端的不可能兄弟反目。

皇帝若有所思地看着林信，转身往观猎高台走去。林信便寸步不离地跟上，他是侯爷，不属于世家子弟的范畴，并不需要下场围猎。

从清晨到黄昏，山林间充斥着年轻人的欢笑呼喝，太阳西沉之时，所有人满载而归。

闲池围猎，第一天比猎物，第二天比剑术。

所有的猎物按照各自的名牌堆叠在一起，由金吾卫上前清点。

“你觉得，谁会赢？”皇帝指着满载猎物的骡车问。

“沈世子第一,六皇子第二，太子第三。”林信看也不看地说。

“嗯？”封卓奕觉得有趣，“老六能赢了太子？”

“能赢，”林信点头，看向人群中的封重，“他有天眷之才，只是自己不知罢了。”

果不其然，金吾卫清点了猎物之后，沈楼第一，封重第二，太子第三。

“这你还说自己资质不好？”沈楹楹在一边怪叫，方才在林子里，她见封重如此拼命，就好奇地问了一句，结果这人说自己资质愚钝，怕给师父丢脸。

封重有些傻眼，意识到自己被林信骗了。

“哈哈哈，吾儿大才，”封卓奕很是高兴，吩咐将六皇子猎来的雄鹿烤了给自己吃，“当可取字了。”

皇子取字，便可封王。太子听到这话，面色一紧。

虽然很高兴，但皇帝也没有糊涂到在猎场取字，表示等秋猎回宫之后再正式宣布。他打发林信去跟年轻人喝酒吃肉，自己则跟太子说几句话。

篝火燃起，众人围着火堆在矮几后坐下。沈楼刚刚落座，其他的世家子弟便都围了上来，将他身边的位置占满。

“沈大，听说你在战场上一夜杀了九十九个蛮人，是不是真的？”

“去年我说想去北域参战，我爹不同意。不让我上战场，又嫌我在家窝囊，你们说说。”

“哈哈哈……”

沈楼似乎天生招人喜爱，尽管他的性子并不热，但不论是在战场还是在朝堂，总有很多人愿意跟随。前世大庸陷入危机的时候，沈清阙振臂一呼，已经四分五裂的世家大族们竟都听从号令，让他统领四域兵权。连皇帝也不得不让步，封他为王。

自己就不一样了，永远是个讨人嫌的。林信坐到同样孤零零的封重身边，倒了杯酒来喝。

沈楼从人群中望过来，微微蹙眉。

“信信，这样不好，”封重叹了口气，此刻他哪里还不明白，林信是故意要他出风头的，“我非嫡非长，又没打算争储，刚回来就锋芒毕露，这样不好。”

“哼，”林信咽下一口烈酒，嗤笑一声，“你可知道，前头那几个皇子是怎么死的？”

封重低头用小刀将烤肉切成薄片：“我知道。”博览史书，又跟着师父走南闯北，他怎会不知其中的道道。

“不好好表现，他们就能对你好了？韬光养晦，可不适合你们封家。”林信又喝了一杯，酒气上头，染红了眼尾。

“这个给你。”

一盘鹿肉“咣当”一声放在林信的面前，他抬头就看到了一脸别扭的沈楹楹，她正抓耳挠腮地不知该不该坐下。沈楹楹转头瞧见眼角泛红的林信，顿时把什么都忘了：“你……你真好看。”

“……”林信不知道说什么好。“倒拔垂杨柳”的沈姑娘，从来不知道“含蓄”二字怎么写。倘若沈秋庭是个男子，估计早就成了大庸有名的花花公子了。

“我哥说，你怕箭。今天是我不好，我以后再也不会拿箭指你了。”沈楹楹在林信对面的席上坐下，倒了杯酒跟他碰杯。

怕箭？林信看向人群中的沈楼，这人怎么知道他怕箭？

“寻常跟我熟的人，都知道在我拉弓的时候不动便是。但你怕箭，肯定会躲闪，这一避就可能会被误伤。”沈秋庭以为林信没听懂，便解释了一句，她不习惯道歉，但话语里满是歉疚，也是很有诚意了。

原来如此，林信忍笑，想来是沈楼打了妹妹又后悔，便只能这么解释，说他怕箭，会被误伤。不过，回想今日沈楼的反应，他还是忍不住高兴，虽然有点对不住沈妹妹。他抬手跟沈楹楹碰杯，一笑泯恩仇。

“唔，这肉烤得不错。”满怀心事的封重已经吃上了。

“这不是给你吃的！”

林信看着他俩争抢，笑着摇头，又倒了杯酒，举到嘴边，突然被一只骨节分明的大手挡住。

沈楼不知何时甩下众人，到了这边，蹙眉看着一脸靡态的林信："莫再喝了。"

"关你什么事？"林信挥开沈楼的手，站起身，晃晃悠悠地离场。

坐在台上的皇帝看到这一幕，转头对太子道："林信这个人，你以为如何？"

"桀骜不驯，不知轻重。"太子蹙眉，想起林信在东宫吵着要见六皇子的情形。

"烈马驯服了，就是独一无二的千里马。"皇帝似有所指地说。

"哈哈哈，人家是侯爷，根本不稀罕搭理你。"被沈楼撇下的公子们哄笑起来。

月上中天，应酬完了的沈楼回到自己的帐子里，就见床上四仰八叉地躺着一个不稀罕搭理他的林侯爷。

［七］

沈楼走上前，低头看着喝酒上脸的林信，浅浅的桃花色染红了眼尾，深蓝色的眸子蒙着浅浅的水汽，像是一身绒毛的狼崽子，吃饱喝足仰躺着打盹。

"小侯爷深夜来访，有何贵干？"沈楼坐下来，单手撑在他身侧。

"自然是来暖床的，"林信把人拉过来，很是认真道，"我可是当着太子的面承认是你的随侍了，不来岂不是让太子起疑？"

提到这事，沈楼忍不住红了耳尖。那时候不知道林信是有前世记忆的，也不知林信在心里怎么笑他。他目光飘向别处，任由林信挂在自己脖子上晃来晃去："太子日理万机，应当不会在意这种小事。"

"那可不好说，像你这种完美无缺的世家楷模，就该有点不好的传闻才能让皇家放心。"

"什么传闻？"沈楼哑声问。

林信低低地笑，没有回答。

"沈清阙，问你个事。"

"嗯？"帐子里熄了烛火，稀薄的月光透过帐顶的缝隙漏进来，看不大清楚，声音和触感便越发敏锐起来。清浅的热气越靠越近，在沈楼的耳边停下，林信小声说了一句悄悄话。

沈楼整个人都僵住了，半晌才找回自己的声音："我知道。"

“那你教教我吧。”林信的声音里，满是少年人天真无邪的好奇。

但他不是真的少年人，也不是真的不懂。沈楼沉默半晌，深吸一口气，拉过被子给林信盖好：“明日还要比剑，下次……再教你。”

这人竟然没有生气！林信甚是惊喜：“那说好了，等回宫教我。”

“……嗯。”

次日，闲池比剑。

倒不是莫归山秋贡时那种比剑，闲池比剑只是一种游戏，比的乃是御剑的技巧。御剑穿铁环，御剑射靶子，御剑逐飞鸟……

世家子弟互相较劲，比较本领，宛如庙会上的杂耍，博帝王一笑罢了。

太子没有下场比试，跟帝王坐在一起，看向闲闲地坐在一边喝茶的林信：“不负不去玩玩吗？论年纪，你比临风他们都要小的。”

临风，是钟有玉的字。十五岁那年，他叔叔钟随风为了让两人早点回去，就给他们取了字。钟有玉，字临风；钟无墨，字简言。

“臣没有灵剑，玩不得。”林信取下自己腰间的小剑，扔在桌上。

这番姿态，便是拒绝了太子的邀请。封章面色微沉，抬手招了立在前排的侍卫周亢过来：“父皇，儿臣有个提议。今年难得世家子弟齐聚，不若让众人跟周亢比试一番，看看世家子弟与武状元孰高孰低。”

哪里齐聚了？林信撇嘴，不说别的，东域林家的世子就没有来，只来了几名旁支子弟。睁眼说瞎话的功夫，封重比之太子，还是有所不及。

不过，太子跟周亢此时就已经走得这般近了？这让林信有些惊讶，他一直以为，是太子娶了周亢的妹妹做侧妃之后，两人才有了关联的。

皇帝觉得这主意有趣，便设了擂台，以周亢为擂主，让那些少爷们上来挑战。

“漠北出了个绝世高手，你们可听说过？”封卓奕笑得一脸慈祥。

“听闻是北蛮的大贵族，叫什么石头的。”钟有玉举手道。

“说书的讲，那人能徒手撕开一头牛，也不知是真是假。”

“肯定是吹的，一剑劈开一头牛还差不多，徒手如何撕开呀？”

“不信问沈大。”

“沈大，是不是呀？”

众人说着说着，都看向沈楼。他常年在北漠征战，定然是最清楚的。沈楼垂目：“斩狼将军温石兰。”

“没错，”皇帝满意地点点头，“北漠的第一高手，出自世家大族，这是常理之中的。你们有最好的灵剑，最好的师父，理当有最好的身手。今日与武状元比比，让朕瞧瞧你们的实力。谁要是能赢了周亢，朕重重有赏。”

“皇上，那要是周亢赢了呢？”沈楹楹跳起来问，因为个子矮，蹦一下才能冒出头。

“若是周亢赢了，朕封他个万户侯。”周亢家本是千户，封万户就是提高了他的食禄，对于小家族出身的人来说是极为丰厚的奖赏了。要知道，万户也是世袭罔替，寻常都是要立大功才能得来的。

听到这话，周亢立时跪地谢恩，眼中战意满满。

侍卫抬出一小箱鹿璃，摆在比武台下，每个人上台的时候，可以拿一颗。

这场比武不是表演，而是真刀真枪。可以伤人，但不能夺命，点到即止。如果周亢连赢五个人，便算周亢赢了。

“我先来！”望亭侯家的次子罗展第一个举手。

正在商量顺序的众人皆是一愣，颇为一言难尽地看着他。望亭侯世子没来，若是在场，定然要把弟弟打一顿。所有的大家族子弟都在询问沈楼的意思，只有罗展不管不顾地跳了出来。

沈楼微微抬手，示意他自便。

罗展跃上比武台，轻蔑地冲周亢抬了抬下巴。

“请。”周亢拔剑出鞘，剑尖指地，鹿璃亮起，充沛的灵力瞬间鼓荡开来。

剑气纵横，灵光如莲花开合。罗展高傲，也不是没来由的，他的身手在同龄人中算是不错的，只可惜对上二十几岁的周亢，还是嫩了点。不到三十招，他就被踢下了擂台。

灵力与招式的积累，是需要时间的。少年人对于灵剑的掌控能力，自然是比不上成年人的。纵然是这些世家大族的天之骄子，对上经验丰富的武状元，也是要吃亏的。

沈楼估摸了一下周亢的实力，微微皱起眉头。

“皇弟，你可要试试？”太子问坐在林信身边吃点心的封重。

“不了不了，我剑术不好，喀……”桌下的脚趾被林信狠狠踩了一脚，封重不敢叫出声，憋得满脸通红，仿佛被绿豆糕卡住了喉咙。

“小墨！”钟有玉突然惊呼一声，擂台之上，钟无墨被灵剑划伤了胳膊，一个不稳掉了下去。

大家族的世子，如钟有玉和沈楼，不到万不得已是不会上场的。接连输了四场，众人面面相觑，很是不甘。双方实力的差距很明显，他们都是未及弱冠的少年，要赢周亢，除非是沈楼这等天纵之才。

“沈大，要不你……”

“我去！”沈楹楹抽出背后的大弓，“我用弓箭行不行？”世家子弟尽数输给千户之家出身的武状元，传出去，世家的威信定然受损，百姓可不管你们相差几岁。

“秋庭，不可。”沈楼拦住妹妹，单手搭在虞渊落日剑上。

“我来讨教！”林信突然纵身一跃，从皇家高台直接跳上了比武台，上下打量一番车轮战之后还面色如常的周亢，道：“皇上，臣算不算世家子啊？”

“自是算的。”封卓奕饶有兴致地笑了笑，他也想知道，朱星离教出来的徒弟跟别人有什么不同。

“且慢，我没有趁手的灵剑，这把小剑可挡不住周侍卫的一招。”林信把腰间的细剑扔回高台，转头看向台下的世家子们。

沈楼二话不说，解下虞渊落日剑扔上去：“用这把。”

“嚯——”人群中传来一阵抽气声。本命灵剑对修士来说是极为宝贵的，特别是沈楼这把，乃是当世第一炼器大师朱颜改亲手锻造的。沈楼这么毫不犹豫地借给别人用，这气度当真令人佩服。

林信摸了摸虞渊那宛如余晖落九天的剑身，缓缓抬头，冲周亢勾勾手。

周亢没有急于上前，反而向后撤了半步，慎重地横剑于前。直觉让他感觉到了危险，眼前的少年，对他有很重的杀意。

“嗡——”虞渊落日剑，在沈楼手里是长虹贯日、光风霁月般潇洒的，在林信手里却是烈日骄阳、焚天灭地般决绝的。鹿璃的灵力浩瀚如星河坠落，与此同时，点点荧光正从周亢身上逸散，尽数收拢于剑身。

众人只看到越来越耀眼的灵光，以及两人快成残影的剑招。

“这林信，竟如此厉害。”太子很是吃惊。

皇帝也难掩惊讶。一声巨响之后，尘埃落定，林信漫不经心地拎着剑，虚虚地指着倒在地上的周亢：“你输了。”

［八］

一瞬间的静默之后，人群中接连发出了抽气声。

林信走下台，围在比武台下的世家子弟们自觉让开了路，与前世众人遇见他时的情景一模一样。他索性抬起了下巴，单手将虞渊还给沈楼，姿态十分嚣张。

沈楼接剑，却见林信冲他快速挤了一下眼睛，而后瞬间恢复轻蔑孤傲的姿态，看着颇为好笑。

太子看着脚步虚浮的周亢，甚是失望。回宫的路上，他对皇帝说起来：“儿臣本想举荐周亢来推行割鹿之律的，没想到他竟连个刚束发的少年都打不过。”

封卓奕闻言笑起来：“并非周亢不行，而是林信太厉害。朱星离果真有本事，吾儿当虚心向他请教。”

“儿臣明白。”太子点头应下，眉头却没有展开。

“周亢也是个人才，再斟酌吧。”元朔帝掀开车帘，看向跟林信并排骑马的封重，又看看被世家子弟簇拥着的沈楼，若有所思。

闲池围猎结束，回宫之后论功行赏。

沈楼得了头名，例行的封赏一个不少，另外又多赏了些珍奇药材，给他补身子。几乎都要忘了沈世子体弱多病的众人这才想起来此事，原本打算邀沈楼喝酒的人顿时歇了心思。

“六皇子逸群之才，可堪大用，今日取字，便叫九萦吧。”封卓奕亲手写下表字，封重双手接过，跪谢父皇。

既然取字，就要封王。

“吾弟丰神俊朗，雅人深致，当取‘英’字为号。”太子笑着建议。

林信站在一边听着，忍不住翻白眼。皇子封王，受重用的大多取“贤”“忠”“廉”之类的字，再不济也取个“瑞”“安”，图个吉利，“英王”怎么说？英俊潇洒、风流倜傥吗？一听就是个摆设。

封重很高兴地接受了这个封号，不日举行封王大典。至于林信封侯的事，皇帝却像是忘了一般，提都没提，只是说了要给他打赢周亢的奖赏。

“不负小小年纪，竟能赢了武状元，当真是少年人不可限量啊。”皇帝单独留下林信，问他平日都学什么。

“什么都学一点，但都学得不甚精通。”林信敷衍道，忽觉如芒在背，似有人用眼刀扎他，静止片刻，骤然转头，正对上了站在角落里守卫的周亢，冷笑道，“周侍卫似乎对臣有些不满。”

“嗯？”皇帝顺着看过去，就见周亢已经跪了下去。

“属下不敢。”周亢语气生硬道。

“天之骄子，忽一日被人打败，气不过倒也正常。”林信阴阳怪气地故意气他，那日在猎场，若不是封卓奕明令不许杀人，虞渊落日剑早就砍到周亢脖子上了。

前世的最后，封重被囚禁在天牢峰，可没少被周亢折磨，最后被推上战场的时候，封重甚至已经没了灵脉。

周亢低着头不说话，拳头抵在地上，攥得死紧。

“顽皮，”皇帝无奈地笑笑，摆手让周亢出去，“你母亲是个凡人，林家断定你不会有灵脉，没料想竟是百年不遇的奇才。”

“皇上见过我母亲？”林信好奇地问。

“自是见过的，是个颇有趣的女子……”对于父母的记忆，林信已经很模糊了，儿时在赵家夜夜哭泣的时候还会梦到，后来被赵大少绑到雪山上冻了一夜，就再也梦不到了。

偶尔在朱星离的嘴里听到些许过往，也是只言片语，不成篇章。反而是师父死后，他在宫里浑浑噩噩的那半年，皇帝在他耳边说得最多。

从大殿出来，瞧见周亢正目不斜视地站在玉阶上，林信背着手走过去，自下而上地看他：“周侍卫有什么不满，不妨直说，这般输不起可不像是武状元的气度。”

“小侯爷有朱家秘宝护身，属下自愧弗如。”周亢咬牙，毫不掩饰自己的愤怒。他是千户之子，虽然天资极高，得到的资源却一直很少。如今好不容易有升为万户的机会，却被这仗着秘宝的纨绔子弟给毁了。

“秘宝？”林信挑眉，想来这人是感觉到魂力虚弱，以为是他用了朱颜改给的灵器作弊，“你也太高看自己了，对付你，还用不着秘宝。”

甩袖离去，一步一步走下九九八十一级玉阶，林信回头看看金碧辉煌的正宫大殿，看看线条冷硬的金甲侍卫，心下微沉。

除了孤臣，这些出身低微、总是受大贵族欺压的文臣武将，也是酌鹿令的好推手。即便他不做，也多的是周亢这样的人为皇帝卖命。

“小侯爷！小侯爷留步！”皇帝身边的大太监颠着圆滚滚的身体跑过来，低头行礼，“皇上让老奴将赏赐给您送到东宫去。”

“嗯。”林信也没多客气，那太监示意身后捧着赏赐的宫人跟上，自己小心翼翼地陪着林信慢慢走。

“皇上对您是真心疼爱的，这里边有几样极为稀罕的小玩意儿，先前太子讨要，皇上都没舍得给呢。”太监嘴甜，一路夸自己的主子，不带重样的。

行至宫道上，他们瞧见一辆破旧的木板车，正拉着什么东西往外走。一粒金光灿灿的东西从木板车上掉下来，砸在青石板地面上，发出清脆的叮当声。

推车的脚步微顿，林信却比对方还快地捡起了那东西，那是一粒小小的金瓜子，瓜子侧面雕着个不起眼的“朱”字。

掀开盖着的草席，木板车上躺着一具年轻的女尸，显然刚死不久，面容还是鲜活的。穿着宫装的少女，正是那日在宫道上给林信指路的姑娘。小宫女的手微微蜷着，金瓜子大概就是从那满是青紫伤痕的指缝里掉落的。

“哎，可怜，这是从哪儿运出来的？”大太监问推车的小太监们。

“锦川馆。”小太监瑟缩地看了一眼锦川馆的方向，推着车继续走了。

锦川馆，是专供参加闲池围猎的世家子弟居住的，除了沈楼和钟家兄弟这种身份贵重的住东宫，其余的都住在那边。年轻貌美的小宫女，死在锦川馆里，这般悄无声息地被处理掉，发生了什么事，不言而喻。

林信冷下脸来，攥着那颗金瓜子不说话。

“凡人奴死了就死了，皇家也没办法，侯爷莫生气。”大太监赶紧出言安慰。

林信瞥过去，森森的杀意吓得那太监差点坐到地上：“尔等自去。”说罢，他朝着与东宫相反的方向走去。

“哎，小侯爷！”太监无法，只得孤零零地领着宫人往东宫去，在宫门口遇见了等林信的沈楼。

“林小侯爷呢？”沈楼蹙眉。

皇家藏书阁，修得像座塔，古往今来的书籍，层层叠叠地堆积在塔里。林信寻了半个时辰，才在一处结了蛛网的角落里找到朱星离。

“怎么了这是？”朱星离从窗台上跳下来，带起一阵尘烟，用沾了灰尘的指尖戳了一下林信的鼻头，“谁欺负你了？”

林信拍开朱星离脏兮兮的手，仰头看他：“师父，如果有一件事，做了会让自己身败名裂，不做则会使天下陷入混乱，何解？”

前行己身尽毁，后退天下倾覆。佛陀可舍身，但林信是个俗人。

“人生在世，但求一句问心无愧，该怎么做，其实你已经想好了。”朱星离脸上的笑容逐渐淡去，难得正经地回答了一句。

林信低下头，不说话。

朱星离随手将看完的书扔回书架，歪头看自家徒弟，突然笑起来：“哈哈哈哈！方才为师是不是特别仙风道骨？”

“……”

“骗你的，傻小子，”朱星离拽着徒弟，走出满是灰尘的藏书阁，拽了根青草叼在嘴里，“哪有什么问心无愧，我告诉你，人生在世，最重要的是活得自在，生前哪管身后名。身败名裂也好，天下倾覆也罢，大不了咱还要饭算命去，怕啥！”

林信定定地看着朱星离，有这样的师父……何愁不学坏。

［九］

金瓜子顶在拇指尖，弹起，又回落。林信抛接着那小东西，在宫道上慢慢地走。

除却要饭算命之类的混账话，师父说的其他话，句句都是对的。

从踏进这座高墉皇城那一刻起，他就已经决定好要怎么做了，每一件事、每一句话，都在算计之内。他只不过临到关头，心中委屈，找师父撒娇耍赖罢了。

他行至那日问路的地方，将金瓜子埋在青石砖下，垂目念一段往生咒。

宫女三千，偏偏是那个跟他说过话的小宫女死了，又恰好拉到他面前。林信不是无知少年，这封家皇宫里有什么，他一清二楚。这是皇帝特意给他看的，要他知道现在大贵族有多嚣张，皇家有多艰难，人命有多卑贱。

至于是谁弄死了小宫女，已经不重要了。我不杀伯仁，伯仁却因我而死。

回到东宫，看到立如雪中松的沈世子，林信又忍不住雀跃起来。如今的沈清阙，是他儿时便相识的沈清阙，是一直看着他的沈清阙，当不至于对他厌恶至深了。

“太子在锦川馆宴请世家子，快去换件衣服。”沈楼见他脸上带笑，放下心来，什么也不问，只催促他去换衣裳。

一群小崽子吵吵闹闹，没什么意思。林信不想去，看了看东宫正殿，没见钟家兄弟和太子，他们显然是已经去了，他后知后觉地看向沈楼：“你在等我？”

“嗯。”沈楼点点头。

林信忽然笑开了：“走走走，又不是去相亲，换什么衣裳。”

闲池围猎之后，世家子弟们就要陆续离宫各回各家了，太子邀众人宴饮，便是饯行的意思。

众人年龄相仿，太子发话说今天不拘礼节，酒过三巡之后便放开了，推杯换盏，高歌猜拳，好不热闹。

沈楼酒量好，但并不嗜酒，没人来缠，他便只喝茶。

“哥，你跟我一起回去吗？”沈楹楹把胆敢挑衅她的少爷们喝倒一片，笑嘻嘻地凑到沈楼桌前。

林信这才想起来，秋猎结束，按理说，沈楼也该回浣星海了。

“不回，孤还要让朱先生治病的。”沈楼断然拒绝。

“那我也不回了，阿信，咱们明日去墉都城里玩吧。”沈楹楹顺杆子爬，转眼扭到了旁边林信的桌上。

“胡闹！”沈楼皱起眉头，“边境尚不安稳，岂是玩乐的时候？父亲还等你回去带兵。”

沈楹楹噘起嘴，依依不舍地被哥哥轰走了。

听到沈楼不走，林信暗自高兴，单手支头，另一只手握着半杯酒，随意地冲沈楼举了举：“前日答应我的事，你没忘吧？”

沈楼端杯子的手一顿，转头看他。

“……”沈楼面无表情地收回目光，连喝了几杯酒。

玉兔东升，酒席散场，喝多了的林小侯爷，扒着沈世子回东宫，直接进了沈世子住的偏殿。

太子将这一幕看在眼里：“沈楼与林不负倒是亲近。”

钟有玉看看那边，觉得太子话里有话，转头跟弟弟对视一眼。钟无墨开口道：“他，对谁都好。”

“是啊，沈大为人仗义，换个人也一样。”钟有玉笑着说道。

太子点点头，转身回了正殿。

沐浴过后，沈楼看着双眼亮晶晶的林信，有些哭笑不得：“信信，你……”

“我不管，你答应教我的！”林信抱着被子打滚耍赖。

沈楼无法，只得熄了烛火爬上了自己的床。

十八岁的沈楼真好玩！林信舔舔唇。

沈楼深吸一口气，侧身看着林信，月光落在那双深蓝色的眼睛里，满满的无辜，沈楼顿时又好气又好笑。

林信睁开湿漉漉的眼睛，看着沈楼汗湿的额角，暗笑少年人就是不经逗。

沈楼：“……”

终于玩够了，林信心满意足地睡了过去。沈楼缓缓地露出个清浅的笑来。

次日，学宫在秋猎之后重开。

修行之人，讲究学无止境。太子登基之前，要一直上学，而住在东宫的其他人，就得陪太子读书。没什么差事的英王封重，也跟着来了。

旷工多日的太师朱星离，总算出现在了课堂上。平日教书的太傅，见到朱星离，立时起身行礼。

朱星离摆摆手，示意他们继续，自己随意拉了把椅子坐下，拿过太傅的书来看："在讲什么？"

"讲前朝史。"太傅恭敬道。

"前朝啊，"朱星离了然地点点头，"有玉，你说说，前朝与大庸有什么区别？"

"前朝没有鹿璃，修行之术已近末路。三省六部治国，分九州五十郡……"钟有玉被点名，便起身，滔滔不绝地说了起来。他语速极快，不多时便把太傅讲的东西都复述了一遍。

"九州五十郡，那你可知当时的地域有多大？"朱星离在书架上翻出一本疆域图来看。

钟有玉愣了一下："应当与大庸差不了多少吧。"

"错，"朱星离伸出一根修长的手指，点点舆图，"只有中原这么大。"

"啊？"没听过的几人都有些吃惊，林信早就知道，懒得听，趴在桌上装睡，用脚钩沈楼的小腿，等沈楼看过来，就冲他挤挤眼。

两人像是真正的少年人，突然有了彼此才知道的小秘密，多了几分心照不宣的默契。

朱星离讲课，没什么章法，天南地北，胡说八道。从地域变换，讲到各地小吃；从前朝起源，讲到各代皇帝的风流艳史……一边的太傅听得直皱眉，接连咳嗽以提醒太师大人这不成体统。

"太傅是不是身体不适？回去歇着吧，这里有我。"朱星离很是体贴地说。

太子正听得入迷，也表示太傅可以回家了。太傅痛心疾首地看着太子，无奈告退。

"说到各族起源，你们可知道自家在前朝是做什么的？"朱星离不知从哪里摸出个酒壶，两腿跷在桌子上，自斟自饮，"前朝的时候，我们朱家是打铁的，钟家是贩马的，沈家是土匪，皇家是开砖窑的，只有东域林家是读书人，所以林家总不乐意跟我们玩。"

听到皇家是开砖窑的这种谬论，太子皱起眉头："太师慎言，封家在前朝便是修行世家，不过大隐隐于市。"

"噗——"，朱星离一口酒喷出来，笑得打跌，"大隐隐于市，哈哈哈哈，是不是你父皇说的？哈哈哈哈……"卖砖头大概也算隐于市吧。

其他人都低头忍笑，钟有玉冲沈楼龇牙："你家竟然是土匪，有没有抢过我家的马？"

"抢过。"沈楼面不改色地说。

"哈哈……"封重忍不住笑出声，被太子瞪了一眼，立时闭上嘴。

林信坐起身来，冲自家师父使眼色，示意他收敛一点。自古皇家都在意出身，大庸与别的王朝不同，修行之人计较得少，但不是不计较，特别是封章这人。

“今日前朝有人提出，以后岁贡皆用鹿璃，不可用货物、金银相抵，太师怎么看？”太子显然不想继续关于砖窑的话题，眸色冷淡地反问了一个问题。

屋中骤然静了下来。

岁贡，通常是包括鹿璃、金银、粮食、布匹等诸多东西的，全用鹿璃，那就是要把金银、粮食换成等值的鹿璃进贡。改岁贡，针对的是四境诸侯，在场就有两家的世子和半个列侯。

朱星离收敛笑容，喝了口酒：“文官们提出这个，只有一个原因，那就是国库亏空。中原缺鹿璃，军队的鹿璃难以供给，就想出这么个损招。”

听到朱星离毫不客气地说出这等话，太子呼吸一滞：“太师以为这是损招，何以见得？”

［十］

朱星离摸摸下巴：“封重，你说说。”

所有人的目光都聚拢过来，封重看看面色严肃的太子，再看看兀自喝酒的师父，慢吞吞地起身：“岁贡皆用鹿璃，鹿璃便会涨价。相应地，金银就会变得不值钱。除却自己有矿的朱家，其余诸侯要向属臣征收更多的金银以换取鹿璃，属臣便只能向百姓多收税金。百姓苦不堪言，终至天下大乱。”

这种说法，太子和钟家兄弟都没听说过，很是惊异。

“你怎知鹿璃会涨价？将岁贡中的金银拿去换了鹿璃就是，不还是那点东西？”钟有玉不大明白。

太子也皱着眉头，看向朱星离。

“这有什么不明白的？”林信嗤笑，“因为朱家每年挖出的鹿璃数量是既定的。”

“是啊，就好比一家卖烧鸡的铺子，每天只做二十只鸡，大家每人买一只，刚好。如今都想买两只，鸡不够，就只能价高者得。”封重尽职尽责地解释。

“说得好！”皇帝封卓奕笑着走了进来，摆手示意众人不必多礼，拍了拍封重的肩膀，“吾儿当为国之栋梁。”

“父皇过誉了。”封重连忙低头，但终究是少年人，得到父亲的夸奖，语调中禁不住带了几分雀跃。

太子下颌紧绷，一言不发。

沈楼看着这一幕，眸色微暗。前世六皇子回宫的时候，可没有这么好的待遇，也从未听说过皇帝有多看重这位殿下，反倒是太子对封重多有照拂。事出反常必有妖，皇帝如今这般作为，所图为何？

这日下学之后，皇帝便给了英王中书省行走之职，令其每日去中书省将处理过的奏折带到御书房来。

中书省行走，并不是个正式的官职，但接触的政务非常多，乃是深受帝王信任的人方可以胜任的。

转眼过了八月十五，天气一日冷过一日。

秋闱的热潮散去，墉都城中冷清了许多，沈楼坐在茶馆二楼，听黄阁汇报近来的状况。

“雁丘围杀之后，那一带未再发现蛮人的踪迹。贺六浑是蛮人对勇士的尊称，那人具体是谁，难以查明。但属下听闻，斩狼将军温石兰手下有一奇人，身高九尺，力能扛鼎，不知是不是这位贺六浑。”黄阁打从接手了消息网，说话的利落程度突飞猛进。

沈楼单指摩挲着虞渊剑柄：“温石兰，近来可有动向？”

“浣星海的消息说，他正在征讨达颜部。”正说着，外面传来了钟有玉聒噪的声音，黄阁便立时停止了汇报，立在一边装柱子。

“怎么坐到这边角小屋里？害我一顿好找。”钟有玉提着一包炒瓜子掀帘进来，身后跟着面沉如水的钟无墨。

“出什么事了？”沈楼看到钟无墨的脸色，开口问道。

“唉，还不是回西域的事。我看皇上是铁了心要等到我俩及冠再放人了，太子去说都没有用。”钟有玉叹了口气，拉着弟弟坐下，八月十五，叔父钟随风再次试图接他们回去，又被皇帝给驳了。

“听你家属臣说，戎人作乱，现在如何了？”沈楼把茶壶推给钟有玉，让他自己倒茶。

“唉，别提了，西域现在还是一团乱，叔父只会召属臣商议。属臣们各有各的主意，叔父觉得这个也好，那个也好，无法决断，全给耽搁了。”钟有玉心中有气，猛灌了一大口茶。

钟家日渐衰败，他们兄弟却只能困在京城的方寸之地。

沈楼垂目，对于钟家的事不做点评。楼下大堂里传来一阵阵喧哗声，黄阁出去看了一眼，发现是一些读书人在讨论时政，个个争得面红耳赤。

“太子让你包的？”沈楼指了指那些座位，喝茶的那些人都是寒门学子，这几日天天在这昂贵的茶楼里聊天，花销都记在了钟有玉的账上。

钟有玉哂笑："太子要跟英王打擂台，便想了这么个招。也不知皇上怎么想的，如此宠着英王，太子能不着急吗？"

皇上怎么想的，林信知道。

看着手中的这份奏折，林信暗笑，总算是来了。

"四域横行无忌，养兵众多，不听号令久矣，长此以往，君威薄，江山动荡，宗庙不存。当行割鹿之律，验岁贡以削诸侯之地……"

与前世看到的那份半字不差，林信仔细辨认字迹，隽丽有余，力道不足。仙者写字，总会带着些许灵力，很容易力透纸背，这人落笔极轻，应当是个凡人。

竟是个凡人！

封重同样看着这份奏折，眉头紧锁。

"九萗以为如何？"封卓奕问封重。

"此法对于皇权很有利，但要执行起来十分不易。各大家族势力强横，怕是没谁有这个魄力做下去。"封重实话实说。

所谓割鹿之律，就是每年在诸侯交岁贡的时候，严格查验，如果斤两或是成色不足，就割去一部分封地以示惩戒。一次割一县，缓缓图之，长此以往，几代之后，诸侯的封地便荡然无存。

"吾儿当真聪慧，于此道上，太子不及你矣。"皇帝感慨道。

封重面色微变，忙称不敢："儿臣不过信口胡言，太子哥哥雄韬伟略，并非儿臣可比的。"

皇帝意味深长地笑了笑："不必妄自菲薄，朕儿时也非嫡非长。"

这话说出来，意思可就大了。封重不敢接话，装没听到。

"割鹿乃为天下计，此事实为不易。接此重任者，朕会给他无上的权柄，"封卓奕看看低头不语的林信，"英王在中书省行走多时，可有推荐的人选？"

这割鹿之律，几年前就有人提出，完善至今，封卓奕已经有了翔实的计划，只是一直找不到站在人前的那把刀。

太子推荐的，如周亢之流，并不能让封卓奕满意。周亢狠辣有余，魄力不足，小户人家出身，对大贵族有天然的怨恨，也有天然的畏惧。

几次谈话下来，皇帝惊喜地发现，林信正是他要找的那把刀。杀二十三个蛮人面不改色；实力强横，可以几招打败武状元；孤傲忿狷，与世家子弟自觉保持距离；桀骜不驯，连太子的面子都不给。

但锋利的刀需要可以掌控的柄，这个柄，就是六皇子。

封重还未反应过来，林信已经单膝跪地："臣，愿为陛下割鹿！"

"林信，你可知这是做什么的？"皇帝站起身来，神色不明地看着他。

"臣不知，但臣知道，家父所受的皇恩尚未报偿！"林信抬起头，目光坚定地与皇帝对视，仿佛刚出窝的狼崽子，无所畏惧，忠心不二。

"好好好！"封卓奕激动不已，抬手，侍卫捧着一把古旧的弯刀行来，"朕观你尚无灵剑，将这把古刀吞钩给你，以后，见此刀如见朕。"

事情发生得太快，封重目瞪口呆地看着这一切，出了御书房才回过神来，抓住林信手里的吞钩："信信，咱们把刀还给父皇，你不能做这个。"

林信把吞钩夺回来，笑道："怎么，只许你升官，不许我发财啊？"

封重拦住他，急道："这财是那么好发的吗？你知道这是做什么吗？"推行割鹿之律，那就是要与所有的诸侯世家为敌！

"我知道。"林信低声道，没有人比他更清楚这割鹿之律——也就是后来的酌鹿令——是做什么的。推开还要再啰唆的师弟，他直接往东宫跑去。

他又做坏事了，得告诉沈清阙一声。

沈楼刚从宫外回来，刚进东宫就遇见了前来宣旨的太监，以及腰间挂着妖刀吞钩的林信。圣旨宣布，封林信为割鹿侯，继承父亲林争寒的封地，居列侯之位，并赐宝刀吞钩、奇珍异宝无数。

"皇上封我做割鹿侯了，"林信打发了宫人，便蹦到沈楼面前，举着吞钩炫耀，"还赏了我这把刀。"

沈楼眸色沉沉地看着他，缓缓接过那把妖刀，静默良久，狠狠地掼在地上："林不负，你为什么又做割鹿侯？这个爵位前世给你带来了什么，你不记得了吗？"

林信愣怔半晌，嘴角翕动："又？前世？"

第七章 伐檀

坎坎伐檀兮，
置之河之干兮。

[一]

前尘往事如浮光掠影在眼前呼啸而过，既知前生事，必为两世魂。这些日子的亲密，竟全都是镜花水月，一触即散。

眼前出现了一瞬间的空白，林信有些茫然，忍不住顺着沈楼的问话想。割鹿侯，给他带来了什么？

无上的权柄，报仇的机会，还有，满手的鲜血。

前世从元朔帝手里接过吞钩，他做的第一件事，就是回到赵家，杀了赵家大少爷，捏碎他的魂魄，夺回了父亲留给他的玉佩，用沾了血的丝绦编绳，将父亲的玉佩和师父的额坠编在一起，贴身挂在脖子上。

而后，他向各家征讨鹿璃，割地削爵，管西域钟家要得最凶，足足比别人高了三成。

连年高昂的岁贡，让钟家不堪重负，难以为继，钟长夜忍无可忍，要跟林信上比剑台。大庸修行界的规矩，两名修士上了比剑台，以比武的方式解决问题，生死不论，不得寻仇。

钟长夜站在猎猎寒风中，素白的广袖长袍随风鼓荡："林信，孤与你父亲也算世交，你为何如此针对钟家？"

"伪君子，为何如此，你应当最清楚，"林信拔出腰间的弯刀，弓步横于身前，刀身的冷光映在脸上，满是杀气，"劝你莫废话，你那两个废物儿子，还等着给你收尸呢。"

"弑师的小杂种，今日孤便替你师父清理门户！"钟长夜怒极，浩如烟海的灵力将整个石台包裹住，长剑带着龙吟虎啸之声汹涌而来。

钟长夜乃是宗师级的高手，灵力高强，剑法精妙，极难对付。那一场，林信打得十分辛苦，险些丢了性命。最后迫不得已，他连自己的魂力也抽："你杀了我爹！杀了我娘！杀了我师父！"

豁出性命的一击，直接削断了钟长夜的喉咙，汩汩鲜血从钟长夜的口中涌出，他张了张嘴，似乎想说什么，却发不出任何声响。林信杀红了眼，抓住那颗头颅，捏碎了神魂：“啊——”

神魂化作点点荧光，在手心飘散而去。

他给师父报了仇，要快些告诉封重这个消息！离开莫归山，他一路御剑奔回皇城。刚进了午门，他就遇上不知死活来寻仇的修士，看也不看地接下一掌，直接将人踹到了地上。

“不知死活的东西！”林信冷笑，攥着吞钩的刀柄却没有出刀，“杀了他！”一声令下，皇家的侍卫便上前，将那人乱刀砍死。

松开握刀的手，大摇大摆地入内，割鹿侯所到之处，人人退避。无数或仇视或畏惧的视线从四面八方射来，却没有一人敢再上前。

“师兄！”林信寻到了封重，快步走过去。

封重客气地见礼，冷不防被林信扑了个满怀。

“扶住我，别让我倒下去。”沙哑的声音，仿佛老风箱里传出的杂音，不甚分明。刚才没有拔刀，不是他托大，而是他的身体已经是强弩之末。灵力枯竭，魂力虚弱，勉强接下的那一掌，伤了内腑。

“信信！”与他疏离多时的封重，再也装不下去了，稳稳扶住他的身子。

林信把脸埋在师兄的胸口，将一口忍耐不住的鲜血吐到了封重的亲王礼服里面，抓住他的外衫遮掩好：“莫叫人瞧了去。”

他是割鹿侯，遇神杀神的割鹿侯，必须永远挺直脊背，不能伤，不能倒。在陷入昏迷之前，他听到封重小声叹气：“你何必要做这割鹿侯，这东西都给你带来了什么啊！”

往事如沙漏倾颓，渐次消散。林信回过神来，一点一点直起了脊背，他是割鹿侯林不负，不是沈清阙会抱起安慰的林朱弦。抬眼看向沈楼，深蓝色的眸子里再没了往日的故作天真，似笑非笑，带着几分冰冷的讥诮：“这么说，你也是从前世回来的？”

“是。”沈楼蹙眉看着他。

“什么时候的事？”

“八年前。”

“呵呵……”林信闭上眼，气得发抖。八年前，也就是说，他苏醒过来第一次见到的，就是原本的沈楼。亏他还以为从头开始就能把人唬住，到头来不过是一场梦。

从小认识的沈楼，或许会对他好，但从前世而来的沈楼，绝不可能喜欢他，对他只有满心的厌恶。毕竟，他触碰了沈楼的底线，他是乱臣贼子。

前世元朔帝死后，太子封章继位，他与封重就谋反了。割鹿侯假谲妄执、嗜杀成性的名号里，又多了一项不忠不义。忠君爱国的沈家人，从那时起，便完全与他站在了对立面。

后来封重死在战场上，他一无所有，便把此生唯一的执念——沈清阙，给绑回了自己的封地鹿栖台。

“林不负，你这个疯子！”沈楼被铁链扣在床头，拼命挣动。

林信痴痴地笑：“沈清阙，你恨我吧，恨总比爱长。”

厌也好，恨也罢，这些时日的撒娇弄痴，不过是一场笑话。

林信睁开眼，弯腰把吞钩捡起来：“难为你这些日子与我走得这般近，没能变成你希望的忠臣良将，真是对不起了。”

他解下腰间的小剑，微不可察地摩挲了两下，利落地扔到沈楼脚边，语调森然道：“既然你也是从前世回来的，那咱们就各凭本事，看你还护不护得住你的宝贝太子殿下！”

说罢，他转身就走。

沈楼愣怔片刻，一把抓住林信的手腕，狠狠将人扯回来：“林信，你敢走一个试试！”

“怎么，玄王殿下莫不是舍不得我了？”林信毫不在意地任他攥着手腕，笑着凑过去，“说真的，就算我们各为其主，以后你要是想……唔……”

话没说完，突然手臂猝不及防地被沈楼箍住，手指近乎勒进血肉：“林信，你怎么能这么狠？”

［二］

“我怎么了？”林信蒙了半晌，才小声说出这么一句，垂在身侧的手，忍不住悄悄攥住了沈楼腰侧的衣角。

“你吸走了噬灵，为什么不告诉我？你没有了灵力，为什么不告诉我？”沈楼有些失控，在林信看不见的角度红了眼睛。

最后一次分别的时候，林信就躺在床榻上，笑着朝他伸手。

沈楼沉默了许久，终究没有上前，只说了一句：“林信，你好自为之。”

几天几夜的荒唐作弄，让他恨透了林信的下作，也恨透了自己的沉迷，以至于决绝地转头离开。离开了鹿栖台，他才发现自己的灵力恢复了，丹田里的噬灵符咒消失无踪。他后知后觉地回去找林信，那人却已经死在攻进“魔巢”的联军手里。

在之后的几年里，午夜梦回，他总是看到林信朝他伸出手，或哭或笑，或桀骜狂狷，或虚弱可怜。

伸出手去，尽是一片虚无。

听到沈楼提这个，林信有些讪讪：“我做这些，并不是要你感激我。”

那时候沈楼中了噬灵，封了灵脉，他用秘法把噬灵渡到自己身上，也借机占尽了便宜。后来被他人攻进老巢，没了灵力的他就只能任人宰割，死得相当不壮烈。

他这么做，并不是为了什么高尚的理由，随心而为罢了。好吧，其实是有一点坏心的，他想让沈楼忘不了他，永远记得他。

“我没有感激你，我恨你！”沈楼收紧手臂，方才林信转身就走的时候，他甚至生出了把人用铁链锁住的冲动。把他牢牢锁在屋里，哪里也不许去，他就再也不会消失了。

大概是真的疯了吧。

恨我吧，恨总比爱长。想起当初自己说的话，林信的视线忽然模糊起来。

秋风起，吹落了庭前的梧桐叶，两人在木质的回廊边坐下，终于可以心平气和地好好谈谈。

“我现在是不用报仇了，但我需要权势，我要保封重做皇帝。”林信毫不掩饰地说，酌鹿令很快就要推行，四方诸侯的势力会重新洗牌，而噬灵之祸也将临近，留给他的时间不多。

“虽然我不喜欢封重，但我同意。”沈楼点点头。

林信很是惊讶，歪头凑到沈楼面前看他：“我死了之后，封章干了什么天怒人怨的事？”能让堪为天下楷模的忠臣沈清阙倒戈，可不容易。

沈楼看着近在咫尺的林信，眼中禁不住泛起笑意：“也不算，只不过若他登基，大庸就会走上老路，我从前世回来也就没有意义了。”

“你知道自己会回来？”林信从这话里听出几分不寻常来，因为身体倾斜得太厉害，一个不稳就往下栽去，被沈楼手疾眼快地拉进怀里。林信便顺势躺下，不起来了。

沈楼也没有放开手的意思：“嗯，左右我不会再让封章做皇帝，他也不是我的主。所以，你不必……”

“哎呀呀，我把一个忠臣良将扳成了乱臣贼子，这可了不得。”林信故作惆怅地说，说罢，自己忍不住偷偷地笑。

他做出这个决定，最怕的就是沈楼跟他决裂。本打算以后跟沈楼慢慢说清楚，没想到沈楼一开始就打算跟他站在一起，就好比准备豁出性命去悬崖上采灵芝，结果灵芝自己掉进了背篓里。

沈楼看着他，也跟着微微地笑。

“信儿！”短暂的温情被朱星离的一声怒吼给打断了，林信一骨碌坐起来，看到师父背后一脸“我已经告状了”的封重，哭笑不得。

“师父，您怎么……哎哎！”话没说完，林信就被朱星离一把揪住了耳朵。

“我已经听重儿说了，你要做什么割鹿侯，还拿了妖刀吞钩！”朱星离把徒弟拽来，气急败坏道，“我是短你吃喝了，还是不给你铸剑了？”

吞钩是上古传下来的宝刀，但煞气极重，据说是在古战场上挖出来的。之前封卓奕想用这把刀，特意拿去给朱颜改看，想要驱除刀中的血煞。但朱颜改也没有办法，只警告皇帝，用这把刀的人如果心志不坚，很容易被妖刀影响，变得残忍嗜杀。

“妖刀”，也是朱颜改起的绰号。

“不是，师父你听说我，嗷嗷！”林信很少被师父收拾，这次装可怜、抖机灵都没用，只能朝沈楼求助。

沈楼给了他一个爱莫能助的眼神，捡起地上的小剑，掸了掸灰尘，任由朱星离把林信给拎走，回炉教育。沈楼自己则站起身，去东宫正殿寻钟家兄弟。既然跟林信把话说开了，那有些事便可以开始了。

太子正在与东宫官议事，听说沈楼来了，便叫他一起。

“孤正与詹事府商议，想请北漠使臣到墉都来一趟。”太子将方才讨论的内容大致告诉沈楼，“北域刚打了胜仗，若是谈判得当，起码能换来十年太平。”

十年太平怕是困难，沈楼垂目：“殿下想要怎么谈？”

“自然是和亲，”一名詹事府少詹事说道，“乌洛兰可汗尚未娶亲，嫁一名公主过去，正是时候。”

如今的蛮人部族已经基本统一，有一位共同的大可汗，名叫乌洛兰贺若。英雄惜英雄，玄国公沈歧睿一直想找贺若谈谈，奈何对方一直不见。

“你觉得如何？”太子问沈楼。

不如何，用女人换边境安稳，那是懦夫才会干的事。沈楼抬头，看向太子：“殿下想把哪位公主嫁过去？”

皇室子嗣不丰，如今适龄的只有先前差点指给沈楼的云熙公主。

几名东宫官对视一眼，还是方才那位少詹事先开口：“臣等的意思是，不如将沈家长女封为公主，这样离得近些。”北漠与北域本就相连，也不算远嫁。

沈楼瞬间冷下脸来。

“一派胡言！”封章一巴掌拍在桌子上，“秋庭乃神箭良将，送去北漠，岂不是给蛮人送将军去了！”

那名少詹事立时跪下来：“太子息怒，臣愚钝。”

“散了、散了！”太子烦躁地摆手，把一群瞎出主意的东宫官给轰了出去，头疼地揉了揉额角。

“殿下何必忧心，人选之事自有皇上定夺，”沈楼将那把小剑放到桌上，“听说皇上刚封了割鹿侯。”

这小剑，是钟随风送给沈楼玩的，又被沈楼转手送给了林信。如今钟家完全听命于太子，封章只要随手一查就能查出来，他便直接摊开了说。

听到“割鹿侯”三个字，太子眸色微变，这个位置非常重要，但他推荐的几个人父皇都不满意，偏要选那个与他不亲近的林信。“这事我劝过几次，父皇不听。不过你不必担心，文官提出的这些个策略，针对的是一些尸位素餐的小列侯，于你们沈家没什么妨碍。”

太子也不问沈楼怎么得来的消息，更不问林信扔了小剑做什么，从袖中掏出一枚雕工精湛的弓弦扳指，交给沈楼：“你回去的时候，替我送给秋庭。”

沈楼接过那枚扳指，沉默不语。他知道太子对沈楹楹有意，沈楹楹也并非无动于衷，但这件事他并不想同意。

夜里下起了雨，一场秋雨一场寒，冷风夹杂着水汽飘进屋子里，更显得孤寂。

沈楼翻了个身，看着窗外的雨幕发呆。揭开了身份就这点不好，林信再不会撒娇弄痴装成少年人来跟他挤一张床了。

窗棂突然发出一声轻响，一道黑影从窗外翻进来，抖抖身上的雨珠子，三两下脱了外衫，蹦跳着蹿过来。

屋子里一时间安静下来，只有窗外淅淅沥沥的雨声接连不停。

“你师父……”

“我把想造反的事告诉师父了！”两人同时开口，林信从被窝里冒出头，委屈道，“师父打我，你看，都给我打红了。”说着，拉开内衫，露出肩膀上一片巴掌印。

“……”沈楼别开眼，不去看那一片白皙圆润的肩膀，伸手给林信拉好衣裳，“你以后想做什么，先跟我商量一下，有些事你不知道。”

林信抬头看他，笑道：“我凭什么要告诉你？”

黑暗中，沈楼带着笑意的眸子映着忽明忽灭的雨幕，似藏了万千星辰：“你不是一直在告诉我吗？”

你看到我捏碎贺六浑的神魂了吗？

我骗了皇帝，说不负是因为不负皇恩。

我做了割鹿侯。

我要造反了。

把自己认为的坏事都说给沈楼听，得到他些许的认同，潜移默化，免得以后算总账让他厌恶自己——林信原本是这么打算的，没想到沈楼也是从前世来的。

难得有些不好意思，林信龇牙，反将一军：“你明明从小就有记忆，为什么还要骗我给你当随侍？”

正从容淡笑的沈世子，瞬间红了耳朵。

［三］

“我那时候并不知你是从前世来的。”沈楼轻咳一声道，以为他是个孩子，便用对待孩子的方式对待他，却不想闹了笑话。

林信不打算放过沈楼：“如果我不是从前世来的，你打算怎么办？一直带在身边，等束发之后白日里负责陪你练功……”

话没说完，他被沈楼捂住了嘴巴，沈楼羞恼道：“我怎会做那等龌龊之事！”

林信眨眨眼，忍不住大笑起来，这个把柄足够他嘲笑沈楼一辈子了。

沈楼看着笑得直哆嗦的家伙，忽而想起那时候林信钻进被窝，说了句“世子，已经很热了”，定然是故意的。但这时候拿出来说显然不合适，林信可不怕这个。沈楼咬牙切齿地给他盖好被子，睡觉！

次日，那份有关割鹿之律的草案，就被拿到了朝会上。

诸侯岁贡，加鹿璃一成，减黄金一成。当场称量、验货，缺斤短两或成色不足的，视情况削地削爵。

满堂哗然。

第一次听说割鹿之律的文官们很是震惊。

“这，是削爵之意啊，列侯诸公定会激烈反抗的。”

“这斤两还好说，成色是怎么个说法？验货之人说好便是好，说不好就是不好。”

“这是件好事，诸侯地域太过宽广，且诸侯领域内只有关内侯。中原的土地却在不停地分封出去，如今中原的土地已经小于北域了。”

元朔帝坐在龙椅上，任由下面的人讨论，太子站在他的左手边，同样一脸平静。封重作为中书省行走，也被允许入朝听政，作为亲王，站在文官的最前列。

“好了！”封卓奕出声，制止了众人的嗡嗡声，“此乃草案，并非政令，诸位有何看法，尽可提出来。”

让人单独出来说，方才说得热火朝天的文官们就都闭了嘴。明眼人都能看出来，这个割鹿之律针对的是列侯诸公，朝中的文官大多是小贵族出身，这法令对他们没什么妨碍。要怎么说，得再斟酌。

文官队伍的末尾，突然有人出列，大步走到殿中央，跪在地上高喊。

“一年割一县，三代之内可灭一方诸侯，此乃百年大计，幸甚至哉！”众人看向那高喊之人，都觉面生。封重却认了出来，此人就是那日他和林信在茶楼看到的凡人举子，因为高喊“收拢边界，归权于天子”而被他们注意到。

“这人是谁？”站在封重身边的中书令杜晃小声道。

“听说是望亭侯的家臣。”封重侧头说道，他擅长记人脸，那天沈楼说这人是望亭侯推荐的举子，他便记住了。

杜晃了然，朝封重微微点头，谢过英王殿下提点，皱眉看着那个大言不惭的凡人。

三代之内灭一方诸侯，这种话岂是能随便说的？皇室与诸侯已经相安无事百年有余，互相保持着微妙的平衡。就算皇帝这个割鹿之律目的明确，也不能这么直白地说出来。

太子封章怒道：“一派胡言，几时说要削诸侯了？这不过是一个岁贡提案。”

“罗侍君，谁准你咆哮朝堂的！”封卓奕本是欣赏此人的文采和想法，破格准许尚未参加春闱的罗侍君入朝听政，没料想这人如此急功近利，“拖出去！”

两名金吾卫上前，二话不说将人给拖了出去，一顿好打。

朝堂上陷入了沉寂，皇帝揉揉眉心：“英王，你以为如何？”这草案，封重是看过的。

“加一成鹿璃，减一成黄金，恐引起鹿璃涨价。且如今已是暮秋，要诸侯准备鹿璃已然来不及，要施行也得等明年了。”封重斟酌着说道，避开直接评价这法案的好坏，只说一个实际的问题。

英王的话十分中肯有理，不少人点头附和。

太子却道："明日复明日，永远都推行不了，儿臣以为，今年可以不加贡，但要派人去查验鹿璃，先推行一条。"

常有诸侯交岁贡的时候以次充好，或是少给鹿璃，用黄金填补，国库鹿璃匮乏，才会有前些时日提出的"岁贡皆用鹿璃"的极端做法。皇室急于解决鹿璃的问题，割鹿之律如今是最适合的。

朝堂再次陷入沉寂，中书令杜晃开口："既要推行，还需一名查验鹿璃之人，这人要不偏不倚不徇私，且要出身极高，否则难以服众。"

杜晃是文臣之中少有的大贵族出身之人，杜家乃是一方列侯。他作为中书令，最擅长揣摩帝王的心思，此刻不能出言反对，但给这律法的推行增加难度还是可以做到的。

不偏不倚，是要保证这个人不会被诸侯收买，不至于暗度陈仓、中饱私囊；出身极高，是因为这个职位要直面所有的大贵族世家，凡人或是属臣根本做不到。这也是皇帝没有选择周亢来割鹿的原因。

要同时满足这两个条件几乎是不可能的，出身高就必然是大贵族，大贵族又怎么可能帮着皇帝削弱自己？除非此人是皇族。

想到这里，明里暗里许多目光都转向了英王封重。

"杜卿说得在理，不过此人朕已经找到了，传割鹿侯！"皇帝微微一笑。

割鹿侯？这封号闻所未闻，所有人竖起耳朵，看向大殿之外。

一袭湛蓝鲛绡袍，足踏清风登云靴，轻步缓行，眸色冷冽，宛如雪山独步的孤狼。腰间古刀弯如新月，单脚踏进殿中，万千血煞之气瞬间蔓延开来，众人禁不住屏住了呼吸。

"臣，林信，参见皇上！"林信单膝跪地行礼，余光瞥向小声议论的文官们，那边立时收声，不敢多言。

方才被那千军万马的气势迷惑，直到此刻，众人才发现，这不过是一名未及弱冠的少年！

"平身！"元朔帝对于林信的表现非常满意，"此乃寻鹿侯林争寒的遗孤，朕近来刚刚将人寻回。年少有为，连武状元都败于他手，今封割鹿侯，承袭其父之封地，替朕推行割鹿之律。"

"愿为吾皇效死！"林信再次跪下，朗声道。

封重看着林信，眉头越皱越深。昨天师父答应得好好的，说会跟林信谈谈，也会阻止皇帝封他割鹿侯，这就是谈的结果？他使劲朝林信使眼色，对方却像不认识他一般，连余光一瞥都不给。

割鹿侯已定，剩下的事就好办了。

杜晃坐在中书省衙门里，愁得掉胡子："可有反对割鹿之律的奏折？"

中书省的官员翻遍了奏折："有！"

"快拿过来！"杜晃眼前一亮，拿过来仔细看，却大失所望，这不过是说割鹿之律听起来太过凶煞，明显不怀好意，建议改为酌鹿令。

"酌鹿令，倒是好了不少。"封重苦笑。

"哎，不行，我得写一封奏折！"杜晃提笔，斟酌再三，洋洋洒洒地写了一篇万字谏言。

满朝臣工，都是小贵族和凡人，个个恨不得削了诸侯封地，此刻都变成了睁眼瞎。酌鹿令于皇室而言乃是好事，但推行太快，或是一个不当，就会使一些小诸侯家破人亡，使大诸侯揭竿而起。

杜晃作为中书令，相当于左丞相，在朝中威信很高。几日之后，他将这份谏言当庭念出，立时便有不少人附和。酌鹿令可推，但需要暂缓，且给大诸侯一些豁免权。

给了大诸侯豁免权，那这酌鹿令就失去了意义。元朔帝听得心头火起，当朝拂袖而去。

是夜，杜晃正在家中读书，忽觉一股森森杀气兜头罩来。他抓起灵剑翻身滚到书桌后面，"轰——"一声响，方才坐着的竹席已经被割成了两半，桌上的笔墨被掀得翻飞，墨水泼洒一地。

"什么人？"杜晃拔剑，剑气扫向房梁，什么也没发现。一把弯刀悄无声息地出现在背后，杜晃瞳孔骤缩，运起灵力，于半空中翻身，勉强对上了那上古妖刀。

阵阵血煞之气被主人的杀意激发，顺着吞钩的刀身蜿蜒而出，林信挑眉一笑："杜大人好身手，难怪可以随着金吾卫出使南域。"

"割鹿侯谬赞了，"杜晃皮笑肉不笑地说，"不知侯爷深夜造访，所为何事？"

"自然不是来找你喝酒的。"林信突然发力，将杜晃推了出去，不等他再攻过来，虚空一抓，从房梁的阴影处抓出个东西，牢牢攥在手里。

杜晃再次攻过来的剑宛如冻僵了一般，瞬间停住，失声道："玉郎！"被林信抓在手里的，正是他不足五岁的幼子杜玉郎。

"酌鹿令乃国之大策，杜相这般阻挠，皇上会很难做的。"林信的语调带着若有若无的叹息，仿佛跟熟人谈天说地，一点都不像在威胁人。

"你待如何？"杜晃咬牙，割鹿侯敢这么对待他，定然是皇上授意的，多说无益。

“我就喜欢杜大人这般爽快的，告老、丁忧，选一样吧。”林信露出个乖戾的笑来，在月光昏沉的夜里，甚是可怖。

从杜家出来，林信就遇到了在街角等他的沈楼。

〔四〕

看到沈楼，林信下意识地将手中的弯刀藏到身后：“我逼着杜晃辞官，他答应了。”

前言不搭后语的一句话，突兀地砸过来，沈楼竟稳稳接住了，微微颔首道：“这样也好，比被渊阿杀了强。”上辈子杜晃死得很惨，隶属于割鹿侯的渊阿十四刃血洗杜府，全家一十六口，一个不留。

林信握紧手中的吞钩，妖刀的血煞之气绕着手腕若隐若现地蔓延：“如果我说上辈子杀杜晃不是我授意的，你信吗？”

沈楼蹙眉，看着林信被煞气衬得越发苍白的手腕：“我知道。”

“嗯？”林信一愣，攀到小臂的煞气瞬间消散，“你知道？”

沈楼把吞钩拿过来，装了颗新鹿璃上去压制煞气：“渊阿十四刃在你死后，效忠于封章。”

林信苦笑，如果渊阿十四刃没有背叛，当年他也不至于死得那么惨。跟着自己出生入死的属下，在生死关头作鸟兽散，留下一个纸糊般的鹿栖台和灵力尽丧的林不负。

风乍起，吹得袍角猎猎作响。

“天干物燥，小心火烛！”打更的从巷子里走出来，两人立时闪身跃上了墙头。

这一打岔，林信才想起来，刚才没问沈楼为什么出现在这里，上来就开始交代自己干的坏事，似乎有点傻：“你怎么会在这里？”

“夜里吞钩不好入宫，我来接你。”沈楼将弯刀还给林信，作为一把改造过的古刀，吞钩其实不太适合作为飞行的工具。他俩如今还住在东宫，不大方便。

林信狐疑地看看沈楼：“吞钩夜里不能入宫，虞渊就可以了？”皇城有宵禁，夜里从空中飞过，会被侍卫射下来。

沈楼愣怔了一下。

“哈哈哈……”林信忍不住笑起来，难得看到沈清阙犯蠢，这极大地娱乐了他，他钩住沈楼的脖子逗对方，“哎，沈清阙，你不会是担心我吧？”

周遭突然安静了下来，“啷啷啷——”，已经走到另一条巷子里的打更人尽职尽责地敲着梆子，清脆的声响在沉寂的夜幕中回荡。

气氛有些尴尬，林信撇嘴，这家伙真不好玩，他松开沈楼的脖子准备带沈楼去英王府睡觉，忽然听到一声坚定有力的“嗯”。

不可思议地回头，沈楼正眸色平静地看着他，正直得理所当然。

朝中反对酌鹿令的声音越来越大，文臣分作两派，每天吵得不可开交。元朔帝并不阻止，只是眉间的沟壑一日比一日深。

“有些人的手已经伸到朕的朝堂里了。”封卓奕提着朱笔，在一份名册上勾画。

“父皇是想趁机剔除诸侯的势力？”太子看着这份名册，如果这些真的都与诸侯有牵连，那朝廷的状况就岌岌可危了，他想了想道，“沈楼的确是在朝会之前就知道了。”

“经营百年，若是朝中连个人脉都没有，早就守不住家业了。”坐在一边擦拭吞钩的林信插言道。

“为君者，有时候得睁一只眼，闭一只眼。朕可以容忍他们留人打听消息，但要插手政令……”元朔帝垂目，在杜晃的名字上画了个圈。

杜晃向来识时务，懂进退，这次却突然跳出来，很是不寻常。但中书令非常能干，这让他有些犹豫。

“京中的侯府收拾得差不多了，你去羽林军里挑几个趁手的，自己调教一番。下个月，估计就得出去办差了。”皇帝将一张盖了玺印的调令递给林信。

林信横刀，手掌贴着薄刃的弧度缓缓滑过，确认没有一丝污垢，利落地收刀入鞘，接过调令，应声而去。

太子看着林信的背影，若有所思。

“太子还有何事？”对于太子至今没能拉拢林信，反而将他越推越远一事，皇帝有些失望。

“天气渐凉，北地怕是又要不太平，儿臣思忖着，邀蛮人使者入京，商量和亲的事。”封章低头道，将一份詹事府拟定的章程呈递上去。

“和亲？你打算拿谁和亲？”皇帝翻了翻章程，抬眼看向太子。

“云熙。”

林信拿着调令离开御书房，遇到了去送奏折的封重。

“信信，你去哪里？”封重笑着问他。

林信停下脚步，余光四顾，左右无人，低声对封重道：“回去提醒你们杜大人，皇上有些不高兴了。”

封重看看林信，脸上的笑意渐渐消失。

林信却没给他啰唆的机会，错过他直接走了，拿着那一纸调令，往羽林军驻地而去。

大庸的羽林军，与前朝的可不一样。前朝用来护卫皇城的羽林军，多用公侯子弟，一半以上是酒囊饭袋。但大庸有鹿璃，能修行，大贵族子弟不会给皇室做护卫，羽林军中皆为出身低微的高手。

秋闱武举出身的人，很多进了这里。历练几年，要么做了皇家侍卫，要么参军做了将领。

站在高台上，看着教场中翻腾的灵气，林信不由得自嘲一笑。

这些灵力强大的高手，是皇家的底牌，也是中原皇室与诸侯根本的区别。靠着科举，皇室可以网罗天下人才。虽然没有可以与大贵族顶级高手匹敌的人，但胜在人多，战力也就比四域要强。

小贵族和普通修士想要出人头地，能依靠的只有皇室。林信当年就是没看透，还以为那些人跟着他出生入死，就是他的人。

“侯爷，您看，想要什么样的，属下给您找来。”羽林军统领笑得一脸谄媚，小心翼翼地伺候着这位正红的侯爷。

“好——”场中爆发出一阵欢呼声，正在拼斗的几人分出了胜负。七八个人都倒下了，只有一名还站立着，那人手中握着一把铁剑，急促地喘息着，坚实的肌肉透过汗湿的薄衫清晰可见。

“那是三年前的武举探花，跟他同科的人都入宫做皇家侍卫了，就他，因为不会说话，得罪了贵人，一直留在这里不得晋升。”羽林军统领见林信感兴趣，立时介绍起来。

林信眯眼看着那灵力充沛的男子，眼中泛起冷意，那人的履历他比羽林军统领可要清楚得多。那人正是他的渊阿十四刃之一。

“哎，侯爷！”看着一言不发转身就走的割鹿侯，羽林军统领有些无措，不知道哪里得罪了这位爷。

不等封重将林信的话带给杜晃，杜家老侯爷过世了，杜晃告丁忧。

元朔帝很是惊讶：“老侯爷并非你嫡亲的祖父。”

“臣入京多年，家中全仗老侯爷照拂，当为侯爷守孝，望陛下成全。”杜晃额头贴地，涕泗横流地说。

封卓奕看出几分不寻常来，挽留了几句便准了丁忧。

“杜公，您这一走，中书省不就乱套了？”想起林信让自己带的话，封重有些不安。

“殿下言重了，这世上没有非谁不可的事，杜某离去，自会有人顶替的。”杜晃语调平静地道。

“此事，可与割鹿有关？”封重低声问，其实他更想问是不是跟割鹿侯有关。

杜晃苦笑着摇头，无论封重怎么问，皆三缄其口，不敢多言。

封重抿唇，转身去寻林信。

许久不使弯刀，有些生疏了，林信在院子里一招一式地练刀。鹿璃的灵力沿着弯刀流转，从刀尖涌出，弯折回刀柄，舞动起来，好似一个完整的圆。缺月化满月，割人头最为方便。

余光瞥见封重走进来，他没当回事，继续练刀。

“信信！”运了半晌的怒气，气势汹汹地开口，叫出来的却是这么个称谓。封重噎了一下，背过身轻轻给了自己一巴掌，再转过来，正对上林信凑上来的脸，顿时吓了一跳。

“做什么？”林信笑嘻嘻地推他一把，“没大没小，叫师兄。”

封重被推了个趔趄，抓住林信的肩膀勉强站稳：“我问你，杜晃的事，是不是你做的？”

“是啊。”林信漫不经心地说。

封重没料到他承认得这么利索，沉默半晌：“我不知道你想做什么，但杜晃是个能臣……”

“我没有杀他，已经很不错了，”林信用刀面拍了拍封重的胸口，“如果英王殿下是来兴师问罪的，就请回吧。”

“林信！”封重有些生气，“你到底要做什么，能不能跟我商量一下？江山社稷不是闹着玩的！”

“这是你的江山吗？”林信戗道，看着封重一脸不争气的样子就来气，“如今还轮不到你来操心！”

封重满脸通红，气呼呼地甩袖离去。

站在角落里的沈楼走出来：“你没有告诉他？”

“我没法开口，还以为师父说了！”林信生气地对着假山乱砍，劈断了一块太湖石。

“莫气，他会明白的，”沈楼随意劝解了一句，嘴角却禁不住地微微上翘，“我陪你练剑吧。”

［五］

无论何时，沈楼的劝慰对林信总是有用的。他立时把师弟抛到脑后，愉快地接受了练剑的邀约。

“要先练基础招吗？”沈楼拔剑挽花，做了个平平的撩剑式。

林信摸摸鼻子，想起自己在雁丘故作不懂，让他教撩剑式，心道这人还真是记仇。

“要啊，世子大人先教教我，这撩剑式用弯刀怎么出招？”说着，一把抓住沈楼的手，比脸皮厚，沈清阙可比不过林不负。

果然，握了片刻，沈楼那微凉的指尖就开始变热，轻咳一声道：“刀法上，我教不了你。”

“那就教点别的。”林信突然拔刀，转身朝沈楼砍去。

沈楼侧身躲避，拔出虞渊落日剑跟他对招。面对林信，沈楼丝毫不敢大意，前世每次交手，都是你死我活的拼斗，谁也没有占过大便宜。

林信用刀有些生疏，开始几招沈楼就配合他放慢速度，后面越打越快。缺月化满月，灵气冲九霄。

“你的灵剑就快出炉了，何苦再用这吞钩。”沈楼用虞渊缠住弯刀，带着他在空中翻了个身。

林信反手回刀，矮身横扫：“我自创的刀法，不用多可惜。”缺月刀法，是他根据吞钩的特性自己悟出来的，招式很少，但极为有用。

出刀越来越快，近乎变成道道残影，与高手对招，可以帮他快速回到巅峰状态。刀光剑影，你来我往，剑气刀风上下翻飞，酣畅淋漓。

沈楼准确地捕捉到刀光，虞渊与气势汹汹的吞钩准确地相撞，发出清脆的铿锵声。鹿璃耗尽，吞钩上的血煞之气汹涌而出，猝不及防地包裹住了虞渊。

“唔……”沈楼突然闷哼一声，持剑的手松开，虞渊“咣当”一声掉到了地上。

差点割到沈楼的手臂，林信立时收势，一把扶住沈楼。

“煞气……呃……”俊脸苍白如纸，沈楼浑身肌肉紧绷，身体微微发颤，显然是疼得很了。

煞气？林信低头看看血煞弥漫正在试图勾缠虞渊的吞钩，立时收刀入鞘，扔得远远的。

煞气说到底就是亡魂的怨气，沈楼神魂有损，就像是有伤口暴露在空气中，一旦煞气超过一定数量，就会影响到他的伤口。

这些时日沈楼都没有再表现出头疼，林信差点就把这事给忘了，看着沈楼手背上根根凸起的青筋，想给自己一巴掌。

林信咬破指尖在掌心画符，贴到沈楼眉心，倒转灵力将煞气转为魂力抽走。抱着他就地坐下，让沈楼枕在自己腿上休息片刻，林信盘算着先去寻几片神魂来给他补补。

“你这神魂，到底是怎么回事？”林信摸摸他汗湿的额头，每次朱星离问起来，沈楼都含糊过去，那必然是不好解释的，比如……

“前世伤到了。”沈楼老实道。

果然，林信蹙眉：“怎么伤到的？肯定是我死了之后。但谁有这个本事伤到你的神魂？”

沈楼不想谈这个：“你是不是要选渊阿十四刃了？我这里有几个人选或许能用到。”说着，他从袖子里掏出一张纸来。

纸上写着不下二十个名字，都是羽林军里的人。林信惊奇地看了一遍：“这都是你的人？”

安插这么多人进羽林军，可不是一朝一夕就能做到的，这里面有些人已经做了统领，显然是沈楼小时候就着手办的了。

“你把这些给我，不怕我卖了你？”林信低头看他，“在禁军里安插人手，可是大罪。”

“卖吧。”沈楼轻声说着，缓缓合眼，竟睡了过去。

林信蹙眉，摸摸沈楼依旧紧绷的手臂，这人显然还在忍着痛，只是面上看不出来。交代紫枢照顾沈楼，林信拿了面小铜镜，去找新鲜的神魂。

寻了块僻静的地方，快速画符将阳镜转为阴镜，林信仔细辨认皇宫中飘着的新魂们。

宫女、太监，飘飘荡荡的新魂大部分是凡人的，非常虚弱，只能在背光的地方飘荡。

忽然，一道灵气十足的神魂一晃而过，林信眼前一亮，转身追着那魂跑过去。追到一处假山背后，林信将之堵住，快速画阵将那魂魄困住，兴奋地凑近一看，浑身的汗毛瞬间竖了起来。

那魂比这宫中所有的魂都要明亮，在阳光下也丝毫不惧，身形清晰，五官完整，一双眼角下垂的凤尾目正好奇地透过阴镜看着林信。

“师父！”林信吓得三魂丢了七魄，捏碎两块鹿璃吸饱了灵力，屈指做鹰爪状，用刚跟朱星离学的，还不甚熟练的御魂术将那缕神魂牢牢抓住。

神魂离体是非常脆弱的，林信怕伤到他，只能用大量的灵力包裹住手掌，双手捧着那神魂往朱星离的住处快步跑去。

他不能松手，神魂如轻烟，一阵风都会将其吹跑，松手了再去抓，又要从头开始。灵力消耗得极快，林信感觉到眼前一阵一阵模糊，汗如雨下。越是紧张，就越是忍不住胡思乱想。

神魂突然离体，要么是中了邪术，要么是肉身死亡。难道天道当真是有定数，他拼了命留下来的师父，终究还是留不住吗？

强烈的不甘冲上头顶，林信转头四顾，看到了路过的钟家兄弟：“你们两个，快过来帮帮我！”

钟有玉停下脚步，疑惑地看着林信：“帮你什么？”看着林信奇怪的姿势，顿觉有诈，“我去叫沈大来啊。”说罢，他冲弟弟挤挤眼，转身就跑。

钟无墨迟疑了一下，看看笑着跑开的兄长，再看看脸色不大对的林信，还是走了过去：“怎么帮你？”

“快，给我点灵力，我撑不住了。”林信的嘴角突然溢出血来。

钟无墨不再迟疑，单手贴到他后心，将一股充沛的灵力输进去。

林信再次有了力气，牢牢抓住那道神魂，快步往里跑去。钟无墨不放心地跟着他，径直到了朱星离平日休息的屋里。

身着绛红鲛绡的男人，正盘腿坐在座席上，一动不动，好似睡着了一般。

林信咬牙，盘膝坐到他对面，将手中的神魂慢慢推过去，而后咬破手指，在朱星离额头快速画符，几笔勾成，在眉心重重一点，大喝一声：“魂归！”

“喀喀……”朱星离呛咳了一下，睁开眼，看到满眼焦急的徒弟，感到奇怪，“信儿，你怎么在这里？”

林信单手撑着身体急速喘息，喘够了才抬头瞪他：“我在外头瞧见了你的神魂！”

“呀！”朱星离一拍脑袋，捡起旁边一本破破烂烂的古书，“我在古籍上瞧见一个秘法，叫神魂出窍，还真练成了！”

“练成个头！”林信抓过那本书摔到地上，“要不是遇见我，你就死了！”

钟无墨第一次瞧见敢这么骂师父的徒弟，不由得将眼睛瞪大了一圈。

当着外人的面被徒弟教训有些丢脸，朱星离板起脸试图装装样子，忽见林信吐出一口血来，就什么也顾不得了，一把将人拉过来。

“你说你，着什么急，凡人的死魂尚能滞留七日，我这生魂十天半个月也不会消散，”朱星离说着，把徒弟抱进怀里，单手贴着他的后心将灵力导入，梳理他急火攻心造成的灵脉岔气，“你怎么会魂魄归体？”

“这不是回魂，是移魂术。”以前他闲着没事瞎琢磨的，他曾经尝试把刚死的魂挪到别人身上，还真成功了。不过因为魂与肉体中的魄不符，只能待一会儿。方才便是想着，若是师父死了，他就先把魂魄禁锢在肉身上，再想法子救活他。

林信趴在师父肩头，有些蔫蔫的，见钟无墨直勾勾地看着他，抬头道：“简言兄，今日多亏了你，我林信欠你一个人情，日后可以帮你做一件事。”

割鹿侯承诺的一件事，关键时刻可以救命。

不过如今的钟无墨尚不知这个承诺的价值，摇头道：“举手之劳，不必介怀。”说罢，他转身就走了。

林信也没多说，由着师父给自己输了过多的灵力，吸了吸鼻子低声道：“朱星离，算我求你，求求你，长命百岁好不好？”

朱星离停下输灵力的手，像小时候哄他睡觉时那样，轻轻拍着怀里的孩子：“乖，不怕。”

［六］

汹涌而来的委屈让林信有些无所适从，果然有师父在身边，人就会变得软弱，这样不好。从师父怀里滚出来，翻出药箱子摸出一瓶药，涂在被咬了三次的可怜手指上：“沈楼的病又犯了，因为吞钩上的煞气。”

“我说什么来着？别用那把刀，那把刀不吉利，”朱星离事后诸葛亮地说，“你不是要去各地验岁贡吗？先去越南域，把剑和魂器都要来。”

他去验岁贡，那是要挑毛病削封地的，哪有先往自家引的道理？林信翻了个白眼：“师伯要是知道，肯定要揍你了。”

“揍就揍，我怕他？”朱星离哼哼道，捡起那本被自家徒弟扔出去的古籍抖了抖，“这书里着实记载了些有意思的东西，对治沈楼的魂也有用。改天我教他神魂离体，在外面补兴许更快。”

“不许再练这个了！”林信捏住那本书。

“你看看谁家徒弟敢管师父了？”朱星离不满道，真是太惯着孩子了，一个个都蹬鼻子上脸的。

“你看看谁家师父像你这样让人不省心的？”林信反驳道，顺手抢走了师父新配的一瓶逍遥丸。这东西可以麻筋止疼，若是晚上沈楼疼得受不住，可以给他吃一粒。

“一粒就行了，这可是我好不容易凑齐材料做成的。”

“皇宫药库里偷的吧？”

“呸，什么偷不偷的，这叫借。我们朱家，什么东西买不起？”

“……”

神魂撕裂的疼痛让沈楼睡得极不踏实，但他已经习惯了忍耐，倒是没有发出任何声音。唇齿间突然出现了淡淡的苦味，伴随着某种温暖柔软的气息，片刻之后，尖锐的疼痛便得到了缓解。

梦境由黑暗转为明亮，沈楼看着眼前的双手拿起卷刃的剑，练着一套他根本不熟悉的剑法。

而后场景变换，乃是秋闱的演武场，忽听得有人高声喊：“武探花！”是在叫我吗？我是谁？

“不要心急，你定会得到重用。”太子封章的脸不期然地出现，接着便是无尽的训练与比斗，日复一日，难以出头。沈楼意识到这不是自己的记忆，心绪还是控制不住地受到影响，沉闷而绝望。

“林信要挑心腹手下，想办法让他选中你。”

听到林信的名字，沈楼忽然就清醒了，强行控制着身体跑到溪水边，看到一张熟悉的脸。这人是渊阿十四刃中的刃一，当年很得林信器重。

神志恢复清醒，水中的倒影渐渐扭曲，变成了沈楼自己的脸。周围的场景跟着倒转，险峰奇石平地起，回到了那日的天牢峰。

“把封重放出来，我就撤兵。”万军之中，林信握着煞气四溢的吞钩，摘花弄叶般一步杀一人。

桑弧神弓拉至满月，鹿璃加持的箭矢带着穿山破石之力，直冲林信而去。本应该以身护主的刃一，在箭矢来临之时忽然闪避，黑色的灵箭将林信整个人撞了出去，穿胸透骨，牢牢钉在了山崖上。

阵脚大乱，两军混战。

沈楼冲上去，抱起浑身浴血的林信，在妹妹与将士的惊呼中御剑奔逃。

“疼……”林信缩在沈楼怀里，疼得发抖。

“林信，撑住！”沈楼抱紧他，把自己的灵力渡过去，尽可能地减少他的痛苦。不眠不休地守了他三天三夜，沈楼总算把这条命抢了回来。

然而林信睁开眼，第一句话便是："封重呢？"

"英王已经去了北域战场。"沈楼垂目，缓缓站起身来。

混乱的梦境，时而清晰，时而模糊，自己的，别人的，潮水般淹没了理智。

霍然睁开眼，天光大亮。沈楼摸摸身边的位置，空荡荡，但尚有余温。头疼好了不少，他回想方才古怪的梦，眉头越皱越紧。

"世子，您醒了。"紫枢走进来，推开窗户，清凉的风灌进来，吹散了一室温存。

"林侯爷呢？"沈楼起身穿上外衫，抬眼瞧见封重在外面探头探脑。

"侯爷被皇上叫去了，刚走，"紫枢给他挂上剑，另将一枚蜡丸塞到他手里，"黄阁昨晚来过，让我把这个交给您。"

沈楼微微颔首，握住蜡丸走出门去："王爷可有什么事？"

"你怎么住在信信的屋里？"封重很是惊讶，这里是东宫，不是只有两间房的雁丘。

余光四顾，这里的确是林信住的那处偏殿，沈楼面不改色地说："昨日阿信生气了。"

一句话，含了许多层意思。阿信生气了，我来陪他；阿信生气了，都是你的错。

封重顿时语塞，不知道是不是错觉，总觉得这位他十分钦佩的沈世子，似乎不怎么待见他。

林信坐在御书房里擦拭吞钩，有一搭没一搭地听着皇帝跟人讨论酌鹿令。

"草民昨日写了一份《割鹿策》，敬呈陛下御览。"这位跟皇帝谈得热火朝天的人，竟然还没有官职！林信这才抬头看一眼，那些个文臣已经走了，唯独剩下一位没穿官服的人。瞧着有些面熟，似乎在哪里见过。

元朔帝接过来看，眸色微亮："不负，你也看看。"

林信收起弯刀，凑过去看一眼，眸色微沉。这上面的字迹，与提议割鹿之律那本奏折上的字迹一模一样，原来竟是这人。他翻到后面看一眼，署名为罗侍君。

那日朝会，林信去的时候，罗侍君已经被拖走了，以至于他还不知道那位胆敢叫嚣"三年灭一方诸侯"的猛士是谁。

看到罗侍君这个名字，林信忽然就想起来了。这位应该是来年春闱的状元，以凡人身份跻身中书省的能人。上辈子林信跟他接触不多，林信活着的时候这人名声不显，也不知是不是元朔帝刻意保护的原因。

低头看看这份《割鹿策》，写得很是到位，或者说，狠毒得很是到位。

“缺鹿璃十两，割一县；缺鹿璃百两，割一郡；三年累缺鹿璃千两，夺爵，不可补齐者，子女充徭役……”

夺爵就罢了，子女充徭役，这位怕是对仙者很有怨气。

“不知这位大人是……”林信上下打量这人。

“草民罗侍君，幸得望亭侯举荐，得以参加来年的春闱。”罗侍君低头道，他本来叫史筠，因为要参加科举，成了罗家的家臣，罗家赏赐他姓罗。

林信了然地点点头。

“听说你昨日选了几个手下，”元朔帝意味深长地看着林信，“可想好先去哪家验鹿璃了？”

林信拿起那份《割鹿策》在手中转了转：“既然望亭侯盛情难却，便从罗家开始吧。”

罗侍君脸色骤变，他要参加春闱，还要依仗望亭侯举荐。这时候若是因为他而给望亭侯带来麻烦，那春闱的事就危险了。

封卓奕愣了一下，旋即大笑：“你呀你，真是调皮。”

［七］

“父皇准了和亲的提议，”太子叫沈楼来，商量出使北漠的事，“沈家常与蛮人接触，你觉得派什么人去合适？”

沈楼垂目：“臣。”

“你？”太子惊讶地抬头，说是出使北漠，不过是去传个话。沈楼贵为国公世子，这样派去未免大材小用。

“蛮人凶悍，寻常使臣派去恐遭杀戮，臣这张脸他们认得，当能给几分薄面，让臣见到乌洛兰可汗。”沈楼跟蛮人打了一辈子，却没能真正和乌洛兰贺若交过手，也算是一桩憾事。

皇族居于京城，没有直面过北漠蛮人的凶悍，但种种传说从未断绝过。听沈楼这么说，封章沉吟片刻便答应了：“也好，拨五百轻骑给你。”

“不必，五十人足矣。”沈楼摇头，五百轻骑，那是进攻的架势，一个不慎就要打起来。

“我也想去。”钟有玉嚷嚷道。

“你去做什么？这几日趁着父皇要推新政，孤再提提，说不准你们就能回西域了。”太子笑道，转头看向沈楼，问他是否顺路回家一趟。

知道太子是提醒他给沈秋庭带那份礼物，沈楼摇头：“若是从浣星海走，蛮人会以为是北域相邀。”

封章不好再说什么，表示今日到此为止，便散了。

出了东宫正殿，钟有玉拉住沈楼：“你听说了吗？昨日林信在羽林军营地杀了不少人。”

沈楼昨天昏过去了，并不知道这事。

“哎，你还跟他玩吗？我觉得林不负这人有点邪性，杀人不眨眼的。”钟有玉搓搓胳膊。

“事情尚不清楚，你莫乱传。”沈楼警告钟有玉。

“知道、知道，”钟有玉满不在乎地说，“我这不就跟你说说嘛。深宫寂寞，小墨又不爱听，我都快憋死了。”他天生话多，偏被禁锢在不能乱说话的皇宫里，如同被捆住了嘴的八哥，急得就差用嘴蹭墙了。

“最迟明年，你们就能回莫归山了。”沈楼拿开扒在自己肩上的那只手，酌鹿令开始推行，已经被皇家“养熟”了的钟家兄弟刚好可以放回去，给天下做个示范。

蜡丸在手中攥了半日，回到住处，沈楼才有空坐下来看里面的消息。先前让黄阁调查蛊雕的踪迹，如今终于绘制出了完整的图纸。

“这是什么？”林信从背后冒出头来，扒着沈楼的肩膀看。

温热的气息蹭在脖颈边，有一种林信是“毛茸茸”的错觉。沈楼把图拿近些方便他看：“你看像什么？”

“大荒、洛川、瀛洲、青县、雁丘……”林信仔细辨认上面的地名，“除了大荒，都是我去过的地方！”

“你说什么？”沈楼一惊，转头看他，两人的脸差点就贴到了一起。

“你在查我的踪迹？”

沈楼顿了一下，眸色复杂地说：“这是蛊雕的踪迹。”从六年前蛊雕第一次在大荒现身，到最后一次在南域菩提城附近有人失魂，这几年但凡出现蛊雕吞魂的地方，都在这上面。

前世，他只在北漠见过蛊雕，这种邪物在北蛮却被奉为神鸟。这些年蛊雕频繁出现，沈楼便想查查这东西是否与蛮族有关，却怎么也没想到会牵扯到林信。

林信也很是惊讶，若是重合一两个地方还能算巧合，但一路看下来，这东西明显是跟着他走的。

“这怪鸟，莫不是用来寻我的？”林信心中一沉，想起朱星离在雁丘附近猎到的蛊雕，以及之后不久便出现在雁丘的蛮族人。若当真如此，还真是他害死了朱星离。

“我近日会去趟北漠。”

“我跟你一起去。”

沈楼失笑：“你不去收鹿璃了？昨日不是已经挑好了渊阿，还杀了个武探花？”

突然转换的话题，让林信差点就顺着答了，他愣了一下才反应过来：“我没杀他。”

“呵，你是没杀他，”沈楼冷笑一声，忽然掐住林信的脖子，“但你让他跟别人上了比剑台！”

“唔……咯咯……”林信毫无防备地被掐了个正着。带着灵力的手力大无比，几乎要捏断他的喉咙。没有着力点，林信只能握着沈楼的手凌空翻身，带着他狠狠摔到地上。

沈楼骤然清醒，用手垫在林信脑袋后面，抱着他滚了一圈。

“信信！”

“你是谁？”

林信双手抵住沈楼的肩膀，两人的脸色都不大好看。

“你昨天给我用了刃一的魂？”沈楼闭上眼，压制住突然翻涌上来的杀意，那不是他的情绪，而是黏着在他神魂上的另一缕残魂。

“你看到他的记忆了？”林信抿唇，抓住沈楼的手去找师父。

因为昨日瞧见了朱星离明亮而灵力充沛的生魂，便起了寻个新鲜神魂给沈楼补补的心思。刃一是太子故意留给他的“人才”，他不可能重蹈覆辙再用那个人，索性让太子的这些暗桩互相残杀。收了刃一刚死的新魂，一路用灵力捧着回来给沈楼补上。

他怎么也没想到，恰恰因为这缕神魂太过新鲜，深刻的记忆都未消散，让沈楼出现了瞬间的错乱。

朱星离听到这状况，照着林信的后脑勺狠狠拍了一巴掌：“滚滚滚，快点去南域拿魂器。”

“那他……”林信不放心地看向沈楼。

朱星离拿出那本破破烂烂的古籍塞给沈楼：“来来，跟我学神魂离体。”

“……”

［八］

渊阿，乃是一柄上古神剑，剑光如蛟龙出渊，可斩世间邪祟。如今这把剑已经失传，皇室根据传说制造出了仿品，宽剑薄刃。

林信从羽林军里挑出了九人，组成了渊阿九刃，作为自己的近卫。其中三个是沈楼给的名单里的，用来做底牌；其他的跟各方都不牵扯，甚至是随手一指的。

至于羽林军统领推荐的几名“精英”，林信一个没要。

其貌不扬、灵力剑法都只算中等的九人，换上了一身墨绿锦袍，绲边缀孔雀翎暗纹，腕扣天青石银护腕。

将渊阿剑配给众人，林信满意地点点头。前世，渊阿被诸侯世家称为绿苍蝇，这次得让他们改改口了。

“本侯选你们，不为杀人放火，为的是一股气势。”将沈楼交给师父照看，林信便带着尚未训练好的渊阿九刃去了南域朱家。

所有人都没有料到，割鹿侯第一个割的是朱家。毕竟吃柿子拣软的捏，朱家可以说是最难啃的，况且这是他师父的本家，诸侯之中与林信最为亲近的一个。

一念宫奢华依旧，林信带着杀气腾腾的渊阿，站在门外老老实实地敲门，规规矩矩地走进去。

朱颜改横卧在软榻上，怀中靠着换了厚毛的菁夫人：“封卓奕给了你什么好处，让你这般替他卖命？”

“喵？”正钩挠朱颜改头发的菁夫人翻着肚皮仰起脑袋，倒栽着看林信。

“既为臣子，当替圣上分忧，侄儿不为功名利禄，为的是守住这千秋基业。”林信一本正经地说着，任由颠颠跑过来的毛球钩着衣摆往上爬。

渊阿九刃在后面维持着杀气腾腾的表情。

“呵。”朱颜改不明所以地冷哼一声，微微抬手，侍卫将盛放鹿璃的箱子源源不断地抬到殿中。

一箱接着一箱，摆了满满一圈，将林信和渊阿九刃围在中间。林信大致瞄了一眼，这些鹿璃至少两倍于岁贡的数量。

“孤看了那劳什子酌鹿令，你尽管挑便是。挑足你觉得成色可以的，给封卓奕送去。”朱颜改从矮几上拿出一条小鱼干，冲爬到林信肩上的菁夫人晃了晃。

“喵呜。”菁夫人不理他，兀自在林信脑袋上蹭得开心。

这般交法，自是挑不出什么错的。林信把这事交给渊阿去做，自己抱着菁夫人坐到朱颜改身边，瞬间换上一副讨好的嘴脸：“夫人的脾气似乎好了不少。”

朱颜改伸手摸了一把猫头，菁夫人不乐意地回头佯装咬他，却没有如先前一般伸爪挠人。

“沈楼那小子，不让夫人吃火焰鱼。断了鱼之后，便好了不少，”朱颜改这般说着，眼中露出些许笑意，抬手将一个八角玲珑金香球扔给林信，“这是给他的奖赏。”

金丝缠成的小球，只有鹌鹑蛋大小，与寻常纨绔子弟挂在腰间的香坠子一般无二。只是林信看得出来，那些看似杂乱的金丝，其实都是阵法图，种种复杂的阵法叠加，便成了一个存储残魂的容器。

“残魂入内，可保十年不散，”朱颜改对自己的新作很满意，“此物名为黄泉珠。”

有了这个东西，林信就不必用灵力一直捧着寻来的魂片了。他珍而重之地将黄泉珠系到腰间，而后眼巴巴地看向师伯：“那我的灵剑呢？”

“你有吞钩了，还要什么灵剑？”朱颜改起身，离开了正殿。

林信回头看一眼，朱家的人和渊阿九刃互相盯着，应当不会出什么岔子，立时快步跟上朱颜改：“君王赐，不敢辞。吞钩是个邪物，煞气很重，不能多用。”

朱颜改斜瞥他。

［九］

“亦萧传信过来说，你要扶封重上位，孤想亲耳听听你的理由。”林信与封重都是朱星离的徒弟，他们要谋反，定然会把朱星离牵扯进去，进而牵连整个朱家。

朱颜改带他走上一处高阁，名为摘星，廊柱上写着两句话——

“登楼低声语，莫惊天上人。”

煞有介事地写出来，好似真的高到了天上去，颇有意趣。

“师伯可知，中原人如何看待南域？”林信站在没有栏杆的高台边缘，眺望远方。此处的确很高，可以看到整个菩提城。城中车水马龙、人头攒动，一派盛世之景。

“他人如何看待，与我何干？”高台风大，卷起朱颜改艳丽的鲛绡广袖，他宛如烈火中起舞的凤凰，随时要乘风而去。

作为富有的朱家家主，谁做皇帝都得看他脸色，等闲不与他相干。不到万不得已，朱家是不会掺和进夺嫡这种事的。

“南域一片瓦，中原万顷田，”林信收起向长辈讨糖吃的表情，正色道，“并非是封重想争皇位，也不是信贪恋权势。太子有治国之志，无经世之才，刚愎自用、心胸狭窄……酌鹿令不只验鹿璃这一条，师伯应当比信清楚。”

酌鹿令要加一成鹿璃岁贡，起初几年影响可能还不明显，只消用岁贡的黄金换了鹿璃便是。但随着库存告急，鹿璃的价钱定然会疯长，到时候，永远不缺鹿璃的朱家就会成为众矢之的。

前世，林信也曾努力做个忠君之人。毕竟他已经是不义的弑师之徒，不想再戴顶不忠的帽子。

但封章不信他，元朔帝死后，封章便想置林信于死地。

“臣不过是先帝的一把刀，皇上继位，臣便是皇上的刀。”满身煞气的林信跪在封章面前，解下吞钩，平置于膝前的青石板上。

封章穿着明黄龙袍，坐在宝座之上，周围立着十八名高手，防备林信随时暴起：“朕打算将南域的鹿璃矿收回来，但是朱颜改实在是块难啃的骨头。”

朱家兵力强盛，鹿璃充沛，且一直按时缴纳鹿璃。朱颜改除脾气不好，时常给朝廷脸色看外，没有任何大错。无故攻打南域，定会令四域诸侯不满，一个不慎就会使大庸陷入亡国的危险。

要从朱家手中抢走矿脉，新帝宠臣出的主意是杀了朱颜改，让朱家大乱，朝廷以平乱之名，趁机接管朱家。

“陛下要臣去杀绛国公？”林信垂目，眸中尽是冷意。

“这种事，爱卿去做最为合适，便如当年你杀……钟长夜一般，”封章露出饶有兴致的笑容，“朕信你的能力。”

“杀”字之后短暂的停顿，让林信攥紧了拳下的衣摆。朱颜改是他的师伯，虽然起初对他有诸多误解，但这么多年来，朱颜改渐渐明白了朱星离的死因，近日还将当年朱星离托自己做的灵剑给了林信。

如今，封章让他去杀朱颜改。

拿起面前的吞钩，林信缓缓站起身来，没有再看宝座上的君王一眼，冷铁铸的刀，也是有心的。

出了大殿，他遇到满脸愁容的封重。

“皇上让我去西域平乱。”封重的眉头皱得死紧，因为酌鹿令的推行，皇权收拢，国库充盈。然鹿璃价高，诸侯之地民不聊生。新皇又提了岁贡，各地怨声载道，百姓揭竿而起。

天地不仁，以万物为刍狗；君不仁，视人命如草芥。

林信回头，看着那金碧辉煌的正殿，满眼杀意：“天地不仁，就破天地；君不仁，便灭君！”

他注定是个不仁不义不忠不孝之徒。

这一世，一切还未发生，要劝服朱颜改绝非易事，林信也没打算让他马上鼎力相助：“还未到要谋反的境地，师伯不如暂且观望。侄儿会尽力让皇上名正言顺地传位给封重。”

硬碰硬的谋反并不明智，就算得到朱家的支持，要成功也非常困难。且不说皇室掌握的兵力，天子遇难烽火燃，诸侯如沈歧睿之辈，定会群起而救之。

朱颜改抬手，将一把流光溢彩的剑扔给林信，一言不发地跃下高台，飘然而去。

林信接住那把漂亮得过分的剑，脸上露出笑来，高声问：“师伯，这剑叫什么名字？”

“旸谷。”

古有旸谷，生扶桑，十日所栖处。

旸谷，日升之地；虞渊，日落之处。

踩着灵力通畅的本命灵剑，林信迫不及待地赶回墉都，想给沈楼看他的剑。

“走了？”林信看着空荡荡的房间，满眼失落。

“出使北漠，得扛着皇旗骑马去，慢得很，耽搁不得。”朱星离拿着黄泉珠把玩，忍不住感慨自家兄长是天纵之才。

“他的神魂尚未治好，你怎么能让他一个人去北漠？”林信把黄泉珠抢回来。

“那些乱七八糟的记忆已经剔除了，”朱星离又把珠子抢回来，背过身去研究上面的阵法，“沈家小子当真聪明，神魂离体一学就会。”

神魂离体之后，什么都看得清楚，那些补上的碎片也清晰可见，比用阵法提魂要方便许多。但这东西很难学，朱星离也是研究了许久才捣鼓明白的。

“剔除？”林信蹙眉，要把粘到神魂上的杂质去掉，可不是件容易的事，那过程想必不可能美好。

“嗯，以魂补魂虽然快，却不是长久之计，我再想想。”朱星离说着，将黄泉珠挂到了自己身上，不待林信说什么，突然指了一下背后。

林信转头看过去，就见封重别别扭扭地站在门口。

“师兄。”封重走过来，坐到林信身边。

林信瞥他一眼，不理他。

“师父都跟我说了，那日是我不好……但你也该跟我说一声……”说了半晌，没得到一句回应，封重挠头，“莫生气了，我给你买好吃的。”

“扑哧——”，林信忍不住笑出声，“你以为谁都跟你一样贪吃啊！”

不知道师父跟封重怎么说的，左右两人算是暂时和好了。有师父在，林信并不担心跟封重有什么讲不通的，只一心担忧着远行北漠的沈楼。

噬灵这种无解的诅咒，就是北漠蛮人捣鼓出来的。已经拥有了噬灵的北漠，于修行之人就是龙潭虎穴。

割鹿侯心情不好的后果，是很严重的。

朱家上缴的鹿璃数量充足、成色完美，无可挑剔。林信便以朱家为标准，前往望亭侯封地验岁贡。

望亭侯认为自己是帝王心腹，对于新政酌鹿令鼎力支持，早早准备好了鹿璃。

“这颗成色不足，这颗杂质过多，这颗还带着杂石……”林信坐在椅子上，跷着二郎腿，准确地一颗一颗指出来。

起初还满脸坦荡的望亭侯，渐渐冒起了冷汗：“小林侯，这般挑法，是不是太苛刻了？”

“侯爷误会了，这可算不得苛刻，”林信挑眉，勾勾手，示意望亭侯凑近些，笑着开口，语气轻得仿佛恋人间的耳鬓厮磨，“本侯还有更苛刻的。”

他说罢，抬手，已经有经验的渊阿九刃“呼啦”一声将整箱鹿璃倒在地上，平摊开来。

原本只是抽检表面的瑕疵，如今竟是挨个检验。

望亭侯一次被削了两个县，各地的小列侯得到消息，顿时紧张起来。林信一路走，一路削。到年底，削了二十几个县，直接夺了三个列侯的爵位。

大庸有国公四位，列侯三十几个，皆为可自治封地的独立诸侯。大的列侯能有几个郡，小的却只有几个县。县不够削，便只能夺爵。

林信有自己的标准，并未按照罗侍君那套来。列侯们怨声载道，纷纷上奏抱怨林信太过严厉。元朔帝却龙颜大悦，直接给了林信先斩后奏的权力。

诸侯们顿时没了声息，开始想办法自救。

蛮人的使者已经抵京，沈楼也跟着回到了墉都，不日将举办宫宴。而此时的林信，踏上了东域林家的地界。

林家所在，名为踏雪庐。东域温暖，并不多雪，这名字乃是指秋日荻花白，置身荻花间，如踏雪而行。

如今已经过了荻花开的季节，踏雪庐景色依旧很好，流水淙淙，芳草萋萋。荻草深处，琴声幽幽，清越的歌声如晚风起落——

坎坎伐檀兮，置之河之干兮。

河水清且涟猗。

……

彼君子兮，不素餐兮！

第八章 呦呦

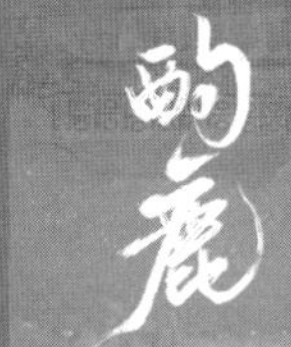

我哥有心上人了。

［一］

枯荷衰芦深处，亭台楼阁接连成片。远远瞧见一行人，身着青色锦袍，外罩天青色广袖纱衣，于凉风中垂手而立。

林家家主，青国公林叶丹，立于人前，眼一眨不眨地看着踏舟而来的林信，似在他身上寻着什么人的影子。

林信也远远看着这位血缘上的伯父。

林家人都生了一对桃花眼，但桃花入眼各不相同。世子林曲俊如美玉，顾盼间清雅风流；林叶丹却是一张棺材脸，活似谁都欠他钱一般。

前世林信刚杀了师父，在皇宫中浑浑噩噩，这位伯父是去看过他的。满眼嫌弃，好似他是什么丢人的东西。

“既然你有灵脉，就跟着我回林家吧，替你那不孝的爹给祖宗磕个头。”林叶丹语调凶巴巴的，对于一个刚刚失去师父的孩子来说，并不是什么可以依靠的对象。

林信没有理会这位突然冒出来的伯父。

“这孩子已经一个月没与人说过话了，朕还在想办法，”元朔帝歉疚地摸摸林信的头，“别勉强他。”

“既然他爹死了，自该由林家来管教。”

“他父亲这一脉已经与林家分开，朕会好好照顾他的。”

林叶丹拂袖而去。林信就这么沉默着拒绝了回林家的唯一机会，等他弑师的凶名传出去，书香传世的林家自然不会再认他。

后来他做了割鹿侯，十七岁那年开始收缴鹿璃，林叶丹已经退隐，将国公与家主之位交给世子林曲。

他这位堂兄，为人极为圆滑，一双温润的桃花眼总是带着笑意，要什么给什么，从不与林信起冲突。

但如今，割鹿提前了两年，家主尚未更换，还是那个冷言冷语、视他为不名誉之物的林叶丹。

林信足尖轻点，直接从船头跃上了码头水榭。身后的渊阿跟着上前，九人整整齐齐地站在林信背后，手中握着宽刃宝刀，嘴角下垂，目光冷峻，完美无缺的讨债脸。

“林信，见过青国公。”林信抬手，行了个半礼。

林叶丹冷着脸回了个半礼。

“林曲，见过割鹿侯，”世子笑着行了个全礼，“侯爷远道而来，还请入内，喝杯粗茶。”

踏雪庐没有朱家那般的雕栏玉砌，处处以草木为饰。木质的廊柱只刷了一层清漆，竟出奇地雅致。

三步一亭，五步一景，皆有典故。林信看着影壁上的题诗：“寒风穿林雨打叶，枯荷争雪寂无声。”

他的父亲原名叫林叶声，表字争寒，后来离开家族，便不再提原本的那个与家主相似的名，世人便只知他叫林争寒。

“这是你爹的字。”林叶丹站在林信身边，负手看着那两行苍劲有力的题诗，仿佛在看着他那个叛逆不羁的弟弟。

父亲的字规整大气，在江南一带颇有名气，可惜他没有继承到，反倒学了一手朱星离的狂草。他有时候会分不清自己到底是林家的儿子还是朱家的儿子。林信收回目光，不再多看。

“那边是林家祠堂，”林叶丹指着不远处的高脊厅堂，语调生硬道，“若是你放弃那劳什子的割鹿侯之位，便可以回到林家，把你爹的牌位搬回来。”

世代读书的林家，对宗族祠堂很是重视。林叶丹发出这样的邀请，大概已经是“格外开恩”了吧。

“多谢国公爷抬爱，”林信笑起来，眼中尽是讥诮之色，“在哪里都是做走狗，不如做皇家的，起码还自在些。”

“你……”林叶丹脸色铁青，“跟你爹一样，混账东西！”

林信用拇指顶开吞钩，冷眼看着林叶丹的棺材脸：“国公爷自重，本侯如今是一方列侯，虽然封地没有林家的大，但并不是您的下属，顶多算个晚辈。”

言下之意便是，给你脸就接着，不要蹬鼻子上脸，真拿自己当长辈了。

“你敢对我拔剑？！”林叶丹怒极，“唰啦”一声拔出腰间的灵剑。

“父亲！”林曲一把抓住林叶丹的手腕，蹙眉道，“您先前可不是这么说的。”

林信身后的渊阿九刃齐刷刷地拔剑出鞘，气氛顿时变得紧张起来。

林信不紧不慢地抽出弯刀，漫不经心地弹了弹刀刃："就算本侯被认回林家，这该交的鹿璃，也是一两都不能少的。酌鹿令想必国公爷已经看过，闲话少说，还请国公爷拿鹿璃来吧。"

气人的功夫，林信早已练得炉火纯青。

最是要脸的林家，自然听不得这种猜测，林曲拉住气得发抖的父亲，温声道："侯爷误会了，林家还不至于为了这么点鹿璃而攀交情，岁贡已经准备妥当，侯爷尽管验便是。"

说罢，他微微抬手，侍卫便将成箱的鹿璃抬到了院落里。林信收起吞钩，做了个翻转的手势。渊阿立时将所有的鹿璃倒出来，平铺在地上一颗一颗地检查称重。

鹿璃落地的清脆声响，好似将林家的脸面也倒在了地上。

"你这般做，是要与所有的世家大族为敌吗？"林叶丹甩开儿子的手，沉声道。

"为皇上效力罢了，说不得为敌不为敌！"林信转头看向林叶丹，"我父亲离开林家，被仇敌追杀，带着我和母亲东躲西藏，是皇上给了他爵位，给了他荣华。"

他对林家并无恶感，毕竟他父亲是自己叛出林家的，当初说好了生死有命，再无瓜葛。他不能责怪林家没有在林争寒落难的时候救他们一家，相应地，林叶丹也没资格管教他！

为了迎接北漠使臣，宫中要举办宴会，到处张灯结彩，好不热闹。

沈楼在北漠耽搁了些时日，回到京城的时候，墉都已经下起了小雪。他站在御花园的小湖边，看着雪花无声地融化在水中，期待着林信突然从背后冒出来。

突然，一只柔软的手搭在了他的肩上，沈楼眼带笑意地回头，却没见到想见的那个人，而是见到一名陌生的女子。

女子穿着粉色罗裙，腰间系着玉带，头上插着金牡丹步摇，面容清丽，气质高雅。

"臣沈楼，见过云熙公主。"沈楼快速退开两步，朝对方行礼。

"你认得我！"云熙惊讶过后，顿时涌出了难以掩盖的喜悦，"世子见过我？"

她甚少出现在人前，只在逢年过节的时候参加宫宴，没想到沈楼竟然能注意到她。

"臣不敢，只是猜测的。"能在宫中随意走动的女子，穿着华丽，定然不是宫女，妃嫔不可能接近外臣，那么能出现在这里的只有公主。而宫中这般年纪的公主，就只有云熙，其实也没什么难猜的。

云熙公主顿时有些失落："原来如此，是云熙唐突了。"

气氛一时陷入了尴尬。

这位公主，是即将被送去和亲的，沈楼不便与她多言，拱手准备告辞。

见沈楼要离开，云熙公主急急地说："沈世子，你可知这次和亲的人选……"

"公主该去问太子。"沈楼垂目。

"有什么可问的，定然是我，"云熙公主自嘲一笑，宫中适龄的公主只有她，这些时日还请了会蛮语的先生教她，"我是想问，乌洛兰可汗，是怎样的人？"

沈楼出使北漠，费了一番周折才见到乌洛兰贺若，回想在金帐篷里见到的那人，实话实说道："可汗年轻俊美，勇武非凡。"

贺若是跟沈歧睿一代的人，看起来却依旧年轻，灵力强盛，气势惊人。只是不大说话，冷冽如雪山上的狼王，好似随时都会扑上来咬断敌人的喉咙。

云熙公主听到这话，并没有多么欢喜："再俊美有什么用，不过是北漠的粗野蛮人。"

"沈大！"钟有玉笑着跑过来，瞧见云熙公主在此，立时顿住了脚步。

云熙公主坦然地看了钟有玉一眼，冲沈楼微微颔首，转身离去。

"那不是云熙公主吗？"钟有玉常年在宫中，是见过这位公主的，转转眼珠子，笑道，"先前皇上还有意将她许配给你，这时候她来找你，想必是来向你求救的。"

送去北漠和亲，不一定非要嫡亲的公主，皇室宗族或是诸侯之女，都是可以的。如果沈楼这时候向皇帝提出想娶云熙，封卓奕定然会把公主给他。

沈楼蹙眉："我已有了心上人，断不能娶她。不如你来做这件好事。"

"我？不不不，"钟有玉把头摇成了拨浪鼓，"等等，你说什么心上人？你几时有心上人了？是谁呀？"

沈楼懒得理他，转身离开。

钟有玉立刻跟上，喋喋不休起来："好你个沈楼，这种事竟然不跟我分享，那我也不会告诉你那几个世家正在准备对付林信的事。"

〔二〕

林家的鹿璃被仔仔细细地挑拣一遍，重量是够了，成色上却足有十分之一不合格。

“足足一成废品，林家这般行事，本侯很难做啊。”林信看着吞钩刀上的花纹，没什么诚意地说。

渊阿将挑拣出来的成色不好的鹿璃放进同一个箱子里，合盖封存。

林叶丹脸色铁青，那些被封存的鹿璃，分明没多大问题，有些根本就是倒在地上的时候磕坏的。林信这般挑拣法，明显是针对林家在找碴儿。

林曲按住父亲的手，保持着让人如春风拂面的微笑：“这般交上去是有些不像话，这就换了新的来。”说着，示意侍卫将箱子抬走，另外拿一箱鹿璃来。

“慢着！”林信抬腿，一脚压在箱子上，千斤压顶的力量生生将抬箱子的麻绳震断。

抬箱子的侍卫差点跪倒，再看那箱子，竟已入土三分。

“待本侯挑拣完再换了好的来，这般做法，岂不是人人都能合格了？世子打的好算盘，”林信冷笑，渊阿立时拔刀，将盛装不合格鹿璃的箱子围起来，“当酌鹿令是买菜令不成！”

“那你待如何？”林叶丹冷声问。

“错了就是错了，鹿璃不合格者十之有一，当割十三县！”林信掏出一个小账本，身边的两名渊阿护卫立时递上了笔和墨。懒得理会死脑筋的林叶丹，林信提笔蘸饱墨汁，瞟向家主身边的世子林曲。

林曲与林信对视片刻，好似突然明白了什么，桃花眼中的笑意不见半分，微微抬手：“侯爷，借一步说话。”

林信摆手示意渊阿在原地待命，自己则跟着林曲进了一处花厅饮茶。

也不知林曲跟自家父亲交代了什么，林叶丹并没有跟进来，由着林曲与林信独处一室。

“世子当真做得了踏雪庐的主？”几个月来，林信一路割地夺爵，该有的震慑已经足够。接下来，就是实行下一步计划的时候，而向来识时务的林家，作为典范最合适不过。前提是，这个家是林曲当家。

林曲在对面坐下，并不着急谈事情，而是不紧不慢地亲手给林信泡一壶茶。

修长白皙的指尖，泛着健康的粉，在青玉茶具间灵活地穿梭，温杯、醒茶、冲、泡、拂、闻，行云流水，赏心悦目。

将盛着青黄茶水的玉杯放在林信面前，林曲才开口：“东域封地不足北域三成，十三县委实太多，还请侯爷给个章程。”

林信端起玉杯晃了晃，一口饮尽，鲜爽醇和，回甘清香：“本侯奉旨行事，可没什么旁的章程，办法倒是有一个。”

“愿闻其详。”桃花眼天生带笑，林曲又生得俊美，这般专注地看过来，会给人一种深情的错觉。

然而这世间，除了沈楼，谁的美色也不能让林信心软半分，更何况这人还是自己的堂兄：“这一箱废鹿璃，本侯收走，世子再补一箱进去，这事就当没发生过。”

再补一箱进去，却不能拿回被渊阿认定为“不合格”的鹿璃，就等于整整多交了一成。而这一成会进谁的口袋，不言自明。

桃花眼因为吃惊而微微睁大，面对这么直白的林信，林曲只愣怔了一瞬间，便自然地开始讨价还价：“一成怕是有些多，若是林家完全挑不出错，侯爷也不好交差。这样，我补一半进去，割一个县给你，可好？”

“补一半，却要换十二个县，世子打的好算盘。”林信最佩服林曲的一点，就是这个人无论遇到什么危机，都不会忘记讨价还价。

“混账东西！”林叶丹突然踹门而入，“以权谋私，侵吞鹿璃，你爹就是这么教你的？”

“爹！”林曲头疼地拦住林叶丹。

“我爹怎么教我的，轮不到你来管！”林信烦透了这人反复提及父亲，取下吞钩狠狠地拍在桌上。

林叶丹推开儿子，也取下灵剑，拍在吞钩之上：“你，跟我上比剑台！”两剑当面带鞘相交，即为约战。林家出了林信这种败类，林叶丹碍于身份不能教训，便只能以这种方式清理门户。

〔三〕

“比剑台？”林信垂目看向那交叉的两件兵器，“不知国公爷想赌什么？”并非是下了战书就要应的，上比剑台须双方达成一致，要么是了断恩怨，要么就是赌局。

“孤要你放弃割鹿侯的位置，接受林家的管教！”林叶丹郑重其事道。

“真是好大的口气，”林信挑眉，不明白这人为何执着于让他回林家，“若你输了，便放弃青国公的爵位，并且，林家还要割出一个郡来！”

一个郡可比十三个县要大得多。

“好！”林叶丹毫不犹豫地答应了。

林家侍卫立时去准备比剑台，在枯黄的荻草丛中，搭起三丈见方的木台。

林家的嫡系、旁支纷纷出来做见证，俗称看热闹。

“家主已经多年不上比剑台了，这次是谁惹了他？”

“还有谁，不就是近来风头正盛的那位割鹿侯嘛。一路割地削爵，如今轮到咱们东域了。”

“不知天高地厚，这次踢到铁板了吧？我们林家可不是纸糊的，竟然还妄想挑战家主！只怕一会儿输了要哭鼻子呢！”

在他们看来，林信不过是个刚束发的少年，就算天纵奇才也厉害不到哪里去，根本比不上林叶丹这种宗师级别的高手。林叶丹的灵力，可是要强过林信师父朱星离的，师父尚且不能赢，何况徒弟。

“话说，这林信，不就是那个叛徒林争寒的野种吗？”一名旁支的青年突然道。

“慎言！这般粗鄙之语让家主听到，定赏你一顿竹挞。”

与心情放松的族人不同，林曲眼中的笑意已然敛去，拦住准备上台的父亲：“父亲忘了林家避世的原则吗？何苦要做这出头之鸟。”

“他是林家的血脉，我不能由着他胡作非为！”林叶丹挥开儿子的手。

“林信敢做这割鹿侯，定然有所依仗，还请父亲小心应对。”林曲苦劝不住，只得提醒他莫轻敌。

林叶丹化作一道残影跃上高台，也不知有没有听清世子的叮嘱。

林信立在木台一角，抱着光华流转的旸谷灵剑，低眉垂眼，看不清表情：“国公爷现在反悔还来得及，输在林家人与凡人女生的杂种手里，可不好听。”

“孤从未说过你是杂种！”林叶丹蹙眉，宛如洪钟的声音在荻草芦苇间回荡。林信诧异地抬头，对方不给他废话的时间，直接念起了剑誓：“皇天在上，日月为鉴，比剑以退青国公之位并一郡之地为注，生死不论。师友亲眷，不得寻仇。”

林信正色：“后土在下，山川为凭，比剑以弃割鹿侯之位并回归林家为注，生死不论。师友亲眷，不得寻仇。”

语毕，二人击拳为誓，瞬间分离，拔剑出招。

高手过招，不得分心瞬息，弹指间便交手了上百招。

林家剑法以草木为本，千变万化，生生不息。蒙蒙青光化作万千剑影，起落间便将林信牢牢围在中间。

林叶丹的剑法已经臻至化境，随手拈来，若林信当真是十五六岁的少年人，只怕在他手下走不过十招。但林信不是！

四面八方皆为剑光，这并非幻影，而是实实在在的灵力凝聚成的，锋利无比，一旦触碰便会血溅三尺。然而林信不闪不避，就这么立在原地，轻合双目。

在这万千剑影之中，隐藏着林叶丹的真身，速度太快看不到，但可以听。剑气如猎猎秋风，从林海草原中奔腾而来，衣袂翻卷宛如飞鸟拍打翅膀的声响，夹杂在宝剑嗡鸣之中。

这边！

林信倏然睁开眼，旸谷剑如初升之日，光芒从一点骤然爆发，准确地刺向罡风掩藏下的林叶丹。

围观之人只看到两道灵光在空中相撞，“当当当”的铮鸣声不绝于耳。突然，所有的剑气一滞，林信单膝跪在地上，横剑于眼前，死死抵住林叶丹的剑刃。

“咔嚓”，鹿璃碎裂的声音，标志着两人剑上的鹿璃耗尽。

“小子，认输吧。”林叶丹冷眼看着他。

压在剑上的力量重逾千斤，林信的身体还是少年人，灵力没有林叶丹强，这般硬碰硬是很吃亏的。

周围的林家人松了口气，方才见两人打得不相上下，还替家主捏了把汗，现在看来，还是稳赢的。

“这林信，竟然能打到这个程度。”方才还看不上林信的人都有所收敛，那可是个刚束发的少年人！如今便能战到如此程度，待他及冠，又能达到怎样的境界？

“这人，莫非是妖孽不成？”

然而林家人不知道的是，真正的妖孽此刻才刚刚露出獠牙。

“国公爷未免高兴得太早了。”无数光点从林叶丹身上逸散出来，尽数没入旸谷剑中。

就像夏夜里无数萤火虫扑向火光，星星点点，一往无前。

剑身光芒大盛，林信骤然错开剑身，一跃而起。萤火之光，化作旭日初阳，将含有草木之气的薄雾瞬间驱散。

林叶丹吃了一惊，那剑上分明已经没了鹿璃，却比先前的力量还要强横，翻身躲避剑光，快速换上一块鹿璃。

“嚯——”周遭的人齐齐惊呼，林曲瞳孔骤缩，握紧了腰间的灵剑。

旸谷剑宛如上古神兵，越战光芒越盛，丝毫不知疲惫。烈日出旸谷，豆灯之火燎原万顷。

“轰轰轰！”接连的爆裂声响彻天地，比剑台周遭的枯草浅水被震得翻飞，泥水铺天盖地浇下来，淋了众人满头满脸。

“父亲！”

“家主！”

高台之上，林叶丹单手撑地，喷出一口血来。

林信衣袖断裂，身上有几道深深浅浅的剑伤，却依旧站得笔直，旸谷剑灵光熠熠，剑尖指着林叶丹的脖颈：“你输了，退位吧。”

“你修的是什么邪术？”林叶丹咬牙瞪他，方才他分明感觉到神魂越来越虚弱，灵剑渐渐失去了掌控。

林曲跃上高台，用剑鞘挡开林信的剑，扶起父亲：“侯爷赢了，比剑的彩头咱们去屋中商议。”

待林信和林曲消失在视线中，林家人才回过神来。家主竟然输了，输在一名月前才拿到本命灵剑的少年手中！这割鹿侯，实在是太可怕了。

前世，林信因为斩杀钟长夜而一战成名。这一次，与林信上比剑台的是林叶丹，效果却比之当年尤甚。

割鹿侯打败了青国公，这件事一夜之间传遍了大江南北，震惊朝野。

“那林信，怎会如此厉害？”京城的一处院落里，几名锦衣华服的人聚在一起，开口之人眼中明显生出几分惧色。

“听说妖刀吞钩有上古流传下来的血煞之气，没准林信是得了什么传承。”

“那，我们的计划……”

“加派人手！林信必须死！”

愿赌服输的林叶丹，当即写了奏折提请退位，将林家交给世子林曲，不再过问割鹿之事。没了这位伯父的掺和，林信与林曲谈判谈得很是顺利，最终林家割三县，至于其他的交易便不足为外人道了。

封存鹿璃装车，突然有旨意传来，言及宫中宴请蛮人使者，要割鹿侯即刻回京。

“侯爷自去吧，岁贡之事，曲会办妥的。”林曲站在荻草瑟瑟的码头上送林信，立如修竹。风吹起青衣，衬着那眼尾飞红的桃花眼，使他整个人好似一株将开未开的桃花树。清雅淡然，处变不惊。

林信看着飘逸出尘的林曲，其实是有些羡慕的。无论世间如何纷乱，林曲永远置身事外，下棋喝酒，纵观整个大庸，其实只有林曲才是真正在修行。“估计过了年关，世子就是国公了，不知可有表字？”

“林疏静，侯爷唤疏静便是。”林曲微微地笑，割鹿侯愿意跟他交换表字，便是缓和关系的意思。他们是同辈，若没有嫌隙，私下里见到了，可互称表字。

林信点点头：“一曲青山映小池，林疏人静月明时。我记下了，兄长。”

“嗯？”林曲一愣，不待他说什么，那人已经踩上灵剑，疾驰而去。回头看向因为要押送鹿璃，不能跟林信一道回京的渊阿九刃：“你们侯爷，方才……罢了，几位随林某入内，用些饭食吧。”

给旸谷剑重新装好鹿璃，林信一路风霜地回到京城。

不愧是朱颜改亲手锻造的灵剑，无论是灵力的流畅，还是魂力的存储，都是无可挑剔的。就连御剑，也比寻常灵剑要轻盈许多。

当初杀钟长夜，是拼着命去厮杀的，这次没有伤那么重，一方面是靠着前世的经验，另一方面就仰仗于旸谷对魂力的掌控。

在京城外落地，从正阳门入内，林信擦去剑鞘上的灰尘，抱着旸谷好一顿稀罕，这才重新挂回腰间。

“站住，通行令。”守门的侍卫拦住林信，要检查。

入京的人，无论凡人仙者，都要一张通行令。临近年关，城门查得越发严。

林信摸出一块玉牌，上面写着“割鹿”二字。

“小的有眼无珠，不识得侯爷，侯爷恕罪！”两名守卫齐齐跪下行礼，惹得周遭百姓纷纷看过来。

林信无意在此地耀武扬威，收起玉牌一言不发地入城，快速隐没在人群中。踏上人头攒动的御街，一名衣着光鲜的小孩手里抱着一个瓷瓶，跌跌撞撞地迎面跑来。

“哎呀！”小孩不知被谁绊了一下，眼瞧着就要摔倒。若是不扶他一下，瓷瓶碎裂，定然会划伤这孩子。

在这千钧一发之际，林信倏然躲到了一边，任由那孩子结结实实地摔在地上，他面无表情地继续前行。

瓷瓶飞了出去，摔得粉碎。那小孩子趴在地上半晌没起来，周围的人看到这一幕，顿时对林信指指点点起来。

“这人怎么这般冷漠？”坐在茶馆二楼，戴着幕篱的云熙公主不赞同地说。

旁边喝茶的沈楹楹却双眼发光地看着林信：“这你就不懂了，常在边城巡察的人都知道，最危险的不是仙者、壮汉，而是女人和孩子。”蛮族的孩子，会走路的时候就会杀人，她刚去巡界的时候不懂，差点被一个讨饭吃的小乞丐刺个对穿。

话音刚落，那小孩突然拍地而起，袖中弹出一把乌黑的匕首，直朝林信的后心刺去。

林信看也不看地拔剑挡在身后，旋身而起一脚将刺客踹飞了出去。

“林不负，受死吧！”足有五名穿着粗布衣裳的仙者从人群中蹿出来，手中的短剑皆发着幽蓝的光，显然是淬了毒的。

这些人，竟然敢在京城中光明正大地刺杀他，林信很是意外。此处百姓众多，他不能用旸谷抽魂力，否则会导致大批凡人魂飞魄散，便只能依靠鹿璃之力以一敌五。

这些人应当是哪家养的杀手，招数简单直接，刀刀狠辣，直取要害。而对于林信的反击，不闪不避，宁可拼着命受伤也要在林信身上留下刀印。

充沛的灵力从四面八方袭来，林信顾忌着那些带毒的刀刃，左支右绌很是辛苦。京城的防卫非常严，若有仙者斗殴，巡卫一炷香之内便会赶到，这些人为何如此有恃无恐？

林信快速思索着，除非这些人有把握在一炷香之内杀死他。霍然抬头，发现对面的房顶上正趴着一名手持黑色弩机的蒙面人，那弩箭末尾嵌着鹿璃，入体即炸，这么近的距离，林信根本来不及躲闪。

必须马上离开这里！林信凝起灵力，“咔嚓”一声砍断了迎面而来的短剑，一跃而起，御剑奔逃。却不料那断剑之人不退反进，一掌拍向林信的胸口。

与此同时，那房顶上的人也扣动了扳机。

躲开这一掌便躲不开弩箭，躲开弩箭就定然会受伤。

“嗖——”破空之声在耳边响起，林信下意识地眨了一下眼，一支羽箭擦着他的肩膀从后面射出来，准确无比地击中那飞驰而来的弩箭。

电光石火的一瞬间，一切仿佛都放慢了。林信眼睁睁地看着那羽箭破开了铁弩，“咚”的一声射中房顶上的蒙面人，将人直接撞出去几丈远，牢牢钉在了钟楼上。

“大胆狂徒，竟敢刺杀割鹿侯！”京城巡卫的声音传来，同时一道剑光凌空而来，瞬间将一名试图偷袭林信的刺客劈成了两半。

这才不到半炷香的时间，怎么巡卫就来了？林信割断一名刺客的喉咙，向后退了一步，骤然撞进了一个温暖结实的怀抱。

“阿信！”沈楼揽着他回身，躲开刺客的一剑。下一刻，那些刺客便被巡卫围了起来。

京城巡卫都是仙者，二十几人制伏三个人绰绰有余。

“你怎么在这里？”林信又惊又喜，索性靠在沈楼的身上收剑，抬眼看向茶楼之上，手持桑弧神弓的沈秋庭正冲他咧嘴笑。

“今日恰好在巡卫营喝酒。”沈楼面不改色地说，想扶林信站好。

“我才不信，沈世子定然是听闻我今日回京，迫不及待前来迎接。”

跟在后面的巡卫们面有菜色，纷纷非礼勿视地移开眼。

沈楼知道林信这是当着众人捉弄他，无奈摇头，试着推开对方，却忽然感到胸口一阵湿热。

“扶着我，别让我倒下去，”林信哑声道，将一口涌上来的鲜血吐在沈楼的衣领上，扒在沈楼肩膀上的手背，有一道泛着幽蓝的刀口，“我把毒逼出来。”

这些刺客，是那些诸侯派来刺杀林信的。他们要在京城中杀死他，展示给皇族看，以表达对酌鹿令的不满。

杀机四伏，割鹿侯，绝不能有一丝破绽。

林信靠在沈楼怀里，眼前一阵阵发黑，将重量完全交给沈楼，单手攥着他腰间的衣料以支撑自己。

这情形似曾相识，前世在假山后，沈楼撞见的封重和林信，就是这般姿势……

一道惊雷劈上了天灵盖，沈楼指尖微颤地接住林信，不着痕迹地将灵力渡过去，低声道：“是啊，我迫不及待前来接你了。”

［四］

站在茶楼上往下看，林信挂在沈楼胸口，明显是在捉弄嬉闹，而沈楼也好脾气地任他闹腾，还不忘交代巡卫去把钟楼上的那人“摘”下来。

“言念君子，温其如玉，想不到世子私下里竟是这般性情！”云熙公主不无惊叹地说。天之骄子合该是骄傲冷峻、难以接近的，怎会有如此温柔的一面？

“啊？”沈楹楹看了一眼自家兄长，没觉得他跟温润如玉这种词能搭上边，“莫被骗了，他对别人可不这样，还不是因为阿信那性子，他没办法。”

若真是个温柔之人，怎么没见他对妹妹好点？小时候还好，偶尔还会摸摸头什么的，等她能拉弓射箭之后就一点也不知道疼惜了。

云熙却是丝毫没有听进去，撩开幕篱，眼一眨不眨地盯着沈楼，看着看着就掉下眼泪来。她本可以嫁给如竹如松的君子，如今却要嫁给如狼似虎的蛮人。

割鹿侯在御街上遇刺，这可不是件小事。元朔帝震怒，下旨彻查。然而那几个刺客都是死士，被捉的当场就咬破牙缝里的毒囊自尽了，什么也没查出来。

“何人所为，陛下想必心中有数。”林信换了套干净的衣服，单腿曲起，随意地坐在软榻上，任由太医给他处理手上的刀口。

毒是见血封喉的毒，但林信有所防备，周身覆了层灵力，在受伤的瞬间将毒液控制住，才没有毒血攻心死于非命。

元朔帝叹了口气，没有回答林信的问题，转而问太医："如何了？"

"回皇上，大部分毒液已被割鹿侯逼出，只是尚未清除干净，还需用些汤药，"太医松开把脉的手说道，"另外，还请侯爷七日之内莫用灵力。"

余毒未清，动用灵力会使得毒液侵入五脏，落下病根。

林信嗤笑一声："不用就不用，没了灵力照样收拾那群杂鱼。"

封卓奕挥手让太医退下，若有所思地看着林信："方才怎么是沈楼把你送回来的？"

"想来沈世子是知道那些人的计划的，"林信毫不避讳地说，"救了我，便可以撇清关系。"

皇帝的眉梢开始突突跳。

年关将至，各地的岁贡陆续送到，许多列侯或世子会在京中停留。墉都的一处青楼中，渠山侯世子与东临侯世子，正在红袖香鬓间寻欢作乐。

"听说皇上震怒，连宴会都推迟了，要彻查此事。"渠山侯世子有些心神不宁。

"怕什么，就算查到咱们头上，无凭无据的又能如何？"东临侯世子撇嘴，"大庸律，非谋逆、弑君之大罪，不得斩杀诸侯与诸侯世子。皇室丢了脸面，自然是要做做样子的。"

渠山侯世子一想也是，顿时放宽了心，跟东临侯世子碰杯。

"咚！"一声巨响，贴着粉色高丽纸的门被粗暴地踹开，一队身着银甲的羽林军列队而入。

"什么人？"东临侯世子慌忙穿上外衫，在蒲团软纱间摸索，尚未拿起席边的灵剑，就被一只穿着云纹银线靴的脚狠狠地踩住了手掌。目眦欲裂地抬头，他就看到林信那张满是戾气的俊脸。

林信用吞钩的刀面拍了拍这位少爷的脸："你爷爷我。"

"林不负，我们是列侯世子，你凭什么抓我们！"渠山侯世子被羽林军押着，大喊大叫。

"呵，"仿佛听了什么笑话，林信哂然一笑，一脚踹在渠山侯世子的小腹上，"抓你就抓你，要什么凭证！"

割鹿侯带着羽林军浩浩荡荡一队人马，将两位列侯世子直接抓进了宫，扔到太极台上当众审问，还叫了所有在京中的诸侯与诸侯世子前来观看。

钟家兄弟与沈楼站在一起，钟有玉看着那跪在青石板上的两人，小声道："林不负抓他们来有什么用？按律，就算有凭据证明他们派人杀林信，也不能把他们怎么样。"

沈楼抿唇不语。

"皇室不能，但林信可以。"钟无墨一字一顿地说。

"嗯？"钟有玉不解，还待再问，那边已经有人开口了。

"割鹿侯，他们可是列侯世子，你怎可让他们如此跪着，成何体统？"

"是啊，就算是做错了事，也该由皇上来裁决，你有什么权力这般行事？"

林信不紧不慢地拔出吞钩，在五花大绑的东临侯世子脖子上比画："此事无关律法，乃是私怨。"私怨，便不需要皇室出面，他们派人杀林信，林信就报复回来，一报还一报，公平得很。

"这……"众人面面相觑。

"你说我们派人杀你，可有凭证？"渠山侯世子梗着脖子道。

"哼，本侯认为你们有杀本侯的嫌疑，那就是有，"林信转身，用弯刀圈住渠山侯世子的脖子，弹指激发了鹿璃，灵光顿时开始流转，刀身化作一个完满的圆，将头颅牢牢地圈在中央，"断手，比剑，你选一样吧。"

既然是私怨，就用解决私怨的方法办。

钟有玉倒吸一口凉气："这也太霸道了。"

"不这么做，以后这种刺杀就不会断绝。"沈楼垂目，遮住满眼的疼惜。信信身上还有伤，却没时间休息，从回来到现在一直马不停蹄，也不知那毒除净了没有。

两名列侯世子满头冷汗。断手，就是要伸出一只手乖乖让林信剁掉；比剑，则是要跟林信上比剑台。

"我林不负是个讲理的人，若是你们坚持认为自己没有派人刺杀，便与我上比剑台，交给天道来审判，如何？"林信收起吞钩，拔出了腰间的旸谷剑，斩断两人身上的绳索，将剑身平递过去，请他们接受比剑。

由天道审判，前提是双方实力相近。但林信是什么人？当世排名前十的高手林叶丹都败在他手上，他们两个刚刚弱冠、资质平平的世家子弟，哪里会是林信这种妖孽的对手？

"陈兄，我们……"渠山侯世子绝望地看向东临侯世子，他不想被砍断手，想要接受比剑的条件。

"你别犯傻，他不过是找理由杀我们而已。"东临侯世子却很清醒，他们两个加起来也不是林信的对手，上比剑台只有死路一条。林信再嚣张，也不能无凭无据地明着杀他们，便以比剑为噱头取他们性命。

“看来两位已经选好了，真是可惜。”林信收剑入鞘，抬了抬下巴，银甲羽林军立时上前，将两人按在了青石板上。

“啊，不、不要，不行！你不能这么做，我可是列侯世子，啊——”凄厉的惨叫响彻整个皇宫，被迫前来观看的众人纷纷别过眼去。几名同样参与了这件事的人，隐藏在人群中两股战战。

林信甩了甩吞钩上的血珠子，冷眼扫过众人：“本侯是替天子办差，与诸位无仇无怨。凡事有商有量，咱们各自安好。但谁要是惹到本侯头上，这便是下场。”

剁下的手被装进樟木盒子里，送去给他们各自的父亲做年节礼。刺杀割鹿侯的事便就此了结，林信不再追究其他参与此事的人，那些人也闭紧了嘴巴不敢多言。

“哈哈哈哈，这林信，天生就该做朕的割鹿侯！”元朔帝听完林信的处理方法，满意得不得了。一日之内便解决了所有的事，宫宴便可以照常进行，不必推迟了。

“林不负心狠手辣，难以掌控，父皇还是小心为上。”太子不甚赞同，现在林信这么听话，是念着元朔帝对他父亲的恩情，等自己登基，这把过于锋利的刀就不好把握了。

“阿信做的一切，都是忠心为国，谈不上狠辣与否。寻常仙者之间起了冲突，也是这般处置的。”封重开口替林信辩解。

太子瞥了一眼封重：“皇弟与割鹿侯自小亲近，自是看他什么都好。为君者却不能这般偏爱，当时时保持警醒。”

“太子哥哥教训得是，臣弟鄙陋，未曾学过为君之道，让哥哥见笑了。”封重低下头，谦逊道。

在帝王面前大谈为君之道，可不是个讨喜的行为。

封章眼角一挑，立时去看皇帝的表情，果然看到了一闪而逝的不悦，暗自恼恨：“和亲的事已经商议妥当，蛮人保证迎娶公主回去做乌洛兰贺若的可敦。这次送亲，便让六皇弟去吧。”

北漠八月即飞雪，寒冬腊月送公主出塞可不是个好差事。封重做出老实巴交的样子，并不多言，出了皇宫，便往割鹿侯府而去。

因为林信如今要给皇帝办差，常居墉都，无法回封地，元朔帝便赐这处宅子给他。在林信四处收缴鹿璃的这些时日，京城中的割鹿侯府已经修葺完毕，都是封重一手操持的。

府中并无什么奢华的摆设，清静自然，与雁丘的摆设极为相似。院中摆了阵法，寻常小贼进来就出不去。

温暖宜人的卧室中，林信慢慢脱掉了衣裳，露出还在渗血的剑伤："啧，真是可惜，他们若是选了比剑，就能保住手了。"

沈楼用指尖蘸了药膏，涂抹到那白皙如冷玉的脊背上："怎的不处置一下就赶路，你傻吗？"

这伤是跟林叶丹比剑落下的，竟然一直没有处理，内衫上尽是血迹，林信好似不知道疼一般。

林信扯住沈楼的袖子遮挡半边脸，沈楼的手抖了一下，一大坨药膏掉在了肩上的伤口处。

"咝——"，林信龇牙，顿时演不下去了，"轻点，疼死我了有你哭的。"

"为何说他们会赢？"沈楼叹了口气，说点别的话题，尽量转移注意力。

偏偏林信不肯放过他，转过身来将需要医治的后背露给他："唔……太医让我七日之内不许用灵力……啊……"

沈楼一阵口干舌燥："林信！"

"嗯？"林信抬头，一脸无辜地看他，"怎么了？"

沈楼低头，从这个角度看过去，异常地熟悉。曾经在鹿栖台的宫殿中，他被锁链吊起双手，这人笑得妖冶。

"信信！"封重推门走进来，就看到两人用这种诡异的姿势互相凝视。

沈楼以迅雷不及掩耳之势扯过外衫罩住林信，冷眼看向封重。

"你在做什么？"这欲盖弥彰的姿势，顿时引起了封重的怀疑。

"上药啊，还能做什么？"林信没好气地说，好好的机会被封重搅和了，枉费他带着伤跑了一路。

朱星离不在墉都，说是去找治沈楼的办法，也不知跑到哪里去了。他这太师做得毫无诚意，三天打鱼，三个月晒网。师父不在身边，封重遇事没人商量，一肚子话要跟林信说，却不料刚见面就被师兄一顿好骂。

晚间宫宴，大庸皇帝宴请北漠使者。太极台上的血迹已经被洗得干干净净，春和殿中织锦遍地，铜雀灯台十八盏全部点亮，恍如白昼。

割鹿侯周围无人敢靠近，玄国公世子却主动坐到他身边，面不改色地饮酒。

"沈世子胸襟宽广，林某佩服。"林信晃了晃手中的酒液，与沈楼碰杯。

“你有伤在身，莫饮酒。”沈楼却不与他碰，抢了他手中的夜光杯一饮而尽。

在旁人看来，就是林信逼着沈世子喝自己手中的酒。

“你何必要坐在我身边？瞧瞧那些人，都不敢过来敬酒了。”林信抬眼扫过去，那些世子、列侯纷纷低下头去，避开他的目光。沈楼人缘好，这种场合定会被世家子弟围住喝酒，如今却没人敢过来，冷清得很。

“你不能用灵力，莫离开我身侧，”沈楼低声道，“这次蛮人来了两名贵族，不知道有没有噬灵，且小心些。”

“皇帝要我回来，不也是怕出什么岔子嘛。太医当面跟他说我不能用灵力，想来这殿中会加派高手的。”林信撇嘴，因为这些时日展现出的凶悍，元朔帝对于他的实力产生了盲目的信赖。蛮人的修行方法与中原不同，有些诡异的手段防不胜防，封卓奕这才叫他回来以防万一的。

正说着，两名蛮人使者入内，躬身向宝座上的皇帝行礼：“大庸的皇帝陛下，代乌洛兰可汗向您问好。”

蛮人说话，带着点奇怪的抑扬顿挫，好似唱歌一般，颇为有趣。他们给皇帝带了一份见面礼，乃是一名波斯舞姬。

送金银、鹿璃，是属臣才有的行为，北漠不是属国，便送这种好看却不实用的。

“丁零……”伴随着细碎的银铃声，一名穿着五彩衣、戴着面纱的舞姬走进来。高挑的身形，与中原女子完全不同，面纱遮住嘴脸，只露一双幽深碧蓝的眼睛，站在大殿中央妖妖娆娆地行礼。

乐声起，那舞姬便翩翩起舞，充满异域风情的舞姿煞是好看，轻盈的舞步在殿中旋转。几个起落间，舞姬转到了林信面前，碧蓝色的双眸好似一汪湖水，湿漉漉地看过来，戴着手铃的纤纤素手执起酒壶，倒了杯酒水，伴着乐声递到林信面前。

元朔帝看到这一幕，不由得哈哈大笑：“美人敬的酒，你便喝吧。”

沈楼阻止不及，林信已然接过杯盏一饮而尽，顺道还在那舞姬手心摸了一把。

沈楼瞪他，眼睁睁地看着那双狼崽子眼染上了桃花色。

［五］

沈楼执酒的手一颤，酒液顺着虎口流下去，被林信一把抓住，喝了个精光。

骗到酒的林信得意地冲沈楼挤眼，趁着对方生气，自己又倒了一杯，等着沈楼来管。而期待中的大手真的握住手腕时，林信才惊觉，他已经理所当然地认为沈楼会对他好了。

一曲终了，波斯舞娘的献舞戛然而止。元朔帝欣然收下了这份礼物：“给乌洛兰可汗送两车御酒，权作回礼了。”

“谢陛下，”蛮人正使起身谢过，“可汗盼着迎娶可敦，不知皇上准备将哪位公主嫁到我们北漠？”

话音刚落，正上菜的小太监突然脚底打滑，一碗浓汤就这么直冲沈楼飞去。

林信抬手，稳稳地接住，却不知为何手一抖，洒了几滴在那玄色衣摆上：“呀，弄脏了，走，我给你洗洗去。”

“别闹。”沈楼无奈，如何看不出林信是故意的？不知他又在打什么歪主意。

“小的该死，世子恕罪。”小太监脸色煞白，立时跪地磕头，冷汗落在地面上，留下一片湿痕。

沈楼摆手示意无妨，向帝王告罪去偏殿处置。

林信撇嘴，他对这无聊的宫宴一点也不感兴趣，只想亲自验证一下沈楼有没有反应，奈何被沈楼看穿了诡计。

沈楼跟着宫女出了春和殿，七拐八拐行至一处偏僻的宫室。推门而入，屋内灯光昏暗，屏风上挂着一套备用的礼服。

宫女取下衣裳，却没有帮沈楼换的打算，而是轻施一礼，转身离去，顺道关上了房门。

沈楼眸色微暗，没有动桌上的衣物，反而握住了腰间的虞渊剑柄：“宫女已经离去，阁下还不现身？”

屏风后传来窸窸窣窣的声响，似是从座椅上起身的声音。沈楼弹指拨亮烛火，映出款步走出来的佳人。

步摇钗环叮当作响，浅金罗裙熠熠生辉，上了妆的云熙公主比平日多了几分艳丽：“惊扰世子，还望恕罪。”

看到是云熙，沈楼的戒备没有放下分毫：“不知公主在此，臣唐突了。”

见沈楼竟是如此反应，云熙公主攥着裙摆苦笑：“世子想来也猜到了，是我叫人引你至此的，云熙想跟世子做笔交易。”

原本已经认命，但今日在茶楼上看到的那一幕，让她怎么也不甘心。比起远在天边的蛮人，皇室更想拉拢的是兵强马壮的北域。只要沈楼开口，就可以把她从和亲的泥沼中拉出来。

“若公主说的是和亲之事，恕沈某无能。”沈楼冷冰冰地说着，转身欲走，突然被云熙公主抓住了衣袖。

虞渊剑瞬间出鞘，削断了那一片衣袖。

公主愣愣地抓着那片布料，眼中渐渐蓄满了泪水，突然“扑通”一声跪在地上：“世子，求你救救云熙。只要你答应娶我，父皇定然会同意的。我母妃是钟家人，我知道钟家的一个大秘密，只要你……”

“我有心上人了，”沈楼淡淡地打断她的话，用剑鞘扶起公主，“楼绝不会另娶他人。”

满心希望落空，云熙公主捂住脸，泣不成声：“不知是哪位美人，竟这般好运。”

沈楼摇头：“是我好运，能得对方如此相待。”

趁着沈楼不在，林信便畅快地喝起来，盘算着晚上把沈世子抓到侯府去。

左等右等，也不见沈楼回来，林信已经灌了一肚子的酒，有些尿急。他也不跟皇帝打招呼，踉跄着起身去尿尿。

元朔帝无奈一笑，不去管他。

月朗星稀，寒风起，秋蝉已僵，只剩下草木摇曳的声响。

茅厕设在春和殿的偏殿里，供宴会上的人使用，故而多放了几只恭桶，以木板隔开。林信在恭桶前放水，听得隔壁有声响，好奇地伸头瞧了一眼。

他这一看，差点把尿憋回去。

隔壁站着的，是那穿着纱裙灯笼裤，蒙着面纱的舞姬，此刻，正与他一个姿势，站着放水。

“……”他突然有些后悔方才摸手的动作了。

“王爷的眼睛深邃幽蓝，好像屈海深处的海魂石。”舞姬开口，是男人的声音，并不难听，但也算不上悦耳。低哑、缓慢，好似吟咒的巫师。

林信蹙眉，觉得这舞姬的话颇有深意：“波斯舞娘是个男人，不知皇上可知道。”

那人古怪地笑了一下，忽然凑到林信面前，用那双碧蓝的眼睛盯着他：“侯爷难道没有好奇过，为何自己的眼睛是蓝色的吗？”

中原人多为黑瞳，林信的眸子却是深蓝色，他也曾好奇地问过朱星离，得到的答案是“你小时候冻的”。他确实在五岁那年差点冻死，觉得师父说得颇有道理就信了。

“为何？”林信下意识地问了一句，忽然拔刀，急速后退。多年刀尖舔血的经验，让他本能地感到了危险。

茅厕外面竟空无一人，方才跟着林信前来的小太监和回廊中的侍卫，统统不见了。几道红色丝线迎面而来，将吞钩弯刀牢牢缠住。

那红丝韧如玄铁，刀割不断，林信咬牙准备弃刀拔剑，不料那丝线像是活的一般，倏然攀上了林信的手腕，瞬间刺穿了他的手掌。

“啊……”掌心传来的剧痛惹得林信痛叫出声，顾不得太医的叮嘱，他就要运转灵力，却发现自己竟然使不上力气，好似有什么东西钻进了灵脉之中！

这是什么邪术？

鲜血顺着丝线快速收拢到那舞姬手中，聚成一个小小的血囊。伴随着血液的流失，身体的灵力、生气也跟着减弱。林信咬牙，只得使出了撒手锏，深吸一口气大喊：“沈楼，救命！”

话音刚落，一道灿若骄阳的剑光便破空而来。

“轰——”琉璃瓦、美人靠一劈两半，炸裂开来，红色丝线也骤然绷断。那人转身欲逃，被沈楼的剑气封住了去路，只得拔剑与他缠斗起来。

“闪开！”沈楼灵剑脱手，剑柄将林信刚刚出鞘的旸谷顶回去，不许他动灵力。而后虞渊瞬间回手，一剑割断了那舞姬的面纱。

缀着珠子的面纱落地，露出了一张不甚俊美的男人脸。这人长得很是普通，只是生了一双勾魂摄魄的眼睛，碧蓝幽深，映着月光，似有细碎的银芒闪动。

“大巫！”沈楼一惊，难怪先前看他跳舞有些眼熟，这人就是站在乌洛兰贺若可汗身边，那个用黑布遮眼的蛮族大巫。

周围的侍卫闻声赶来，那人却丝毫不惧，看了靠着廊柱喘息的林信一眼，露出一抹诡笑。

沈楼挽剑，将林信密不透风地挡在身后。那边却突然光芒大盛，一张陈旧的羊皮纸在大巫手心瞬间燃烧起来。周遭的风有一瞬间的扭曲，沈楼立时回身，牢牢将林信抱进怀里。

果然有一股吸力在林信身侧出现，但只是极短的一瞬。再回头，那身着五彩裙的男人已经原地消失了，只留下一撮燃尽的烟灰。

“那是什么东西？”林信捧着自己被戳成筛子的右手，惊恐地说。万里移形，这是只存在于古籍之中的传说，倘若蛮族有这项法术，岂不是随时可以取他性命？！

“应当是上古留下的符箓。”沈楼紧紧抱住他，有些后怕。这种上古符箓极为稀少，谁家有一两张都是镇宅之宝，不到家族存亡之际绝不会拿出来用。没想到蛮族大巫会下这么大血本来抓林信，他们到底想做什么？

蛮族进献的舞娘竟然是个男人，还是会邪术的蛮族大巫！满殿的人都惊呆了，包括那两名蛮人贵族。

“舞娘是大巫？这不可能！进宫的时候我还跟她说过话，明明是女子！”蛮族副使怪叫。

正使则是一脸正直：“中原的皇帝陛下，请你相信，我们对此毫不知情，这里面一定有什么误会。请允许我传信询问可汗。”

“够了！”元朔帝一巴掌拍在桌上，将檀木雕的桌子震得碎裂，“尔等和谈为假，刺杀为真。若不是割鹿侯及时发现，这舞姬岂不是要刺杀朕了？拿下！”

金吾卫立时上前，将两个蛮人按在地上。

按照可汗指示前来迎亲的两名蛮人贵族，就这么被下了狱，和亲之事便也没的谈了。

一身伤病的林信被允许休养几日，他躺在侯府的临窗大炕上，让封重给自己剥栗子吃。

“信信，你真的觉得我能当个好皇帝吗？”封重终于问出憋了许久的问题，师父告诉他林信的决定时，他是有些茫然的。从进京开始，林信就让他出风头，后来更是接了割鹿侯之位要给他铺路，一切都来得太突兀，除非师兄认定他会是旷世明君。

“不觉得。”林信咬住栗子，鼓起嘴巴嚼起来。

“……”满腔热血被泼到了泥地里，封重收起栗子不给他吃了。

林信斜瞥他：“要当好皇帝，你还嫩着呢。但你不当皇帝，咱俩和朱家都得完蛋。”

封章即位，第一件事就是要杀朱颜改、抢矿脉，第二件事就是杀这位碍眼的弟弟。

“侯爷，沈家小娘子来访。”下人在门外通禀。

“谁？”林信以为自己听岔了。

“沈家秋庭姑娘。”下人重复了一遍。

如今沈秋庭还没有封郡主，旁人只能以沈家小娘子、沈家姑娘相称。兄长不在，她负责押送除鹿璃外的岁贡过来，这几日一直住在云熙公主的宫中。

未出阁的女子，跑到尚未娶妻的侯府来做客，多少有点不合适。不过修行之人，也没那么讲究，林信就让她进来了。

沈楹楹炮仗似的冲进来：“阿信，我哥跟皇上请旨，让你跟我们一起回北域！”

北域的鹿璃还未验，过年之前林信还得去一趟，恰好沈楼要回家过年，便想带林信一起回去。

割鹿侯去家里验鹿璃，又不是什么好事，怎么这兄妹俩一个比一个积极，好似迫不及待想让他去割地敲诈似的。

“哦，对了，云熙公主让我替她谢谢你。”沈楹楹坐到炕上，从封重手中的纸袋里抓了颗栗子来吃。

“谢我作甚？我又不是故意要帮她的。”林信没打算领这份功劳，看着自己手心的几个血洞颇为郁闷，分明只是小窟窿，却疼得钻心，昨晚举着手睡了一晚上。

沈楹楹噎了一下，没想到这种客气的感谢还会有人拒绝，只得生硬地换了话题：“公主昨天哭了一晚上，我还当她是高兴的，结果你猜怎么着？她竟然说我哥有心上人了，哈哈哈哈哈！”说着，伸手又去拿栗子，那油纸包却忽然远离，她抓了个空。

封重自己剥开一颗栗子吃：“什么心上人？”

“据说我哥亲口承认了，钟有玉也是这么说的！”

直到两个抢栗子吃的家伙离开，林信还没回过神来。沈清阙，有心上人了？是谁？

他将这些年与沈楼接触的人挨个筛查，猜来猜去，患得患失。一会儿觉得沈楼现在没跟谁有多亲密；一会儿又觉得自己妄想了，前世的事还横在两人中间。

没准是他死后沈楼才认识的人？

“张嘴。”沈楼夹着一片鱼肉喂到林信嘴边，唤回了跑神的割鹿侯。

右手伤了，林信拿不得筷子，等着割鹿侯一起回家过年的沈世子，就主动承担起了喂饭的事。鱼肉是剔过刺的，入口即化，沈楼竟然还细心地蘸了汤汁。

［六］

鲜香的鱼肉，像是一撮火苗，吞进肚子里把五脏六腑都给点着了。

“听说，云熙公主哭了一整晚，”林信看着沈楼波澜不惊的双眼，“喂，你前世最后娶了谁呀？”

他死了之后，沈楼又活了七年，总不能到三十多岁还没娶妻。只是林信一直自欺欺人，不愿多问。

沈楼夹菜的手没有丝毫停顿，用肉汤拌了些米饭，舀起满满一勺塞到林信嘴里："我不曾娶妻。"

"唔？"林信嚼着饭，说不出话，只能睁大眼睛表示自己的惊讶与嘲笑。

"你死之后……噬灵漫延，天下大乱，蛮族几乎打到了墉都去。"沈楼继续给林信夹菜，看着那双深蓝色的眼睛变得亮晶晶的，自己也忍不住笑起来。

林侯爷一高兴，决定今日就起程去北域。因为沈楼身体不好，长时间御剑会头疼，只能乘马车回去。

马车就算装了鹿璃，也走不了多快。况且雪天路滑，少说也得十天半个月才能到浣星海。

沈楼打发妹妹先行一步回家，自己则抱着林信上了马车。

"哥，我也跟车回去吧。"沈楹楹想跟林信玩，吵着也要坐马车。

"蛮族使者被扣，消息传过去就要开战，你速速回转，莫耽搁。"沈楼不理会吵闹的妹妹，无情地放下了车帘。

天寒地冻，越往北越冷。

车内烧了炭火，煮了热茶，林信昏昏欲睡，沈楼挨着他看书。

林信迷迷糊糊地睁开眼，单手掀开车帘，外面风雪呼号，冷风吹进来，惹得林信打了个寒噤，松开手往毯子里缩了缩："我说，你是不是抱上瘾了？"

他明明只伤了手，这人却当他是四肢俱废了一般，上车抱，下车抱。

沈楼头也不抬地说："是啊，把前世欠的都补给你。"

林信的身体修长柔韧，看起来很结实，实际却软乎乎的。

听到沈楼这么说，林信眼中的笑意渐敛，撑着坐起身来："你不必如此，我所做的一切都是随心而为，你不欠我什么。"

沈楼放下书，抬头看他："我也是随心而为，你若是不喜欢便说出来。"

林信惊呆了，突然心如擂鼓。

浣星海已经完全被霜雪覆盖，松林变成了雪海。鹅毛大雪纷纷扬扬，不过片刻就染白了沈歧睿的头发。

"割鹿侯前来，有失远迎。"沈歧睿立在琼津渡口，挥开试图给他撑伞的随侍，抬手跟林信见礼。

没有冷言冷语的嘲讽，没有剑拔弩张的对峙，这一世林信在沈家的待遇当真是好了不止一点。

林信也没有故意摆谱，直接向沈歧睿行了晚辈礼："天寒地冻，累国公爷冒雪出来，是晚辈的不是。"

割鹿侯的凶名已经传遍了大庸，没料想竟是这般知礼，沈歧睿有些意外，看看跟林信站在一起姿态亲密的长子，心下了然，露出几分笑，语调也随和起来：“快进屋吧，你师父呢？”

“师父出去寻药治世子的病，已然三个月没有消息了。”林信叹了口气，自家师父，一跑就没个踪影，也没有定时传信的习惯，让人想起来就一阵担忧。他现在总算体会到师伯的心情了，等见到师父，定然好好收拾一顿。

渊阿九刃已经提前到了，正站在正堂中待命。

玄衣侍卫抬了鹿璃过来，整整齐齐地码在厅中，比应交的鹿璃多了近乎一成。林信微微挑眉，抬头看沈歧睿。

沈歧睿表示这就是足量的鹿璃，请他验看，有些心照不宣的意思。

看来林家发生的事已经传到了北域，林信很是满意。林疏静那人办事就是可靠，想来破解割鹿侯刁难的方法已经在世家贵族之间流传开。割鹿侯并非表现出来的那般铁面无私，他是收贿赂的。

若想不被割得封地不保，就得乖乖上贡。

林信意思意思地挑了几处错，割北域一县。

一县，对于地界宽广的北域而言，不值一提。沈歧睿爽快地答应了。

原以为最死板的沈家，竟然是最先变通的，林信对这位玄国公突然有了新的认知。

“还有几日便过年了，钟家的鹿璃出了年关再验，不负就留在浣星海过年吧。”待渊阿将鹿璃封好，沈楼抢在父亲送客之前开口。

“这……”林信冲沈楼眨眨眼，口中却推托道，“我一个外人，怎好打搅？”

“哪里就是外人了？你师父与我乃是自小的交情，你就当是自己家。”沈歧睿立时热情地挽留，拍着林信的肩膀，不由分说地就让管家去安排。

“我住枫津便是，不必另扫客房了。”见沈歧睿同意，林信便不客气地应承下来，直接指定要住世子的院子。

沈歧睿哈哈笑，打趣他们两个感情好，忽然想起什么似的，从袖中掏出一张纸来递给沈楼：“不负都做了侯爷，你也该取表字了。”听沈楹楹说儿子在京中还被钟家小子“沈大沈大”地叫，很是不便，既然要与割鹿侯平辈相交，有个表字会方便许多。

正喝茶的林信差点喷出来：“怎么，世子还未取字？”

“体弱，长辈体恤，束发时未取。”沈楼接过那张纸，打开给林信看。印花宣纸上，方方正正地写着“清阙”二字。

终于明白自己从哪里暴露的了，林信拿杯盏遮住脸：“好字、好字。”

沈楼看着他，抿唇笑。

“既然取字，当可说亲了，皇上前日又提及了尚公主的事，”沈歧睿皱起眉头，“还需早些定一门亲事才好，咱家是不能娶公主的。”

沈楼母亲死得早，浣星海如今没有主母，儿女婚姻只能由玄国公这个做父亲的来操心。

“儿子已然有了心上人，父亲切莫相看了。”沈楼收起取字的纸，轻描淡写地说。

“嗯？哪家的？”沈歧睿很是惊讶，自家儿子从小就对女子不感兴趣，一副注定孤独终老的模样，怎么出去半年就有心上人了？

“尚未与对方说好，待对方应了，再来禀告父亲。”沈楼恭顺道。

寒风呼号，大片大片的雪花直接扑到脸上，化成水珠顺着脖子流进内衫里，冻得人指尖发麻。

浣星海的水渠都结了厚厚的冰，乘不得渡船，要在冰面上走去枫津。

“你当真有心上人了？”林信踏在铺了草席的冰面上，低头踢起一块石子，石子在冰面上蹦了三蹦，溜出好一段距离。

沈楼低头看他：“我带你去个地方。”

“嗯？”林信回头，突然被一件玄色大氅罩住，随着沈楼在宽敞的浣星海中前行。

紫枢、黄阁等人都被挥退了，沈楼拉着他一路往冰湖深处走去。天寒地冻，就算太阳落山也看不到星子如洗的美景，只有茫茫大雪覆盖天地。

“这里。”沈楼拉着他走到一处十分僻静的旧码头，人迹罕至，荒废已久。沈楼拔出虞渊落日剑，缓缓画了个圆，剑气鼓荡，掀开一大片积雪。

“什么……东西？”冰面之下，有荧荧星光在闪烁，林信抬头看天，分明还是白日，湖中怎会有星星？

“星湖石。”沈楼凿开冰面，摸了一小块上来，那是一种深蓝色的石头，在日光下闪闪发光，好似将万千星辰收敛。

虞渊剑临时充当了刻刀，不足一炷香的时间，巴掌大的星湖石就被雕成了惟妙惟肖的小鹿。那小鹿两角分叉，四足纤细，一条前腿微曲，似在林间漫步。

林信接过那只小鹿，用拇指轻轻摩挲：“这也是欠我的吗？”

“前世就雕好了一个，准备在岁贡宴上送给你的。”沈楼收剑入鞘，自嘲一笑。他根本不会雕东西，特意找了石匠学的，凿坏了十几斤的星湖石，还傻兮兮地在鹿尾刻了个小小的“清阙”。

这句话所含的意思太深太多，林信一时有些难以消化。前世，那个冷淡、疏离的沈清阙，亲手雕了小鹿要送给他！

林信握紧手中的石头，下唇发颤："那，后来为什么没有给我？"

"那日，恰好瞧见你和封重……"沈楼懊恼地叹了口气。

少年人纯粹的情感，被阴错阳差的误会击碎，却从未有一日消失过。而林信以为至死都没有得到过的东西，其实在最初的最初，便已然存在了。

"哈哈，哈哈哈……"林信愣怔片刻，突然仰天大笑，笑着笑着就落下泪来。

沈楼抬手，用拇指抹去那一滴温热的泪珠子。

"你不娶妻，是因为我死了，是不是？"

"是。"沈楼哭笑不得。

是，不娶妻是因为你，毁天灭地也要找到你。

北风稍住，大片的雪簌簌下落。雪花飘到指间的星湖石小鹿上，又在温暖的气息中化成水滴，融入大地。

第九章 草蛇

寒风穿林雨打叶，
枯荷争雪寂无声。

［一］

一道灵光自天边而来，没入浣星海的松林中不见了踪影。

“我腿软了。”林信挂在沈楼脖子上，耍赖不想走。

“我背你。”北地太过寒冷，在雪地里站久了消耗灵力，还是快些回屋去的好。

林信趴在沈楼背上，系好大氅的带子，将两人都包裹进去。冰湖雪海上，两人叠作一人，囿于方寸的温暖之中，缓缓前行。

摩挲着手中小鹿，林信忍不住偷偷地笑。

不知不觉，两人竟然已经走到了枫津，门前合抱粗的百年老树上，积满了冰雪。

“世子……哎呀！”紫枢出来迎接，却看到了这么一幕，吓得差点摔到冰湖里去。

听到这一声惊呼，林信本不想理会。奈何沈楼是个讲脸面的人，立时用大氅将眼角飞红的林信严严实实地包裹住。

紫枢尴尬地站在原地，手脚都不知道往哪里摆。闻声走出来的黄阁不知道发生了什么事，开口直接道：“世子，西域钟家有人来，国公爷请您立刻过去一趟。”

林信想起方才瞥到的灵光，竟然不是他太激动而出现的幻觉？

“知道了，”沈楼扶着林信站好，给他整理了一下衣襟，“我过去一趟。”

“我也去！”林信磨牙，该死的钟家，从来没给他带来过好事。

临近年关，该送的年节礼早已送过，世家之间这时候通常是不会再互相走动了，都在家里等着过年。钟家这时候派人来，定然是出了什么急事。

“狄人突然进犯，二爷没有防备，被连下了两座城。没有办法，才叫小的来求援。”来的是个熟人，就是先前给南域送荼蘼酒的属臣吴兆阳。

吴兆阳满脸焦急，跪在沈歧睿面前言辞恳切。

沈歧睿扶他起来，叹了口气道："随风怎么这般糊涂，就算过年，也不能把兵都撤了。"

吴兆阳面露尴尬："二爷也是心善，想让将士们回家过年。"

西域有异族，名为狄人。狄人骁勇善战，只是数量稀少，近年来不知怎的，与钟家频繁起冲突。钟随风是个无能的，每每打不过了，就向北域求援，却一直不知道练兵强军。钟家就在这一次次的冲突中逐渐衰弱。

"父亲。"沈楼拉着林信进来。

"清阙，你点三千精兵去驰援。"沈歧睿无奈地说。

为防北漠异动，沈楹楹刚到家就被亲爹派去巡视边境了，到现在也没回来。如今西域求救，只能派儿子去了。

"是。"沈楼应承下来，转头看林信。

"我也去，顺道把钟家的鹿璃验了。"林信一脸严肃道，藏在袖中的指尖却来回划着沈楼的掌心。

沈楼无奈一笑，攥住那捣乱的手指。

点兵，出发。

骏马的蹄子上包了绒布防滑，走在雪中发出沉闷的声响。

林信与沈楼并驾于前，不满地晃着脚，斜眼看沈楼身下的黑马："这马是被我砍断蹄子的那匹吗？"

黑亮的骏马似乎感觉到了对方的不怀好意，往旁边侧了侧身，离林信远一点。

沈楼失笑："不是。"

"唔，那就好。"林信眼馋地看着沈楼修长的双臂，盘算着怎么跳过去跟他共乘一匹。

"世子，前面的桥断了，须得修一修。"前方探路的小兵跑回来，禀报道。

这里是北域与西域的交界处，队伍为了赶时间抄了群山之间的小路。前面是一处断崖，由一座吊桥相连。积雪压断了年久失修的桥面，马匹无法通过。

沈楼抬手，身后的队伍立时停了下来。

"一个时辰之内修好。"沈楼下令道，立时有工兵前去修桥铺路，其他人原地休整。

"这是什么地方？"林信下马，站在山路上远眺，群山连绵，积雪皑皑，辨不出东南西北。

“回侯爷，这里是扶摇山，北域与西域交界之处，往东是去墉都的路，”吴兆阳对路途很熟，殷勤地上前给林信介绍，“那边是仙女峰，传说九天玄女曾在山顶温泉中沐浴；那个是招瑶峰……”

招瑶峰！林信看向山岚缭绕间的孤峰，心中一动，转身去寻沈楼：“这会儿没事，咱俩去个地方吧。”

沈楼眉梢一挑，无奈地看着林信：“信信，这里太冷了，你身上还有伤。”

“呸呸呸，想什么呢！”林信踢他小腿，“快点，跟我走。”

顺走沈楼马背上的酒壶，林信拉着人往背风的地方走去，左右看看，祭出旸谷剑，拽着沈楼往招瑶峰飞去。

招瑶峰险峻，景色也一般，鲜少有人光顾，如今清冷依旧。两座坟冢立在风水上佳处，盖了薄薄的一层积雪。

沈楼看着墓碑上刻的字，心头微震。

林信把酒倒在墓前，心中默念：“爹、娘，这是沈楼，我带他来看看你们。以前我总是跟你们念叨的人，瞧瞧，长得俊吧！……”

酒液倒尽，林信在坟前跪下来：“二老新年好。”转头看沈楼，发现他跟着跪下，规规矩矩磕了三个头。

〔二〕

见沈楼如此作为，林信心中欢喜，也跟着磕了三个头。

“你说，我娘会不会是蛮族人？”林信用袖子擦了擦兰苏的墓碑。手上的伤口太深，还没有完全长好，紫枢寻了双柔软的羊皮护掌给他戴，可他的手在这冰天雪地里还是有些隐隐作痛。

对于娘亲，他的记忆已经很模糊了，不记得她是否有一双蓝色的眼睛，也不记得她有什么娘家亲眷，只记得她取的乳名“迟诺”。

沈楼拉着他起来，把那只受伤的手揣到怀里暖着：“等你师父回来，问问他。”

对于林信被取走的血，他很是放心不下。那大巫，是北漠的国师，很得乌洛兰贺若的器重。如果没猜错的话，他应该就是传说中能驯养蛊雕的“巫神”。

这些年，蛊雕一直跟着林信的脚步移动，好似是专门用来寻找他踪迹的。只是朱星离行踪不定，带着徒弟在每个地方停留的时间都不长，才没有被蛮人找到。

“是了，我们在雁丘住了一年，那些蛮人就找上门来了！”林信恍然大悟，以前一直以为蛮人是为了鹿璃矿，如今看来——“莫非我是什么天材地宝，吃了我的血肉可以长生不老？”

正满心忧虑的沈楼，被林信给逗笑了，佯装要咬他：“若是如此，先给我尝一口。”

“不行，我怕疼。你可以拿我做炉鼎，能飞升成仙。”林信楚楚可怜地说，好似上古时期的狐狸精，摇着大尾巴诱惑正经的小修士堕入魔道。

沈楼头疼地把小狐狸精包进貂皮大氅中，平息被林信撩拨出的火气。修士有灵力护体，为了彰显身份，冬日也穿得不厚，只有魂力虚弱的他才时时披着大氅。

“这地方，还有谁知道？”沈楼看着那两座坟，眸色微暗，坟前有香烛燃烧过的痕迹，应是有人来祭拜过。

“嗯？”林信放开沈楼，拨开积雪，找到了下面埋着的供品，有酒有肉，“应是师父来过了。”

这里只有他和师父知道。

“为什么不埋到鹿栖台去？”林争寒作为一代列侯，本应葬在自己的封地里，却被朱星离埋在荒山野岭，还是如此偏僻无人的地方。

“师父做事，向来如此，你也不能指望他……”林信说着，忽然脸色骤变，“不对！”

沈楼一惊，连忙拉住扑到坟堆上扒雪的林信，自己出手将那一层薄雪拨开：“怎么了？”

林信拈起一撮土，浑身发抖：“这坟，被人挖开过！”

泥土是新旧混杂的，坟头的杂草也消失无踪。朱星离那家伙上坟祭拜，从来不记得拔草。

沈楼拦住林信拔剑的手：“这是你父母的坟！”

“你知道这坟里现在埋的是我爹娘还是什么牛鬼蛇神？”林信赤红了眼。

“你别动，我来。”沈楼叹气，自己拔出了虞渊。虽然林信会用魂力，比寻常修士要厉害得多，但对于用剑力道的掌控，与沈楼还相距甚远。

剑气缓缓鼓荡开来，平切着地面，将整个坟头掀开，保证不会伤到坟内的东西一丝一毫。刚刚掀开，林信就扑上去翻找，潮湿的泥土中，放置着一方木盒子，那是存放骨灰的小棺。

小棺表面被人凿开，四分五裂地漏着风。林信咬牙揭开棺盖，内里空空如也，没有骨灰坛，也没有随葬品。

两座坟一模一样，都只剩下了空盒。

骨灰被偷走了，这些供品与香烛，并非朱星离所为，而是那些挖墓的贼怕遭报应拿来祭拜的！

“人都已经死了，还不放过，难道骨灰里能有鹿璃矿吗？”林信紧紧攥着一把泥土，掌中伤口开裂，鲜血沁过羊皮手套，显出斑斑血点来。

“这是，狐狸毛？”沈楼蹙眉，用剑尖荡开地上的土堆，露出一撮半黑半白的毛来。

狐狸毛……

“你还记得哪壶说的话吗？”林信拈起那撮绒毛。

虎毛不够，不会拿狐狸毛凑吗？没有那么多虎毛做衣领，钟家的旁支，皆用的狐狸毛！

钟家！

人活着追杀不休，死了也不放过！好，好得很！林信单指摩挲着吞钩的刀柄，满是杀意。本想着钟长夜已死，恩怨两清，这些人却还要招惹他，那就休怪他针对钟家。

“钟长夜已死，为何还有人管这件事？”沈楼蹙眉，总觉得当年的事没有那么简单。

“因为钟戮没有死，钟随风没死，钟有玉、钟无墨都没死！”林信周身灵力鼓荡，双目赤红，好似无间地狱里爬出来的恶鬼，下一刻就会把世人连同他自己撕成碎片。

“信信！”沈楼握住他的手，发现上面已经沁满了血，“莫急，我们去钟家查清楚。”

林信甩开他的手，盯着沈楼的双眼：“若是我要杀钟家兄弟，你管是不管？”一直以来，钟家兄弟都与沈楼关系匪浅。

沈楼叹了口气，信信还是信不过他。他强硬地将那伤口裂开的手拉过来，脱掉手套：“若是他们两个有参与，你要杀要剐，我绝不阻拦。”

［三］

林信不说话了，由着沈楼拆开手上的布条给他重新处理伤口。常在战场受伤的沈世子，接骨、止血很有一手，动作轻柔，丝毫没有弄疼他。

“这坟？”沈楼把沾血的羊皮手套扔掉，看向那被翻得乱七八糟的坟，询问林信要不要再埋上。

“就这么扔着吧，若是师父过来烧纸，就会看到了，”林信垂目，看着自己包扎一新的手，“我手疼，握不住缰绳了。”

仿佛方才的争吵不存在一般，他转头就开始撒娇耍赖。

沈楼失笑：“那跟我骑一匹吧。”

回去的时候，吊桥已经修好了，吴兆阳是个十分机灵的人，多余的话一句不问：“侯爷，世子，咱们继续赶路吧。”

沈楼带着林信骑上自己的马，仿佛没有看到兵将们诧异的眼神，面不改色地策马前行。

“不怕你爹知道？”林信攥着虞渊的剑穗把玩。

“早晚要知道的，”沈楼不甚在意地说，“明年就劝他退位。”

“嗯？”林信仰头看他，忍不住笑起来，“天下楷模沈清阙，竟然要谋夺家产了，真是奇闻。”

不夺家产，怎么帮你造反？沈楼心道，开口，却是另一番话：“得赶在温石兰下中原之前。”

“是了。”林信恍然大悟，差点忘了斩狼比剑的事。

北漠的斩狼将军温石兰，作为蛮族第一高手，在林信十八岁那年来到中原，挨个与四域之主比剑。沈歧睿死于非命，林叶丹重伤闭关，钟家更是伤亡惨重。温石兰一路势如破竹，唯独败在了朱颜改手中。因为朱颜改满身灵器，且打法十分不要脸。

沈楼要保住父亲的性命，就得早点让老爷子退位。

前世，玄王沈清阙作为当世第一人，可以打败温石兰，但如今神魂受损的沈楼，就不行了。

林信皱起眉头，也不知师父找到补魂的材料没有。

“莫忧心，且早着呢。”沈楼抱紧了那劲窄的腰肢，轻甩缰绳，加速往莫归山行去。

莫归山上，钟随风满面愁容地在门前迎接他们，看到共乘一匹马的两人，愣怔了一下。

“割鹿侯恰好在北域，听闻世子要来，便顺路来西域验岁贡。”吴兆阳快步走到钟随风面前，低声说道，意在提醒他林信的身份，以免他说错话。

林信做侯爷之后，还未与这位钟家二爷见过面。

“原来是林侯爷，”钟随风拱手见礼，“侯爷、世子一路奔波，快进屋暖暖身子。”话虽这么说，脸上却不见一点笑意，招呼客人也有些手忙脚乱。

“世叔，可是有话要说？”沈楼蹙眉问他。

“唔，那个，”钟随风搓手，踌躇片刻才哼哼唧唧道，“你一路辛苦，本该让你好好歇息的，但，狄州那边情况紧急，钟戮已经被围困了许久。不知世侄可否今日就点兵出发？”

“那是自然。”沈楼也没打算在莫归山多留，不过是不放心林信，先把他送来而已。

说话间，外面传来一阵喧哗声，钟随风快步走出去，就见八名金吾卫护送着钟家两兄弟御剑而来。

“有玉，无墨！”钟随风惊喜不已。

“属下奉皇命，送世子与二公子回莫归山。圣上口谕，西域战事紧，一切从简，过了年再行国公礼。”金吾卫统领公事公办道，收了钟随风递上来的一小袋鹿璃，便跳上飞剑转身离开，不做片刻停留。

酌鹿令开始，元朔帝本就有意放钟家兄弟回来，恰好狄人作乱，便趁机送回，年后好让钟有玉继位。

“叔父！我们回来了，以后都不用走了！”钟有玉蹦到钟随风面前，兴奋不已，困于京中多年，他快憋出病了。

“叔父。”钟无墨跟着走过来，平平地唤了一声，就不说话了。

钟随风如释重负地松了口气：“回来就好、回来就好。”这些年，他想了各种办法，包括提前取字、逢年过节就递折子、买通朝中文官帮着说话，招数用尽，元朔帝就是不放人。

沈楼与林信走出来，对视一眼：“你们两个既然回来了，便与我一起去平乱。”

论理，既然钟家兄弟回来，沈楼就不必再出手了。奈何这两人都没带过兵，一时半刻指望不上。

大致了解了一下狄州那边的状况，沈楼去西域营中清点整装，脸色有些不好。没想到西域已衰弱至此，昔日钟长夜还在时的精兵强将，如今竟十不存一。钟随风这些年都在干什么？

“那些修士士兵，大多没有封地，谁给鹿璃、黄金，他们就跟着谁，”捧着名册的吴兆阳苦笑，“朝廷出了鎏金律之后，就更不好控制了。”

鎏金律是几年前颁布的，规定非属臣的修士可以自由更换户籍。修士士兵是比较珍贵的，他们有灵脉，资质一般，成不了高手，但可以使用带鹿璃的兵器。

如果西域供养不起，他们就会到别的地方去。大部分都去了中原，毕竟跟着皇帝还有封侯拜相的机会。于是朝廷需要的鹿璃日益增多，而西域也日渐衰弱。

勉强凑出两千可用的，加上北域带来的三千精兵，沈楼翻身上马，把紫枢留下照顾林信，自己带着钟无墨往狄州平乱去了。

钟有玉则留在莫归山，调度粮草，顺道招待割鹿侯。

“验鹿璃的事不着急，多时未见，不如喝一杯？”林信看着钟有玉领口的白虎毛，笑得一脸哥俩好。

“好啊。”说到喝酒，钟有玉来了兴致，拉着林信去暖阁喝酒。

钟随风交代世子好好招待林信，自己则去处理杂事，片刻便没了踪影。

西域的酒没有北域的烈，却比京城的要够劲得多。钟有玉痛快地喝了几杯，才稍稍解了馋：“我本不嗜酒，都是被沈大带坏的。”

“他现在有字了，叫清阙。”林信端着一杯酒，并不喝，冷眼看着钟有玉一杯接一杯地灌。

没了父亲的庇佑，想必钟世子在京中过得艰难。但再艰难，也比不得他在赵家吃的苦，没什么可同情的，因果报应罢了。

“是吗？”钟有玉喝得太猛，有些上头，迟疑了一下才反应过来，“清阙，唔，记得小时候我爹说过，这表字沈伯伯一早就想好了。就不知，我爹有没有给我备好表字，如今这字还是叔父取的。”

“你爹……”林信把酒盅里的酒饮尽。

“对了，你还记不记得，小时候你跟着沈楼跑进后园，掉进石头灵堂里？”钟有玉打趣道，想想那时候只有那么一小团的林信，如今却变成了凶神恶煞的割鹿侯，实在是有些匪夷所思。

“自是记得的，”林信抬手给自己斟酒，随意地问，“你爹活着的时候，可有提过我爹林争寒？”

“提过啊！”钟有玉对于父亲说过的每一句话都记得很清楚，“我父亲说，你爹是个有本事的人，跟他不相上下，可惜走岔了路，偏要娶个凡人女。他还告诫我不能娶凡人女子，不然也把我赶出家门。”

钟有玉把钟长夜的语气学得惟妙惟肖，连带着当时的表情都学了出来。

有本事的人……跟他不相上下……

林信神色有些怪异。钟长夜，竟如此评价林争寒？

入了夜的莫归山，烛火尽灭，漆黑一片。林信躺在床上，毫无睡意。没有沈楼在身边，他竟然睡不着了。摸出那只星湖石小鹿来回看，越看越喜欢，他忍不住抱着小鹿在床上滚了一圈。

“咔嗒！”房顶有细微的声响，林信收起傻笑，瞬间坐起身来。侧耳静听，又是一声轻响，像是有人踩在房顶上发出来的声音。

他披一套黑衣，拿上刀剑，无声地跃上房顶。借着月光，他瞧见不远处有一道身影在快速行进。

足尖轻点，他不远不近地跟着那人。那影子在屋脊间快速起落，径直跑到了后山，一晃眼不见了踪影。

墙下面传来一阵轱辘的吱呀声，林信闪身躲进黑影中，忽然感觉到近侧有灵力流动。

林信瞬间晃到那人身后，抽出弯刀精准地套在对方脖子上。

“别动手，是我！”钟有玉提剑挡住即将割断他喉咙的弯刀，小声道。

“世子半夜不睡，在自家房顶上作甚？”林信没有松开刀，阴恻恻地问。

“嘘——”钟有玉做了个噤声的姿势，示意林信别出声。

几名白衣人从荒园深处的石室中走出来，推着几辆木轮小车，悄无声息地往后门走去。车上盖着黑布，不知装了什么，但看得出很沉，压得木轮吱呀作响。

“那间石室，就是当年用来藏我爹尸体的地方。这些人的身形很眼生，我不认得他们。”钟有玉不许林信说话，自己却喋喋不休起来。

林信拇指顶开吞钩，对方立时闭上了嘴。

似是听到了什么声响，其中一人转过头来，直勾勾地看向林信藏身的地方。月光穿过云影，透出清冷的光来，照在那白衣人的脸上，映出一双好似草原野狼的碧蓝眸子。

蛮人！

莫归山上，竟然会出现蛮人！

钟有玉忍不住了，就要跳下去，被林信死死捂住嘴巴，动弹不得。

林信握紧了旸谷的剑柄，脊背绷直。那人他认得，北漠的斩狼将军，天下排名前三的高手——温石兰。

［四］

温石兰的目光如有实体，看得林信遍体生寒。千钧一发之际，一只野猫突然从树冠中蹿出来，很是不满地“喵”了一声，跳下墙头，飞快遁去。

那边的蛮人嘟哝了一句蛮语，温石兰收回目光，打了个手势。那些人明显加快了脚步，推着木车快速离去。

又等了约莫半个时辰，确定那些蛮人不会再回来，两人才冒出头来。

“你拦着我作甚，那些蛮人明显是在偷我家东西！只要我叫一声，整个莫归山的侍卫都会过来，”钟有玉不满道，“不过区区十几个蛮人，瞧把你吓的。”

“你知道那人是谁吗？”林信冷眼看他。

“谁？”

“说出来吓死你。”

“哗啦啦”，树冠一阵响动，钟有玉惊得差点从墙头摔下去，立时拔剑。

“是我。”一身劲装的紫枢从树冠中钻出来。她就住在林信隔壁，既然林信听到了响动，她自然也听得到。

“瞧把你吓的。”林信原封不动地嘲笑回去，跃下墙头，朝那间石室走去。

钟有玉咂咂嘴，没脸再跟林信说话，转头看向紫枢：“紫枢，你怎么跑来了？刚才的猫是你放的？”

“是啊。”紫枢应了一声，不想跟钟有玉多聊，快步追上林信，低声道：“侯爷，方才属下听到，那些蛮人说要去狄州。”

“什么？”林信一惊，“你可听清了？”

浣星海的人多少都懂蛮语，紫枢又常年跟着沈楼打蛮人：“别的没听清，但‘狄州’这句可以确定。”

狄州，是西域狄人聚集的地方，这次沈楼带兵平乱就是去的狄州！

说话间，钟有玉已经上前按开了石室的门。这道门似乎改了机关，并非当年那般好开了。

“轰——”厚重的石门轰然打开，明亮的灯火宛如决堤的洪水，奔涌而出。

林信眯了眯眼，待看清石室里的东西，不由得惊了一下。幽深的洞穴中摆满了木架子，由上至下，满满的全是黄金和鹿璃。

“这……这山穴怎么改作库房了？”钟有玉率先走了进去，仰着头东看西看，“我就说那些蛮人是小偷，你还不信，瞧瞧，这分明是莫归山的库房。估计家里以前遭过贼，叔父就把库房挪到这里了。哇，这是我小时候用的玉枕。”

靠近洞口的位置是鹿璃和黄金，向里面走就变成了各种奇珍异宝、古玩字画。

瓜田不纳履，李下不整冠。林信揣着手，跟在钟有玉身后慢慢地走，行至尽头，墙壁上孤零零地挂着一把通体雪白的灵剑。似乎有些年头了，剑穗已经沾满了灰尘，剑身依旧灵光闪闪。

“雪寂，”钟有玉也看到了这把好看的灵剑，读出了刻在剑柄上的剑名，“这是谁的剑？”

“我爹的剑。”林信淡淡地说。抬手，屈指做鹰爪状，雪寂剑便从墙壁上飞过来，落到手中。

寒风穿林雨打叶，枯荷争雪寂无声。

林争寒的本命灵剑，名为雪寂。寒光依旧，英雄归土。这灵剑，已经与主人分别了十二年。

“哦，你爹的剑，啊？”钟有玉反应过来，蹦到林信身边，抓着剑鞘细看，“你爹？寻鹿侯？你爹的剑为什么会在我家？”

“这就要问你爹了！”林信突然拔剑出鞘，横在钟有玉脖子上，语调冰冷道，“你爹杀了我爹娘，雪寂自然就在你家，这叫罪证。”

“不可能！”钟有玉涨红了脸，“你爹也是一方列侯，他俩自小就认识，无冤无仇。我爹好端端的，为何要杀你爹？”

林信闪身到钟有玉身后，用冰凉的剑刃从上至下刮过钟有玉的脖子，将他脖颈上的汗毛齐刷刷刮掉了一块：“为了鹿璃矿。父债子偿，我现在杀了你，就算是为父报仇了。”

一滴冷汗从钟有玉的下巴滑落，滴在雪寂光可鉴人的剑身上。

“哎呀、哎呀，出什么事了？”衣冠不整的钟随风，披着没系好衣带的外衫，提着灯笼快步走进来，瞧见那吹毛断发的灵剑就架在侄儿脖子上，顿时吓得不敢上前了。

林信瞥了他一眼，忽然收剑入鞘，仿佛方才的恐吓根本不存在。

钟有玉不解地看向林信，却得到一个龇牙挑眉的笑，方知上了当，扑上去就要跟林信打架：“好你个林不负！”

“有玉，不得无礼。”钟随风松了口气，连忙上前劝阻，把钟有玉拉到一边。

“二叔，咱家招贼了。”钟有玉把方才看到蛮人的事告诉钟随风。

钟随风听完，脸色大变，将灯笼塞到紫枢手中：“丫头，你腿脚利索，快去叫侍卫来。”

紫枢接过灯笼，转身离去。

钟有玉催着钟随风清点鹿璃。林信把雪寂背在身后，凉凉道：“少了多少，二爷清楚得很，哪里需要清点？”

“你又胡说什么？”钟有玉看向叔父，后者竟然露出一副心虚的模样，“叔父？”

夜风吹进山洞，刮擦出阵阵呼号。烛火明灭，映着早生华发的钟随风，顿生一股大厦将倾的苍凉。

“唉，没错，那些蛮人是我放进来的，”钟随风长长地叹了口气，苦着脸道，“家里越来越穷，今年的岁贡还没有凑齐，为了应急，我只能用黄金跟蛮人换些鹿璃。”

大庸禁止臣民跟北漠通商，更不许跟蛮人换鹿璃。用黄金换蛮人的鹿璃，徒三年；用鹿璃换蛮人的黄金，以通敌叛国罪论，要斩首的。

“二爷既然懂这门生意，缘何连兵将都养不起？”对于钟随风的话，林信一个字都不信。

大庸的鹿璃有限，其实各家私下里都有些门路，并不算什么稀奇事。若是那些人拿走的当真只是一些黄金，何必要动用温石兰这样的绝世高手？半夜三更，鬼鬼祟祟，车辙深深，那木推车里装着的，定是要运往北漠的鹿璃。

钟有玉指尖发颤：“叔父，你当真卖了鹿璃给蛮人吗？”这些年蛮人与北域几乎年年交战，沈家几乎举家出战，体弱多病的沈楼十二岁就上战场杀敌，保家卫国。若是让世人知道钟随风给蛮人提供鹿璃，莫说是朝廷，就算是沈歧睿也不会放过他。

“这……”钟随风脸色苍白，似乎很是害怕，慢吞吞地向后退了半步。

“嗖——”异变突起，十几根红线突然从两侧的石壁上钻出，拉成纵横交错的网，快速朝林信扑去。

林信瞳孔骤缩，不退反进，一把抓住钟有玉挡在身前。锋利无比的细线顿时划破了钟有玉的衣衫，在肩膀上割出一道深深的伤口，再进一寸就手臂不保。

那红线立时停住，活物一般扭动了一下，绕过钟有玉，改为自上而下地进攻。

吞钩弯刀瞬间扣在了钟有玉的脖子上，林信冷声喝道：“再动一下，我就割断他的脖子！”

钟随风骤然抬头，脸上还保持着惊慌愁苦的神色，手忙脚乱地结了个手印，那些细线才勉强停住。

［五］

这红线，跟蛮族大巫使的一模一样。

林信眸色阴冷，早料到钟家与蛮族勾结，却不料勾结得这般彻底，连巫术都教给了钟随风。红线是嵌在石壁中的，先前这里没有任何珍宝，只有一把雪寂，显然是一个布好的局，就等着林信入瓮。

说话间，一群身着白衣的侍卫快速赶来，围在石洞外，紫枢却不知去了哪里。

“我不大会用这个，让侯爷见笑了。您放下有玉，咱们有话好说。”钟随风讪讪地笑，不甚熟练地整理那些杂乱的红线，看起来有些滑稽。

钟有玉却笑不出来，宫宴上林信被蛮族大巫伤到，他也在场，知道这东西的由来。

“本侯可没什么想跟你说的。”林信运转灵力，激发了吞钩上的鹿璃，灵光乍现，弯月刀变成了满月，将钟有玉的脖颈牢牢套在其中：“世子可千万莫乱动，吞钩的刃很薄，稍有触碰就会血溅三尺。”

钟随风踌躇地左手握右手。

“叔父，你当真勾结了蛮人吗？”钟有玉丝毫没有反抗的意思，只是难以置信地质问钟随风，“这是通敌叛国啊！”

“我没有！”钟随风涨红了脸，梗着脖子说。

“少废话！叫那些杂碎闪开！”林信抓着钟有玉，侧身一步一步向外走去，那些白衣侍卫纷纷拔剑，指向林信。

灵光在吞钩上快速转动一圈，钟有玉的脖颈上立时出现了一条细细的血痕。

“让他走。”钟随风慌忙道，那些侍卫谨慎地让开路，让林信走出去。

天光熹微，朝露凝霜，莫归山的长夜已尽。

割鹿侯被钟家围困，这要是放他出去，莫说始作俑者钟随风，就是整个钟家都不能善终。侍卫们很是着急，钟随风却迟迟不敢动手，眼睁睁地看着林信踩上灵剑，抓着钟有玉扬长而去。

剑气的灵光，如流星划过天际，一路向西行去。

“咚！”钟有玉被粗暴地扔进雪地里，沾了满头满脸的雪，肩膀上的伤口还在不停冒血，染红了素白的锦衣。

呸呸两声吐出呛进嘴里的血，正待抱怨，瞧见林信正在拆解手上的布条，那白色布条已经被鲜血染透，他顿时闭了嘴。

“别打小算盘，爷用一只手也能剐了你。”林信头也不抬地警告。那红线上定然有什么特殊的东西，伤口很难愈合，前日沈楼刚给他包好的，如今又废了。

“你打算去哪儿？往京中报信？”钟有玉爬起来，看看自己肩上的伤口，烦躁地抓抓头。他实在想不明白叔父为什么要勾结蛮人，还学了巫术。

“去狄州。”林信站起身来，往西北方眺望。

那群蛮人说起了狄州，叫他如何放心得下。温石兰若是出现在战场上，实力大减的沈楼和钟戮合力也不可能打得过他。

“狄州……”钟有玉猛然一惊，仿佛被什么东西突然劈开了脑壳、炸出了慧根，“对了，倘若我叔父当真勾结了蛮人，那这场狄人之乱会不会又是个局？沈大怕是有危险！”

“总算没笨到家，”林信轻嗤一声，把钟有玉的灵剑扔给他，“回去找你叔父哭鼻子吧，老子要去救沈清阙了。”

本想带着钟世子去战场上，若是西域军要谋害沈楼，他就当场把钟有玉杀了。然山高路远，战场上瞬息万变，钟有玉本身灵力不弱，反抗起来也是麻烦，索性扔了。

换了颗鹿璃，旸谷剑像是吃饱的游鱼，欢快地绕着林信转了一圈。待林信踩上，它便如离弦之箭，瞬间蹿了出去。

钟有玉咬牙，撕下一片内衫将伤口胡乱缠裹了一下，跳上灵剑追着林信而去。

征夫魂丧屠刀下，万骨枯，归无涯，古来战场生血煞。

远远瞧见黑红之气蒸腾入云，那便是沙场所在。狄人骁勇，蛮人嗜杀，沈家军悍不畏死，三方混战，乱成一团。

身着白色盔甲的钟家军在边缘帮忙，但毫无章法。

这个打法，明显是几方都没有大将。

钟有玉奔向钟家军，夺过钲槌，运足灵力敲起来，鸣金收兵的声音漫过整个战场，厮杀之势稍减。

林信抓住一名沈家军的士兵：“你们世子呢？”

“谁他娘的拉着老子！”那士兵张口就骂，瞧见林信的脸，顿时缩了缩脖子，“侯爷！世子他们跟一个蛮人打架，打到那边去了！”

林信心中“咯噔”一声，最坏的事还是发生了，温石兰果真是来杀沈楼的。林信掉转飞剑，朝着小将所指的方向疾行而去。

“轰——”灵力引起的爆裂声响彻山谷，林信赶到的时候，断崖边已经空空如也。

“沈楼呢？”林信在草丛里发现了吐血不止的黄阁，攥着他的衣领大声问。

“掉、掉下去了，”黄阁指着那陡峭无比的断崖道，眼见林信转身就要往下跳，立时大喊，“侯爷，不可！”

旸谷剑刚刚越过山崖，便如断了线的风筝，直直向下坠去。林信一惊，猛踏一脚飞剑，旸谷加速跌落，整个人撞到山壁上。他抽出吞钩沿着石壁剐蹭，火花噼啪作响，足足落下去三丈才勉强钩住一块凸出的石头。

“这是莫归谷？”林信心中大急，只觉得一阵凉意自头顶灌到了脚底。

钟家所在的那座山，其实叫小莫归山。西域境内还有一座大莫归山，那是一片山脉，自狄州起，一直绵延到北域去。

这里，才是真正的莫归，只因这山峦中间的谷地不能御剑。每年都有无数仙者在这里摔跟头，运气好的断手断脚，运气差的就一命呜呼。

“林信，你撑住！”钟有玉不知何时跑了过来，解开腰绳准备去拉他。

“不必了，”林信拔刀出鞘，牢牢钩进石壁中，“钟有玉，是非轻重你分得清，若想保全钟家，该怎么做你心中有数。”

钟有玉唇色发白，缓缓点头。

林信不再多言，松开刀向下跳，跳一段再将刀钉进去，轻盈得仿佛山壁上的猿猴，片刻间便消失在缭绕的山岚中，不见了踪影。

“侯爷果真厉害。”黄阁吐着血，还不忘感慨一句。

钟有玉面色怪异地扶他起来：“你以前天天吹嘘沈大，如今怎么改吹林信了？”

莫归，名不虚传，任何灵剑都不能使用，就连手中的吞钩，也隐隐有下坠的趋势。仿佛地面上有巨大的磁石在吸引着这些铁器，保管路过的修士有来无回。

折腾了近半个时辰，林信才勉强落到了崖底。这下子，不仅是手，胳膊、腿、背，到处都是擦伤。

林信甩甩酸疼的手腕，举目四望。

耳边有流水声，沈楼在短暂的昏迷后立时清醒。睁开眼，一身血污的钟无墨正靠在一块石头上，看起来完好无损的钟戮正拿着几根树杈给钟无墨接骨。

温石兰带着蛮人骑兵突然出现在战场上，打得沈楼措手不及。对方招招狠辣，显然是专程来取他性命的。

被林信乱补了一阵子，他的神魂已经有所好转，但实力依旧不足巅峰时的五成，根本不是温石兰的对手。钟无墨过来帮忙，被温石兰掐着脖子拎到半空要撕成两半，钟戮拼死把人抢过来，也跟着掉了下来。

听到声响，钟戮忽然转头，用那双眼白多于黑瞳的眼睛看向沈楼。

沈楼下意识地握剑，虞渊却不知去了哪里。下一瞬，钟戮的短剑已经砍了过来。沈楼抓起手边的石头，运转灵力，“咔嚓”一声与短剑相撞。

石头碎裂，沈楼已经翻身躲开，短剑深深地插入地面。

“钟戮！”钟无墨踉跄着扑过来，横剑挡住钟戮再次攻来的一剑，“不许！”

钟戮定定地看着钟无墨，似乎不知道怎么解释自己的行为，但还是坚定地要杀沈楼。

“不许！”钟无墨牢牢把沈楼护在身后，再次强调。

“嗡——”强大的剑气凌空而来，钟戮立时收剑，翻身跳开，方才站立的地方被劈开了一道深深的裂口。

林信看到钟戮就赤红了眼，倒转灵力开始抽魂。原本想着钟长夜身死，恩怨便消了，偏偏这人又要杀沈楼。钟家简直跟自己命中犯克，这钟戮今天必须死！

沈楼接住扔过来的虞渊，拔剑出鞘，揽住林信的腰把他推到身后，自己去对付钟戮。

林信见沈楼靠近，怕伤到他便立时停止了抽魂，随即感到一阵晕眩，才意识到方才在山崖上已经耗费了大半灵力，此刻再抽魂，很可能会伤到自己。

“停手！”钟无墨拖着断腿冲过去，挡住旸谷剑，“钟戮知道出路，他死了，我们都出不去！”

“爬也爬上去了。”林信冷笑。

他们两个都受了伤，钟戮实力无损，加上个钟无墨，谁也奈何不了谁。双方僵持不下，沈楼抿唇道：“信信，收手。”

齐齐收剑，林信拉着沈楼闪身到了三丈之外。

“为什么杀他？”钟无墨冷声问钟戮。

“累赘。”钟戮语调无波地说，并不觉得自己有错。

钟无墨蹙眉，这钟戮，是他父亲养的杀人刀，根本没有是非观，说杀谁就杀谁。他转头想跟沈楼赔不是，却突然瞪大了眼睛。

那边似乎起了争执的两人，吵着吵着，忽然停止了。

［六］

“你作甚拦着我？他要杀你，我今天定要杀了他！”林信眸色凌厉地质问沈楼，期待着他说“看出你灵力虚弱，怕你受伤”之类的软话，那样就可以故作感动不已地扑上去。

奈何沈楼不是个喜欢邀功的人，只是无奈轻笑：“这会儿不合适。”

“有什么不合适，就算我费点神魂，也……”

话没说完，却听那人轻声说：“是我撑不住了……”说完，一头栽到了林信的肩膀上。

林信一惊，双手圈住沈楼的身体不让他滑下去，余光瞄了一眼看着这边的钟家两人，踉踉跄跄地往后退，摆出欲拒还迎状："哎呀，不好吧，有人看着呢。"

从钟无墨的角度看，就是沈楼半拖半抱地推着林信进了茂密的树丛中。

钟无墨低头看着潺潺流水默不作声。钟戮倒是丝毫不受影响，拿着根树枝准确无比地在浅水中叉鱼给少爷吃。

林信一边叫唤，一边掏出逍遥丸塞到沈楼嘴里。从山崖上爬下来消耗巨大，沈楼不是受伤太重，而是神魂的旧伤发作，疼昏了过去。只是这人太能忍，他不说，别人根本看不出来他在忍受什么。

林信心疼地摸出一块鹿璃吸饱灵力，单手贴在他后心上，慢慢把灵力渡过去。

沈楼醒过来的时候，就听到一阵奇怪的声音。

怀疑自己还在做梦，沈楼睁开眼，就见林信屈腿抱着他，一边面无表情地把玩他的手指，一边嗯嗯啊啊地叫唤。

沈楼："……"

林信见掌中的手动了，低头看他，发现沈楼正用一言难尽的目光望过来，叫喊声顿时卡住了。难得有些不好意思，林信单手捂住沈楼的眼睛不许他看。

两人从树丛中出去，钟无墨已经完全不敢直视他们了，眼睛看向远处："钟戮无状，让他，赔罪。"

沈楼整了整被林信扯乱的衣裳，一脸的正气凛然："先出去再说。"

钟戮丝毫没有道歉的意思，背起断腿的二少爷就走。

这莫归谷非常宽广，不是一道普通的山谷，而是纵横交错的山壑，岔路众多，通往四面八方。

"简言，你们还有鹿璃吗？我俩身上的不多了。"林信捏捏自己空空的口袋，伸手去掏沈楼的，沈楼的竟然也空了。

钟无墨摇头，先前跟温石兰比斗，把身上的鹿璃都耗尽了。钟戮不说话，想来也没剩多少。

仰头看看四面的绝壁，林信叹气，没有鹿璃帮助，基本不可能爬上去，还真得靠着钟戮这个认路的方能走出去了。

暂时打消了杀人的念头，双方互相防备着在谷中慢慢走着。

路途十分遥远，林信觉得自己已经走了上百里，竟还没有到头。沈楼烤了鱼过来给他吃，见他蔫头蔫脑的，便把鱼肉撕下来哄他。

"累了？一会儿我背你走。"沈楼把焦黄的烤鱼递到林信唇边。

"唔，不用，你身上有伤。"林信张口咬走鱼肉，笑嘻嘻地往他身边挪了挪。山间寒气重，特别是入了夜。

"你来这里，可是钟家出了什么事？"沈楼没有拒绝他的靠近，反倒把人往怀里带了带，小声跟他聊天。

"钟随风会巫术，卖了鹿璃给温石兰，还要杀我。"林信瞥了一眼坐在三丈开外的两名钟家人。

沈楼蹙眉，难怪钟家衰败得这般厉害，鹿璃都拿去跟蛮人做交易了，自然供不起兵将："前世可没有这件事，钟随风一直不显山露水。"

"前世钟长夜死了，钟有玉就继位，哪里有他掌权的时候？"林信心中隐隐有些不安，宴会上的大巫、石洞里的雪寂、当年追杀他的白衣人，总觉得自己忘掉了什么东西。

"狄州之祸，想来就是为了杀我。"篝火映着沈楼漆黑的眸子，明明灭灭。温石兰与四域之主比剑，目的就是削弱大庸的力量。这一世沈楼表现得太突兀，让贺若相信，就算沈歧睿死了，沈家也依旧如狼似虎，所以连带着沈楼也得杀掉。

但沈楼是个小辈，未及弱冠，温石兰不可能来挑战他，贺若便设下这么个杀局，让他意外死在战场上。

沈楼低头，想跟林信说说北漠的形势，却发现那家伙眼一眨不眨地看着自己，眼中满是笑意。"我有没有说过，你眼睛里有星辰。"

沈楼喉结微动："没有。"

"是吗？竟没有说过。"林信低头，摸出那只星湖石小鹿，摸摸鹿角，抠抠尾巴。

钟无墨看着那边无第三人立锥之地的气氛，皱起眉头。但他不是话多之人，不知道怎么问，便只能闭口不言。

走了一天一夜，又是穿林又是过河的，总算找到了出口。怪道钟戮说沈楼是累赘，这出口不仅遥远，还很难走。

出口乃是一处深潭，通过暗河连接绝壁的那一边。沈楼把林信背上的雪寂长剑背到自己身上，用腰绳将两人连在一起。

"你们先走。"林信拦住准备入水的沈楼，冲钟无墨抬抬下巴。

钟无墨没有意见，也把自己跟钟戮绑在一起。他一条腿使不上力气，须得钟戮拉着。

冬天的潭水，刺骨冰寒，林信刚一入水，四肢就冻麻了，运转灵力才好受一些。他拼命划动手脚，只希望快些上岸。

水下有一处仅容一人通过的石洞，前面钟戮他们似乎遇到了麻烦，挣扎了片刻才钻出去。

林信被沈楼推着先过，通过石洞的时候，有一股吸力在拉拽着他，仿佛深海巨兽的大嘴，要将人拉拽到肚腹中去。他好不容易挣脱出来，腰间的衣带突然一紧。

沈楼的后背被牢牢吸在了石壁上，动弹不得。

那边钟戮两人已经出了水面，没了声息。林信立时回身拉他，却怎么也拉不动，这一口气眼看着就要耗尽。

沈楼拔剑割断了两人之间的衣带，把林信往外推。

林信怒极，在水中给了沈楼一拳。顷刻间，他手中的旸谷、沈楼手中的虞渊，尽数飞到石壁上去了。林信心下了然，快速解开沈楼背上裹缠雪寂的布，拉着他头也不回地上浮。

“咯咯咯……”林信灌了好几口水，趴在地上呛咳不止，转头看钟无墨和钟戮，两人身上的灵剑也都没了。

此处应当已是北地，湿透的衣料刚接触空气便凝结成冰，直接将人冻在了石头滩上。

“哇！”清脆的童音从草丛里冒出来，一名总角之年的小孩跑过来，踢踢不能动弹的钟戮，“快来，四只肥羊！”

小孩的语气很是熟稔，显然不是第一次打劫从这里上来的人，大胆地在钟戮身上翻找值钱的东西。

几名穿着羊皮袄的男人跟着出来，手中都拿着灵剑。有一部分散仙会做打家劫舍的勾当，这些人显然是专门守在这里打劫被石壁吸了灵剑的倒霉修士。

“你们是什么人？”冰水中消耗极大，林信运转所剩无几的灵力，一点点化开身上的冰碴儿。

“取你性命之人。”一名面目丑陋的男人把手伸进林信衣服里摸索，抓出了那只小鹿，“星湖石！这可是值钱东西！”

“咚！”话没说完，他被沈楼一脚踹翻。

林信稳稳接住飞起的小鹿，将吞钩扔给沈楼。沈楼接过来，一刀割断了那人的喉咙。

“啧啧，你今天怎么这么狠？”林信与沈楼背靠背。

沈楼抿紧了唇不说话。

那边钟戮已经暴起，抓住那小孩，夺过短刀，身体化作一道残影掠过，道道血雾喷溅出来。

“啊啊啊啊！”这些人没想到会遇到实力如此强横的杀神，丢盔弃甲，踩上灵剑就跑，瞬间没了踪影。只有那个还不会御剑的小孩子，还被钟戮攥在手里。

那小孩吓得尿了裤子，嘴中还不肯认输：“杀吧，十八年后又是一条好汉！”

钟戮用三白眼静静地看了一会儿这小崽子，随手扔到了一边，转身去水下摸剑。逃过一命的小孩子迈开腿就消失在了树林深处。

“咣当当”几声脆响，虞渊、旸谷、雪寂都被扔到了沈楼脚边。

林信捡起剑：“钟戮，没想到你还有心慈手软的时候。”

钟戮将短剑别回腰间：“戮，不杀孩童。”

“哼，那你当年追杀我作甚？”林信冷笑，忽然一愣，当年钟戮追杀他那么久，既然能重伤赵坚，就不可能没有杀他一个三岁小孩的机会。

钟戮看了他一眼：“主人的命令。”

主人让他追，他就追。但他没有杀林信，也没有告诉主人那个孩子去了哪里。

［七］

此处已然是群山的尽头，山下便是一马平川。草木稀疏，黄土满目，风沙裹挟着尘土滚滚而来，吹了人满头满脸。

“这是什么地方？”林信看看远处稀稀落落的土房子，皱起眉头。这里应当已经是北域的地界，他跟着师父东奔西跑，却很少到北域，一时分辨不出位置。

“大荒。”沈楼仔细辨认了一下，确定道。

大荒古时乃是一条大河的河床，那大河几次改道，最后绕过了此处，留下方圆几百里高低不平的黄土地。日晒风蚀，磨平了沟沟壑壑。北域虽冷，但大部分地方还是草肥水足的，如此贫瘠荒凉之地，非大荒莫属。

“去换鹿璃。”钟无墨指着土屋比较集中的地方道。钟戮背着他一言不发地朝那边走。

没有鹿璃，仙者便失去了缩地成寸、一日千里的御剑能力，灵剑也没有了开山劈石的力量。

林信盯着钟戮的背影，单指顶开旸谷，又缓缓合上，如此反复再三，终究没有拔剑。

望山跑死马，平地之上尤为严重。走近了才发现，那房舍聚集之处并非破败的土屋，而是一处小镇。只是风沙太大，墙壁上积了一层黄土。

小镇上冷冷清清，大部分店铺开着，只是门可罗雀。

“客官，打尖还是住店？”客栈里没有店小二，掌柜自己伸着脖子吆喝。

“掌柜的，我们想换些鹿璃，不知这镇上哪里能换？”林信看看笨嘴拙舌的钟无墨、只知道杀人的钟戮、沉静如苍松古木的沈楼，还是亲自上前去问了。

听到鹿璃，掌柜的神色一凛，上下打量了四人一番，小心翼翼道：“几位仙长有所不知，大荒是没有修行世家的。此地临近莫归谷，也甚少有仙者靠近。故而，没有换鹿璃的地方。”

鹿璃只对仙者有用，对凡人来说只是一种花用起来没有金银方便的宝石，又很容易招惹麻烦，寻常人家是不存鹿璃的。

“更大的镇子有多远？”林信挑了张桌子坐下来，决定先吃点东西。

“且远着呢，少说也得上百里，”掌柜的走出来，踢了一脚灶房的门板，大声骂道，“还不出来招呼客人，作死呢！”

无精打采的小二这才晃悠出来，慢吞吞地擦桌子。

一听到“上百里”，林信就头疼，刚在莫归谷做了这许久的苦行僧，转眼还要再走。

“我们歇息一晚再走。”沈楼自己动手倒了杯茶。

“你不担心那些沈家军？”林信凑过去，就着沈楼的手喝了一口。

沈楼摇头。

“你们要寻鹿璃，怎不去周家碰碰运气？”细脚伶仃的小二，耷拉着脑袋，完全没有对仙者的敬畏，反倒语带讥诮。

“什么周家？”林信好奇道。

“就你话多！”掌柜骂了小二一声。

林信挑眉，摸出一粒金瓜子扔给掌柜的：“说说吧，怎么回事？”

接到那金瓜子，掌柜的怒容立时成了笑容，变化太快，造成了一瞬间的扭曲。他打发小二去催菜，自己站在桌边说起来。

小二说的是镇上的一处鬼宅，有些年头了。早年是十里八乡有名的富户，据说家里藏了不少鹿璃。一家老小不事生产，没钱花了就拿一颗鹿璃出来换钱。

可能是过得太安逸，老天看不过去，突然有一天，这一家老少几乎死绝，只剩半疯癫的儿媳妇。

“死相甚是可怖，据说，她公公的那处都被剁了个稀巴烂，也不知是开罪了谁……”掌柜的说着打了个冷战。

林信觉得耳熟，似乎在哪里听过这件事。

“之后宅子就一直闹鬼，镇上有人贪财想去偷点东西，却被鬼吞了魂！”掌柜的见四人一脸的不以为然，讪笑道，“这都是我们凡人的愚见，仙长们法力高强，当是不怕那些魑魅魍魉的。若是着急用鹿璃，也可去碰碰运气。”

传说中能杀人的鬼是不存在的，凡人口中的鬼，大多是尚未散去的魂。人死之后，魂只能停留七日，但若是被法器所困，或是遇到了阵法，就可能会出现些异常的景象，为凡人所惧。

钟无墨对这种传闻并不感兴趣，吃过饭便叫钟戮出去买马。林信跟沈楼对视一眼：“我们……”

“上楼。”沈楼面不改色地说。

林信本想说去周家看看，没料到沈楼这神来一笔，着实让他愣怔了一下。楼上是客房，沈楼要了一间上房，还交代小二烧热水。

林信舔了舔唇，乖乖地跟着上去：“沈世子，这么急匆匆的，是想作甚？”

沈楼低头，缓缓拆开了林信的衣带，将那满是尘土泥浆的衣衫剥去，只留一件内衫。而后，他将人扛到肩上，大步朝内走去。

“哎呀呀，你这是……唔……”话没说完，林信就被丢进了浴桶里，温热的水瞬间驱散了周身的寒气，他禁不住轻吟出声。

“洗澡。”沈楼递了块布巾给他。刚从寒潭上来，灵力又不足，须得快些泡个澡以免得风寒。

“……”林信翻了个白眼。

沈楼耳尖有些发红，轻咳一声说起了别的：“那周家，便是六年前被蛊雕吞了魂的人家。”

“咦？”林信果然被吸引了注意力，想起先前沈楼给自己看的蛊雕踪迹图，大荒便是那处他没有去过但蛊雕出现了的地方。

这家人不知倒了什么霉，被蛊雕吞掉了魂魄。那位小媳妇常年受到丈夫和公婆虐待，在他们意外身死之后，发泄地剁碎了他们的尸体。消息传到浣星海，沈楼误以为出现了魂飞魄散之人，专程过来查验，发现是蛊雕所为。

“我就说这事怎么听着如此耳熟，”林信扭了扭身子，当年赵家办丧事的时候，沈楼曾经说过一次，“那周家一定有古怪，咱们一会儿去瞅瞅。”

“别乱动。”沈楼按住他。

林信龇牙一笑。

［八］

露出水面的肩膀与手臂上，道道伤痕清晰可见，刚换了药的右手，还可怜巴巴地举在空中。

一桶热水折腾成了凉水，两人在床上小睡了一会儿，再睁开眼，天已经黑透了。

家家户户房门紧锁，沉寂无声的小镇上，响起了阵阵清脆的铃声。“叮叮——”，像是荒漠上一摇三晃的驼铃，很是好听，似远似近，若有若无。

大堂里那名细瘦的小二，“哧溜”一下钻到了桌子底下，抱着桌腿瑟瑟发抖。

感觉被什么东西突然盯住，小二咬牙，猛地抬头，对上了一张倒挂的人脸。“啊啊啊啊！”好似尾巴着了火的耗子，他连滚带爬地蹿出去，一头撞到木柜上。

“小二哥，你怎么了？”林信坐在桌面上，好整以暇地看着他。

沈楼无奈摇头，拉着又调皮的林信走出客栈。

“叮叮——”铃声还在持续地响，漫天尘土随着北风呼号，将月光遮得昏昏沉沉。

漆门斑驳，廊柱倒塌，从地上四分五裂的“周府”匾额中，多少能看出昔日的风光。不知是不是活人的气息惊扰了屋内魍魉，在两人踏入院中的瞬间，铃声便消失不见了。

林信拿出从客栈摸来的小铜镜，一根指尖划了小口的手指便伸了过来，林信握住那只微凉的大手，有些舍不得用。他快速画完符，将那根手指含进口中吸了吸，还给沈楼：“你的手怎的还这般冷，应该去买件狐裘的。”

灵力使用过度会扯动神魂，沈楼平日能不用就不用，像这等运转灵力暖身的奢侈之举，定然是没有的。

“无妨。”沈楼轻轻搓了搓指尖，握成拳头藏在掌心。

林信拿着阴镜四处查看，通常无人居住的空宅相当于一个天然的聚魂阵，容易吸引魂飘过来。然而，看了一圈，这宅子里竟空无一魂！

沈楼以前来过，凭着记忆到正堂中翻找鹿璃。当初他来的时候，周家还是富丽堂皇的模样，家中器物尚未被那些亲戚搬拿。

桌椅凌乱，满室狼藉，屋顶破了个大洞。月光漏进来，照着开裂的香案，一片惨白。据那位疯疯癫癫的媳妇说，蛊雕就是从这里冲进来吃了她丈夫、公婆的。

一阵大风吹过，房顶上的尘土灌进来，沈楼抬袖遮挡，忽听得林信小声惊呼，立时提气跃出去。

"唔，沙子进眼睛了。"林信难受地眯着眼，方才正瞪大眼睛看镜子，冷不防被风卷尘沙吹了个满头满脸。

"我看看。"沈楼捏住他的下巴，给他吹眼睛。

林信被吹得不停眨眼，忽然瞥到阴镜之中有东西闪过："快看一眼镜子！"

沈楼低头，看向镜面，骤然瞧见了一缕幽魂。那应当是个女人，保持着生前的模样，长发整齐地编成许多小辫，垂在身后。

"嘘——"林信揉揉眼，示意沈楼别出声，从旸谷上划出一丝存储的魂力，轻推过去。

魂轻如尘，这小小的力量便足以让她转身。那女子也当真转了过来，露出一张眉目清晰的美人脸，眼窝深邃，鼻梁高挺，懵懂茫然地望向远方。

封存在眼底深处的记忆，像凌汛的河水，突然炸开一道口子，带着千军万马的气势，奔涌而出。

"娘！"林信失声叫道，伸手要去抓她，被沈楼拦住，"那是我娘的魂，我认得！"

沈楼攥住他的双手，看看那与林信有七分像的脸："莫碰她，这是残魂。"

残魂，就是神魂的一部分，比寻常游魂还要脆弱，一触即散。

林信这才冷静下来，静静地看了片刻："我娘的残魂，为什么会在这里？"

"这或许就是蛊雕出现在大荒的原因。"沈楼蹙眉，残魂是不可能留存太久的，必须有灵器承载。

大荒，蛊雕，残魂，周家……

原来如此！

阴镜上的符篆消失了，林信惶急地要再画，被沈楼攥住手，径直拉到堂屋去。

"那媳妇说，蛊雕就是从这里下来的。"沈楼指着那大洞说。

"这洞如此小，哪里能过蛊雕，仅能容下兽头而已。"林信着急要去看娘亲，并不想看屋顶的破洞。

"没错。"仅容一个兽头，那就是有什么东西吸引了蛊雕，让它迫不及待地一头扎下来。沈楼说着，用虞渊挑开了断裂的案儿，露出一块青石砖。月光直直地打在上面，透出几分不寻常。

林信看看沈楼，顿时明白了他的意思，走上前去，扒开砖上的尘土，敲了敲。空的！

拔出吞钩撬开地砖，露出了数根血红细线，借着月光，可以看到细线之下放着个樟木盒子。

“当心！”沈楼阻止林信试图割断红线的行为，仔细看着，那些诡异的红线分明就是那日伤到林信的咒术。

“那盒子里，一定是……”话没说完，林信突然被沈楼捂住嘴，夹抱着跃上房梁，藏在阴影之中。

数道灵光自空中而来，落在院子里。

“应该就是这里。”

林信一惊，语调虚虚，带着点天然的怯懦，不是钟随风是谁？

钟随风走进来，身后跟着数名身着白衣的蛮人。那些蛮人很是急切，叽里咕噜地说了一串。

林信听不懂蛮语，转头问沈楼。沈楼单指点在他手心，快速将蛮人的话写出来。

“你确定在这里？那么宝贵的东西，怎么可能放在这么破的地方？”

“六年前蛊雕来过这里，”钟随风指了指房顶的圆洞，忽然发现地面被人翻动过，立时快步走过去，瞧见红线完好，顿时松了口气，“先说好，我把此物献给大巫，北漠得封我做贵族。”

“那是当然，你是大巫的追随者，大巫会给你想要的一切。”那蛮人很是虔诚地说。

钟随风结了个复杂的手印，划破手指滴了一滴血下去，那红线立时如蚯蚓般蠕动起来，攀附到钟随风的手腕上。

樟木盒子被拿出来，里面装着个小小的银环，银环之上串着一个玲珑剔透的铃铛。

“叮叮——”铃铛不摇不摆，无风自响，清音袅袅。

那几个蛮人见到这铃铛，立时齐齐行礼，兴奋得手舞足蹈：“这是圣女的角铃！没错！”

重画的阴镜里，兰苏的残魂正懵懂地绕着那角铃，她一靠近，铃就会响。绕一会儿，她又飞到林信附近，懵懵懂懂地伸手，似乎想摸摸他。

“我们快些走吧。”钟随风没有把角铃给蛮人，而是揣在自己怀里，当他们走出这间屋子，伸着手的残魂就像拴着线的风筝，飘着被拽走了。

林信目眦欲裂，不管不顾地跳了下去。

“代国公，这是要上哪儿去？”剑气在钟随风身前的地面上划出一道深深的裂痕，林信用剑尖指着这群人，荧荧光点缓慢地从这些人身上逸散，落到旸谷剑上，消失不见。

“林信！”钟随风下意识地往后倒退了一步，“你怎么在这里？”

听到林信这个名字，那些蛮人纷纷拔刀，口中呜呜啦啦地说了一串，群情激愤。

“把角铃交出来，爷饶你们不死。”林信懒得跟这些人废话，反正也听不懂，直接动手。他一剑砍翻离他最近的一名蛮人，踩着那人的肩膀旋身而起，灵剑在空中画了个圆，绞向蛮人的头颅。

钟随风祭出灵剑，转身欲逃，被沈楼横剑拦截。

“钟二叔，欲往何处去？”

看到沈楼，钟随风吃了一惊的同时，禁不住缩了缩脑袋。他是真的资质不好，若非生在钟家，就只能当个普通修士兵。对沈楼这种天纵奇才，他有着发自根骨里的畏惧。

［九］

沈楼出剑快且稳。不拔剑就得等死，明知自己打不过，钟随风还是硬着头皮上了。

鹿璃的灵光，在漆黑的夜晚尤为显眼。钟随风拔剑，招式中规中矩，刚刚出剑，就被沈楼轻巧地避开，而后沈楼以极其刁钻的角度反攻回来。沈楼根本不出大招，只是飘忽不定地戏耍他，好似是要把他留给林信来杀的。

走也走不了，打也打不过，钟随风急出了一头汗。“清阙侄儿，我与你父亲交情甚笃，咱们两家本就不分彼此。今日之事与你无关，你放我走，北漠那边……”

“有关。”沈楼淡淡地打断了钟随风的狡辩，挥剑速度分毫不减，将钟随风牢牢困住，并推着他远离林信的战圈，以免妨碍林信抽魂。

“嗡——”旸谷剑因为吸收了魂力而呈现出一层淡淡的蓝，剑身化作万千残影，收割蛮人的头颅。

这五个蛮人，灵力不弱，但也算不得一流高手。五人越打越虚，而林信的剑分明没有鹿璃，却越战越勇。魂力如月下萤火，星星点点，呈旋涡状源源不断地汇聚到剑身之上，宛如上古大妖张开了巨齿獠牙，将一切吞噬殆尽。

“当当当”，终于明白自己不敌林信的蛮人们，合力齐齐出剑。纵剑如蛟龙劈山，横剑如怒海奔涌，纵横交错，织剑成网，牢牢将旸谷剑卡在中间。

林信因为几人的合力，膝盖弯了弯，咬牙硬抗住了五人的力量。

蛮人得意地笑起来，叽里咕噜地说了句什么，其中一人突然变换剑招，直朝林信的胸口而来。

剑尖在林信眼中化作一道银光，稍稍侧身，妖刀吞钩骤然出鞘，“咔嚓”一声砍断了那人的脖子。蛮人的头颅骨碌碌飞了出去，不等其他几人看清，那弯刀已经划到了面前。

“刺——”吞钩所到之处，接连漫起血雾。

“咚咚咚”，四具尸体倒在地上，林信甩掉吞钩上的血，“唰啦”一声收刀入鞘，带着浑身煞气，一步一步地朝那边走过去。

“啊！”那边钟随风发出了惨叫声，竟是被沈楼砍伤了一条腿。

沈楼缴了钟随风的灵剑，让他跑不掉，未及说什么，一道极强的威压盖顶而来，正是闻声赶来的钟戮。短兵相接，没有丝毫的停顿，钟戮立时与沈楼战作一团。

两人都没有鹿璃，单比剑。钟戮的剑是杀人的剑，快而简单，直取要害；而沈楼，在不需要大量使用灵力之时，反倒不受拘束，将天下第一的剑术发挥到极致。

钟随风这才发现沈楼根本没有鹿璃！

“别乱动。”一把长剑随意地搁到了钟随风肩上，林信脸上还挂着蛮人的血，偏要摆出好商好量的表情，“要说的事有点多啊，要不先说说你拿了我娘灵器的事？”

钟随风哆哆嗦嗦地掏出那个角铃：“我只是想要一条生路罢了，这东西是蛮族的宝物，给他们，能换一份安稳日子。”

林信一把将角铃夺过来。破空之声从耳后传来，林信直接回剑，翻身躲开，剑身与钟戮的短剑相撞，发出刺耳的摩擦声。

“扑哧！”虞渊的剑尖没入钟戮的肩膀，捅了个对穿。

钟戮嘶吼一声，挪动肌肉，生生将剑推了出去，自己则横剑挡在钟随风身前。

“住手！”一瘸一拐赶来的钟无墨，扒着周宅破旧的门框勉强站稳，待看清了院子里的死尸与活人，他极其缓慢而痛苦地皱起眉头：“二叔，为何？”

“小墨，他们两个要杀我，你快来帮忙！”钟随风语带惊恐地说。

“为何？”钟无墨只是站在门口，执着地问。

“什么为何？”

“都这时候了，还装？”林信嗤笑，替钟无墨将未尽之语说出来，“为何要通敌叛国？为何要困杀沈楼？为何故意把他们兄弟两个送去宫中？”

“一派胡言！”钟随风白了脸，“这些年我想尽办法要把他们接回来，怎么可能故意把他们送去宫中？”

“那当年，是谁把我和沈楼引去荒园的？”林信潇洒地左脚别右脚，斜倚在沈楼身上。

钟长夜刚死，为了稳定西域局势，秘不发丧。年幼的沈楼却被钟家的侍卫引去了藏尸的地方，差点被钟戮剁成肉泥。那个引错路的侍卫，最后也没有找到。而当时的莫归山，正是钟随风掌家！

当年林信也怀疑过钟随风，但一则这人上辈子毫无建树，再则也想不明白他这么做的原因，就把这件事抛到了脑后。如今他知道钟随风勾结蛮人，一切也就有了答案。

如果按照他们的原计划，秘不发丧，让钟有玉继位，就没有钟随风什么事了。只有把事情闹大，让面临危险的玄国公世子将所有人都引来，消息飞快地传到京城，才能借皇帝的手带走兄弟俩，让“懦弱无能”的钟随风掌权。

完全得到西域的权柄，他才能放心大胆地与蛮人打交道。

“我所做的一切，都是为了钟家，我问心无愧。”钟随风终于收起了哆哆嗦嗦的声音，语调平静，只是依旧不怎么硬气。这人似乎天生如此，即便十分清楚的事，说出来也带着几分不确定。

“勾结蛮人，为了钟家？”钟无墨用木棍支撑，拖着断腿挪进院子里。用鹿璃换黄金，引蛮人入中原，怎么看也不像是对钟家好，反倒让钟家日渐衰败。

沈楼看看他，眸色微沉。当年的事，钟有玉那个傻子定然是不知道的，但钟无墨就不好说了，话少的人心思重。

“蛮人用二两金换一两鹿璃，这是多好的生意，”钟随风绑好受伤的腿，撑着站起身，“钟家需要这些黄金。现在看着衰败，等有玉继位，把库房打开，西域就能再起来。”

“金矿呢？”钟无墨一惊。

天下四域，各有各的营生。最有钱的莫过于拥有鹿璃矿的南域；东域毗邻东海，有珍珠、鲛绡、宝石；北域虽然没什么特产，但兵强马壮，各地平乱都要从北域借兵，譬如这次沈楼出兵狄州，钟家就要给很多钱。

至于西域，则有一处金矿。

南璃、北兵、东珠、西金，由此而来。

“金矿，早在十几年前就已经空了。”钟随风苦笑，西域没有其他营生，兵力又弱，如果没有金矿，早晚成为一盘点心。

“所以，钟长夜派人截杀我爹娘，是因为穷疯了？”林信讥讽道。

钟随风看了一眼林信，闭口不言。

“你爹娘……”钟无墨一惊，这事他还不知道。

“你爹坚信我爹寻到了鹿璃矿脉，派人截杀，害死了我爹娘，还让这条疯狗追着我跑了几百里。”林信用剑尖点了点钟戮。

虽然因为钟戮这种“不杀孩童”的奇怪标准躲过一劫，但林信也不可能感激他。他杀了赵坚，也造成了自己被困于赵家、生不如死的幼年。

钟无墨原本是不信的，自己的父亲当不会做出这种事来，但听到是钟戮所为，便无法辩驳了。

钟戮是钟长夜养的杀人刀，幼时被后母推下陡坡，为钟家老爷子所救，又被钟长夜养成了一条疯狗。他只听钟长夜一个人的话，忠心耿耿，指哪儿打哪儿。

“钟戮，过来。”钟长夜死后，他的这条忠犬，便传给了钟家兄弟。

然而，钟戮没有动。

“戮，保护主人。”钟戮眼一眨不眨地盯着沈楼和林信。

主人？

所有人都惊呆了，眼睁睁地看着钟戮接住钟随风递过来的一块鹿璃，嵌在灵剑之上。

“你的主人，是钟随风？”林信哑声道，骤然攥紧了沈楼的手臂。

“没错，他的主人是我。”钟随风勉强站起身来，趴到了钟戮的背上。

……

当年在那个山坡上，是年幼的钟随风攥住了老国公的衣角：“爹，我们救救他吧，太可怜了。”

“破相了？”老国公的性子跟钟长夜一般无二，说出的话总是极难听的，“也好，丑奴配你这个废物，倒是合适。”

……

“拦截你爹娘，是大巫的意思。鹿璃矿脉归钟家，他只要你娘回北漠。所以我帮蛮人混进来，抓你爹娘，又叫钟戮去斩草除根。只可惜这个蠢货，没能杀了你。”钟随风颇为可惜地说。

所以，截杀林争寒和兰苏的，是假扮钟家属下的蛮人；追杀林信，重伤赵坚，全都是钟随风的主意。钟长夜自始至终，都没有参与过这件事。

难怪，难怪钟长夜面对他的质问那般惊讶。他杀错了人，报错了仇，捏错了神魂！一代枭雄钟长夜，被林信毁了神魂，就如雁丘镇上那几个跑堂一般，成了林信手上血淋淋的债！

“信信？”沈楼见他气息不稳，转头查看。

正在两人走神之时，无数红线突然从地底冒了出来。

沈楼抱住林信，一跃而起。但他没有鹿璃，只能凭着自身的灵力跃起一丈高。

然而，空中还有几道不知何时布下的红线，瞬间将沈楼的后背割出血来。林信回过神，将旸谷踩在脚下，拉着沈楼快速躲过去。方才存储的魂力尚有剩余，足够两人御剑。

然而那红线似是活物，尝到了沈楼的血，便不依不饶地追上来，牢牢缠住了他的脚踝。

此时，钟戮已经背着钟随风御剑逃走了。

“咻——”一支摸鱼儿划破夜空，蹿到了林信面前。林信抓住那小剑翻看，后面写着一个“离”字。

“师父！”林信一惊，这是朱星离的摸鱼儿，师父出事了！

他话没说完，就听“扑通”一声，刚刚飞起来的钟戮，被人一脚踹了下来，钟随风被连带着在地上滚了两圈。

“呦，你俩这急匆匆地干什么去？挖坟啊？”一身绛红鲛绡的朱星离，踩着烧火棍一般的春痕剑，晃晃悠悠地飘了下来。

林信提剑要砍断沈楼脚上的红线，朱星离立时制止：“别动！”

“不想让沈世子暴毙，就放我走！”钟随风呛咳了两声爬起来，那红线突然收紧。

朱星离二话不说，咬破手指，虚空画了个符，弹到了红线之上。那红线便如被开水烫了的细虫，倏然退去。

“咒术嘛，我也会。”朱星离得意地说。

林信见危机解除，瞬间扑了过去，在所有人反应过来之前，一刀钩住了钟随风的脖子：“我只问你，我爹娘，是不是你杀的？”

“是……哎，不是我，是那些蛮人，”钟随风摇头，又变成了那副贪生怕死的熊样，“冤有头，债有主，你去找大巫报仇！我只是资质太差，想跟他学点巫术，唔……”

他话没说完，就被林信割断了喉咙。

而被沈楼缠住的钟戮，嘶吼一声，不管不顾地冲上去。忽见林信握掌成爪，扣住钟随风的天灵盖。

“再向前一步，我就捏碎他的魂魄！”

钟戮瞬间收住脚步，“扑通”一声跪在地上。

林信指尖发颤地扣着钟随风的脑袋许久，急喘几口气，慢慢松开了手。现世报仇，不累来生，说到底，他林信不是阎罗，没有资格做这种事。

钟戮接住钟随风的尸体，反复查看，确定他已经死了，这个刀疤脸、三白眼的凶神，脸上突然露出了一丝茫然。

被后娘虐打，被族人漠视，只有那个懦弱的小孩子关心戮的死活。废物也好，没主见也好，心狠手辣也好，通敌卖国也好，他都是戮的主人，唯一的主人。

“啊啊啊啊！”钟戮突然暴起，冲向林信。

沈楼横剑拦截，钟戮却一头撞在了虞渊剑上。吹毛断发的灵剑，将钟戮的脖颈切断。

院子里骤然陷入了一片寂静，北风吹过大荒，卷起漫漫尘沙，遮盖了一地狼藉。

没了主人的犬，不能独活。

第十章
灭狼

古来道相思，
碧草红豆塞上诗，
而今塞上草如织。

［一］

钟无墨慢慢挪过去，在钟随风的尸体前坐下，抬手给他合上了双眼。

林信低头，看着自己满手的鲜血，不发一言。

当年在洛川的小城里，师父给一个误以为被后娘耽搁了前程的人一句批语：“蓬莱有路，一朝错恨”。如今用此批语来说他，也恰好合适。

钟长夜灵力强大，手腕卓绝，乃是一方枭雄，皇帝也要礼让三分，是上辈子林信最难逾越的仇敌。若是知道杀父仇人是一无是处的钟随风，林信根本不需要割鹿侯的无上权柄。

蓬莱有路，偏偏走成了荆棘途。一招错恨，断了无辜之人的轮回路。

沈楼抱着他起来。

“这是怎么了？”朱星离过来看徒弟，忽然一道耀眼的金光自天边而来，晃得人睁不开眼，“这是谁呀？”

一队身着金甲的金吾卫，身后跟着焦头烂额的钟有玉，落在了这破败的院子里。

“二叔！钟戮！”钟有玉看到地上的两人，惊呼着快步奔过去，看到钟随风脖子上的吞钩刀痕，顿时红了眼，转身抓住林信的衣襟，“是我爹杀了你爹，冤有头，债有主，你杀我叔叔作甚？”

钟随风虽然无能、懦弱，但自小对他们兄弟俩是极好的。父亲严厉，日子不好过，尤其是调皮的钟有玉，经常挨打，二叔总是磕磕巴巴地拦着，说他还小。

“对不起。”林信哑声道。

“说对不起就能解决问题吗？我二叔都死了！”钟有玉哭起来，“就算他通敌叛国，也轮不到你来杀他！”

他已经主动带着金吾卫来寻叔叔了，准备亲自绑着他去见皇帝，没准能得个从轻发落。这下可好，什么希望都没了。

“钟有玉！”沈楼扯开钟有玉的手。

“是叔叔杀的，不是爹，”钟无墨突然开口，用漆黑无波的眼睛看向兄长，“我们入宫，是叔叔的一计。”

钟有玉被沈楼推了个踉跄，听到弟弟这话，顿时愣住了。

所有人都不说话，只有跟着钟有玉来的家臣吴兆阳，在跟金吾卫交涉。金吾卫决定将钟随风的尸体带回京中，给皇帝发落。

“侯爷可要随我们回京？”金吾卫统领过来跟林信行礼。

“都过年了，回什么京，我们得回南域去了。”朱星离摆手道。

“但，这事是侯爷上奏的，属下不好跟皇上交代。”统领有些为难。

“本侯几时上奏了？”林信抬头看他们，眸色冷厉。从撞破钟随风跟蛮人的勾当之后，他就一路疲于奔命，哪里有时间跟皇帝告状。

那金吾卫立时不敢出声了：“竟不是侯爷上奏的？那属下一并呈报给皇上吧。”说罢，他不敢再多言。

吴兆阳走到钟戮的尸体边，仔细看了看，又看了一眼钟随风，无喜无悲。他捏着腰间的玉石吊坠，唇瓣微动，似在无声地念叨什么。

沈楼看到吴兆阳这番动作，眸色微暗。想起那年在南域遇到吴兆阳时，林信还跟他讨论吴兆阳戴着块桂花糕玉佩，实在好笑。

“吴万户，你这玉佩，是何人的？”沈楼沉声问。

吴兆阳看向沈楼，似乎有些诧异他会注意到自己的玉佩，但还是恭恭敬敬地答了：“是小越的，不知世子可还记得？”

那年秋贡宴上，大放异彩的断剑客吴越，那个笑起来会露小虎牙的年轻人。

金吾卫跟钟家兄弟商量好，开始收拾钟随风的尸体，没人注意到这边。

吴兆阳看着手中的黄玉桂花糕，用谈天说地的语气跟沈楼聊了起来：“他是我们吴家灵脉最好的孩子，国公爷说过他是上上等的资质。小越想考武状元，想上战场，说是要挣个列侯回来。他最佩服的就是玄国公……很久没有人跟我聊小越，让世子见笑了。”

沈楼看着似在克制什么的吴兆阳，神色复杂。

林信听到这话，看了一眼那边的金吾卫。

来大荒取角铃，绝不是什么临时起意，钟随风是在往北漠遁逃。他这么着急地要逃，定然是知道金吾卫要来抓他了。在这么短的时间内，皇帝是如何得知钟随风通敌叛国的？

“那晚在莫归山，是你引我去看蛮人的？”林信盯着吴兆阳。

吴兆阳微微一笑：“侯爷在说什么，小的不知。”

金吾卫带着尸体和钟有玉，连夜赶回京去。吴兆阳则留下来照顾钟无墨，带他回莫归山。

错身离开，吴兆阳低声对林信说了一句话：“侯爷若要寻骨灰，可往北漠去。”

林信瞳孔一缩，待要再问，那人已经背着钟无墨，踩上灵剑消失在夜空中。

“不必追了，他知道得也不多。”朱星离叹了口气，拿过林信背上的雪寂查看。他看到林家夫妇的坟被翻了个底朝天，就知道出事了，便放出摸鱼儿寻了过来。

摸鱼儿既然可以用来求救，自然也可以用来寻人，只消跟着它跑便是。

“师父，我娘究竟是什么人？”林信举起手中的角铃。

朱星离有些讪讪，孩子大了，没法用“小时候冻蓝的”这种话糊弄了：“你娘，本名叫乌洛兰达苏，是可汗乌洛兰贺若的亲妹妹。”

林信和沈楼俱是一惊，那些蛮人说“圣女”，他俩都以为是跟大巫有关的，不承想竟是北漠公主！

“叮——”角铃自己响了一下，似乎是在回应朱星离的话。

“那年蛮人大巫不知道犯什么病，非要她做圣女，还要拿她祭天，贺若竟然也同意了。她不想死，就逃了出来，遇见了你爹。”朱星离把埋藏了多年的秘密说出来，自己也松了口气，拿过角铃来晃了晃，“这灵器，是兰苏用来找鹿璃矿的。”

乌洛兰达苏有一项特殊的能力，可以借用动物的眼睛来看东西。这角铃，便是挂在鹿角上的，一旦找到鹿璃矿，她便可以将残魂附在鹿眼上，看到具体的位置。

“不然你以为菁夫人为何喜欢你？”朱星离见徒弟脸色不好，便说话来逗他。林信没有继承他娘的能力，只是多少还有点影响，那些个小东西，就喜欢亲近他。

林信把角铃抢回来，珍而重之地捧着：“别乱动，这里面有残魂。”

“是吗？那快些放了吧。虽说缺一点神魂不影响投胎，但终究不好。”朱星离摸出一盒朱砂，就要画阵。

“我不！”林信把角铃揣进怀里，那残魂是娘亲的模样，带在身边他还能时时看到。

人死之后，魂魄分离。魂归天，魄入地。只要魄没有散，就还有生的希望。这一缕残魂是从神魂中分离出来的，并不影响轮回。

“缺魂，下一世身体会差。”沈楼低声劝他。

林信看看沈楼，紧紧捏着手中的角铃："我想，再看看她。"

朱砂画阵，鹿璃聚灵，不需阴镜，便能看到魂影。浅浅的魂，在阵法中上下飘浮，懵懂地看过来。朱星离将这缕残魂一点点从角铃中剥离出来，切断她与角铃的联系，再放归于天。

"娘，我是迟诺，我长大了，你看看我。"林信看着阵法中的乌洛兰达苏，万分不舍，想把这模样刻在心里，不要再忘记了。

残魂眼神空洞地看过来，幽魂脱离灵器，渐渐变得明亮。缓缓升天的一刻，原本懵懂的残魂突然开口，叫了一声："叱奴。"

叱奴才是林信真正的乳名，在蛮语中是狼崽的意思。只是林信不懂蛮语，以为是迟诺。

那声音，温柔清灵，与梦中娘亲哄他睡觉的声音一般无二。

"娘！"林信扑过去抓了空，残魂消失不见，就连朱星离画的阵也灭了灵光。他眼前骤然一黑。

"信信！"沈楼赶紧接住他，人已经昏了过去。

朱星离还来不及炫耀自己的新阵法，就被徒弟吓坏了，赶紧拉住他的手看。这才发现，那满手的鲜血不是杀人时沾上的，而是他自己的。手掌上的伤口开裂，已经染了半边身子，只是他穿的衣服颜色暗，没看出来。

"这是咒术，得先去咒再止血，不然永远也好不了！"朱星离痛心疾首地说。

林信再次醒来，是在浣星海。屋子里点了草木冷香，满满的都是沈楼身上的味道。

窗外传来师父的声音："哎，沈歧睿，我留在浣星海陪你过年，你高不高兴啊？看我对你多好，过年都没回家。"

玄国公沈歧睿不明意味地哼了一声："那可真是谢谢你了。"

"哎，不客气。我们朱家人都心善，特别是对老寡妇、老鳏夫。"

"朱亦萧！"

［二］

林信起身，遍寻不到沈楼，便出去问师父。

沈歧睿和朱星离正在院中的大枫树下喝酒。瞧见林信出来，沈歧睿转头跟他打招呼，朱星离趁机往沈歧睿的杯子里弹了个雪球："信儿，过来给为师倒酒。"

"清阙呢？"没有理会自家师父的无理要求，林信在枫树下站定，直接问道。

“他刚吃了药，睡了，”朱星离含糊道，端起酒杯冲沈歧睿抬抬下巴，“来来，走一个。”说罢，他一饮而尽。

沈歧睿看也不看地举杯，扣了满嘴的雪。

“哈哈哈……”朱星离笑得前仰后合。

林信看两人的架势，微微蹙眉。此处是沈楼的住处枫津，被朱星离这般捉弄，沈歧睿也没有起身离开的意思，显然是不放心什么。

客房，黄阁正老老实实地站在门外守着，瞧见林信过来，立时行礼：“侯爷，世子刚睡下，您过会儿再来看他吧。”

“闪开！”林信冷着脸，一把推开了客房的门。

“唔……”低低的痛哼，在木门打开的瞬间扑进了林信的耳朵里，宛如一道炸雷，激得他心尖都疼了起来。床上的沈楼眉头紧锁，似在忍受着巨大的痛苦。

“侯爷！”守在床边正给世子擦汗的紫枢，瞧见林信进来，顿时有些慌乱。

沈楼睁开眼睛，眉毛上沾了汗珠子，颤颤巍巍地挂着，眼中却很是平静，甚至带着点笑意：“信信，你醒了。”

“这怎么回事？”林信甩掉鞋子爬上床，将沈楼抱进怀里，感觉到他在微微颤抖，摸出一颗药丸给他吃。

“朱先生给补了魂。”紫枢替世子回答道。

沈楼摇头，逍遥丸虽好，但会麻痹他的意识。他需要跟新补进去的魂对抗，将对方吞噬掉，最好还是保持清醒。

“你出去吧。”林信摆手，让紫枢离开，自己脱了袜子坐进被窝。

紫枢也觉得自己挺多余的，默默地退出去关上了门，跟黄阁一起揣着手当门神。

“师父给你补的什么？”林信轻轻抚着沈楼的发顶，虽然这对减轻神魂的疼痛起不到什么作用，但聊胜于无。

沈楼倒是挺受用的，觉得疼痛减轻了不少：“我也不知，说不是人魂，叫我放心。”

不管生魂死魂，都会造成记忆混乱，况且用别人的魂来补魂，本就是不太好的事情。朱星离这半年在外，不知寻了什么古怪的材料，拍着胸口保证这次能把沈楼治好。

沈歧睿不放心，这才守在枫津，忍受朱星离的捣蛋。

找到了沈楼，闻着对方身上的草木冷香，身体尚且虚弱的林信又打起了哈欠。

“还困？”沈楼示意他躺下。

林信从善如流地躺好，半晌才说了句话：“我不该杀了钟长夜。”

“前世，你已经偿命了。”沈楼摸摸他的后背。

“但我把他的下一世、下下一世，都杀了。”

半晌，没听到沈楼回答，林信忐忑地抬头看他，却见他微微仰着下巴，脖颈上青筋紧绷，显然是在忍着疼。

沈楼缓过这一阵剧痛：“该还的，你都还清了，不必自责。”

“嗯？”林信觉得沈楼这句话不简单，待要再问，却被沈楼按住脑袋。

“信我，叱奴。”沈楼轻声说着，慢慢合上眼。

林信睡了一会儿就醒了，他太依赖沈楼了，这人是他那些痛苦岁月里唯一的安慰，再也舍不得放手。

睫毛轻颤，沈楼缓缓睁开了眼，应是已经克化了补的东西，面上并无痛色，四肢肌肉也是放松的。漆黑的双眸，带着几分懵懂，好奇地看着林信。

“醒了，还疼吗？”林信伸手捏他的脸。

沈楼乖乖地给他捏，末了，轻轻舔了一口自己的手掌。

“咦？”这动作，沈清阙寻常是绝不会做的，林信不觉得可爱，只觉得毛骨悚然，噌的一下坐起来，“沈楼，你还认得我吗？”

沈楼跟着坐起来，歪头看他。这就更奇怪了，一个大男人，做出这种幼稚无辜的动作。

“信信。”

还好，认得。林信还没来得及松口气，就被沈楼用脑袋顶翻在床上。

“师父！”林信扯开嗓子，大声疾呼。

“砰！”客房的窗户被打烂，朱星离瞬间蹿进来：“怎么了？怎么了？”

“你给他补了什么东西？”林信欲哭无泪地被沈楼按在床上蹭脑袋。

沈歧睿随之而来，看到眼前的景象不由得黑了脸：“成何体统！清阙，快起来！”

沈楼听到父亲说话，便坐起身来，轻咳一声：“我有点控制不住自己。”他方才做了个长长的梦，梦到自己在林间飞奔，吃到了极为鲜嫩的青草，喝到了比梨花酒还要甘甜的泉水。醒来看到林信，他就忍不住想要跟林信蹭蹭头顶。

“来来，神魂离体给我瞧瞧。”朱星离支使沈歧睿去关门，拉着沈楼坐好，快速在他四周摆了几块鹿璃。

合目，神魂出窍。

鹿璃的光芒中，显出了沈楼明亮的神魂。那神魂与寻常的沈楼一般无二，只是左边头顶，多了一只奇怪的鹿角。

“啊，补的是九色鹿。”朱星离了然，单指点在沈楼眉心，大喝一声，“回魂！”

神魂重新回到身体，沈楼睁开眼，抚着脑袋忍过这一阵天旋地转。

“那是什么？”沈歧睿也看到了神魂的模样，微微蹙眉。

“你给他补了兽魂！”林信难以置信地看向师父，“不是说兽魂没什么用吗？”

“这是灵兽魂。”朱星离摸出那颗八面玲珑的黄泉珠，如今的珠子灵光闪闪，像是装满了宝石的锦囊，骄傲地炫耀着它的金贵。

世间除了寻常的牲畜野兽，还有一部分与蛊雕相近的灵兽。它们天生有灵脉、有神魂，比寻常的野兽要聪明得多，只生活在人迹罕至的地方。

朱星离这半年来，就是找这种灵兽去了。寻了这么久，他只找到了三只，九色鹿、雪月狼、赤尾狐。

“都是完整的生魂，大补，三个就差不多了，”朱星离把黄泉珠扔给林信，“等他忘了鹿的事，再给他补下一个。”

灵兽性子单纯，记忆也很少，容易克服，就算出现混乱，也会很快就消失。断不会再出现被别的魂控制身体杀林信的事了。

然而，朱星离没有料到的是，灵兽的记忆虽然简单，兽的本能却很执着。于是，整个过年期间，沈楼都在试图吃草。好在头是不怎么疼了。

窗外北风呼啸，两人躺在床上，真是再惬意不过的事了。林信用热水泡过的、暖乎乎的脚指头，碰碰沈楼的小腿：“清阙，我的手已经好了。”

“嗯？”沈楼拉着他的手看，拆开裹缠的布条。那些可怖的小窟窿都不见了，手掌光洁如初。

沈楼温柔地回应，而后安然入睡。

到了正月十五，沈楼总算正常了，不再时不时地寻草吃，还拉着林信去浣星海看花灯。

沈家人在冰湖上雕了各式各样的冰灯，夜间点起来，晶莹剔透，五彩斑斓，好似仙人坊市，遥遥不见尽头。

“哥！看我的灯！”巡界回来的沈楹楹，提着个玲珑的八角灯笼，在湖里玩冰嬉，眨眼间就滑到了两人面前，“阿信，下来玩！”

“秋庭，把那块冰搬过来。”沈楼指着不远处雕冰灯剩下的一个冰坨。

沈楹楹应声去了，“咔嚓”一声掰下来，单手举着扔到兄长脚边：“你要做什么？”

“雕个花灯。”沈楼在下人搬来的椅子上坐下，摸出一把小刀，片刻就将那冰坨刻成了小鹿，挖空脊背灌上灯油，点燃灯芯，缓缓递出去。

这还是沈楹楹第一次见识兄长的手艺，受宠若惊地伸手去接，却见那灯直接递到了林信手里。

“又是小鹿？”林信接过来，笑着看他。

“我只会雕这个。”当年是林信赖着让他雕小鹿赔罪的，他就只学了雕小鹿。

林信微愣，旋即明白过来，喉头发痒：“这可真算是术业有专攻了。”想起当年那个躲在房里偷偷刻小鹿的少年沈楼，他蓦地有些心疼，心疼没能送出小鹿的沈清阙，也心疼没能收到小鹿的自己。

沈楹楹咂咂嘴，默默倒退着滑远了，正撞上风一般冲过来的朱星离。

“大侄女，咱俩比比谁滑得快。”

“比就比！”

浣星海的冰面上，顿时人仰马翻，岸上的两人已经不见了踪影。

［三］

雪松林中，小鹿灯挂在树梢，幽幽的灯火映着林信似蹙非蹙的眉，莫名地让人心尖发疼。

“沈清阙，我求你件事，这一世还比我活得长，好不好？”所有人都比他先走——爹娘、师父、封重，只有沈楼最疼他，比他活得长。

沈楼没有回答，直接把林信背了起来，跳上虞渊就往枫津飞去。

“做什么？”林信舔了舔唇。

“补魂。”沈楼把人放到床上，将黄泉珠塞到林信手里。过了年他就要及冠了，残缺的魂若是承受不住骤然大涨的灵力，定然会影响寿数。

黄泉珠在手中滴溜溜地转，林信咬牙：“这里面，就剩一个狼魂、一个狐魂。都是凶兽，得做些准备才行，”林信面色严肃地说，“万一你兽性大发，可怎么办？”

原本还有些担心的沈楼，顿时哭笑不得：“兽性大发是这个兽性？”话虽这么说，他还是起身摸出了一只小玉盒。

黄泉珠困着生魂，分辨不出谁是谁，便只能闭着眼补一个进去。林信抱着沈楼，熬过最初的疼痛，已经到五更天了。

“不疼了吗？”林信给他擦掉额头的汗，好奇地看着那双漆黑的眼睛，想知道这次补的是什么魂。

沈楼突然翻身，一口咬上了林信的脖子。黑色的眸子渐渐有了神采，透出几分嗜血的凶悍来。

“啊……”林信惊呼出声，这咬得委实太疼，肯定破皮了，“沈清阙，你醒醒，我不是肉，不能吃，啊！”

说话间，又被咬了一口。

“信信。”沈楼埋在他颈肩喘着粗气。是雪月狼的魂，他这会儿特别想咬人。

“唔……”林信吓得往后缩，被沈楼抓着脚腕拖回去。

狼魂的本能挥之不去，沈楼还是忍不住咬人。温暖如春的屋子里，时不时冒出惨叫声，甚是怪异。

两人没有注意到，天边已经泛起了鱼肚白，日出而作的人们，渐次醒来。

“砰！”卧房的门被一脚踹开，寒风夹杂着雪粒子呼啸而来，沈歧睿面如寒霜地站在门口，地上跪着满脸愁苦的黄阁和紫枢。

屋中的状况一览无余，沈楼正一脸餍足地穿衣洗漱，林信则满身伤痕地趴在床上，瞧着好似要断气了。

“父亲！”沈楼一惊，立时拉过被子将林信包裹住。

“信儿！怎么回事？”跟在沈歧睿身后的朱星离，快步跑到床前去看林信，拉开被子瞧见林信满身的血印子，顿时黑了脸。

“呜呜……”林信眨眨眼，突然哭了起来，一副受了天大委屈的模样，“我昨天给他补魂，谁知、谁知……嘤嘤嘤……”

“畜生，看你干的好事！”沈歧睿怎么也没想到，自己从小到大规规矩矩的儿子，竟会干出这等出格之事。这人还不是别人，是要命的割鹿侯！

“沈歧睿，你说怎么办吧。”朱星离握住腰间的春痕剑，下垂的眼角难得没了笑意。

玄国公气急，把自家儿子狠狠训斥一顿，让他明日就去北漠打仗，不许再纠缠林信。

“不行！”林信立时不干了。

“就是，你们沈家得负责！”朱星离跟着附和，说完忽觉不对，抬手给了林信后脑勺一巴掌。

不管自家爹怎么发火，沈楼依旧泰然处之，亲自照顾林信，给他清洗上药，哄他入睡，而后，才请父亲到正厅，深谈一番。

对于这突如其来的变故，门风清正的沈家家主一时有些难以接受。待沈楼补了最后一个魂，就把他远远打发到战场上去，不许回来。朱星离则拽着自家一步三回头的没出息徒弟，回了京城。

“你真打算跟随沈家那小子一辈子？”朱星离拽着林信的耳朵晃晃，想听听他脑子里装的是不是水。

“嗯。”林信低头把玩星湖石小鹿，眉头微蹙。若不是沈楼说要去北漠帮他找爹娘的骨灰，他怕是要跟沈歧睿当场翻脸。

自家徒弟自己了解，他若是不愿意，十个沈楼也奈何不了他。朱星离头疼地揉揉额角，世人都说他朱亦萧离经叛道，没料想教出的徒弟青出于蓝。

“你师伯要是知道，肯定要打死我了。”朱星离很是惆怅。

正说着，两人已经入了宫门。迎面走来几名文官，瞧见两人，立时躬身行礼。

“侯爷，多时不见。”依旧是一身布衣的罗侍君，跟在文官群里，显然是被元朔帝准许跟着上朝了。还未过春闱，便上朝议政，这位望亭侯的凡人属臣，也算是大庸的头一个了。

那些文官都知他受宠，不敢得罪。

林信不欲与他多言，径直走过去，忽听得罗侍君惊呼一声：“先生！”

这话显然不是对着林信说的，而是对着朱星离。罗侍君很是激动，扯住朱星离的绛红衣袖：“先生，不知您还记不记得我，七年前在洛川，您给我算过命的。”

朱星离算过命的人多了去了，如何会记得这号人物。

“蓬莱有路，一朝错恨。”罗侍君一字一顿地念出了这句批语。

他家境尚可，做点生意，在当地也算富户。幼时曾有仙者说他有灵脉，后来又说摸错了，让他一直怀疑是后娘捣的鬼。偶遇朱星离，一句话点醒他，他虽说放下了对后娘的怨恨，但对于自己没能登入仙途一直耿耿于怀，发誓要出人头地。

“原来是你。”林信仔细看了罗侍君一眼，当年那个锦衣华服的青年，如今完全换了副模样，变得汲汲营营，不择手段。

本以为这场“他乡遇故知”的戏唱了便罢，没料想第二天罗侍君就找上门来，要朱星离给他做举荐。

“太师，咱们也算有缘。皇上已经许诺给我官位，只消过了春闱便可，我想请您做我的保举人。”罗侍君得到皇帝的认可，整个人都有了底气，言语间也学会了墉都的腔调，好似把这个机会给朱星离乃是赏赐一般。

“哎，亲不能乱认，咱俩可没什么缘分。”朱星离连连摆手，很是认真地说。

没料想朱星离拒绝得如此干脆，罗侍君脸涨得通红，胡乱说了两句便甩袖走人。

“啧，看来是望亭侯不要他了。”林信倚在廊下，看着罗侍君略显佝偻的背影，无论如何都跟洛川小城里那肆意的青年才俊联系不到一起。人在矮檐下久了，就会折了脊骨。

“还不是因为你，先去了望亭侯家，让他丢了主子。”封重穿着绣五爪银龙的亲王常服，缓步走来，在林信开口骂他之前，塞了一盒点心过去，“刚出炉的，尝尝。”

林信撇嘴：“听说你差事办得不错，皇上赏你了？”

“唉，别提了。”封重苦恼地抓头。

开春，北边冰河决堤，几个郡遭了洪水，朝廷须得去赈灾。冰河开化，天寒地冻，这可是个苦差。养尊处优的京官们互相推来推去，最后差事自然就落到了老好人英王的头上。封重学得杂，懂水利，懂农耕，还懂点医术，指挥着修士们固堤修坝，赶在春耕之前排走了洪水，安顿了百姓。

这差事办得实在漂亮，元朔帝龙颜大悦，当朝夸赞了英王，并把春闱之事也一并交给他来操持。

这下可是捅了太子的眼窝子，近来没少找他麻烦。

春闱有多重要，不消细说。朝中已经有了风言风语，言说皇帝如此重用英王，是要改立太子。毕竟英王跟权倾朝野的割鹿侯如此亲近，若是太子登基，恐怕降不住割鹿侯。

“哗啦啦！”太子将面前的矮几推翻，上好的天青瓷茶具碎了满地：“重修鹿栖台？父皇是把割鹿侯当亲儿子养了吧！”

“殿下，慎言。”东宫官赶紧劝慰。如今钟有玉回去当国公了，没人在太子身边说笑话逗闷子，他们的日子就越发不好过了。

太子背着手，在屋子里来回踱步。谁也没想到，年纪轻轻的林信把差事办得如此完美无缺，一次岁贡就削了二十几个县回来，远远超过了元朔帝的预期。

鹿栖台作为早年赏赐给林争寒的封地，年久失修，早就不能住人了。这次，封卓奕为了奖励林信，着人按行宫的规制重修鹿栖台。说是行宫的规制，其实鹿栖台真正的屋舍面积还不足行宫的三分之一，费不了那么多钱。

但无论如何，这也足以让朝臣明白割鹿侯的受宠程度。借着京中侯府门匾落成之际，他们给林信送了不少厚礼。

“灭狼之计，可以提前了。”太子看着手中的消息，沉声道。

割鹿侯府。

林信坐在庭院中央的石凳上，拿着块细葛布慢条斯理地擦拭旸谷剑。院子里整整齐齐站着十几名美貌女子，面对着传说中杀人如麻的割鹿侯，瑟瑟发抖，大气也不敢出。

“侯爷，这些都是各地列侯、朝中大臣送的美人，您看……”管家是皇帝指派的，过了年刚上任，拿不准林侯爷的脾性。

“卖了。”林信头也不抬地说。

“卖、卖了？”管家难以置信地重复了一遍，回头看看那些个女子，个个如花似玉、娇艳欲滴，侯爷竟舍得卖了？先前在宫宴上，林信跟那番邦舞姬眉来眼去，让众人以为他喜好美色，一股脑送来这么多。

擦拭完剑身，林信抬手，一剑将石桌劈成了两半，吹了吹剑上的浮灰：“凡事，莫叫我说第二遍。”

“是。”管家冒出一头冷汗，忙不迭地让人去叫人牙子来。

“我记得，咱们朱家修的不是佛道吧？”后院里，朱星离正蹲在树底下捣鼓东西，瞧见林信过来，故意唉声叹气。

“修的是不近女色之道，如此而已。”林信一本正经地说，把从珠宝箱子里挑出来的几本古籍扔给师父。

朱星离立时忘了教育徒弟的事，接住书就爱不释手地翻动起来。

“这是什么？”林信倚在树干上，低头看朱星离压在石头底下的符纸。

“别动！”朱星离赶紧捏住他的手腕，用灵力包裹着手指，捏起那道符。符纸发黑，似是羊皮纸，上面绘满了鲜红的符咒，中间一颗宛如人眼的白珠子在不停转动。

“噬灵！”林信只觉得浑身的血液都涌上了头顶，瞬间炸开。他一把推开朱星离，用剑尖将那符咒拂出几丈远，抓着师父查看脉腕。

“你认得？”朱星离见徒弟神色不对，也不敢说要拿回来玩。

“一旦噬灵入体，人便会灵脉尽毁，无药可解，且会传染！”见朱星离没有沾染到，林信稍稍松了口气，“这东西哪儿来的？”

“在北漠……顺的。”朱星离底气不足地说。

顺的，就是顺手牵羊偷来的。林信头疼地看着师父，十分想打他一顿：“朱星离，你答应过我什么你还记不记得？”

真是把徒弟惯得不成样子了，天天连名带姓地叫师父。朱星离抬眼瞪他，却发现林信红了眼：“好了好了，答应你的，为师一定做到，绝对活得比王八还久。既然这东西害人，我就更得找出破解的办法，不然哪天要是倒霉了，岂不是只能睁眼等死？”

说来说去，还是想玩。

林信：“……”

草长莺飞，大漠雪初停。一人一骑在积雪刚刚融化的草原上驰骋。

“将军，大巫让我转交给您的。”山坡上，身着巫师袍的女子拦住了他的去路，将一个通体漆黑的牛角筒递过来。

温石兰眼中闪过一丝厌恶：“拿回去，不需要。”

“将军，这也是可汗的意思。可汗希望将军能带好消息回来，”女子执着地将牛角筒递过去，“沈家的小黑蛇长出了翅膀，正往天山以北飞去，将军可要抓紧了。”

苍鹰划过天际，在温石兰刚毅的脸上投下一片阴影。抬手接过牛角，他一言不发地翻身上马，绝尘而去。

［四］

割鹿侯把送进府里的十八名美女卖了一百八十两银子的事，很快在京中传开。

林信拿着几个银锭子，在早朝时当众交给了皇上：“诸位大人想必是忘了，不负如今刚过十六。送这么多美人来，是打算毁了臣的仙途吧。”

那些道听途说送错了礼的官员，顿时吓破了胆，纷纷埋怨起乱传消息的人。

“果然还是林家说得对，割鹿侯只要钱，不要别的。”终于学乖了的众人，不再打歪主意，要讨好割鹿侯，就悄悄送鹿璃。

林信把这些零散的小钱都给了封重，让他去装点门脸，收买人心。

“不用，”封重将大把的钱推回去，只拿了几个散碎小钱，“我去买只烧鸡……嗷！”果不其然被林信揍了。

“你就这点出息，待封章上位，就等着去北漠喂狼吧。”林信恨铁不成钢地说道。回头一看师父又不见了踪影，定然是去偷偷研究噬灵了，真是一个两个都不叫他省心。这一世，他肯定是被这两个祸害气死的。

封重摸摸被揍的地方，委屈道：“皇子，并不需要朝中人脉。这些科举出身的人，谁是皇帝就忠于谁，拉拢不来，反倒会引起父皇猜忌。近来太子动作频频，父皇已经有些不满了，这种时候，咱们还是吃烧鸡的好。”

说来说去，还是惦记着吃烧鸡！

林信抬手还要打，英王殿下立时一溜烟地跑了。过了一会儿，他当真提着烧鸡和酒又回来了，撕了鸡腿给林信：“春闱过后，便是五月了，今年的荼蘼酒，你跟我一起送吧。”

南域荼蘼节，朝廷也是要送荼蘼酒的。林信抬眼看向封重：“你……”

这家伙，在皇权上，其实一直比自己要在行得多。前世他是一开始没往这上面想，以至于失了先机。仔细想想，赈灾这个差事，当真是没人领才给了英王的吗？

封重咬了一口鸡腿，笑出了两个小梨窝。

北漠，寒风卷过冰雪初融的草原，带着一股湿凉的血腥味。

剑光如虹的虞渊回鞘，澎湃的灵力卷起黑色战袍，猎猎作响。沈楼穿着薄衣，立在高坡之上，身后的北域雄兵气势高涨。

“世子！世子！世子！”

蛮人军队丢盔弃甲，落荒而逃。

神魂补完，再没什么顾忌，沈楼一边带兵，一边慢慢重拾力量，如今已经恢复得七七八八。过一阵子，他大概就可以达到前世的状态了。

“蛮人近来很是嚣张啊，”追逐残兵的沈楹楹，带着满身煞气策马归来，“想来他们是发了笔横财，隔着这么远，我都闻到鹿璃的味道了。”

沈楼将手中的消息递给妹妹：“你是狗鼻子吗？他们刚刚打下了渴烛浑。”

渴烛浑是北漠以西的小国，疆域虽小却极为富饶，国中有一处鹿璃矿，产出非常可观。这些年蛮人一直想把渴烛浑吞并，奈何其地势险要，易守难攻，一夫当关，万夫莫开。

国中有一绝世高手，比之温石兰分毫不弱。他便是那当关的“一夫”，有他在，谁也吞不掉渴烛浑。

“他们的大元帅呢？”沈楹楹皱起眉头。

“不知。”沈楼看向远方，想来是死了吧。前世蛮人攻下渴烛浑，是在噬灵出现之后。

沈楹楹沉默了半晌，突然跳起来：“竟然说我是狗鼻子！总比你瞧见雪窝子就往里扎猛子强！”

前些时日，沈楼刚补了赤月狐的魂，就被自家爹扔上了战场。积雪未消，他就总忍不住往雪堆里钻，被沈秋庭嘲笑到现在。

沈楼摇头，策马前行。自家妹妹是越来越不尊敬兄长了，定然是被信信带坏的。想到林信，他心中一热，思绪不由得飘远了。

两人第一次坦诚相见，不为了吸走噬灵，也不为了临死告别，那样的感觉太过美好，比他想象中还要美妙千万倍。

前世他曾反复想过若是林信能活过来，他一定温柔相对。临场却还是没发挥好，好在林信并不计较，最后还叫了声“哥哥”。

［五］

古来道相思，碧草红豆塞上诗，而今塞上草如织。

沈楼看着满目青青草，缓缓叹了口气。他原本打算修复了神魂就劝父亲退位的，如今父亲要管教他，怕是一时半刻不会交出权柄。许多事都要重新安排，得跟信信商量一下……

“哥，你到底怎么惹到爹了？”沈楹楹用桑弧弓戳兄长的脊梁骨。出门之前沈歧睿说过年之前都不许沈楼回家，也不知哪里来的那么大气性。

“大人的事，小孩子莫问。”沈楼敷衍了一句，不打算跟妹妹多言。

“我比林信还大半岁呢！你怎么什么事都跟他说啊？”沈楹楹不乐意了，策马拦住兄长的去路。

正闹着，天边忽然划过一道剑光，一名墨绿锦袍的修士御剑呼啸而来，充沛的灵力带起罡风，削断了一层草尖。刚落地，他立时被亲卫兵围住：“来者何人？”

“割鹿侯座下渊阿刃三，求见世子。”绿衣修士收剑，很规矩地报上姓名，衣摆绲边的孔雀翎在塞上初阳的照耀下显出斑斓的光晕。

沈楼听到“渊阿”，立时翻身下马，示意刃三过来：“何事？”京中人多事杂，虽然知道林信对付那些人游刃有余，但沈楼还是禁不住担心，怕出什么岔子。

“侯爷令属下带一封书信过来，请世子亲启。”刃三拿出火漆封的信，恭敬地递给沈楼。

信中有两张纸，的确是林信的字迹。

“春闱将至，墉都惊现细作，捕至新设衙门割鹿司查办。严刑审问，得图纸一幅，极为要紧，即着渊阿送予世子参详。事关国祚，望君务必牢记，学以致用。”

俨乎其然的语句，令沈楼蹙起了眉头。莫不是问出了骨灰的埋藏之地，抑或是搜到了北漠的地形图？他立时翻到了第二张查看。

雪白的宣纸上，用细细的狼毫笔，勾勒出一幅极为精致的图画。沈楼看了一眼，便合上，避开了好奇凑过来的沈秋庭：“你且继续巡视，遇见蛮人，格杀勿论，我去去就来。”

他说着，翻身上马，带着刃三回营，言说要给侯爷回信。

回到帐子里，沈楼重新将图纸拿出，用看军机要件的神色，看着纸上那两个纠缠在一起的人。

也不知林信在哪里描来的图，两名男子，少年没有正脸，那男人却是画得很清晰，正是沈楼的面孔。虞渊和旸谷剑被扔在一边，旸谷没了剑鞘，孤零零地立着，虞渊则插在了旸谷的剑鞘中。

沈楼将这幅画珍而重之地折好，端起杯盏灌了一大口冷茶："侯爷可还有别的话？"

刃三也不知道信上写的是什么，见沈世子神色严肃，仔细回想了一下说道："没有了。"

沈楼微微颔首，提笔写了一封回信。

"孤已铭记在心，待来日得遇侯爷，定重重谢过。"

"重重"二字写得力透纸背。

信中说的也不都是假话，林信确实设了个割鹿司，专管岁贡之事。这几日忙得脚不着地，还惦记着骚扰沈楼。

林信接过刃三带回来的书信，立时拆开来，反复看了三遍，禁不住露出痴痴的笑来。

坐在一边画阵的朱星离瞧见了，忍不住拿瓜子砸他："没出息。"

正说着，派出去的渊阿刃五也回来了。林信拿掉头上的瓜子，放进嘴里嗑开："东西收下了吗？"

刃五挠头："国公爷脸色很差，不肯收，属下就放到院子里了。"

林信不置可否地挑挑眉。他给沈歧睿一个台阶下，这人倒是拧起来了。

"还有一事，"刃五犹豫了一下，低声道，"北漠的斩狼将军温石兰，去了浣星海，要跟玄国公比剑。国公爷已经答应了。"

"你说什么？"林信噌的一下站了起来，"温石兰！"

温石兰、玄国公比剑，应该是四年后的事，怎会突然提前？

那边吊儿郎当喝酒的朱星离，也是面色一肃："怎么比剑？切磋比剑，还是上了比剑台？"

"说是要上比剑台。浣星海封锁了消息，不许传信给世子，属下也是偷听到的。"

"你，跟刃三一起，马上去找沈楼，把方才的话再对他说一遍。"林信拿起旸谷和吞钩，"师父，我去趟浣星海。"

虽然他对沈歧睿没什么好感，但那人是沈楼的父亲，他不能眼看着沈歧睿丧命在温石兰手中。

“我也去。”朱星离弹指烧了刚画的阵图，跳上春痕就飞了出去。

两人紧赶慢赶，到浣星海的时候，比剑已经开始了。

冰雪开化的浣星海湖面上，有九片石头雕的荷叶，亭亭玉立。此处被划为临时的比剑台，两位当世高手正在石叶间交手，浩瀚的灵力在湖面上掀起一层又一层的滔天巨浪，让人根本看不清状况。

“温石兰使的这把刀，名为斩狼，重一百八十三斤，上嵌七颗鹿璃，灵力之强世所罕见。就算是国公爷，也不能硬抗。”家臣东涉川，正用他那抑扬顿挫的说书先生腔调感慨不已。

“东先生，您就少说两句吧。”紫枢满头都是火，急得团团转。世子把她留在家里，就是让她有什么事及时传消息。比剑这么大的事，国公爷却不许他们说，甚至找了东涉川来盯着她。

“已经多久了？”林信负手走过来，神色冷峻道。

“两个时辰有余了，”紫枢瞧见林信，先是一惊，而后甚是欢喜，“侯爷！您能不能……”

“已经派人带话去了。”林信摆手，示意紫枢别说话，紧紧盯着水幕中心。

温石兰生得高大，比沈歧睿还高出一个头来，宽肩猿臂。近两百斤的斩狼，在他手中宛如木剑竹刀，灵活轻盈得能雕萝卜花。一招一式快如闪电，砸在沈歧睿的剑身上，却发出了惊雷般的重响。

沈歧睿的剑法与沈楼的一脉相承，看似简单而直接的剑招，实则千变万化，难以捉摸。

高手过招，一丝一毫都不能出岔子。两人棋逢对手，打得忘了周遭的一切，升入无我之境，眼中只有彼此。

斩狼刀面上，七颗鹿璃亮了五颗，灵力如猛龙过江，湖水激起的雾气都被划成莲瓣状。

“斩狼上的七颗鹿璃是不能全亮的，灵脉再宽也有个限度，七颗乃是极限。倘若七颗鹿璃皆亮，神挡杀神，佛挡杀佛，然温石兰的灵脉也会立即损毁，爆体而亡。”东涉川又忍不住说了起来，眼中满是狂热。

修行之人皆崇拜强者，他们地处北域，时常能听到有关温石兰的传说，今日一见，果真名不虚传。

“轰——”水浪翻了三丈高，人们尚未看清发生了什么，胜负已分。

沈歧睿立在一片石叶上，突然膝盖一软，用灵剑勉力支撑才没有完全倒下去："是沈某输了。"

林信握紧手中的旸谷剑，眼一眨不眨地盯着那边。前世，沈歧睿也是一招之差输给了温石兰，而温石兰完全没有点到为止的意思，直接杀了沈歧睿。

然而，这一次温石兰并没有再次举刀，定定地看着沈歧睿，开口道："你，很不错。"

温石兰是纯血的蛮人，鼻梁高挺，眼窝深邃，眸色碧蓝，刚毅的轮廓如斧刻刀削，棱角分明。

沈歧睿这一场比得十分痛快，咳出一口血后，朗声笑着要跟温石兰对拳头。忽然一道泛着白光的东西打来，他下意识地用手去接。

"别碰！"林信高喊一声冲将过去，已经阻止不及。那符咒入手即化，瞬间不见了踪影，留下一个类似眼珠子的印记在掌心。林信浑身的血液刹那间凝固了，噬灵！那是噬灵！

温石兰已经御剑遁逃，林信只来得及向师父喊出一声"噬灵"便追着温石兰而去。

全力飞奔，瞬息间飞出了几十里。绕过一座雪山，忽然不见了温石兰的踪影。

林信立在半空中，手握吞钩，凛然四顾。

"小崽子，跟着我作甚？"

骇龙走蛇的灵力自背后袭来，林信立时抽走旸谷剑，身子骤然下落，勉强避过那一刀，而后迅速回身，用吞钩代替旸谷做飞剑，旸谷开始快速吸收魂力。

"魂力！"温石兰一眼看穿了林信的招数，不给他吸魂的机会，"当当当"就是接连十八次的快速劈砍。

林信无暇抽魂，只能专心拆解，拆到最后，被温石兰一刀卡住剑身。两人运转灵力，在半空中较起劲来。

荧荧光点再次逸散出来，抓住一切机会抽魂。

温石兰这次竟毫不在意，以千钧之力压着林信的剑，野兽般的目光在那张尚稚嫩的少年面孔上来回："你是……林信？"

"是我！"林信冷笑，想来他的名字已经在北漠传遍了，圣女与汉人生的儿子，大巫显然是想抓他的，不知是不是要用来祭天。

听到这话，温石兰却是脸色微变，骤然发力推开他："别让我再看见你！"说罢，温石兰突然向他弹出一张符纸。

林信骇然翻身，用剑尖戳中那符纸，并不是噬灵。虚惊一场，再抬头，温石兰已经不见了踪影，无从追起。

虽然沈歧睿没有当场丧命，但中了噬灵也好不到哪里去。他怎么跟沈楼交代呢？林信垂头丧气地回到浣星海，就见沈歧睿还躺在石雕荷叶上，被朱星离扒光上身扎成了刺猬。

“师父，你这是作甚？”林信忍住把朱星离拉开的冲动，盯着他包裹了灵力的手指，“切莫触碰，噬灵会传染。”

“我知道，你站远点。”朱星离应了一声，手上动作分毫不慢，又连扎了几针。

沈歧睿被封了大穴，动也不能动，只能干瞪眼。那小珠子，肉眼可见地在皮下游走，顺着经脉爬向丹田，好似活物一般。“这是个什么东西？我的灵脉……”

“北漠的一种巫术。既然是要往丹田走，想来是可以损毁灵根的，若是控制不住，过段时间就会爆体而亡。爆体之后，这东西就会传染给四周的人。”朱星离根据自己这些时日的研究，加之现在看到的状况，立刻就推测出了噬灵的运转方法。

林信眸色复杂，师父实在是太聪明了，前世才会在中了噬灵的瞬间就推测出来，果断求死。

“那便杀了我吧。”沈歧睿平静地说。

一干家臣随侍听到这话，齐齐变了脸色。紫枢更是急出眼泪来：“万万不可啊！世子还没回来呢！”

“号丧早了点，先等会儿。”朱星离摆摆手，示意众人先别急着哭。

又是几针下去，那东西的游走明显慢了下来。东先生激动不已，林信却还是一脸凝重。

当初沈楼中了噬灵，他就用金针封穴之法，稳住了那东西。他都会的，师父定然更在行，三两下封住噬灵不在话下。只是他保不住沈楼的命，只能以命换命，自己把噬灵吸走。

“师父，可有办法？”林信低声问。

“没有。”朱星离摸摸下巴，噬灵这东西他刚玩了没多久，还没试出个所以然来，还没等众人重新开始号哭，他又说了一句，“有我在，死不了。”

林信偷瞄师父的神色，惊奇地在那双眼角下垂的凤目里瞧见了浓浓的兴致，不由得心头一跳。他既然还有心玩耍，那就是沈歧睿当真性命无碍。

沈楼满身煞气地赶回来，发现父亲中了噬灵，沉默了许久。

"清阙，对不起。"林信扯住他的袖子，小声道。

沈楼收起眼中的冷意，转头看向林信："怎能怪你呢？是我大意了。"

谁也没想到，温石兰会提前这么多年动手，而且还拿出了噬灵。跟温石兰纠缠那么些年，他很清楚，那人对于噬灵其实是不屑甚至厌恶的，为何竟亲自使出了这邪物？

躺在床上手脚不能动的沈歧睿，看到"耳鬓厮磨"的两人，气不打一处来："清阙，你过来。"

［六］

灵脉封禁，且不提恢复灵力，沈歧睿能不能活下去还是两说。众人心知肚明，沈家大概是要发生权力更迭了。

闲杂人等统统退避，只留下沈氏父子俩和赤脚医生朱星离。

"北漠近来可有异动？"沉寂良久，沈歧睿才语气生硬地开场。

"蛮人灭了渴烛浑，鹿璃充沛，频繁挑衅，"沈楼眸色冷峻地说，"若是没有猜错，渴烛浑的大元帅，当也中了噬灵。"

沈歧睿缓缓吸了口凉气。

此等邪物，不是灵力高强便扛得住的。一旦传播开来，大庸危矣。蛮人今日灭了渴烛浑，明日灭的就是北域。

"亦萧，我这身体，可能去趟墉都？"沈歧睿问还在给他扎针的朱星离。

"能啊，等爆体的时候染了整个京城，大庸就此改朝换代。"朱星离笑眯眯地说。

沈歧睿额角微抽，后悔跟朱星离说话，叹了口气对儿子道："孤将国公之位传给你，你速速带兵攻打北漠，势必将这东西斩草除根。"

趁着还没开始蔓延，先下手为强。

话虽如此，父子俩都知道要成行很难。沈歧睿一直主张以攻为守，想要主动打下北漠，令蛮人俯首称臣。然朝廷一直不同意，理由是鹿璃不足。

他们只能眼睁睁地看着乌洛兰贺若统一了部族，越来越强大，如今，就算朝廷同意，沈楼要打下北漠也甚是艰难。

"儿子明白。"沈楼应下来。

"你自小天资过人，为父很是放心。只一点，切记我们沈家的原则，忠于皇室，忠于君王，不得参与夺嫡。还有……"没了灵力，沈歧睿有些不适应，喘了口气，看着沈楼的脸，一字一顿道，“我们沈家家风纯正，绝不能做出什么龌龊之事。”

所谓龌龊之事，明显意有所指。先前自家儿子发疯欺负了林信，沈歧睿气愤的同时最担心的是怎么安抚割鹿侯。

少年人总有糊涂的时候，沈歧睿希望能把儿子导入正途，没想到自己这么快就倒下了，实在难以放心。

朱星离听到这指桑骂槐的话，顿时不乐意了，凉凉地插了一句：“你们家不是土匪吗？何来的纯正？”

“咯咯咯……”沈歧睿剧烈咳嗽起来。

沈楼不说话。

朱星离看热闹不嫌事大地继续拾柴添火：“先顾好你自己吧，你不传位给他还能传给谁？你就这一个儿子，说了等于白说。”

“朱亦萧！你少说两句行不行？”沈歧睿喉头腥甜，一口心头血就要呛出来。

林信立在门外，心绪不宁地看着那扇紧闭的房门。温石兰提前动手了，这就意味着大庸将乱，沈楼必须拿到沈家的大权。

“吱呀——”木门开启又关上，沈楼神色凝重地走出来。

“怎么说？”林信忐忑地看着他，周遭的家臣、下属也都屏息凝神，等着沈楼发话。

“跟我来。”沈楼拉着林信，挥开一众随从，寻了处僻静的地方说话。

“你爹是不是说要传位给你，前提是不许再跟我牵扯不清了？”林信单指摩挲着剑柄，这话说出来，非但没觉得难过，竟还有点高兴。

沈楼看着双眼亮晶晶的林信，好笑又心疼：“信信……”

“你可别死脑筋，就说咱俩是好兄弟。”前面还说得顺口，提到最后一句声音却低了下来。

沈楼看着他，冷不防地被逗笑了。“这一世有很多事提前了，如果没猜错的话，蛮人已经可以大量制作噬灵。我必须去趟京城，跟皇帝说清楚，咱们要立即开战。”

避开众人，他就是要说这些，只有两个人才懂的前世今生。

“皇帝怕是不会同意，他还不知道噬灵是个什么东西。”林信蹙眉，所谓的开战，是要以朝廷的名义去攻打的。要打仗，就要鹿璃，这鹿璃须得从国库抽调。

酌鹿令刚刚施行，一切都还没有准备好。

不同意也得同意，沈楼眸色凝重。

重新来过，他从未懈怠过，却还是人算不如天算，噬灵的出现提前了这么多年。现在唯一的好处是元朔帝还在位。封卓奕这人虽然不易说动，但也比刚愎自用的封章要好太多。

林信偏头看他："前世，到最后，如何了？"

七年暗无天日的岁月，随着林信的声音，在眼前呼啸而过。沈楼沉默了很久，久到林信以为他不会说的时候，沉声道："中原修士，十不存一，国之将破，道之将覆。"

［七］

噬灵是无解的东西，一传十，十传百。大庸的军力越来越弱，四域不得不联合起来，以沈楼为首，共同抗敌。仗断断续续打了七年，到最后，山河破碎，人才凋零，仙术传承几乎断绝。

林信皱起眉头："我们得快些了，绝不可重蹈覆辙。"若是任由噬灵蔓延，重复前世的悲剧，到最后谁也活不了。

听到"我们"二字，沈楼沉重的心情突然好了起来，上天眷顾，信信也是从前世回来的。

沈楼垂目："我去京城请旨，你去趟东域，提醒林叶丹不要应战。"

按照前世的顺序，温石兰下一个要比剑的人，就是东域的林叶丹。林叶丹虽然未曾丧命，但受了重伤，退位给了长子林曲。在林信死后的第二年，他溘然长逝。

林信却不打算放过他："你这般关心林叶丹作甚？"

"这是我答应了林曲的。"沈楼顺嘴就说了出来。

林信一惊，骤然坐直了身子："答应了林曲是何意，他知道你要从前世回来？你究竟为何会从前世回来？"

沈楼苦笑，抬手用拇指抹去林信嘴角的湿痕，只得坦白。

苦战七年之后，仙道崩溃，墉都城破，大庸的军队一退再退，最后退到了南域。蛮人占领了大半的土地，那些手无寸铁的百姓被如猪如犬地对待。

"这些王八蛋，我去跟他们同归于尽！"钟有玉赤红了双眼，准备带着仅剩的亲卫冲到乌洛兰贺若的帐子里自爆丹田。

"临风！"沈楼带着一身伤走回来，一把抓住试图冲出去的钟有玉，狠狠推回去。

林曲扶了踉跄的钟有玉一把，温声劝道："外面到处都是噬灵，你没冲到王帐就会被废了灵脉，何苦来哉。我等尚有一战之力，徐徐图之，或可……"

"徐徐图之，百姓都快死绝了，还图什么啊！"钟有玉甩开林曲的手，吵吵嚷嚷。

"我有办法。"朱颜改攥着一只鹿璃雕的小猫，立在清凉殿的回廊上。战事紧张，已没有多余的鹿璃来供给水车，清凉殿没了雨幕，四周空荡荡的，一片漆黑。

自打菁夫人去世，这位本就脾气不好的绛国公，就再没笑过，所有人都怕他。即便是话多的钟有玉，也没敢贸然开口，还是沈楼走上前："世叔。"

"跟我来。"朱颜改带着众人，走进了朱家的藏书之地。万卷古籍堆叠成山，整整齐齐地排布在形貌瑰丽的石壁上。朱颜改在石壁上画阵，手法繁复到只剩道道残影。

原本完好无损的石壁，以阵法为中心朝四周龟裂开来，轰然碎裂。陈腐潮湿的气息伴随着充沛的灵力扑面而来，十丈高的石门伫立在丈许宽的方寸之地，诡奇又充满了压迫感，好似突然进入了另一方世界。

在生了青苔的石门前站定，朱颜改摸了摸石壁上古老的刻痕，将手中的鹿璃小猫放在烛台上，看向跟着来的三名后辈："这石室之中，有一个上古大阵，可以回溯光阴。然，只能送一人回去。"

回溯光阴！这等法术，就算是上古修行繁盛之时，也是天方夜谭。这已然不是什么法阵，而是仙阵了。

"送一人回到过去，那其他人呢？"林曲开口问，这必然不是什么送走一人，其他人照旧的阵法，否则于目前的他们而言毫无助益。

"是一切都回溯。"朱颜改说着，推开了石门。

那是一间极为宽敞的石室，高高的穹顶上，嵌满了未经开凿的鹿璃。朱颜改挥动衣袖，灵力化作罡风，卷起地面厚厚的灰尘，露出了朱漆所画的上古大阵。

启动大阵，须得三名灵力高强的仙者献祭毕生修为。大阵起，万物归零，只有阵中心的人，得以回到过去。

"这么玄乎的事，你们也敢做？"林信半晌说不出话来，献祭毕生修为，与寻死无异。

他们四个是整个大庸的支柱，万一这阵法不奏效，不仅他们枉死，外面的万千修士、百姓也都只能引颈就戮。这种事，可不像是沈楼能做出来的。

“起初也是不敢的。”沈楼摇了摇头，他们商议了多日，又找了许多古籍来佐证，才万般艰难地决定走这一步。被推选出来回到过去的那个人，毫无疑问就是沈楼了，可以带着记忆回到过去，而献祭了修为的三人也都交代了一些事让沈楼做。

“林曲要你救林叶丹，那钟有玉和我师伯呢？”

“钟有玉要阻止钟无墨替他上战场，你师伯则要禁止菁夫人吃火焰鱼。”沈楼无奈道，浅笑着看向林信。

林信却笑不出来了，定定地看着沈楼，忽然有些难受。本以为，他与自己一般，是意外回来的，所做的一切不过是尽人事，听天命。如今才知道，沈楼是背负着天下苍生的。

“怎么了？”沈楼见他这副模样，心中一惊，面上分毫不显。

“我师伯就惦记着猫，也不管管他弟弟？”林信气哼哼道。

沈楼失笑，捏捏他鼓起的小脸：“他是这么说的，‘火焰鱼要了菁菁的命，万不可叫它多吃。至于我那短命的弟弟，唉，管不了那么多了’。他许是觉得，即便说了，师父也不一定听。”

这一点林信深有体会，谁也管不住朱星离，越是危险的东西他越想玩，还不如不告诉他。

“那他有没有提起我？”林信眼巴巴地自下而上看他。

师伯误会了他多年，知道真相之后也没多说什么，只是把当年师父求的那剑给了他。后来封重造反，朱颜改鼎力相助，却也没给过林信好脸色。

沈楼低头看看故作可怜的林信，眼中禁不住泛起笑意，小声哄他：“他说，阿信是个好孩子。”

相聚时短，沈楼也只来得及抱了抱林信，两人就得分道扬镳。一个往京城，一个往东域。

沈楼立在大殿之上，将北域发生的事报给皇帝。言说父亲重伤难愈，请皇帝马上下旨更换国公，并且希望尽快出兵。

“蛮人掌握了一种新的巫术，这巫术形同瘟疫，如不防患于未然，则大庸危矣。此乃太师亲笔书写，敬呈陛下御览。”沈楼将一封信呈递上去，那是朱星离对于噬灵的见解。

封禁灵脉，引爆丹田，势如瘟疫，无药可医。元朔帝仔细将朱星离的手书看了一遍，眉头紧锁：“此事当真？”

"当真，家父便是中了这种巫术。事不宜迟，必须马上出兵，平定北漠，将此等邪物销毁。以攻为守，方保太平。"沈楼撩起衣摆，跪在了金龙盘亘的地毯上，一字一顿，掷地有声。

封卓奕沉默半晌道："即日起，立世子沈楼为玄国公，诏书即刻送往北域。至于出兵之事，容后再议。"

未曾经历过噬灵之祸的人，很难理解沈楼的急迫，现在提攻打北漠还是太仓促了。沈楼叩首谢恩，不再多言。

退了朝，封重拽住沈楼："清阙，你为何这般急着要出兵？那巫术蹊跷，当务之急应是寻到破解之法。"

"英王殿下可见过瘟疫？起初只有一人得病，一夜之间便能染遍全城。若是中原修士染上了噬灵，届时蛮人兵强马壮，一路势如破竹，亡国乃是迟早的事。"沈楼现在要做的，就是先下手为强，将蛮人打散、打服，最好能杀了乌洛兰贺若和那个大巫。到时候就算蛮人手中有噬灵，也翻不起浪了。

这件事本应在他得到国公之位时开始筹备，如今他刚刚继位就要开战，委实仓促了些，只能求助于朝廷。

封重面色凝重地点点头，他相信沈楼的判断："我去劝劝父皇。但要让父皇同意出兵，空口无凭可不行。"

沈楼与封重对视一眼，第一次正视这位英王殿下。言下之意，是暗示他动些手脚，逼皇帝不得不同意。以前林信夸赞自家师弟有汉皇之才，他只当个笑话，如今看来，这位的确是块当皇帝的好料子。

"殿下尽可去。"沈楼意味深长地说了这么一句，便转身离去。

御书房内。

"儿臣以为，现在的确是攻打北漠的好时机。当年北漠雄兵百万，贺若却没有派温石兰来中原，直接跟沈歧睿硬碰硬，便是因为他兵力强盛，不惧大庸。如今这般做法，看似是仗着巫术为所欲为，实则是露了怯，定然是北漠兵力衰弱。大庸忍了北漠这么多年，该是出口恶气的时候了。"封重有理有据地劝说道。

元朔帝反复看着朱星离的书信，觉得小儿子说得有几分道理。

"皇弟说得轻巧，打仗是要钱粮、要兵将的。单凭一个子虚乌有的巫术，就出兵北漠，岂非成了残害外族的不义之师？"太子立时出言反驳，让封重闭嘴。

"蛮族残害我朝百姓的时候，可没觉得不义，"封重不轻不重地说着，脸上还带着清浅的笑意，"太子哥哥这般反对，莫不是惧怕蛮人？"

太子被封重激怒，道："攘外必先安内！如今绝不是开战的时候！"

此言一出，御书房中骤然静了一下。

封重缓缓开口：“敢问太子哥哥，这安内所指为何？”

［八］

这时节的踏雪庐，春和景明。林信乘一叶扁舟在芦苇丛中漂荡，躁郁的心渐渐就平静了下来。

“呼啦！”水面突然掀起浪来，一名穿着薄衫的小小少年从水底下钻出来，扒住了林信的船头，奶声奶气地问：“客从何处来？”

这时节，不怕冷的小孩子，已经开始下水摸鱼，顶着满头水草，还要故作风雅，很有林家风范。

东域临海，踏雪庐的人都水性极佳。父亲年少时应当也在这清浅水泽中摸鱼捉虾，只可惜林信住在没有水泽的鹿栖台，至今还是个旱鸭子。

林信弯腰，手疾眼快地抢了小孩子手中举着的鱼儿：“我从北域来，要拜见你家国公。”

小少年突然被抢了鱼，一时间愣住了，忘了下一句该说什么。

“客从远方来，自有鱼儿相赠，莫抢孩子的。”一身青衣的林曲踏莎而来，轻盈地落在船上，温柔浅笑地看看林信，又看看他手里的鱼。

林信随手将鱼一抛，那小少年便如猫儿一般在空中蹿出一道弧线，叼着鱼，重新沉入水中。

圣旨早已下过，如今的林家是林曲掌权。林叶丹正在水榭上练剑，远远瞧见林信，冷哼一声，转身便走，不愿与他说一句话。

“父亲一向如此，打从我劝告各家以鹿璃换封地，他便也恼了我。有些时日未与我说话了。”林曲随口解释着，请林信坐到桃花掩映处的小亭里。

亭中摆着一盘未下完的棋局，透明的水晶石做白子，光华内敛的墨玛瑙做黑子。因主人暂离，棋盘上落了几片桃花瓣。

“纵观整个大庸，也只有疏静兄真的在修行。”林信在黑子一方坐下来，看着桌上的棋盘叹道。

“你既已唤我兄长，便不可再提我的字。”林曲语调严肃地说着，给林信添了杯茶。

林信一愣，接住那杯温热的竹叶茶。那日唤他一声兄长，实乃一时冲动，没料想这人竟认真了。他低头品茶，不知如何作答，便开门见山说起了来意：

“我来是想提醒你们，温石兰正在大庸境内，不日可能会来比剑。他手中有巫术符咒，中之则灵脉皆毁。”

“啪嗒啪嗒”，林曲拂开桃花瓣，将棋子捡回盒中，面上依旧波澜不惊：“可有兴致与我手谈一局？”

这人似乎永远不知道“着急”两字怎么写，不由分说地将黑子塞到了林信手中。

“不负不似贪财之人，要那么多鹿璃，可是为了沈清阙？”林曲落下一子，断了林信的路。

“这话从何而来？”林信眉梢微挑，面不改色地继续下。

“他十三岁便想要攻打北漠，只可惜北域消耗不起，还曾试图劝说我父亲派人出海寻找鹿璃，”林曲笑着道，单手支额，一双桃花眼波光流转，“听闻你为了救他，只身跳下莫归谷。”

一着不慎，被提走了大片黑子，林信哂笑：“我竟不知，闭目塞听的东域竟如此消息灵通。”

“闭目塞听说的是人，可不是地，”林曲若有所指地说着，将手中白子尽数扔进棋盒里，“你输了。”

虽然精通奇门遁甲、五行八卦，林信于下棋之道却不甚了了，遇上林曲这种高手，便只有投子认输的份。

“啧，再来再来。”林信不服，捡了棋子重新开局。

这一次，林曲一改先前中规中矩的棋风，开始天马行空胡乱摆，左一颗，右一颗，完全没有章法。林信看得一头雾水，心道，这堂兄莫不是鄙夷他的棋技，开始胡下了？

“你师从朱亦萧，要赢我并不难，只是你性子太急，凡事顶多看三步。”林曲说着，突然落下一子。原本如鸟粪般东丢西落的白子，忽然连成了片，懒散如醉汉颓卧的局面瞬间锋芒毕露，步步杀招。

林信一惊，方才还是一片大好河山，此时再看过去，已然社稷崩坏，没有了翻盘的可能。

林曲端起杯盏，缓缓喝了口茶，笑盈盈地看着他。

“不玩了、不玩了！”林信把手中的黑子扔到棋盘上，对于林疏静借着下棋试探他性子的事有些着恼，“言归正传，温石兰要是找上门来，你待如何？”

“你觉得如何是好？”林曲对于割鹿侯凶巴巴的表情毫不在意，抬手让下人撤了棋盘，端给他一碟桃花酥。

“自然是不应了，你是晚辈，他本就不该寻你比剑。”林信拈起一块点心，蹙眉看着把他当孩子哄的林曲。

“父亲已经应下了。”林曲微微摇头，早在温石兰前往北域的时候，战帖便送到了踏雪庐。

林信霍然起身，恨不得抓住林曲的衣领给他一拳，早就应了，还废这么半天话：“他连我都赢不了，还跟温石兰打？你们林家，真是没救了。”

这些老顽固，全都跟沈歧睿一个德行，明知道打不过，还要应战。想来朱颜改那边也收到了战帖，结果根本就不用想，自家师伯那个臭脾气，定然已经摆好阵势准备把温石兰打成狗了。

林曲垂目，缓缓将林信摔到桌面上的糕点捡起来，扔到果壳盘里：“温石兰手上，有你爹的骨灰。”

林信倏然僵住了。

上比剑台，乃是生死不论的比试，定然都是有目的的。毫无疑问，林争寒的骨灰，便是林叶丹应下比剑的原因。

桃花林的尽头，落英满地的水榭上，林叶丹正端着一碗尺腥草茶，犹豫再三。

“魂力还未恢复？”隔着老远就闻到了那熟悉的尿臊味，林信便在水榭前停下了脚步。

尺腥草能温补神魂，蓄养魂力。魂力与魂是两码事，若把魂比作茶叶，那魂力就是茶叶泡出的茶水。茶水被拿走了还能再补回来，茶叶被拿走了便会残缺。

“你还有脸说，抽魂力这等邪术，是谁教你的？”林叶丹将尺腥草一饮而尽，横眉冷目地瞪着林信。

看着这样的林叶丹，林信突然不想说话了，转身就走，气得林叶丹摔了手中的杯盏。

林信在东域赖着不走了，要林曲教他浮水摸鱼。好脾气的青国公，当真挽起裤腿拉着他下水，摸泥鳅、捉小鱼、掏鸟蛋，只字不提怎么应对温石兰。

那日扒着船头跟他打招呼的小少年，好奇地看着笨手笨脚的林信：“你小时候，兄长没教过你吗？”在林家，这些技能，幼年时就该由兄长教的。

“关你什么事？”林信撇嘴，顺手偷走了小少年筐里的一条泥鳅。

三日之后，温石兰出现在了桃花盛开的踏雪庐。

“家父伤势未愈，怕是不能应战。我们汉人讲究父债子还，便由曲来讨教尊者的高招。”林曲用东域的繁文缛节招待温石兰，听得那北漠汉子直皱眉头。

林叶丹也不知怎么被自家儿子说服了，竟当真没有出来应战。

“你不是我的对手。”温石兰将斩狼大刀重新背回背上。

“晚辈自然不是您的对手，盖因您积累了几十年的灵力，而我刚刚及冠。若要比试，还请前辈卸下鹿璃，我们只比剑术，不比灵力，如何？论剑术，晚辈自认不输任何人，包括草原上的天狼星。”林曲似笑非笑地弯着桃花眼，唇角却并无笑意。

草原上的天狼星，乃是温石兰在北漠的诨号。大庸没什么人知道，没料想林曲竟然张口就来。

温石兰听到这话，顿时来了兴致：“好！”

“且慢！不用鹿璃，我来跟你比！”林信不知从哪里跳出来，挡在了林曲面前，“若是我赢了，除了交出骨灰，你还得回答我一个问题。”

看到林信这张脸，温石兰眸色骤变：“与你何干？”

“我也是林家人。”林信顶开旸谷剑，“咔嗒”一声卸了剑柄上的鹿璃。

林曲惊讶地看了看林信，很快回过神来，笑道：“不必，若是我赢了，也让他回答你的问题。”说罢，足尖轻点，一跃跳上了比剑台，将剑柄上的鹿璃扔掉，请温石兰上台。

温石兰倒也爽快，“当当当”，卸掉了七颗鹿璃，翻身跳上去，震得那木台晃了三晃。

林信暗自着急，也不知林曲这货哪里来的自信。即便前世后期，天下顶尖高手的名单上，也没有林疏静的大名。就凭这平平的资质，他如何敌得过天下前三的温石兰？

“嗡——”没有鹿璃的灵剑，竟发出了一声嗡鸣，林曲剑尖指地，轻施一礼，骤然出手。

“叮叮叮”，电光石火间，两人已经拆解了上百招，几乎看不清动作。林曲手中的剑，像是活的一般，在他掌心、周身来回翻转，一招一式，精妙无比，毫无破绽，将没有鹿璃的灵剑，用出了鹿璃激发时的状态。

林信缓缓张大了嘴巴。若是不论灵力，只论剑法，沈楼也不是林曲的对手。

一直不显山露水的林疏静，竟是不次于沈楼的天纵奇才！

他只是性子淡漠，不喜欢张扬，往年的闲池围猎都不参加，参加了也是随意而为，不争不抢，以至于世人都看轻了他。

第十一章 国祚

若不开战，
国将不国！

［一］

跃动的刀光剑影戛然停止，罡风卷起的桃花花瓣纷纷扬扬地落下来。大刀停在了林曲的额前，长剑抵在了温石兰的脖颈上。

平手。

两人同时撤开，林曲微微地笑："承让。既为平手，不若我们交换赌注，前辈要的千年鲛珠在此，还请前辈将叔父的骨灰交还。"

说着，他微微抬手，拿出一个巴掌大的锦盒，单指推开，盒子里放着一颗晶莹剔透、灵光流转的鲛珠。

传说鲛珠乃是深海鲛人泣泪而成的珍珠，其实是一种海中灵蚌所生的珠子，可以入药，也可做首饰。千年鲛珠是极为罕见的，有一些特殊的功用。

温石兰看着那颗珠子，毫不犹豫地拿出了林争寒的骨灰。那是一个小小的白瓷坛，用艳红的塞子塞着，又用红绳绑了个结实，一看就是朱星离的手笔。除了他，没人会往骨灰坛上绑红绳。

着实是林争寒的骨灰无异了。

两人同时将手中的东西掷向对方，在骨灰坛即将触到林曲指尖的时候，林信骤然出手，用剑尖将亲爹的骨灰坛给挑了出去。

白色的瓷坛飞上天，贴在坛底的噬灵符咒飘飘摇摇地掉了下来。

林曲一跃而起，将骨灰稳稳接到手中。林信则一剑穿透了那符咒中间不停转动的眼珠子，狠狠地钉在了地上。

"什么草原上的天狼星，我看是草原上的疯狗！"林信弹指烧了地上的噬灵，言语中尽是鄙夷。

温石兰对于施放噬灵失败并没有什么表示，转身欲走。

"且慢。"林曲将骨灰坛稳稳地放在石桌上。话音刚落，十几名身着青衣的林家子弟御剑而来，将温石兰牢牢围在中间。

温石兰将七颗鹿璃重新安回刀背上，横刀看向人群后方的林曲：“你欲何为？”纵使他灵力再强，也敌不过十几名林家高手。

“前辈用这等下作手段，委实有辱宗师名号。礼尚往来，还请前辈将身上所有的咒符交出来，再回答舍弟一个问题。”林曲指了指被林信烧成灰的噬灵。

你不仁，我不义，就是仗着人多欺负你。所有的林家人皆激发了鹿璃，剑气缭绕周身，以防温石兰暴起杀人。

温石兰沉吟片刻，摘下腰间的黑色牛角，看向林信：“你想问什么？”

“这东西，是谁做出来的，可有解？”林信连着说，欺负蛮人对汉语不甚了解，两个问题合成一个。

“大巫，无解。”温石兰将牛角扔过来。

林曲没有接，任由那东西掉在了地上。林家高手依然围着温石兰，林信提着旸谷走过来：“兄长，今日便将此人留下吧。”

温石兰乃是北漠第一高手，同时还是手握军权的斩狼将军。捉住温石兰，给他喂噬灵，让蛮人也尝尝失去灵力的痛苦，还能用他跟乌洛兰贺若换好处。

不愿多事的林曲，骤然听到这般无耻的提议，不知该做何反应。

温石兰冷哼一声，激发了斩狼刀上的鹿璃，一颗、两颗……五颗，还没有停下来的意思。

他是草原上的狼，只能被杀死，不能被捕捉。

第六颗鹿璃亮起，浓稠的灵力逸散开来，身后的清浅流水都开始不安地震颤，泛起一圈一圈的涟漪。鹿璃亮到七颗，可劈山斩石横扫千军，同时灵脉爆裂，同归于尽。

“说笑而已，”林曲及时制止了温石兰，做了个请的手势，“前辈，后会有期。”

林家的高手齐齐退后，让开了出路。

温石兰收起周身鼓荡的灵力，斩狼上的鹿璃也渐渐暗淡下来。突然，他单脚踏地，直冲林信而去。

林信立时横剑，被斩狼重刀压着，瞬间向后退了三丈远，剑气在地上划出一道长长的裂痕。

“小崽子，我说过，别让我再看到你！”温石兰声音低沉，带着浓浓的杀意，“再有下次，就把你像野兔子一样剥了皮，将血肉献给大巫！”

深蓝色的眸子骤然紧缩，林信咬牙，倒转灵力开始抽魂。温石兰猛然发力，重重地将他推开，跃上斩狼刀，呼啸着飞上高空，眨眼消失在天际。

沈楼得了国公之位，却没立时离开京城，应太子之约到醉仙居喝酒。

“如今国库不丰，当真不是开战的好时机。清阙，孤明白你的急迫，日日面对那群蛮人，国仇家恨早已忍无可忍。只是，父皇那边，有些难办。”太子跟沈楼碰杯，眼圈泛红地表达着自己的感同身受、爱莫能助。

“是臣唐突了。”沈楼面色淡淡，给太子斟酒。

“你我自小一起长大，这情分谁也比不过，该为你做的，孤一定做到。开战之事，还需再周旋一二，”太子笑着说，暗自观察着沈楼的神色，话锋一转，说起了林信，“听闻你与割鹿侯重归于好，他为了救你孤身跳下了莫归谷，此事当真？”

林信一直没有接受太子的示好，甚至明着与其作对。如今酌鹿令正推行得如火如荼，列侯诸公被林信收拾得服服帖帖，说一句“权倾朝野”也不为过。再这般下去，皇帝迟早要以压制不住割鹿侯，太过无能为由，将太子之位转给封重。

近来听说林信为了沈楼跳崖的事，太子可谓欣喜若狂。沈楼是效忠于他的，若是能通过沈楼制住林信，岂不美哉！

“割鹿侯之事，殿下不必担忧，林信只效忠于帝王。”沈楼垂目道，不过这话，说的是前世的割鹿侯。

太子握着酒杯的手倏然攥紧。

沈楼言下之意，便是拒绝帮太子劝服林信，并且提醒他，列侯诸公只效忠于帝王，自己如今也是国公，并不是一位储君可以随意支使的。

酒席不欢而散，沈楼对于毫无长进的太子彻底失去了耐心。前世便是这位一意孤行的新帝，屡次横插一手，以至于大庸节节败退，困守南域。如今非但没有开窍，还假惺惺地意图冒领劝说帝王出兵的功劳，当真令人绝望。

“怎样，他是不是说，苦苦哀求，父皇却不听？”一身便服的封重从人群里冒出来，跟在沈楼身后。

沈楼瞥了他一眼：“殿下不该出现在此。”

“是有好消息告诉你，你的后手已经奏效了。”封重左右看看，用手中的大烧饼遮住脸，悄声道。

北域边境八百里加急。

蛮人突袭雁门关，屠了广武城。城中百姓，无论男女老少，皆被挖了双眼，整整齐齐地码在主街上。

雁门乃是要塞，广武是雁门关的主城。北域在地图上呈扁平状，雁门关乃是最薄之处，与中原、北漠接壤。破了雁门关，蛮人便可直入中原。

“欺人太甚！”元朔帝将沈秋庭的亲笔战报狠狠拍在御案上，屠城也就罢了，还挖了所有人的眼珠子，将尸体码得整整齐齐，实乃对大庸的挑衅！

沈楼眸色微暗，雁门关？这本是他与妹妹商议好的，选一座小城做屠城假象，但选的是函谷关，而非雁门关。

不管是出了什么岔子，沈楼二话不说双膝跪地，再次请战。封重提前安排好的几名文官也纷纷出列。

“皇上，蛮人此番是将大庸的脸面摔在地上踩踏。若不开战，国将不国！”

“臣虽为一介书生，也有灵根灵脉，可为国一战！”

“臣请战！”

“臣请战！”

封卓奕背着手，在高台上来回走了几步，突然站定，咬牙道：“打就打，我堂堂大庸，岂容蛮人欺辱！传朕旨意，封沈秋庭为桑弧郡主，沈楼为征北大元帅，点兵，灭蛮！”

“臣，遵旨！”沈楼朗声应道，双手接过虎符，立即前去点兵。

朝廷大军缓缓行进，沈楼先一步抵达雁门关，见到了怒不可遏的沈秋庭。

“怎么回事？”沈楼将封郡主的圣旨抛给妹妹。

沈楹楹看也不看地扔给随侍，用马鞭指着满目疮痍的广武城：“你自己看吧。”

蛮人突袭是真的，挖眼珠也是真的，只是没有屠城。被生生挖了双眼的百姓，横七竖八地倒在街道上，挣扎翻滚，血流成河。沈楹楹索性夸大了些，报给朝廷。

沈楼看着那些顶着两个血窟窿哀号不止的凡人百姓，忽然生出了不好的预感。

［二］

大庸与北漠开战。

雁门关屠城，沈楼却没有从雁门关开始打，而是带着大军一路向西，自贺兰山附近折向北。

“那些王八蛋还没走远，我们应该直着追！”沈楹楹扯着兄长坐骑的缰绳，咬牙切齿地要求直接向北。

“弯钩钓鱼，直钩钓鳖，不能追啊大侄女。”被沈楼叫来研究巫术的朱星离，懒洋洋地坐在浮于半空的春痕剑上，摇头晃脑地说。

此地向北，道路崎岖多山。蛮人既然敢这般嚣张地挖眼睛，就是不怕北域军追过去的，显然是个直钩。

“这些人眼可与噬灵有关？”沈楼问朱星离。

“十之八九，”朱星离在泥地里捞出一颗被蛮人漏捡的眼珠子，冲洗干净，对着日光细瞧，“噬灵符中间那颗白珠，没准就是人眼珠。眼为聚灵之物，乃是人身上最易炼化的地方。传闻上古时期，有邪魔用九百九十九颗眼珠子做成了千眼万相阵，内里有上千幻阵层层叠加，人一旦走进去就再也出不来。”

朱太师的杂学讲堂，沈家的土匪们不爱听。沈楼谢过朱星离，便去整兵，留下一百名北域军在广武城善后，其余人即刻拔营。

贺兰山一带，是北漠几个部族的交界处。虽然贺若统一了部族，但各部贵族都有自己的小算盘，这些交界处防卫很是薄弱。前世沈楼走的就是这条路，险些破了北漠王庭。只是当时朝廷供给没有跟上，大军陷入困顿，沈楼又遭暗算，中了噬灵。

宣战便开打，大军一路势如破竹，捷报频传。温石兰无暇继续往南域比剑，提前回了北漠。

“既然你已认回林家，你爹的骨灰就葬回祖坟吧。”林叶丹皱着眉头，看向林信手中绑了红绳的白瓷罐。

“本侯何时说要认回林家了？”林信挑眉。

林叶丹顿时黑了脸。

“叔父的事，儿子与不负商量。给朝廷的奏报，还要劳烦父亲快些写出来。”林曲不慌不忙地把父亲支走，温柔浅笑地看向林信。

方才亲口说了自己也是林家人，这会儿又反悔，林信一点也不觉得难为情：“我娘的骨灰还在蛮人手中，等我找到，要把他俩合葬回鹿栖台去。你们林家书香传世，不许她过门，定也不肯让她入祖坟，没用的话就别说了。”

“叔父已经自立门户，本就该葬在鹿栖台。只是现下鹿栖台还未修好，若你信得过为兄，在婶娘的骨灰找到之前，不若将叔父的骨灰暂存在踏雪庐。”林曲说出的话，总是恰到好处，让人无从辩驳。

接下来还有一场硬仗要打，着实没有回鹿栖台安葬父亲的时间。林信想了想，便将骨灰留在了东域，只身往南域去。

虽然自家师伯能赢过温石兰，但噬灵的事还是要提醒一下，让他早做防备。

黑色牛角中，还有一道噬灵符，被当场焚烧，只留下一只空牛角，连带着给帝王的奏报，一并被送去墉都。

春闱结束，忙了许久的英王殿下终于得闲，在自家王府里吃鳜鱼。桃花开落，正是鳜鱼肥美的好时节。封重早早让人准备了许多鳜鱼，本想等林信回来一起吃的，奈何那家伙迟迟不归，他实在忍不住就自己先吃了。

“启禀王爷，渊阿刃六求见。”王府的侍卫前来通禀。

林信的渊阿九刃，平日就跟在割鹿侯身后充当吓唬人的背景，偶尔用来传递消息，寻常人都记不住他们的样貌，但只要看到那身孔雀绿锦袍，就不会认错。

“叫他进来。”封重可没有“周公吐哺”的精神，头也不抬地边吃边等。

“参见英王殿下，侯爷让属下给您带信来，”刃六跪在地上，双手捧着一封书信和一只牛角，“此物是温石兰留下的，侯爷请您一并献给皇上。”

封重吃掉最后一块鱼肉，这才抬头看向刃六，没有起身去接东西，慢条斯理地端起杯盏，喝了口茶：“你们侯爷几时回京？”

“属下不知。”刃六保持着举东西的姿势，抬头看向封重。

“唔，”封重点点头，缓缓起身，突然拔剑，“把他拿下！”

几名侍卫瞬间从角落里蹿出来，将刃六压在地上。封重用剑尖挑了挑牛角：“说吧，谁指使你假扮刃六的？”

“刃六”面露惊疑。

封重冷笑，露出一边的小梨窝，似乎并不怎么吓人，只得作罢，拉下嘴角，用剑尖拍了拍那人的脸：“你的确跟刃六有几分相像，但也只是五分形似，当本王是瞎子吗？”

他自小对书籍、人脸，皆过目不忘。见过一次的人，他便不会认错。

封重将书信和牛角用樟木盒子装好，拿去给元朔帝，禀明有人冒充刃六给他送信和牛角，信他没有拆，请父皇定夺。

此时，元朔帝封卓奕，正捏着东域传过来的书信与牛角翻看。可想而知，若是封重信了那假刃六，拿着牛角来邀功，将是何等情形。

“此物乃是那人哄骗儿臣献给父皇的，还请父皇莫触碰，以防有诈。”封重让侍卫端着樟木盒，不许他靠近龙椅。

封卓奕看向站在一边的太子，神色有些冷。这种毫无用处，却能惹他厌恶英王的事，显然与太子脱不了干系。

太子却一脸坦然：“能提前得知东域所献为何物，此事着实蹊跷，不若将那人押上来，问问清楚。”

这就是要当面对质了，封重觉得事情有些不对。

五花大绑的假刃六被带到了帝王面前，哆哆嗦嗦地跪在地上，也不知是不是被吓的，面色泛着青白。

封重看向太子，见他突然向后退了一步，身体抵住盘龙大柱，仿佛见鬼了一般地满脸震惊：“你……”

“太子，你认得他？”元朔帝蹙眉，愠声质问。

跪在地上的假刃六，忽然抽搐了一下，从喉咙里发出低低的“嗬嗬”声。

电光石火间，封重一跃而起，借着灵剑之力急速后退。那假刃六突然爆体而亡，鲜血喷溅到了元朔帝与两名御前侍卫的身上。

及时躲到了柱子后面的太子毫发无损。

“护驾、护驾！”封卓奕突然惊恐地大喊，两名近卫迅速拔出灵剑，待要激发鹿璃，却腿脚一软，双双跪倒在地，喷出血来。这是灵脉被封的征兆！

［三］

封卓奕浑身发抖，立时意识到这是朱星离所说的“北蛮巫术”，咬牙道：“传太医，急召朱星离回宫，快！”

“父皇！”太子从盘龙柱后面走出来，满眼关切地看向皇帝，脚步却停在高阶之下，没有上前。

封重一言不发地缩到角落里。

殿门外的侍卫立时跑去找太医，玉阶上的六名金吾卫快速走进来，护在帝王身前。大殿里乱成一团，太子下令封锁帝王寝宫，不许任何人踏出宫室一步。

“逆子！”元朔帝紧紧攥着扶手上的金龙头，声音嘶哑，双目赤红地盯着地面，也不知是在说谁。

“六皇弟，这是怎么回事？”太子也是一脸愤怒，转头看向封重，却发现原本封重站立的地方已经空无一人，大声质问：“英王呢？”

封重早已溜到了殿外，躲在暗影处，跟一名被他打晕的侍卫换了衣裳。将灵剑藏到背后，挂上侍卫的宽刀走出来，混进无头苍蝇一般寻找英王的侍卫群里，趁乱跑出了寝宫。

今日之事，显然是太子封章安排好的。英王没有中计带着假刃六来邀功，太子就主动找碴儿叫那人来大殿。如今皇上中招，自身难保，情势十分不妙。

宫道上传来整齐划一的脚步声，封重闪躲进小巷里，瞧见身着银色铠甲的大批羽林军，正浩浩荡荡地朝帝王寝宫进发。皇帝没有下令调羽林军来护驾，是谁下的令，不言而喻。

封重牢牢记着师父的教诲。

“知道修行之人为何比凡人活得长吗？因为仙者会御剑，打不过可以跑。”

南域，临近荼蘼节，天气已经很是炎热。清凉殿后的水车一刻不停地往房顶运送山泉水，哗哗的雨幕将殿内殿外隔绝成两个世界。

菁夫人刚睡饱，精神抖擞地跑到林信身边要跟他玩。林信席地而坐，拿着只麻绳做的老鼠，一边逗猫一边跟朱颜改说话。

“噬灵无解，还望师伯小心，若是蛮人前来，万莫叫他近了身，也不能徒手接他递过来的东西。”

朱颜改一言不发地捣鼓着手里的小灵器，也不知听进去了没有。

“师伯，有件事，侄儿想向您求证，”林信抱着菁夫人，凑到朱颜改身边，低声问，“咱们朱家，是不是有一个上古大阵？”

“咔嚓”，朱颜改一个用力，掰断了手里的小物件，蹙眉扔到一边：“你怎么知道？”

这一念宫，早期乃是一座上古仙府，仙府主人已经不可考。传闻朱家藏古籍万卷，灵宝如恒河沙，多不胜数，着实有些夸大，因为大部分的宝物早已遗失。但也有一些十分厉害的东西留存下来，比如那组上古大阵。

这是只有历代家主才知道的秘密，连朱星离都不清楚。

“因为，有人通过这个阵，回来了。”林信看着师伯的眼睛，一字一顿道。

大殿里瞬间陷入一片沉寂，只剩下窗外哗哗的雨声，朱颜改额间三颗米粒大小的鹿璃珠，映着被雨幕打断的阳光，忽明忽暗。

“喵。”菁夫人蹿上矮几，伸出爪子拨弄额坠。

“他说，大阵在石壁后，门高十丈。”为了证明自己的话，林信又多说了一句。

朱颜改捏住猫爪：“跟我来。”

藏书洞沁凉幽深，数不胜数的书籍字画整整齐齐地排列在石壁上，并不尽然是古籍孤本，四书五经、传奇游记、诗词、医书，应有尽有。

修行界经历过衰落颓败的时期，依靠古籍残卷才恢复到如今的状况。朱家继承了这座仙府，便秉承先人的做法，将时下的书籍收集于此，福泽后人。

“改日，将我的满月刀法也放进来。”林信看着琳琅满目的书籍，心中很是震动。

“后人应该更想知道抽魂之法。”朱颜改瞥他一眼，弹指点燃了远处的烛火，径直走到了一面石壁前。

石壁完好无损，敲之也没有回声，根本就是实心的。朱颜改指尖蘸了朱砂，快速在石壁上画阵，快到林信也分辨不清。

“轰”，一声巨响，没有任何裂缝的石壁骤然碎裂，露出了一个一丈见方的小室。与沈楼描述的一般无二，十丈高的门上结满了青苔。

朱颜改毫不犹豫地推开了石门，鹿璃的灵光瞬间溢出来，晃得人睁不开眼。

林信闭了闭眼，待眼睛适应了光，方才看清室内的模样，不由得惊呼出声：“怎会如此？”

这石室，是用来画阵的，地面本应平坦如祭坛。但如今，乱石嶙峋，堆积成山，墙壁上坑坑洼洼。穹顶上本应裹着原石的鹿璃尽数裸露了出来，荧光灿灿。

朱颜改抬手，灵力卷起罡风推开碎石尘土，露出已经失了颜色的阵图。回溯时光的大阵，只能用一次，用过便没了。

如那些消散的魂魄一般，定在了毁灭的瞬间，不复还。

林信站在这里，忽然有一种错乱感，好似这石室里关着的乃是前世的世界。

“难怪，”朱颜改眸色深沉地扫视了一圈，快速关了石室，不再多看，凤目微凛地看着林信，“那个回来的人，是不是沈楼？”

林信一惊：“师伯……”

“呵，他说北方有人一顿吃多了火焰鱼，死于非命，然火焰鱼是南域特产，价钱昂贵，寻常酒楼一日绝不可能做出那般多。孤派人去查证，根本没有这回事。”朱颜改哼了一声，带着林信走出藏书洞。

被关在外面的菁夫人正撅着屁股挠门，见林信出来立时扒着他的衣摆爬上去，蹲在他肩膀上，居高临下地舔爪子。

朱颜改伸手摸猫头，菁夫人扭了扭，张口佯装咬他，把手吓唬走。“夫人那时候，是不是已经不在了？”

“是，”林信对于自家师伯的洞察力深感钦佩，也不瞒他，“据说那时候噬灵泛滥，一切都毁了，师伯便开启了大阵。”

“沈家小子……”朱颜改意味不明地轻嗤一声，“那他可是肩负着天下苍生了，这事可不能办砸。”

因为大阵已毁，再也没有重来一次的可能。

天下楷模、四域之首的玄王沈清阙，被推举为回溯时光、拯救仙道的那个人，打从大阵启动时起，沈楼便注定不能单为他自己而活。

林信蓦地有些堵心。

说话间，朱江春快步来报：“英王殿下来了，带着一身伤！”

朱江春的两个弟弟——朱江夏和朱江秋——一人一边搀着封重走进来。

"怎么回事？"林信三两步跑过去，扶着封重查看。

"咝——没事，都是皮外伤，切莫让人知道我在一念宫……"封重看到林信在这里，一路紧绷的神经骤然放松下来，两眼一翻昏了过去。

再醒来，人已经在清凉殿的竹席上躺着了。而"帝王遇刺重伤，太子监国"的消息也已经传到了南域。

朱颜改看着金吾卫送来的太子手谕，眉头微蹙。

封章果然把这件事推到了封重身上，言说他勾结蛮人，意图谋朝篡位。勒令列侯诸公不得收留，见之立即送往墉都。

"这个王八蛋！"封重气得心肝疼。

"帝王有难，诸侯自当勤王救驾。"朱颜改拿起剑架上的灵剑。

"师伯，"封重赶紧拉住朱颜改，"如今帝王不曾点烽火，又是储君监国，诸侯不可擅动！若是南域出兵，便是乱臣贼子。"

乱臣贼子，其他诸侯便可起兵阻拦，到时候救驾不成，反倒会让大庸陷入战乱。

"当务之急，是快些给北域送鹿璃！"林信攥紧了拳头。

既然能得到噬灵，太子与蛮人之间必有约定。封章极力反对沈楼攻打北漠，如今大权在握，第一件事定然是下令撤兵。如果沈楼坚持不撤，便会被断了粮草和鹿璃的供给。

大军已经与蛮人交战三日，双方都杀红了眼。

沈楹楹背着桑弧大弓走进帐中，抹了把脸上的血污："鹿璃怎么还没到？弓箭兵已经没有鹿璃可用了！"

"鹿璃不会到了，"沈楼坐在帅位上，满面寒霜地捏着刚刚送来的圣旨，"太子监国，下旨撤军。"

他们先前已经打到了狼山脚下，再向前便是王庭。乌洛兰贺若定然会派人来和谈，届时只要让蛮人交出大巫和噬灵，便大功告成了。然而前几日温石兰突然回归，大庸这边鹿璃不足，连吃几场败仗，如今又退到了呼延河以南。

"封章这个王八蛋！"沈楹楹气得一拳砸碎了案几，几万修士、数十万凡人大军，岂是说撤就撤的。就算要停战，也得有个过程，骤然掐断了鹿璃，是要他们把脖子递给蛮人砍吗？

"报——鹿璃告急，弓箭跟不上，蛮人过河了！"

沈楹楹咬牙："哥！"

"黄阁，去浣星海调鹿璃；紫枢，去西域找钟有玉借！楹楹，走！"沈楼掀开帐帘，大步走了出去。这仗，绝不能停，一旦停下来，便是万劫不复。

营门口，一身劲装的林信，带着渊阿九刃和装满鹿璃的马车，刚刚站稳。

“这是我半年来攒的私房钱，本是打算用来娶媳妇的。”林信眨眨眼，半真半假地说。

他贪污来的鹿璃，都藏在了鹿栖台，本打算攒个几年差不多够沈楼痛痛快快打一场。然而，如今只能解解燃眉之急，对于这场大战来说，依旧是杯水车薪。

沈楼打了个手势，立时有将士上前，接过鹿璃直接送往前线。沈楹楹只来得及欢呼一声，便翻身上马，头也不回地往战场奔去。

沈楼策马冲过来，一把将林信揽到自己马上。

林信还没尝出滋味，便又被抛下马，赶紧在空中翻身，落地站稳，沈大元帅已经瞧不见踪影了。

独留下一群下巴落地的守营兵，呆若木鸡。

［四］

呼延河，手持弯刀的蛮人大军在河水最浅之处快速蹚水，清浅的水混杂着污泥，溅起三尺高。

大庸的箭矢不断射过来，皆被提前过河的蛮人修士挡住。弓上没有鹿璃，射出的箭矢便不带灵力，蛮人修士只消轻轻挥动长刀，便能将那些普通的羽箭挡开，伤不到身后的士兵分毫。

“停箭！”弓箭营的将军下令停止，这样射下去也是浪费。弓箭兵齐齐后退，手持长矛的骑兵变阵，冲上前去。

“杀——”骑兵手中的长矛上还有鹿璃，与蛮人修士的长刀相撞，发出震耳欲聋的轰鸣声。

带着灵力的长矛，划过几名刚刚冲上岸的蛮人脖颈，灵力化作罡风，瞬间将脆弱的脖子划断。提着大刀的蛮人修士自背后袭来，将手握长矛的骑兵砍翻在地。

短兵相接，杀声震天，石头滩很快就被鲜血染红。

一名北域小将作为先锋军，十分英勇，冲到最前面独自缠住了三名蛮人修士。他是沈家家臣，马上就要封千户了，一杆银枪使得极好，鹿璃的灵光镀满长长的枪杆，牢牢抵住同时砍过来的两把长刀。

小将挑眉一笑，运转灵力，骤然将两人推开，一招回马枪戳向试图偷袭他的另一人。就在这时，银枪上的鹿璃闪了闪，“咔嚓”一声碎裂，灵力耗尽。

他只得弯腰躲过这一刀，快速摸向马匹上装鹿璃的兜，却摸了个空。这几日鹿璃紧缺，就连将军们每日也有定例，他今日的份额已经用尽。

“将军当心！”旁边的修士兵大喊一声，冲过来替他挡了一刀，那三名蛮人看出他鹿璃不足，立时群起而攻之。

“噗——”那名小兵立时被毙于刀下，小将大喊一声冲过去，却被蛮人一刀砍断了银枪，再一刀劈向他的脖子。

小将绝望地闭上眼，“嗖——”，箭矢破空之声自耳边传来，睁开眼，就见一支灵光充沛的大箭擦着他的肩膀飞过，“咚”的一声将那蛮人射了个对穿。

那力大无穷的箭矢未停，又带着这名蛮人穿透了身后的另一名小兵。两人被穿成一串，重重地砸向刚刚爬上岸的一群蛮人，蛮人们下饺子般纷纷跌进河里。

“郡主！”小将惊喜地转头看向身后。

手握桑弧神弓的沈楹楹，腰杆笔直地骑在马背上，随手抛给他一颗鹿璃，而后呼啸一声，打了个手势。

骑兵齐齐后撤，重新装上鹿璃的弓箭兵上前，万箭齐发。

“嗖嗖嗖！”以为还是普通箭矢，蛮人修士漫不经心地出手格挡，不料箭矢却穿透了刀风，直入心脏。

站在河对岸的温石兰见状，立时下令变阵。大庸的补给到了，这时候过河只有死路一条，蛮人抵抗片刻便开始后撤。

温石兰却是一跃而起，直奔策马而来的沈楼。

虞渊应声而出，与斩狼刀在空中对上，擦出噼里啪啦的火花。两股强悍无比的灵力碰撞，罡风卷起地上的草皮，掀起丈许高。

剑气如落日长虹，随着剑招的变换，在空中连成一片，发出耀眼的光。灵剑撞在刀身上，如千钧铁锤直冲而下，震得人虎口发麻。

温石兰吃了一惊，这如山呼海啸般却偏偏能尽数收敛于一点的灵力，比沈歧睿强横了不止一点！这哪里是一名二十岁的后辈该有的力量？

再看沈楼，一招一式稳如泰山，毫不费力，显然还未到极限。

“好小子，你以前可没这么厉害！”温石兰禁不住称赞他。

“你以前也没这么下作。”沈楼侧身躲过一刀，冷眼看着温石兰。

前世跟温石兰打了近十年，虽然道不同，却不妨碍他欣赏这个人，神武天成，光明磊落，一代英豪。没料想，如今温石兰竟成了暗箭伤人的小人。

听到这话，温石兰面色微变，眼中泛起几分恼恨。恰在此时，虞渊剑破开防御灵力，朝他门面直刺而来。平平一剑，没有多快，也没有变招，好似少年人每日清晨练习的基础招式，却怎么也抵挡不住。

“哧”的一声响，躲闪不及的温石兰被刺中了肩膀，斩狼刀斜劈过来，将虞渊狠狠撞开。

“呜——”蛮人营地响起了号角声。所有的蛮人都退回了河以北，温石兰受伤，不再恋战。

天色渐晚，沈楼下令鸣金收兵，今日这一场算是撑过去了。

林信大马金刀地坐在元帅帐中，把玩着沈元帅的笔墨、帅印。元帅亲卫站在一边默不作声，留营的兵将们不敢靠近，抓耳挠腮地向里张望。

“你们元帅，平日睡在何处？”林信叼着一支笔，点了点眼观鼻、鼻观心的小亲卫。

“回侯爷，如今正在行军，元帅就睡在屏风后面。”小亲卫指了指林信坐着的椅子后面，那一幅充当屏风的巨大舆图。舆图将这帐子分作两半，前面用来商讨事宜，后面用来休息。

枕戈待旦，随时拔营。

林信打了个哈欠，站起身来。这一路紧赶慢赶，又拉着鹿璃跑了几百里，着实有些累了。

“侯爷可是要休息？属下给您铺个……”小亲卫话没说完，就被林信摆手制止。

“沈清阙说了，本侯睡这里便可，退下吧。”林信慢条斯理地说着，言语间尽是含糊的暧昧。

小亲卫只有十几岁，瞧着嫩得很，听了这话脖子都红了，磕磕巴巴地说：“属、属下告退。”

屏风后的床铺有些简陋，只是一块平整的木板，上面铺了虎皮，扔着一个圆枕。林信蹬掉鞋子爬上去，在虎皮上蹭了蹭脸，上面尽是沈楼的味道，草木冷香夹杂着淡淡的汗味。

帐子外面，传来几名汉子的低语。

沈家军虽是土匪出身，但也知道分寸，不敢胡乱编派林信和沈楼，话里话外都是敬畏。

林信原本还想再听听，但被沈楼的气息包裹，不多时就睡了过去。等沈楼满身煞气地回到营帐，就见床上赖着睡得软绵绵的信信，眸中的冷意尽消。

睡梦中，恍惚有人带着一股淡淡的血腥气靠近。林信闻着那熟悉的气息，陷入了久远的梦境。

被沈楹楹一箭透骨，从重伤中醒来，他看到的是沈楼那张讨债脸。没说几句，那人就丢下他走了，他肚子饿，只能自己起来找吃的。

小屋外的林子，似乎怎么也走不到尽头。一只兔子从眼前溜过，林信加快脚步追上去，忽然蹿出来一道黑影，直接袭向他肩上的伤处。

“唔——”尚未愈合的伤口血流如注，对方不知拿了什么东西，将血尽数收起。眼前的景象越来越模糊，林信有些看不清，忽然听到沈楼大喝一声：“什么人？！”

“嘀！”林信倏然惊醒。

“信信？”沈楼正在看账册，感觉到床上的人忽然抖了一下，立时看他。

“你回来了，”林信抬头看看，帐子外已经一片漆黑，床头点了蜡烛，“我方才，梦见了以前的事。”

沈楼心头一跳：“什么？”

“那时候，你把我扔到小屋里，自己走了，后来是不是又折了回来？”林信坐起身，凑到沈楼面前问他。

“你不记得了？”沈楼听到林信这么说，薄唇抿成了一条直线，“我没扔下你，是去找药了。”即便当时恨极，他也不能把重伤的林信一个人扔下，唾弃自己之后，还是按时回来，却不料瞧见林信遇袭，倒在了林子里。

林信心尖微颤，自己怎么把这段给忘了呢？“那你记不记得，偷袭我的是什么人？”

“没看清，怕你再出事，就没有追，”沈楼摇了摇头，“怎么了？”

“方才梦见，那人似是，拿走了我的血。”林信舔了舔干涩的唇。

沈楼指尖微颤：“梦有错乱，许是跟宫宴上的事混了。”

［五］

林信皱起眉头：“清阙，你说他们早年要抓我娘祭天，现在又要我的血，是不是……”

“不是！”沈楼毫不犹豫地打断他，“若是你的血有用，那乌洛兰贺若的血就更有用，何必舍近求远来抓你？”

林信扬起脸，龇牙笑：“那估计是拿去滴血验亲了，若是圣女的儿子，只要保持童贞之体便可祭天。你估计也得一起被烧死。”

严肃的话说着说着就变了味，沈楼凑过去：“孤乃正人君子。”

不愧是立如雪中松的沈家楷模，这话说出来脸不红、气不喘，一身正气。

林信微微偏头："啧，今日才瞧出来，你原是这般道貌岸然之人。说实话，前世玄王殿下那些名声，是不是沽名钓誉故意弄出来的？"

沈楼但笑不语，林信把手伸进沈楼衣襟，胡乱摩挲，摸到一张纸，不待沈楼阻止便抓住摊开来看："啧，国公爷身上藏着什么？莫不是跟哪个相好的……"

说了一半的调侃卡在了喉咙里，这正是林信寄给沈楼的那张纸——工笔画。

沈楼眼带笑意地看他。

"咯……"林信把那张纸揉皱了扔到一边，"军营重地，看这种东西不好……唔……哎，你知不知道，皇上是中了噬灵的。"林信试图岔开话题。

"嗯？"沈楼蹙眉，果真停了下来，他只知道太子使了什么手段软禁了皇帝，却不知这事还跟噬灵有关。

"人是太子安排的，封章肯定跟蛮人有来往。你说，他们是怎么搭上边的？"前世可没这么一出，那时候元朔帝是病死的。

"许是蛮人入宫的时候，"沈楼说，"封重锋芒毕露，太子有些急了。但他们是怎么搭上线的？"

"太子身边可有什么前世没有的人，或是提前跟什么人亲近了？"

"太子提前纳了周氏！"周氏，指的是御前侍卫周亢的妹妹，前世的周良娣。当年是周亢晋升了金吾卫统领，太子才纳了周氏，如今周亢尚未飞黄腾达，周氏便只封了四品良媛。

正说着，外面突然传来亲卫的声音："元帅，东先生来……了……"东涉川和小亲卫一起走进来，就瞧见那宽大的舆图上，映着两人的影子。

东涉川是沈家家臣，这次作为文臣随军，负责粮草、鹿璃的安排，寻常都是直接进元帅帐商讨的。

沈楼整了一下衣裳走出来，十分坦荡地坐在帅位上问："何事？"

东先生偷瞄一眼，提着他那抑扬顿挫的语调说起正事："侯爷送来的鹿璃，只够我们支撑三天。粮草，属下已经向临近的封臣借调了，但也只够沈家军用，要支撑朝廷军尚有困难。"

这支军队，小部分是沈家军，大部分是朝廷军。北域是养不起这么多将士的，否则早就打到乌洛兰贺若的王帐去了。

账册他方才已经看过，着实撑不了多久了，沈楼沉吟片刻道："撤军的旨意很快还会再来，朝廷军……"

"若是现在改道去墉都勤王，可支撑得住？"林信披着外衫，从后面走出来。

东先生立时垂下头不敢多看，从背后拿出个小算盘来，噼里啪啦打了一通：

“若是明日便起程，恐怕也只能走到函谷关。除非一路抢掠，到函谷关开了粮仓，顺路抢了彦山侯家的鹿璃。”

沈楼失笑：“朝廷军，是不可能跟我们打墉都的。”虽然有虎符在手，但那些朝廷军有自己的将领，若是看出沈家要谋逆，很可能会反过来跟北域开战。

墉都，皇城。

钟有玉先前接到太子的诏令，让他和钟无墨带兵进京护驾。他没让弟弟来，自己单独进京，辅佐太子监国，稳定墉都。

“临风啊，孤如今只信任你，”御花园里，难得喘口气的封章，拉着钟有玉的手，疲惫不堪地说，“父皇突然病倒，北域不听号令，南域恐有反心，东域又是个指望不上的，孤只有你了。”

钟有玉看着这样的太子，立时单膝跪地：“臣与太子自小一起长大，得殿下照拂才有今日，愿为殿下赴汤蹈火，万死不辞。”

“好好好，”封章长叹了口气，“清阙也是我的好兄弟，他如今不肯撤军定是气不过。孤又何尝不想一直打到王庭去，可如今国内乱成一团，四方诸侯蠢蠢欲动，着实耗不起了，大军必须调回来。你替孤走一趟，如若他还不听，便休怪孤不念旧情，以叛国罪论处！”

“是。”钟有玉面色一肃，双手接过太子的手书，躬身告退。

钟有玉刚走出庭院，迎面遇上一名身着黑袍斗篷的女子。女子瞧见他，微微蹲身行了半礼，帽兜倾斜，露出一张不甚出彩的脸。

“这是太子侧妃，周良媛。”身边的宫女介绍道。

钟有玉还了礼，忍不住多看了那女子几眼，总觉得这黑斗篷有些眼熟。走出几步之后，他恍然想起，这斗篷上的纹饰，与叔叔死时身边那几个蛮人身上的纹饰极像。

一股凉意兜头浇下来，钟有玉借口出恭，甩开跟随的宫人，翻墙重新进了御花园，躲到假山后面。刚站稳，就听到周良媛对太子说：“割鹿侯的母亲是圣女，割鹿侯的血可以解噬灵的毒。只要皇帝喝上一碗他的血，就百病全消，所以殿下一定要控制住割鹿侯。最好把他召回宫囚禁起来。”

［六］

冷汗顺着脊背一路滑下去，钟有玉扶着假山的指尖微微发颤。堂堂一国太子竟然跟蛮人合作，这实在太荒谬了。

不动声色地从御花园退出来，钟有玉一路朝帝王的寝宫走去。八十八层玉阶，被身着银甲的羽林军围得水泄不通。玉阶之上，十几名金吾卫严阵以待。

两方都是皇室的守卫者，却隐隐呈现出剑拔弩张的态势，委实可疑。

钟有玉在玉阶下停步，朗声道："臣钟有玉，求见皇上。"

羽林军统领上前，躬身行礼："见过素国公，皇上病重，不见外臣。"

"皇上有旨，传素国公觐见！"台阶上的金吾卫统领跟羽林军统领对视了一眼，单指顶开了腰间的佩剑。

羽林军统领不再多言，垂目退到一边："国公爷请。"

宽阔的寝殿中，充斥着浓浓的药味。龙床与大门之间，立了一道薄纱屏风，以防噬灵爆发，染了前来探病的人。素白的纱薄如蝉翼，并不影响视线，能看到倚在床上面色灰白的元朔帝。

殿中伺候的宫女太监都换了一批，甚是面生。

"有玉啊，你来了。"封卓奕气息不稳地说。仙者骤然失去灵力，若非沈楼那种每日锻炼体魄的人，就会变得十分虚弱。

"皇上，臣有罪。"钟有玉跪在地上，心中很是沉重。若太子当真谋逆，他便是帮凶。

"怎么跟你爹似的，什么责任都往自己身上揽，"元朔帝似是笑了一下，颇为感慨地说，"他年少时跟朕说过，有他在一日，便护得朕一日周全。他去了，朕便想护你们兄弟周全。如今你也长大成人，朕倒是可以安心下去见他了。"

说罢，随身伺候的太监走出来，将一封旧书信递给钟有玉。大开大合的字体，正是钟长夜的笔迹。

"近日，臣常感天命有异，恐祸从天降。幼子尚不及弱冠，虎狼环伺，若臣不禄，望托孤于陛下，伏乞俯俞。"

钟有玉反复读了三遍，眼角微红，一直以为元朔帝是为了让西域衰败才扣留他们兄弟俩，没料想竟是父亲的嘱托。

"朕也不知他为何能预料到自己大限将至，原以为是个玩笑，"封卓奕长长地叹了口气，"造化弄人哪，若是你爹还在，大庸何至如此……"

"臣不敢忘父亲的教诲，愿为吾皇赴汤蹈火。"钟有玉将父亲的手书揣进怀里，重重磕了个头。

"朕时日无多，也无须你做什么，若是遇见朱星离，告诉他一声，来给朕治病。"元朔帝摆手，示意他可以走了。

纵观整个大庸，只有朱星离对噬灵多少了解一些，宫中的御医都束手无策。

太子说已经派人去通知朱星离了，然这人行踪不定，旨意不知道去哪里传达。

呼延河岸，两军对垒，僵持了一天，谁也没有先动手。

沈楼站在土坡上，眺望对面的蛮人军营。温石兰显然在营中，有战神在，那些蛮人就像有头狼的狼群，眼冒绿光，迫切地想要扑过来。

天边一道白光闪过，钟有玉带着两名侍卫御剑而来，还未落地，那聒噪的声音便传进了耳朵。

“沈清阙，京城的旨意！”钟有玉甩开两名侍卫，自己爬上了土坡，走到一动不动、没有迎接他的沈楼面前，将太子的亲笔信塞过去。

沈楼接过来一眼未看，转身往营地走去：“我知道了，你走吧。”

“你知道什么啊，看都没看！”钟有玉快步跟上去，左右看看无人，压低声音道，“太子让你撤军，否则就以叛国罪论处。你可别犯傻，这二十万大军里，十五万都不是你的，若是闹起来，谁也控制不住局面。”

“不是孤不撤军，如今粮草连三日都撑不过，如何撤？行军回程，亦是要吃饭的，尔等莫非以为撤军便是就地散了？”沈楼走到帅帐前，忽然止住了脚步，看向守在门前的亲卫。

小亲卫蓦地红了脸，磕磕巴巴道：“侯爷已经起了，说是出去办点事，天黑之前回来。”

“侯爷？什么侯爷？”钟有玉顿时反应过来，追着沈楼进了帅帐，“是不是林不负？”

沈楼不理他，拆开太子的书信扫了一眼，拿出纸笔快速写了封回信，言辞恳切地表示愿意听从朝廷旨意。只是如今深入北漠腹地，二十万大军粮草不足，若没有补给，撤军只能沿途征粮，恐惊扰百姓。说来说去就一个意思，撤军可以，拿粮草来。

沈楼抬手把信塞给钟有玉，叫他快走，却见他神色有异：“怎的？”

“清阙，皇上中了蛮人的毒，快不行了，”钟有玉捏住那封回信，虽然元朔帝算不得什么旷世明主，但也算得上一个好皇帝，“那毒叫作噬灵，只有林信的血可以解。”

“你听谁说的？”沈楼沉下脸来，盯着钟有玉。

“太子妾妃周氏，跟蛮人有瓜葛！”钟有玉将在御花园听到的事告诉他，“恰好林信在此，叫他放一碗血给我。”

“不行！”沈楼斩钉截铁地拒绝，“阿信的血绝没有解噬灵的功效。”

若是能解噬灵，当初林信把噬灵吸走，又怎会灵脉尽封，惨死在鹿栖台？

“你又如何肯定没有效呢？若是皇上的毒解了，眼前的问题便都不成问题，”钟有玉很是不解，“放一点血又不碍事。”

“钟有玉，你莫多事，”沈楼压低了声音，仿佛冰泉底下的暗流，冷冽而隐晦，“林信的血极为特殊，若是落到蛮人手里，后果不堪设想。”

夜幕降临，帝王的寝宫中一片死寂，只有封卓奕虚弱的喘息声在空旷的大殿里回荡。

轻盈的脚步声由远及近，元朔帝倏然睁开眼，握紧了枕下的灵剑，转头就对上了一张眼角下垂的俊脸。

“呦，精神还不错。”朱星离满眼兴味地看着皇帝，仿佛在看大街上套圈翻跟头的猴子。

眉心的鹿璃吊坠，在烛光下灿若星辰，封卓奕的眼睛，也随着这玲珑剔透的鹿璃亮起来，他开口，仿佛见到了失散多年的挚爱：“亦萧！”

摆手让送他进来的金吾卫退开，朱星离毫不讲究地往龙床边一坐，抓住皇帝的脉腕摸了摸：“可别这么叫我，莫让金吾卫以为咱俩有什么不清白的。”

“咳咳……”元朔帝顿时呛咳起来。

朱星离拿出一把金针，也不看长短，拽下来就往皇帝身上戳：“皇上还真是天佑之君，都被羽林军围成铁桶了，还能叫我混进来。只可惜养了个龟儿子，平日乖得沉底，一伸头就咬了腚。”

“朱亦萧！”封卓奕气血翻涌，咬牙瞪他，让他少说两句。

“忠言逆耳，皇上不乐意听就算了。但臣说句实话，这太子要是由封重来做，保证不会喂你吃这蛮人的破珠子，还会给你修大陵寝。”朱星离嘴里说着，手上不停，不多时就把皇帝扎成了刺猬。

“噗——”，元朔帝喷出一口瘀血来，“你是不是嫌朕死得不够快？”

朱星离拊掌大笑，难得有机会让他玩皇帝，可不得多玩一会儿，笑够了才道：“有臣在，死不了。不过这东西没的治，只能跟沈歧睿一样，保一条命，灵脉是别想保住了，以后就是个凡人。”

经历一番生死，总能换来一场大彻大悟。元朔帝听闻保住了性命，便松了口气：“如此便可，朕还不能死，大庸的国祚还得……咳咳……”

“皇上想知道国祚？”朱星离听到这种玄学八卦之事便来了兴致，从袖子里掏出三枚星湖石雕的阴阳钱，“臣给您算一卦。”

方孔通阴阳，六爻为一卦。

颠来倒去掐算半晌，朱星离啧了一声：“紫薇星落，则国祚不足十年。”

封卓奕一惊：“十年！”

“皇上也知道，算出来的国祚，通常要比真的长，依臣之见，也就五六年光景。”朱星离老神在在地说着，收起了他的星湖石钱币。

［七］

夜幕降临，初夏的北漠依旧清冷。晚风吹过山坡，碧草泛起波澜，营地里的火把忽明忽暗。

沈楼站在营地门前，眺望远方。钟有玉不明所以地跟他站在一起：“看什么呢？”

“光。”沈楼高深莫测地说了一个字，便不理他了。

“什么光？你莫不是安排了人火烧敌方粮草营？不对，蛮人在北边，这营门是朝南的，哪里有光？”钟有玉喋喋不休地说着，拿到了回信也不肯走，依旧试图说服沈楼帮他要一碗林信的血。宁可信其有，不可信其无，万一能救皇帝而他们没有救，那罪过可就大了。

这时，当真有一道光从南边疾驰而来，翩然落下。青衣少年郎，俊俏如三月桃花五月海棠，正是提着酒的林信。瞧见沈楼在门前等他，他顿时弯起眼睛，收了剑，三步并作两步地跑过来。

沈楼接住他手中的粗瓷坛子，蹙眉道：“军中不许饮酒。”

“我又不是军中人，”林信笑嘻嘻的，转头瞧见傻愣愣的钟有玉，笑容微敛，“临风怎么来了？”

打从知道自己错杀了钟长夜，林信便有些无颜面对钟家兄弟。

“偌大的军营，只许你来，不许我来啊？什么酒，给我尝尝。”钟有玉凑过来讨酒喝，眼睛却禁不住往林信身上瞟。

“你快些回京，莫在此地添乱。”沈楼将两人隔开，挥手赶苍蝇。

“大晚上的你叫我怎么回？灵剑亮如灯，我这会儿飞上去，就是个活靶子。”钟有玉赖着不走。

月上中天，河两岸营地里的火把早已燃尽。乌云遮月，草原顿时陷入一片漆黑。

巡夜的蛮人在河对岸打瞌睡，待乌云离去，月光倾洒下来，寒光骤然闪现。一支乌黑的箭，不知何时射了过来，在巡夜兵反应过来之前，穿透了他的喉咙。

沈楹楹连发三箭，悄无声息地射死了对岸的巡夜兵，抬手，做了个“冲”

的手势。小队修士兵蹚着河水一跃而过，快速冲进敌营，杀了他们个措手不及。

静谧了三息之后，敌营中骤然传来阵阵惨叫声，蛮人立时吹响了号角，大喊着敌袭。大批的兵将从河最浅的地方冲过去，点了火的箭矢梨花暴雨般从天而降，点燃了蛮人的帐篷。

“半夜偷袭？这有什么用，人还是那么多人，等温石兰醒过来，怕是要包了饺子，”钟有玉站在土坡上眺望，完全不明白沈楼这是唱的哪一出，“莫不是粮草紧缺，把沈大给急糊涂了吧？”

林信歪歪斜斜地倚在一棵枝叶稀少的秃头小树上，看着策马冲过去跟温石兰交手的沈楼：“你忘了，沈家祖上是干什么的。”

“嗯？”

沈家祖上，是土匪。

话音刚落，那边蛮人的粮草营突然吹起了号角。温石兰一惊，看向火光冲天的粮草营：“这就是你的计谋？毁了我的粮草？”

沈楼并不答话，继续稳稳地拦住温石兰的去路。那边粮草营的号角声断了，蛮人大军立时回防，将粮草从着火的营地里搬出来，被埋伏在路上的沈家小将捉了个正着。

傍晚的时候，东先生问了一句话：“三日之后的粮草从哪里调？”

沈楼看向对岸，那里便是现成的粮草。

目瞪口呆的钟有玉，忍不住感慨一番沈家土匪的本性难移，转头看向身边不停打哈欠的林信。月光照着那双浸了水汽的眼睛，显出几分不寻常的深蓝。

“割鹿侯的母亲是圣女……”

“朕也不知他为何能预料到自己大限将至……”

周良媛和元朔帝的话，忽然冒了出来。钟有玉舔了舔干涩的唇：“林不负，你娘是蛮人的圣女，会不会什么巫术？”

林信蹙眉：“你问这个作甚？”

“我爹死之前，曾经预料到自己大限将至。”钟有玉低声说道，远处的火光，映着他与钟长夜有五分相似的脸，透出几分错乱的诡谲。

林信心中“咯噔”一声。沈楼这一世回来，比他早了两年，在这两年里什么都没有发生。直到林信回来，所有被他捏碎魂魄的人才纷纷死去。

上古大阵的运行之道无法考究，但在沈楼回来那一刻，便已经开始轮回。据说天赋极高的人，可以隐隐感知天道。

钟有玉本是胡乱猜的，见林信脸色发白，瞬间有些头重脚轻，喉头发紧道："当年你们都以为，是我爹派人追杀寻鹿侯，圣女的诅咒，会不会报应到我爹头上？"

诅咒……林信垂目，看看自己的右手，前世他一直以为是钟长夜杀了父母，亲手捏碎了他的神魂。如今大阵起，魂归原点，前世的恶果却得到了延续。若说是一种诅咒，也未尝不可。

"你要这般想，也可以。权且算是一种咒术吧。"林信哑声道，便是承认了钟长夜的死与自家有关。

竟然是真的？他的父亲死得太过诡异，这些年他们兄弟一直在寻找真相，却不料，竟是死于荒谬的诅咒！钟有玉下唇发颤，骤然握住腰间的剑柄，缓缓拔出指向林信："你可知，你们杀死的，是什么样的一个人？"

钟长夜，天纵之资，少年成名。沈楼幼年验资质时，验资之人云，"此子当可为下一个钟长夜"，足可见其威。继位之后，钟长夜以雷霆手段解决了狄人之乱，死后威名，仍能震得狄州五年不敢动一兵一卒。

一代宗师，纵横一世，最后却以这种方式惨死，魂飞魄散，永世不得超生。而他唯一做错的事，仅仅是没有认清身边的恶犬另有其主。

"一报还一报，你要给你爹报仇，便来吧。"林信既没有拔刀也没有拔剑，摊开双手，眸色平静地与之对视。

"咴——"战马的嘶鸣声，混杂着喊杀声、火焰燃烧的哔哔声、呼延河的流水声，掩盖了利剑入肉的裂帛声。

在钟有玉找回理智之前，灵剑已经插入了林信的肋下，鲜血顺着剑身汩汩流淌。

林信闷哼一声，面上血色尽退。

钟有玉愣住了，指尖微颤地拔了剑："这一剑就当是还了这份烂账。咱们两家的恩怨，从今往后，一笔勾销。"

林信捂着伤口，跪倒在地，看着眼中显出几分慌乱的钟有玉，嗤笑一声。远处的火光还未停歇，耳边的杂音如潮水般退去，伴随着眼前的黑暗归于沉寂。

"信信！信信！"再睁开眼，他看到的是满眼焦急的沈清阙。

"清阙。"林信看看周遭，天已经蒙蒙亮，秃头的小树上挂了露珠，不见了钟有玉的身影。

伤口很深，但没有伤及脏腑。奇怪的是，周遭的衣裳并没有染上多少血迹。沈楼心中一惊，钟有玉伤了林信之后，便连夜御剑奔逃了。夜路不好走，既为报仇，光明磊落，何至于如此心虚？

沈楼将林信安置好，便杀气腾腾地去追钟有玉。京城路远，夜路不好走，以沈楼的灵力强横程度，这时候去追，定能在半路上截住他。

虞渊剑化作一道灵光，倏然消失在漫天朝霞中。

苍鹰在空中呼啸，秃鹫则在低空盘旋。草原上常有死去的牛羊，但凡有秃鹫流连之地，定有新鲜的尸体。

沈楼眸色冷冽，连掐几个法诀，将灵剑飞行的速度提到最快，一路飞到了关口，却没有瞧见钟有玉的踪影。从呼延河到墉都，最近的路便是此处，钟有玉对北漠不熟悉，着急赶回京城的时候不可能走别的路。

问了守卫，他们也不曾瞧见素国公。

当机立断地迅速折回，沈楼立在灵剑上，看着那秃鹰聚集之地，心中的不安越发浓重，薄唇渐渐抿成一条直线。

鸟兽听到灵剑的破空之声，便一哄而散。一身白衣的男子，面朝下倒在一片开阔的草地上，右手还握着灵剑，左手使劲向前张着，似乎要抢夺什么东西。衣领上的虎毛被血污浸染，打着暗红色的绺。

沈楼落地，快速将人翻过来，当真是钟有玉那惹人恨的俊脸。只是这脸如今一片青白，双目圆睁，嘴角挂着干涸的血，没了气息。

“有玉！”沈楼抓住他的衣领，摸了摸颈间的脉搏，已然回天乏术了。周身的配饰皆在，除了一个随身带的小水囊。

粮草被抢，温石兰只能带着蛮人后撤，如今的河畔一片静谧。

林信捂着腹部，倚在沈楼身上，看着草席上放着的钟有玉，半晌才找回声音：“他拿了我的血，又被蛮人抢走了？”

“嗯。”沈楼拿出随身带着的黄泉珠。新死之魂，遇到黄泉珠便自行钻了进去，如今珠子忽明忽暗，困着的便是钟有玉的魂。

应当是临时起意，钟有玉瞧见林信的血汩汩往外冒，便收了起来想要拿去救皇帝，却不料惹来杀身之祸。

前世，钟有玉带兵出战，那一战极为危险。他弟弟钟无墨便假装成他，替他上了战场，死在了那场激战里。弟弟死后，大受刺激的钟有玉终于成长起来，一力扛起了西域。如今的钟有玉，还是太过稚嫩了。

所有人都沉默着不说话，草原上的风拂过，黄泉珠磕碰着流苏上的玉坠，发出叮叮当当的声响。远处传来木车轮的声响，钟无墨骑着一匹黑马，带着几车鹿璃，缓缓走来。

第十二章 无衣

岂曰无衣？
与子同袍。

［一］

钟无墨在草席前站立了许久，才渐渐回过神来。一点一点半跪下来，将冰冷的尸身抱进怀里，看着那张与自己一模一样的脸，轻唤了一声“兄长”。

这次去京城护驾，太子本是召了他们两人的。但钟有玉拦住了弟弟，不许他去。

……

“沈清阙说过，若太子召我出战，绝不可让你去，会有血光之灾。”钟有玉信誓旦旦地说。

“有何区别？”钟无墨不解，他们两个灵力相当，有危险的事，谁做都一样。沈楼多半是逗他玩的，这种毫无道理的说法也就钟有玉会当真了。

“宁可信其有，不可信其无！”钟有玉皱起眉头，拍拍弟弟的肩膀，“我只剩你一个亲人了，小墨，哥哥不能失去你。”

……

林信看向沈楼，沈楼握紧他的手。

大阵开启前，钟有玉让沈楼带回来的愿望，是在钟无墨上战场的时候阻止对方。这一世很多事变了，沈楼不能预估何时会发生这样一场使钟无墨送命的战争，便提醒钟有玉，任何时候都不要让钟无墨替他上战场，尤其是太子下令的时候。

钟有玉牢牢地记住了。保住了弟弟，他自己却提前丢了性命。

“有玉的魂。”沈楼将黄泉珠递给钟无墨，等安葬的时候，让朱星离来画一个显形阵，说不定还能跟钟有玉当面告个别。

钟无墨接过黄泉珠，看着其中忽明忽灭的魂火，沉默许久，忽然起身走到林信面前，屈膝便要下跪。

“你这是作甚？”林信快速抽出旸谷，用剑鞘托住钟无墨的膝盖。

沈楼怕他牵动伤口，立时将钟无墨提起来。

“割鹿侯，你可记得，答应过替我做一件事？”钟无墨跪不下去，索性站好，与林信齐平。

那日在宫中，林信捉住朱星离的生魂，灵力不支，得到了钟无墨的助力才将师父平安唤回。他欠钟无墨一个人情。

“记得，你想要什么？”林信眉头一挑。

钟无墨抬起手，将黄泉珠递到林信面前，一字一顿铿锵有力地说：“将兄长魂，移至吾身。”

周围响起了阵阵抽气声。移魂乃是上古邪魔之术的变种，一直被视为邪术，已经许久不曾听说有谁会这项古术了。

当日在朱星离的卧房，钟无墨亲眼看到林信施展了移魂术。

“魂与魄不相容，移之也不能活。”沈楼立时否定了这个疯魔的想法。上一世他见林信玩弄魂魄，试图将新死之魂移到他人之身上，然魂与魄不容，只能留存片刻，根本没有复活的可能。

林信却没有马上否决，接过黄泉珠沉吟片刻道：“容我想想。”

挥退众人，沈楼抱着有伤在身的林信回元帅帐，钟无墨拖着兄长的尸身跟着走进来。

“他二人是双生子，肉身相同则魄相同，兴许可以一试。”林信看看钟有玉的尸身，再看看钟无墨。古籍中记载，血脉相近则魂魄易相容。

“一命换一命，所图为何？”沈楼不赞同。

“并非如此，”林信摇了摇头，“两魂一魄，一体双魂。”

双生子本为一体，分而成双，合二为一。钟有玉肉身损毁，寄魂于钟无墨，两者共用一具身体。

乌云遮住日光，凉风吹过营地，草原上下起了淅淅沥沥的小雨。外面传来战马入棚的声响，东涉川顶着雨盘点西域送来的鹿璃。

“魂归天，魄入地，生死无常。简言，你实在不必如此，放临风归去吧。”沈楼面色凝重地劝他。一体双魂，在寻常人看来，乃是怪物。钟无墨何罪之有，要承受这般的痛苦？

钟无墨没有理会沈楼的劝解，依旧盯着林信，重复着那句话：“将兄长魂，移至吾身。你答应过的。”

雨越下越大，呼延河的河水逐渐湍急起来。春日孵出的鱼儿，如今已经长大，随着潺潺流水跃动，生生不息。

“魂归！”一声低喝在帅帐中响起，耀眼的灵光透帐而出，又迅速归拢，消失不见。

“扑通”，额上画满朱砂纹的钟无墨，双目紧闭，直挺挺地倒在了地上。

林信单手撑地，喘息片刻，上前查看。

“喀……”钟无墨突然呛咳一声，缓缓睁开眼，神志归位，身体突然如同砧板上的草鱼，横着弹出了三步远，“啊啊啊！这是哪儿？”

“钟有玉？”沈楼把林信护到身后，冷眼看着躺在地上鬼叫不已的人。

“沈清阙！我不是死了吗？”钟无墨常年波澜不惊，骤然做出夸张的表情，有些僵硬。

“兄长，起来。”声音骤然变低了些，钟无墨站起身来，眼中泛起些许笑意，拱手向林信道谢。

“小墨？”

“嗯。”

“这是怎么回事？我俩怎么会在一个身体里？”

“移魂。”

林信看着那人自言自语，很是新奇，将下巴搁到沈楼肩上，饶有兴致地看着钟有玉的脸从震惊变成痛惜，而后化作云屯雾集的尴尬。

“钟有玉，你是不是取了阿信的血？”沈楼冷着脸，开始算账。

“是……”钟有玉再蠢，此刻也明白自己上当了，“半途来了一群蛮人高手，抢走了血。”他记得沈楼的话，拼命想要夺回来，无奈对方人多势众。东西没护住，自己还死于敌手。

受了伤，又耗费灵力移魂，林信没什么力气，便将身体的重量尽数交给沈楼。

沈楼瞪了钟有玉一眼，让他暂时闭嘴，自己回身把林信放到床上盖好被子：“睡一会儿吧，拔营的时候叫你，我去去就来。”

林信的眼中泛起亮光，满是笑意，大方地放他离开。

沈楼绕过屏风，抓着钟无墨的衣领，将人拽出帐篷，一路走到呼延河边。哗哗的流水伴随着噼里啪啦的雨幕，将营地里的声音隔绝开来。

“沈清阙，你作甚！啊！”钟有玉忍不住开口，话没说完，就被沈楼一拳打在脸上。

“我说过，阿信的血落到蛮人手里，后果不堪设想，你为什么不听？”沈楼的拳头上青筋凸起。

前世林信被偷了血，噬灵便出现了，这辈子亦然。这些时日与温石兰交手，却迟迟没有见到噬灵，足可见蛮人的噬灵已经告罄。如今，林信的血被钟有玉双手奉上，也不知这蠢货拿走了多少。

“我想着，若是不行就毁了，”钟有玉悔恨不已地抱住被雨水打湿的脑袋，“林信的血，到底有什么用？”

“总归不是解毒用的。”沈楼又打了他一拳，转身便走。

噬灵与林信的关系，绝不能让任何人知道，包括林信自己。世人不会体谅他怀璧其罪，只会怨他为何不以死卫道。

天塌下来，由他沈清阙一肩扛！

［二］

大军拔营，一路向北行进，傍晚才停下扎寨。

沈楼把钟有玉的尸体扔给他们兄弟俩，让他们自行处置。兄弟俩决定留下来帮沈楼，便将尸体就地焚烧。

熊熊烈火舔着木柴，渐渐将那年轻的身体包围，烧成灰烬。

“看着自己的身体被火葬，总觉得哪里别扭，”钟有玉小声嘀咕，把自己惯用的灵剑挂在腰间，“小墨，我突然想起来，以后打架，咱俩一人用一只手，那就可以使双剑了。”

“嗯。”钟无墨应了一声，看着那堆火焰也不知在想什么。

“你说你，把我弄到你身上，以后你还怎么娶媳妇？你跟你媳妇洞房的时候，我就眼睁睁地看着，你说合适吗？”自己的身体彻底没了，钟有玉开始仔细考虑以后的生活，越想麻烦越多。

“我不娶妻，你娶。”火焰渐渐熄灭，钟无墨上前，将骨灰装进小瓶子里。

“那也不行啊，那我跟你嫂子洞房的时候，你不就能看到了？”钟有玉把刚抓起来的一把骨灰摔到地上。

“别闹。”钟无墨重新把骨灰抓起来。

沈楼站在不远处，万分不想承认自己认识那个左手跟右手打架的傻子，转身回了帅帐。

林信正坐在主位上，一边提笔写信，一边听渊阿打探来的消息。

“太子封锁了各州官道，鹿璃出不了南域。英王殿下跟东域借了船，走水路，行踪隐秘，如今不知到了何处。”从南域回来的刃一说道。

“属下告知太师之后，太师便进宫了。”被指派去浣星海报信的刃二道。

听到沈楼进来，林信收笔，将信折好用火漆封上，交给刃三："去吧。"

刃三领命而去，刃一和刃二低头给沈楼行礼。

"怎么起来了？"沈楼走过去，想把林信放回床上去。

林信摆手让渊阿都退下："这伤已经不打紧……"

草原的黄昏十分安宁，巡营兵的脚步声在帐子间回荡，夹杂着钟家兄弟自己跟自己吵架的声音、火头军分发饭食的声音。人间的烟火气，让历经两世的魂魄落到实地。

"哎，我问你，你前世，什么时候注意到我的？"也不知是沈楼装得太像，还是他当局者迷，那时候他还真没看出来。

沈楼垂目，认真思索了一下，是从什么时候开始的呢？

是那次琼林宴吗？新科状元是江南有名的才子，被皇帝夸赞几句有些得意忘形，点名要与割鹿侯对对子。谁都没想到，整日舞刀弄剑、言辞毒辣的割鹿侯，竟有吞凤之才，将状元对得哑口无言险些昏厥过去。

是那次岁贡宴吗？不胜酒力的割鹿侯，一杯接一杯地跟他拼酒。眼尾泛起桃花色，整个人软绵绵的，似哭似笑地问他："他们都欺负我，你为什么不把我带走？"

抑或是，更早的时候，只是他自己都没有察觉。打从在闲池第一次见到林信，他的目光便总是跟着那骄阳般肆意妄为的少年。

"你呢？"沈楼忍不住反问他。林信这人狠起来六亲不认，从他俩认识开始，就没有停止过戏弄他。

"肯定比你早，在你还不认得我的时候。"林信甚是认真地说。

心尖微颤，有那么一瞬间，沈楼几乎要相信了这番鬼话，旋即觉出不对来，相识之前哪里来的注意，显然是哄人的花言巧语。

"……"

次日一早，营中不见了钟无墨的身影。

"寻粮草去了。"沈楼不甚在意地说，下令拔营，继续急速行进。他给了那兄弟俩三千兵马，叫他们去抢粮仓。

"你怎么比先前还要着急了？"林信坐在旸谷剑上，跟着沈楼的马向前飘，灵剑比马匹平稳得多，不会扯到伤口。

"太子怕是忍不了我几日了。"沈楼轻甩缰绳，跃上小土坡，清冷的声音，借由浩瀚的灵力，传到每一名将士耳中。

"前面就是狼山，温石兰的大军便在山下。蛮人有巫术，名为噬灵，修士染之，灵力尽失，凡人染之，即刻毙命。噬灵珍贵，蛮人定会用来对付修士。尔等切记，如若染上，立时回转，入营隔绝，等太师朱星离来医治，切不可恋战。”

前世没有抑制噬灵的方法，战场上只能将感染的将士即刻杀死，以至于很多人感染了不敢说，造成了更大的伤亡。

将士们听说感染了还有救，便不觉得有什么好怕的，齐齐应“是”。

林信看着沈楼稳定军心的手段，微微挑眉，飘到沈楼耳边轻声说：“原来你也会说谎。”

“孤没有说谎。”沈楼正直无比地说，他只是话说一半而已。

太子在等着钟有玉传旨的回音，不料却等来了关口遇袭、粮仓被劫的消息：“谁干的？”

“素……素国公。”

［三］

太子根基尚浅，四域国公他只信西域是忠心于他的。谁料想，第一个公开叛乱的，竟然就是钟有玉！

“混账！”太子一脚踹翻了面前的案儿，笔墨杯盏“哗啦啦”碎了一地，“周亢！”

“臣在。”原本的御前侍卫周亢，如今已经升为羽林军副统领。因为妹妹入东宫做妾妃，整个家族的地位也水涨船高。

“你带兵去，拦截钟有玉，扣下所有粮草，将人给孤带回京。若是抵抗不从，格杀勿论！”太子咬牙切齿地说，拳头攥得咯咯响。

劫掠关口粮仓，与谋逆无异。

“是！”周亢语调森森地应道，即便他低眉垂首，窄短的额头也遮不住那双凶光毕露的三白眼。

周亢领命而去，周良媛从后殿款款而来。今日她没有穿黑袍子，只穿了一身普通的宫装，看起来比先前要温婉一些。

“大巫传来消息，割鹿侯就在沈楼的军营里。殿下不如以皇上的名义召他回来，他可是圣女的儿子……唔……”话没说完，周氏突然被太子掐住了脖子，顿时没了声息，整个人被他单手提起来，渐渐只剩下脚尖触地，腿脚不由自主地抽搐起来。

“休要将孤当傻子耍弄，孤与你的大巫，不过是互惠互利，可不是他的信徒，更不是他的走卒！再来讨嫌，孤先灭了蛮人！”封章冷眼看着她挣扎，一字一顿地说完，才甩手将面色青紫的周氏扔到地上。

“咯咯咯……”周氏伏在地上呛咳不止，好半天才缓过来，斜眼看着太子的脚面，低头掩住脸上的怨毒之色。

载着粮草的车马走不快，眼看着还有一天行程就要赶上北域军队，却得到了周亢即将赶来的消息，钟有玉很是懊恼：“咱俩要是两个人，便可以一个跟他周旋，一个带着粮食跑了。如今，可真是不便。”

钟无墨：“……”

钟有玉：“你说句话呀，怎么又不说话了，以前怎么没发现你话这么少？现在瞧不见，你不说话我都找不到你。”

钟无墨：“有办法。”

带着五百轻骑的周亢，很快追上了钟有玉的队伍，却不见粮草，只有钟有玉一人和零星的几十名将士在一起烤肉吃饭。

“呦，周统领，什么风把你吹来了？”钟有玉穿着一身白衣，不甚风雅地席地而坐，瞧见周亢来也没起身，举着一串烤兔子肉，用力撕扯了一口，“这肉烤得老了。”

“属下奉太子令而来，还请素国公交出劫掠的粮草，随属下回宫。”周亢打了个手势，示意身后跟着的两名羽林军去找粮草。

大军在外，现下京中兵力不足，太子只给了周亢不足十名修士，其余皆为凡人兵。而钟有玉身边，修士兵也寥寥无几，谁也不能灭了谁。

互相打量一番，钟有玉揽住周亢的肩膀，将人拉到一边，竹筒倒豆子般喋喋不休道：“不是我愿意去劫掠粮仓，实乃被沈楼逼迫所致。你看我像是谋逆的人吗？像吗？显然不像！我跟太子自幼亲厚，我反谁也不会反他。这些亲兵，都是北域的人，其中还有几个高手，我是身不由己。既然周统领来了，刚好可以救我于水火。你瞧，那边，是粮草运走的方向，过会儿咱俩佯装打一架，你把我捉走，咱们一道往那边追粮草。”

说着，他指了指西边的路。

周亢将信将疑地看着他。

钟有玉叹气：“好吧，实话告诉你，三千精兵分两路，一路往东，一路往西，已然走了许久。这西边的是真粮食，东边的是假的。沈楼定的计策，是要我把你引到东边去。”

周亢翻身上马：“走。”

“等我吃完。”钟有玉不紧不慢地重新拿起兔子。

周亢“唰啦”一声拔出灵剑，削断了串肉的树枝：“国公要吃，大可回京再吃。”

“你敢冲我拔剑？”钟有玉突然变了脸，拔出灵剑瞬间朝周亢扑过去。他灵力不及周亢，所以先发制人，直冲那双三白眼刺去。

周亢仰身躲避，膝盖着地以跪姿滑开丈许远，翻身一跃而起，准备回击，却发现钟有玉已经御剑向西奔逃，立时踩上灵剑追逐，飞了半晌才将人拦下。此刻，他已然将带来的轻骑甩开很远。

为防有诈，周亢制住钟有玉之后，便在原地等着他的骑兵。押送粮草的有三千将士，不知有几名修士。贸然独自追上去，怕是会被灵剑戳成筛子，必须带着他的兵将才好。

走走停停，钟有玉一会儿要小解，一会儿要喝水，耽搁了不少时间。前去寻找粮草的两名羽林军回来，悄声对周亢道：“有两路，一路在西，一路在东。”

正说着，钟有玉趁其不备，再次御剑奔逃。

“前面三十里便是粮草所在了，”报信的羽林军说，“有上千人。”

周亢咬牙，夹紧马肚子狠抽一鞭，带着骑兵追着钟有玉而去。

马匹再快也赶不上灵剑，不多时便不见了钟有玉的身影。周亢绕过一座孤山，就瞧见了大队人马，正推着粮草行进。

一身黑衣的钟无墨骑在马上，面无表情地看向来人。

“素国公！”周亢咬牙切齿地追上来。

一把带墨色剑穗的灵剑凌空飞来，挡在了周亢的面前，乃是钟无墨的本命灵剑“砚兮”。

钟无墨沉声道：“何人？止步！”

周亢一惊，仔细看看马上的人。钟家兄弟生得一模一样，但只要见过他俩的，都不会认错，盖因这两人的性子相差太远，从表情便能区分开。

“二公子，你怎么在此？”周亢环顾四周，草原上一马平川，根本不见钟有玉的影子。

“兄长令，回西域。”钟无墨生就一副讨债脸，无论说什么都像是别人欠了他钱，理直气壮。

周亢拔剑，挑开一辆马车上的围布，露出了一车带着泥土的青草，显然是这一路随手拔的草。“咕噜噜”，一颗石头从青草堆里滚出来，掉在周亢的马蹄边。

上当了！东边才是粮草，钟有玉已经御剑往东去了。

周亢咬牙，掉头就走。太子令他捉拿素国公，没说要捉拿钟无墨。当务之急，必须马上追赶钟有玉和粮草，否则他们就跑到沈楼的兵营去了。

几百人马跟着周亢掉头，一路往东去。尘烟滚滚，不多时便消失在孤山之后。

钟无墨收回灵剑，从马背上的兜里取出白色外衫重新穿好。草原风寒，穿厚一点，节省灵力。将士们将覆盖在车上的青草杂石尽数扔掉，露出内里白花花的粮食。

起程，快速往狼山奔去。

“哈哈哈哈哈，那憨货，等他追上东边的车马，黄花菜都凉了。”钟有玉快活地笑道，从兜里取出自己的灵剑“琢兮”，重新挂到腰间。

钟无墨没应声。

“我弟弟竟这般有勇有谋，以前怎么没看出来？”钟有玉捏捏自己的脸。

钟无墨拍开那只捏脸的手，让他抓紧缰绳：“走了。”

两支队伍方向相反，周亢辛辛苦苦赶了半日的路，终于追上东边的队伍，却依旧不见钟有玉。所谓的“粮草”车上，尽是带草皮的大块泥土。

周亢气急，点了所有的修士，跃上飞剑：“尔等随我来！”

“糟了，周亢追上来了！”钟家兄弟离军营不足二十里，眼瞧着胜利在望，却见几道灵光如离弦之箭飞冲而来。

钟有玉拔剑，令粮草先行，自己与几名修士留下应战。

“太子有令，素国公谋逆，杀无赦！”周亢灵光熠熠的长剑兜头劈来，显然是被气疯了，再不给钟有玉辩驳的机会。

钟有玉左手持“琢兮”，右手持“砚兮”，两剑交叉，稳稳抵住了周亢的剑。

离上次闲池围猎不足一年，这么短的时间内，并不够钟家兄弟长进多少。少年人与武状元的差距仍在，即便用双剑，灵力还是一人的灵力，依旧不是周亢的对手。

“小墨，咱俩打不过他，我数一二三，咱们快跑。”

“跑”字刚落地，钟无墨已经接管了身体，跳上灵剑快速奔逃。

钟有玉吓了一跳，让弟弟控制灵剑，自己则高声大喊：“救命！”

一道耀眼的灵光自营中射出，巨箭的破空之声如冬日北风，呼号着将周亢射了个对穿。周亢在千钧一发之际避开了要害，然而那箭太快太重，击碎锁骨，带着他飞出十几丈远，牢牢钉在一处小土坡上。

与此同时，林信踩着旸谷剑飞驰而出，在周亢挣脱之前，扬起吞钩弯刀，

"咔嚓"一声割断了他的头颅。

一切发生得太快，等钟家兄弟看清状况，周亢已经死了。

林信甩掉弯刀上的血，死得这般利索，真是便宜这龟孙了。若不是战事紧张，他定要废了周亢的灵力，饿他三天，再把他扔到战场上，好叫他偿还前世封重所遭受的一切。

收刀入鞘，他瞥了张大嘴的钟有玉一眼："真是没用。"

沈楹楹手持桑弧弓，蹦跳着跑过来捡箭。她的大箭都是特制的，嵌有小块鹿璃，不能丢弃。拔下箭，她冲那合体的兄弟俩做鬼脸："真是没用。"

［四］

粮草备齐，鹿璃勉强够用，大军势如破竹，一路打到了狼山脚下。

过了狼山，便是蛮人的王庭。乌洛兰贺若的王帐，以及各部落的贵族，都聚集在狼山以北。

沈楼坐在帅位上看着舆图，林信懒洋洋地倚在他身边，把玩着虞渊的剑穗。

"温石兰龟缩到哪儿了？这许多日都不见人影，莫不是被打怕了吧！"沈楹楹坐在元帅帐里，给自己的大箭修羽毛。一支箭用两次，尾羽便会受损，须得重新配上。

"秋庭，我帮你修吧。"钟有玉凑过来，抓起一支大箭。

沈秋庭的箭筒里，一共只有七支箭，却塞得满满的。盖因这箭都是玄铁所造，比寻常箭要粗许多倍。

"让简言哥哥给我修，你走开。"沈楹楹嫌弃道。

钟有玉龇了龇牙："他就是我，我就是他，有什么区别？"

钟无墨没说话，掂了掂箭矢的重量，低头拿起一根鹰羽，"咔嚓咔嚓"剪好，递给沈楹楹看："可行？"

"对，就是这么大。"沈楹楹很是满意。

"有什么难，我来。"钟有玉不服，一剪刀把羽毛给剪秃了。

将目光从那吵闹的两个半人身上收回来，林信矮身，从沈楼的胳膊底下钻过去，扒着桌子跟他一起看图："温石兰几日不见，说不定是在这里等你呢。"

修长的手指点到山脉的豁口处，此地名为恶阳岭，乃是狼山南北纵向上较薄的地方。狼山横贯上千里，绕不过去，最近的路便是走恶阳岭。

然恶阳岭路窄，易守难攻，蛮人定然会在此屯兵，以期将北域军杀个片甲不留。

“不错。”沈楼没动，任由林信在他臂弯里钻来钻去。

恶阳岭上等着他的，可能是圆木滚石，可能是漫天箭羽，也可能是炸成烟花的噬灵。乌洛兰可汗治下的其他部落，得知王庭被围，也会赶来救援。届时两头夹击，对于鹿璃始终不足的大军来说，凶多吉少。

“元帅！有狼烟！”守门的亲兵突然掀帘，指着帐外的天空道。

帐中几人立时走出去，看向空中那一道清晰可见的痕迹，金吾卫执狼烟，乃天子点烽火召诸侯救驾。墉都，定是出事了。

“哥，温石兰不在，会不会是……”沈楹楹呼吸骤然急促了起来，转头看向哥哥，这许是一招围魏救赵。

“临风、简言，点五万兵马，即刻往京城救驾。”沈楼果断道。

“不行，你本就只有二十万大军，我带走五万，你还怎么打狼山？”钟有玉不赞同道。

“我自有成算。”沈楼不容置疑地将他赶去点兵。

天子难，烽火起，诸侯无论身在何地，必须立时带兵前去。这是刻在大庸诸侯骨血里的规矩！

墉都。

几万蛮人大军突然在攸州现身，取道临榆，直奔墉都而去。彦山侯没能抵挡住，毙于斩狼刀下。

若北域无事，玄国公会第一时间带兵阻截，组成铜墙铁壁，将蛮人牢牢地拦在关外。然，沈楼深入北漠，沈歧睿被噬灵所害，灵力尽失，卧床不起。蛮人对付临榆以北的小诸侯，犹如砍瓜切菜。

兵临城下，京城危矣。

“贱人！”封章一巴掌将周良嫒扇倒在地，“你们这是什么意思？”

“殿下与大巫不过互惠互利，这可是太子您自己说的。”周良嫒捂着脸，语带讥嘲地说。

“孤给他便利，他替孤解决那些老东西；孤阻止沈楼攻打北漠，他劝乌洛兰贺若与大庸和谈。这些都是说好的！”太子抓住周氏的衣襟将人拖到殿门口，目眦欲裂地指着外面，“可他在做什么？”

周良嫒丝毫不惧，扯开被打裂的嘴角，露出个幸灾乐祸的笑来：“大巫说，我们与殿下的合作，已经结束了。接下来，就看天神的意思。”

“报——蛮人已经攻到了正阳门！”京畿大营的小将满头大汗地前来报信。

墉都建立之初，太祖皇帝用莫归谷的山石修了高高的城墙，御剑之人经过城墙之上便会摔下来，根本过不去。因而攻打墉都，只能用最古老的办法。

“轰——”巨木撞击城门的声音，在沉寂的京城中回荡，城中的凡人百姓惊恐不已，修士们则聚集在偏门，等着皇室出逃。会御剑的修士，只要离了这堵高墙，便可以远走高飞。

“太子殿下，蛮人兵力众多，我们还是先撤吧。退到天牢峰去，那边有大军，可以与之抗衡。”瑟瑟发抖的东宫官劝道。

“滚！”太子一脚将东宫官踹开，“国都破，国之焉在。尔等是要孤做亡国之君吗？点烽火，召诸侯前来勤王救驾。”

“总算你还有点骨气！”元朔帝中气十足的声音自殿外传来，殿中诸人皆是一愣。

封卓奕身着帝王衮服缓步而来，十二金吾卫随侍左右，殿外的侍卫齐齐跪地。

“父……父皇……”封章难以置信地看着精神矍铄的封卓奕，又看向周氏。

周氏也是一脸愕然，大巫的噬灵符咒，竟然失效了！

“皇上大安，诸位怎的一副如丧考妣之相？”朱星离从元朔帝身后冒出头。

“许是被属下吓到了。”虎背熊腰的羽林军统领答道，将提在手中的副统领头颅扔到了地上，头颅“咕噜噜”滚到那名东宫官的脚下。

羽林军统领先前被太子指派出去捉拿封重，剩下的两名副统领，一名是周亢，一名便是这位，均投了太子。

［五］

封卓奕为帝多年，不是稚嫩的太子可比的，他先以雷霆之势重新掌控了皇城，然后才从容不迫地踏进东宫。

在看到父皇的瞬间，封章便知大势已去，面色苍白地跪倒在地。

“不可能，这不可能！”周良媛盯着皇帝看了许久，突然扑上去，被近处的金吾卫一脚踹翻，牢牢按在地上。

如今城外情势紧急，来不及细细审问，元朔帝下令，直接将太子、周氏及一干东宫官押进天牢，着羽林军与京畿营前去守城，令文官召集城中所有修士，无论出身，凡参与守城之战者皆可加官晋爵，有功者双倍加赏。

他又命所有金吾卫，自偏门出城，手持狼烟，御剑飞过全国，以烽火令告知所有诸侯，即刻救驾。

做完这一切，封卓奕才稍稍松了口气，腿脚一软，连退两步跌坐在龙椅上。灵脉损毁，丹田空空，如今的封卓奕就是个上了年纪的凡人。方才那一番龙行虎步，不过是强撑来震慑众人的。

朱星离撇嘴："臣先前就说，让太子去守城便是。太子年轻力壮、灵力充沛，待击退蛮人再收拾他不迟。"

元朔帝摇了摇头："他守不住。"自己的儿子自己知道，虽然封章是他一手教导出来的，但此时此刻他不得不承认，封章比之封重，多有不及矣。

歇息片刻，封卓奕便又打起精神，带着朱星离登上皇宫高墙，远远眺望城外的状况。京畿营在城外二十里处，如今已赶来与蛮人厮杀。城墙上人头攒动，九门守卫万箭齐发。

大庸立国百年，还是第一次被人打到了墉都，封卓奕扶着宫墙上的青砖，汗水浸透砖缝："倘若守不住，朕便成了封家的罪人。朕这一生，励精图治，只盼着海晏河清、国泰民安，为何竟走到了今日这般境地？"

失去灵脉，太子谋逆，还被围了国都！

朱星离坐到垛口上，一条腿伸出墙去在空中晃荡："古来有励精图治的亡国之君，亦有荒淫无度的盛世之君，世事无常，皇上不必太过介怀。"

这番劝慰，不免让人更加难过，封卓奕垂首："亦萧啊，没想到这种时候，竟是你陪在朕的身边。"

"臣也没想到，"朱星离及时阻止皇帝给他戴高帽子，让他跟着以身殉国的行为，"臣答应过信儿，要长命百岁的。"举目观察几个城门的方位，他盘算着若是城破，从哪里逃比较稳妥。

"……"元朔帝说不下去了，转身走下城墙，准备去审问太子，"那周氏究竟是什么人？"太子纳妾，那也是层层筛选过的，这周氏当初进宫的时候分明没有任何问题，家世也很清楚，就是周亢的亲妹妹，完全的大庸国人。

"许是蛮族大巫的信徒。"朱星离不知从哪里拽来一根草，叼在嘴里。

"大巫的信徒？"林信望着不远处暮霭沉沉的恶阳岭，微微蹙眉，"蛮人不都信那个什么天神吗？"

"这一代的大巫，有自己的信徒。信徒笃信，他便是上古巫神转世，"沈楼眸色冷厉，语调中透出几许厌恶，"个个悍不畏死。"

之所以后来控制不住噬灵，便是因为这些信徒甘愿做人形暗器，吞了噬灵往大庸军队里钻，防不胜防。

林信听到这话，寒意瞬间从脊背蔓延到天灵盖。眼前黑黢黢的山岭，仿佛变成了噬人的巨兽，只等着北域大军入瓮。“若是这次，没能阻止噬灵……”

沈楼眸色微暗，纵使赔上十五万大军，舍得这一身修为，也必须将噬灵掐灭在草原上：“胜败乃兵家常事，此次不成，还有下次，不必担忧。”

“我不担忧，”林信上下打量沈楼，笑道，“师父能保中噬灵者不死，你若是又被感染了，我就带你去南域，做一对凡人。”

沈楼失笑，伸手接住从马上跳下来的林信：“也好，我在南域还有几个茶馆。”

“那些产业就算了，莫叫人认出来。我会说书，还会算命，饿不着你。”林信抬起下巴，颇为得意地说。

“可我除了打仗，不会别的。”沈楼低头，眼带笑意地看他。

“你会雕小鹿。”

“那个不卖。”

沈楹楹策马奔过来，在土坡之下骤然勒马，看着前面那两人，觉得自己现在过去不合适。直到马儿将脚下的一片青草都给啃光，兄长才想起来唤她过去。

营寨已经扎好，向前二十里便是恶阳岭，斥候来报，山岭那端屯兵众多，并且在持续增加。但这一场非打不可，温石兰在攻打墉都，没了温石兰的蛮人军队便如拔了利爪的老虎，比平日要好收拾得多，机不可失。

蛮人以为在围魏救赵，实际上是抱薪救火。

沈楹楹面色严肃地将军情报给兄长，眼睛却忍不住往林信身上瞟，这些时日，林信一直住在帅帐。

林信扒着沈楼的肩膀，冲她挤挤眼。

夜幕降临，京城外的厮杀还没有停歇。

“统领，箭矢不足了！”正阳门的守城将士大声对立在高台上的羽林军统领道。

“统领，东门鹿璃告急！”东门的守城士兵上气不接下气地奔过来，满头大汗道。

原以为到了晚上，蛮人会停下攻城，没料想这些人是属狼的，到了晚上越发凶狠。城外京畿营扛不住，已经回城暂歇。九门都被朱星离用朱砂画了阵，嵌了鹿璃，变得比城墙还要结实，不怕那巨木凿门。蛮人便如蝗虫一般扑向城墙，开始攀爬。

“没了箭，就放油。”朱星离跃上城墙，春痕出鞘，刺死一名刚刚爬上墙头的蛮人。元朔帝在宫中叨叨个没完，再听下去，他怕是要忍不住弑君了，便讨了皇令来城墙上帮忙。

跟着朱星离来的一群宫中侍卫，将巨大的油桶抬上城楼，放到女墙上"咣当"一声凿开。油汩汩流淌下去，浇了正在爬墙的蛮人满身满脸。

"点火！"羽林军统领朗声下令，裹了棉絮的箭头点火，直冲着满身油星的蛮人射去。

"轰——"火焰一蹿三尺高，墙上的蛮人惨叫起来，如同树干上的知了壳，大风吹过便"啪啪"往下掉。城墙变成了一堵火墙，映红了墉都夜晚的天空。

号角声响起，蛮人不再攀爬城墙，弩箭如暴风骤雨，映着火光扑来。

"太师当心！"站在朱星离身边的小将惊呼。

朱星离挽了个剑花，"叮叮叮"挡住三根箭矢，抓着那小将的衣领矮身躲在女墙之后："傻小子，顾好你自己。"

离京城最近的渠山侯，赶到这里只要一天时间，撑过今晚，便可得到喘息之机。蛮人似乎也知道这件事，就不要命地攻城。

"咚！"巨大的爆裂声在不远处的城墙墙头响起。

"什么东西？"朱星离好奇地看过去，尚未看清楚，身后薄薄的女墙突然炸裂开来，将他整个人推了出去。

城墙高十丈有余，不能御剑，朱星离摔下墙头，往城内坠去。

"太师！"那小将惊呼着冲上来扑救，又一声巨响，砖石崩碎。朱星离立时拔剑戳进墙壁里，勉强稳住身形，墙头小将却倒了下去，炽热的鲜血喷溅到朱星离的脸上："小子！"

朱星离拔了剑，借力重新翻上去，稳稳接住小将的身体。

"贺六浑！贺六浑！"蛮人军队开始齐声大喊，很是激动的样子。人群分开一条路，尽头站着一名身高九尺、虎背熊腰的壮汉。壮汉手中拿着一副巨大的弓弩，手持弓，脚撑弦，寒光凛凛的箭尖，直指朱星离。

北漠人，将大力士尊称为贺六浑。这一支弩箭的威力，与沈楹楹的桑弧不相上下，直接将女墙给射穿轰碎了。

城墙上的火油燃尽，乌黑的巨箭映着最后一缕火光，直冲而来。朱星离没有向后躲闪，而是运起灵力快速走了个奇怪的步子。在蛮人看来，城楼上的人如同鬼怪一般，前一瞬还在原地，下一瞬突然变成了残影。

巨箭没有伤到朱星离，射中了他脚下的青砖，城墙轰然坍塌下去一角。守城将士死伤惨重，来不及过来补充。蛮人的云梯架到低矮的缺口处，手脚灵活的修士兵三两下攀上来，朱星离立时提剑砍过去。

远攻变成了近战，羽林军统领从碎砖里钻出来，深一脚浅一脚地冲到朱星离身边，跟他一起砍蛮人兵。

大庸的守城将士纷纷拿起刀剑，与蛮人搏杀。从月出东山砍杀到月上中天，饶是灵力高如朱星离也有些手软，冷不防挨了两刀，膝盖一软滑倒在地。

那名贺六浑突然爬上来，举起大刀朝朱星离的腰腹砍去。观察这许久，蛮人早已看出，朱星离乃是这守城兵将中灵力最强的，也是最无耻的。

就是他一直在出奇怪的主意，致使他们伤亡惨重。

春痕剑牢牢挡在身前，剑柄上的鹿璃忽闪两下碎成齑粉，灵力骤然消失。朱星离面色一变，冲贺六浑背后大喊一声："重儿，砍死他！"

贺六浑立时扭身格挡，身后什么也没有。春痕那烧火棍一般的剑鞘在朱星离手中转了个圈，重重地捅向那蛮人的裆部。

"啊！"蛮人大力士惨呼一声，倒退两步。

朱星离已经重新装上鹿璃，冲那人勾勾手。

"卑鄙的汉人！"贺六浑大吼一声，冲过来。

朱星离突然眼睛一亮："重儿，砍死他！"

贺六浑气急，一个计策用两次，当他是傻子吗？他不管不顾地冲上去，忽然脚步一顿，缓缓低头，一截锋利的剑尖透体而出。

"师父！"越过大军率先跑上来的封重，听话地砍死了贺六浑，跃至师父身边，"你没事吧？"

朱星离脱力地靠在封重背上："你再不来就有事了。"

"杀——"蛮人大军背后，突然传来一阵喊杀声。号角声起，蛮人的攻城之势骤减。

"你哪儿来的兵？"朱星离惊奇地问。

"东域的。"封重反手杀了一名妄图偷袭的蛮人，把师父背到身上，攀着破碎的城墙爬回城中。

远处的战场上，林曲青色的剑光划破长夜。

封重原本是借了东域的船只运送鹿璃。林曲听说北漠战事紧，自家堂弟也去了，便又给了封重一支精兵，叫他悄悄带去帮忙。船只走不到临榆，在京城附近便要换陆运。他刚下船就瞧见了狼烟。

没多久，林曲带着林家高手御剑而来。连调兵都省了，他们直接带着借给封重的这支精兵前来营救墉都。

"好、好、好！"封卓奕听完封重的话，抓住他的手腕激动得微微发抖，"吾儿真乃福星也。"

他仿佛没听出来南域、北域、东域勾结起来违抗太子令的事。

朱星离瘫倒在软榻上，让太医包扎伤口："北域来消息说，怀疑是温石兰亲自带兵，你可瞧见温石兰了？"

天光熹微，号角声起，沈楹楹做先锋，带着休整一夜的大军开始朝恶阳岭进发。沈楼作为元帅镇守帐中，有传令亲卫在战场与营地之间御剑奔忙。

前些时日不知去哪里送信了的刃三，终于回来了，进帐便凑到林信耳边小声说了两句。林信漫不经心地点点头，继续捏着手中的泥巴人，随手扔给他几枚铜钱，叫他去买只烧鸡来。

沈楼见状，知道不是什么重要消息，便没有多问。大军已经攻进恶阳岭，与蛮军交战正酣，片刻不得分心。

"元帅！"报信的亲兵快步跑进来，"斩狼将军温石兰在蛮军里！"

温石兰！这人竟然没有去攻打京城，而是一直潜伏在恶阳岭，等着瓮中捉鳖！沈楼霍然起身，拿起架上的银枪便冲了出去。沈楹楹对付不了温石兰，必须他去。

一场恶战，在所难免。

林信坐在原地没有动，看向一边不停拨着算盘的东涉川："东先生，这般打法，鹿璃还能撑几天？"

"原本能撑七天，如今温石兰在，恐怕不足三日了。"东涉川把眉毛皱成了"川"字。

温石兰作为草原战神，可不仅仅是灵力高强这么简单，他的兵法谋略都是一等一的。他知道大庸军千里来袭，必然带不了多少鹿璃，便一直用极耗鹿璃的打法，打算拖死沈楼。

林信垂目，将手中的泥人扔进火堆。

夜幕降临，拔营前行的命令始终没有传来，沈楼带着大军归营。沈楹楹垂头丧气地握着秃了毛的大箭，一言不发地回了自己的营帐。

出师不利，没能攻下恶阳岭。

沈楼倒是面色平静，瞧见林信在帐中等他，眼中不由得露出笑意来。

"鹿璃不足，不若等等封重。"林信帮他卸下盔甲。

"等不及了，如果不进攻，温石兰便会反打过来，"沈楼摇头，"那是什么？"

林信从熄灭的火堆里扒拉出来一块黑乎乎的东西，拿布巾擦了擦，递给沈楼："你不让我去战场，闲来无事只能捏泥巴。"

沈楼接过来仔细辨认片刻，突然红了耳尖。

“我小时候，跟着师父卖过糖人，怎样，捏得像吧？”林信笑嘻嘻地指着那两个小泥人道。

“胡闹。”沈楼把小泥人攥进掌心。

林信笑着拿眼睛乜他。

“信信，你怎么了？”沈楼摸摸林信的脸，觉得他情绪有些不对。

“没什么，只是突然有些愧疚。你一直送我东西，小剑、鹿璃、星湖石，我却没给过你什么正经玩意儿。”林信声音有些低哑，垂目解下脖子上的黄玉佩，将它放到沈楼胸口。

黄玉小鹿，在烛光下泛着温润的光泽。

“这是你爹留给你的。”沈楼蹙眉。

“是啊，让我送给以后的媳妇。”林信睁着眼睛随口胡扯。

沈楼失笑：“这是寻鹿侯的玉佩。”这是列侯身份的象征，哪里是能送给媳妇的。

林信不管，扯开沈楼的内衫强行将细绳挂到他脖子上：“以前没人疼我，这玉佩就是我唯一的念想，现在有你，我不怕了。”

［六］

玉佩下的心跳骤然加快。

这小鹿对林信有多重要，没有人比沈楼更清楚，他低声道：“我定好好待它。”

林信撑起身子，单指戳戳沈楼的胸口：“不是好好待它，是好好待我。”

“我没有好好待你吗？”沈楼微微地笑。

“没有。”林信可怜巴巴地说。

“嗯……”沈楼闷哼一声，“声名威望皆虚无。”

这话明显是对着林信说的，此情此景，竟意外地令人动容。

林信次日没能起来。沈楼给他盖好被子，便神清气爽地出门了。

林信从被子里冒出头，打了个哈欠，盯着沈楼步履稳健的背影瞧，禁不住感慨，这沈清阙真不愧是大庸第一人，只睡了一个时辰便精神了。

黄阁从浣星海调粮食回来了，跟东先生在舆图外面瞎分析形势。如今粮草充足，但鹿璃紧缺，恶阳岭易守难攻，而且温石兰也在。

“国公爷何苦要打到狼山以北，就守在此地，等着蛮人来和谈便是。”东涉川唉声叹气地说。

“先生忘了，蛮人手里有那鬼东西。老国公如今还在病榻上，”黄阁听到东先生不赞同沈楼的做法，立时出言解释，“咱们国公自小算无遗策，这般打过去肯定是对的。”

小亲卫带着买了一天一夜烧鸡的刃三进来，提醒高声说话的两人：“侯爷还睡着呢。”

“啊？侯爷！”黄阁吃了一惊，立马捂住嘴。

林信披着外衫走出来，倚在元帅座上懒洋洋地摆手：“无妨，你们继续。”

刃三把已经凉透了的烧鸡放到火盆上烤热，连带着一壶酒，端到林信面前。

征战辛苦，帐中的几人都许久不曾吃过这等美味了，被那焦香的味道勾得口舌生津。

林信可没有体恤下属的习惯，慢条斯理地就着温酒吃烧鸡：“本侯身子受亏，须得补补。”

“侯爷脸色是不大好，合该吃点好的。”东涉川一本正经地说道。

帐子里突然安静下来，只剩下林信吃鸡喝酒的声音，半晌后林信重新开口：“这一仗必须打，且要打到乌洛兰贺若的王帐里去。至于因由，你们也瞧见了，我师父救老国公用了多长时间？”

“施针三日，且一直看护着……”东涉川说到一半，幡然醒悟。

压制噬灵并不容易，一旦爆发，根本不是朱星离一人救得过来的。沈楼那番话，不过是为了稳定军心。世间只有一个朱星离，蛮人却有无数噬灵。不除根，早晚会毁了大庸。

林信拢了拢衣袍，缓缓喝了口酒，实在困乏得紧，懒得多言。他将一整只烧鸡吃了个精光，咂咂嘴，转身又去舆图后面睡了。

“报——蛮人伏兵众多，先锋军被困，元帅令中路军前去支援！”

“末将领命！”

帐子外面响起紧张的通报声，大军出动，浩浩荡荡前去营救。林信趴在枕头上，深深吸了口气。

沈楼被困在恶阳岭中，巨木、滚石不停地自山上落下。修士兵走在两侧，用灵力劈开巨木、炸掉滚石，护着中间的凡人兵。

原本惊恐不已的凡人兵安定下来，随着沈楼的命令变换阵形，以冲轭阵交错前行，减少伤亡。沈楼用兵，从不会将凡人当填炉的柴火。修士兵固然好用，然数量太少，最后还是要靠凡人兵来决胜负。

情况尚算不得糟糕，只是鹿璃的消耗又加快了几分。

中路军的驰援很快到位，与蛮人战成一团。沈楼策马立在高处，蹙眉看着蜂拥而至的蛮人，却不见温石兰的踪迹。

大营外，众人皆看不到的土坡背面，林信穿着一身宝蓝色广袖长袍，腰间挂着一刀一剑，眸色平静地看着突然出现的温石兰。

“可汗命我带你去见他。”温石兰面色阴沉，湛蓝的眸子像是被泥水洗过，透着混浊的复杂。

“那便有劳了。”林信抬手，做了个请的姿势。

温石兰扔给他一根布条，示意他将眼睛蒙上。王帐的位置，不能被大庸的人知晓。

北漠有个说法，“乌洛兰的金帐子，天神的眼珠子”，轻易是找不到的。上次沈楼出使北域见乌洛兰贺若，是在狼山以南的行宫，并不是真正的王帐所在。

林信听话地将眼睛蒙住，任由温石兰抓住他，跃上斩狼刀，腾空而起。风在耳边呼啸不止，林信垂目，从鼻梁架起的缝隙里看着地面。温石兰带着他远远绕开战场，一直往东去，再折向北。

这蒙眼睛的手法是小时候跟师父玩摸瞎学的。每次轮到朱星离蒙眼睛，他总能很快抓到徒弟，靠的就是这不讲究的绑法。

“温石兰，你上回说不想看见我，是为何？”林信丝毫没有即将步入龙潭虎穴的紧张，还兴致勃勃地跟温石兰聊天。

“你自己找死。”温石兰的回答，驴唇不对马嘴。

林信煞有介事地点头，仿佛是听懂了，又接着问：“可汗是更信你，还是更信那个大巫？”

温石兰周身的肌肉，微不可察地僵了一下，他突然捏住了林信的喉咙：“小崽子，别打歪主意！”

林信出手如电，迅速弹向温石兰的脉腕，以灵力击之，轻松将温石兰的手拨开：“再动我一下，剁了你的爪子！”

两人一路较劲，磕磕绊绊地终于到了王帐。

林信扯开眼前的布条，被阳光刺得眯了眯眼。北漠人习惯住在帐子里，乃是便于放马牧羊随时搬家。作为大漠的可汗，乌洛兰贺若完全没必要住帐子，但他偏就还住在帐子里。

金丝织就的帐篷，搭在汉白玉石砌成的圆台上，守卫森严。侍卫拦住林信，要求他卸下身上所有的鹿璃。

温石兰拔出斩狼刀，将七颗鹿璃尽数卸下，侍卫双手捧住，躬身行礼。

竟然连温石兰也要卸下鹿璃？林信心下疑惑。乌洛兰贺若乃是一代枭雄，凭一己之力统一了北漠所有的部落，竟还会小心眼到防备自己的大将军？

林信顺从地卸下旸谷上的鹿璃，也一并取下腰间装鹿璃的锦囊，嗤笑道："听闻可汗战无不胜，灵力堪比上古神，竟会怕我一个未及弱冠的少年人。"

蛮人侍卫闻言，齐刷刷地拔出刀来。

林信拔剑出鞘，抢走一颗鹿璃装回剑柄，顺势挡开了侍卫向他索要灵剑的手："本侯是来做客的，可不是你们的俘虏，莫得寸进尺！"

林信手中拿着灵剑，随时可以离开，那些侍卫有些不知所措。

帐中传来清朗有力的声音："请林信进来，莫多事。"

林信哼笑一声，收剑入鞘，大摇大摆地走进王帐。外面艳阳高照，帐子里却是一片昏暗，林信适应了片刻才看清东西。

地上铺着厚厚的羊毛毯，毯子上织了繁复瑰丽的花纹。木头起的高台上，放着宽大的宝座，满脸络腮胡的乌洛兰贺若，大马金刀地坐在上面。

他背后是一块漆黑的屏风，荧荧闪着光点。宝座左侧立着一盏半人高的金灯，玲珑的灯罩子里忽明忽暗，也不知点的什么怪灯油。穿着黑色兜帽长袍的大巫，站在宝座右侧，帽兜遮眼，只露出艳若沾血的红唇与一截苍白的下巴。

这情形，丝毫不像一名可汗的王帐，更像是什么魔教的总坛。

［七］

"大汗。"温石兰单膝跪下行礼。

贺若身边的大巫没有丝毫避讳，依旧站在原地，唇角勾起一抹若有若无的浅笑。

林信立在帐子中央，单手搭在旸谷的剑柄上，两脚分开，下巴微抬，并没有行礼的意思。

"这便是苏苏儿的孩子？"乌洛兰贺若摆手，示意温石兰起来，冷厉如高山苍鹰的眼睛，直勾勾地盯着林信。

蛮人三十岁以后都要蓄胡，杂乱的络腮胡遮挡了贺若的半张脸，却依旧难掩那极具侵略性的俊美。他只是随意地坐在那里，便给人无形的压迫感。

这位北漠霸主，十七岁继承乌洛兰部，以雷霆之势吞并了十几个小部落，二十岁时使乌洛兰成为北漠最大的部族。而后他辖制其他大部，二十三岁便成为草原的大可汗。之后他突然受了重伤，上不得战场。草原上的部族再次分裂，温石兰又横空出世，代替贺若南征北战，于八年前再次统一北漠。

乌洛兰贺若的传奇，被说书先生讲遍了大江南北，三天三夜也说不完。

“或许，我该叫你一声舅舅？”林信散漫地说着，眼中尽是嘲讽之色。在他看来，这位血缘上的舅舅，就如史上那些早年神勇、晚年昏聩的君主一样，信了歪门邪道，早已不复当年。连自己亲妹妹都舍得拿去祭天的人，根本不配称为英雄。

“叛国之人与染干生的杂种，不配这般称呼可汗。”大巫抬头，露出那张不甚俊美的脸，双眼用黑布蒙着，也不知装的哪门子鬼神。

温石兰看向王座上的贺若，似在等着他的反应。然而贺若什么也没说，等于默认了大巫的说辞。

“不叛国，难道等着被你当牲口宰杀祭天吗？”林信出人意料地没有生气，拇指顶开旸谷剑，又快速合上，好整以暇地看着大巫。

这巫妖会咒术，万不可被他激怒了。上前一步，说不定就有无数红线等着吸血。

“宥连，”贺若微微抬手，制止大巫，不让他继续挑衅，转头继续看着林信，“他是苏苏儿的孩子，便是乌洛兰的血脉。”

帐中的人说的都是汉话，偶尔夹带几个蛮语的词。这些时日，林信跟着沈楼也学了些，大致听得懂。“染干”是说汉人，“宥连”可能是大巫的名字。

温石兰收回目光，低下头去，不知在想什么。

这时候，外面有士兵快步走近，隔着门帘高声说了几句蛮语。温石兰立时抬头，对贺若说了句很短的话。

贺若点头，示意他快些去。

想来是沈楼破了恶阳岭，那边的蛮人军撑不住了，过来求援。温石兰领命而去，错身而过时没再看林信一眼。

王帐的门帘被温石兰掀得呼呼作响，阳光透进来一瞬，又消失不见，帐内帐外仿佛两个世界。

嵌着鹿璃的旸谷剑飞出来，横着浮在空中。林信并不急着说正事，坐到流光溢彩的剑鞘上，动了动酸疼的腰肢，打了个哈欠道：“沈楼应该快要打过来了，大汗不把王帐向北挪挪吗？”

“灵矿地图在哪里？”贺若站起身，目光跟林信平齐，没有耐心跟林信闲话家常。

谈条件，做买卖，谁先开口谁吃亏。林信曲起一条腿撑着身子：“我娘的骨灰呢？”

大巫从袍子里拿出那只系着红绳的小罐。

林信厌恶地看了大巫那苍白的手一眼，没有伸手接：“你出去，本侯有话要跟可汗单独说。”

殷红如血的唇勾起一抹若有若无的讥嘲。乌洛兰贺若接过骨灰坛，看着大巫道：“宥连是我最亲密的人，不必避讳他。”

最亲密的人……

林信觉得这话有些怪，垂目，从袖子里拿出了那只星湖石雕的小鹿。小鹿刚一拿出来，昏暗的帐篷里便开始泛起星星点点的光。

“你该知道，我父亲死之前，给了我一只宝石雕的小鹿。这小鹿里面，便是地图。”林信万分不舍地摸了摸手中的鹿。

“拿来。”贺若伸出拿着骨灰的手，缓缓递到林信面前。

林信看看贺若的手，再看看手中的星湖石，驱着灵剑慢慢靠近，在越来越多的荧荧光点中，跟贺若交换了东西。

两手相触的瞬间，旸谷剑骤然出鞘，在身后绕了个圈，一剑穿透了乌洛兰贺若的胸腹。他来的目的，可不是要取母亲的骨灰，而是取贺若的狗命！

一切发生得太快，贺若尚来不及反应，连眨眼都没有。这般轻易就杀了贺若，是林信始料未及的，总觉得哪里不对。

没有血！透体而出的旸谷剑上，竟然没有沾血！

林信只觉得脑中“嗡”的一声，立时翻身倒退。然而已经来不及了，数根红线自贺若身体里冒出来，利如钢丝，弹指间在林信身上划出数道伤口。其中一根，直接贯穿了锁骨。

“唔！”林信痛哼一声，抬手令旸谷剑回来，自下而上斩断了那红色丝线。

剑气扫过乌洛兰贺若，将他身前的衣裳划破，掀起了脸上那丑陋的络腮胡。

胡须团成一团，飞到了空中，落叶般飘飘荡荡。没了胡须的贺若，露出了一张俊朗非凡的脸。这张脸，与林信有七分像，且分明只有二十多岁！

红线离体，贺若便如断了线的风筝，“扑通”一声倒在地上。手中的星湖石小鹿“咕噜噜”滚下木台，磕在灯柱上，撞断了细细的鹿腿。

大巫一把掀开黑袍，露出了那双泛着银光的眼睛。

无数红线自地面掀起，宛如牢笼将林信笼罩其中。林信很清楚，这些红线与贺若身上透出来的红线不一样，是宫宴上见识过的那种，一旦入体便会干扰灵脉，使人动弹不得。

林信快速挥剑，整个人化作一道残影，分别在不同角度斩断不同的红线。

“轰轰轰”，将周身的红线齐齐斩断，旸谷还在持续抽着魂力，那大巫的脚步明显踉跄了一下。

自己的最终目的不是骨灰，大巫的最终目的也不是灵矿，这一点，林信很清楚，也早有提防。旸谷剑在掌心、周身快速翻转，四面八方俱是罡风，令红线无孔可入。

“落英剑。”大巫吃了一惊。

这是东域林家的剑法，剑起如落英缤纷，漫天剑光，交织成网。先前在踏雪庐，林信可不仅仅学了摸鱼掏鸟，还跟林疏静学了这门剑术。

旸谷剑太快，这般巨大的消耗，剑柄上的鹿璃竟然没有暗淡分毫。反观大巫，已经有些站立不稳。

这般大的动静，自然引起了帐外守卫的注意。蛮人兵问发生了何事，却连掀门帘都不敢。

大巫随口应了一声，用的却是乌洛兰贺若的声音。想也知道，若是将士们看到他们敬若天神的大汗早已变成个空皮囊，怕是要活撕了这巫妖。

林信看出了他的顾虑，腰间的吞钩弯刀骤然出鞘，朝着支撑帐篷的龙骨呼啸而去。这一刀下去，王帐定会破个大洞。

大巫脸色骤变，果断收起攻击林信的红线，转而去追吞钩。林信冷笑，一跃而起，朝着那巫妖的后心捅去。

突然，灵力滞塞，手腕发软，挥出的剑尤在向前，手已经不听使唤，与剑柄脱离。林信低头，看向挂在腰间的小骨灰坛。坛子上绑的，并非朱星离那不讲究的红绳，而是许多根细小的红线拧在了一起。

此刻，那些红线活物般蹿起来，钻进了林信的手臂，在灵脉中快速游走。

“唔……”林信痛哼一声，摔倒在地。

捉住了吞钩的大巫，不紧不慢地转身，湛蓝色的眸子里银光点点，甚是妖异。

“小崽子，你还太嫩了。”

失去意识的前一刻，林信看到数根红线从大巫左手冒出来，钻进贺若身体里。木偶般的贺若直挺挺地起身，动了动噼啪作响的关节。

狼山，恶阳岭。

沈楹楹拉开桑弧神弓，重箭从众人的头顶飞射而出，于万军中贯穿了蛮人将领的胸口，将人带出十几丈远，牢牢钉在了山壁上。

蛮人大军顿时陷入了混乱。这时，一支大庸的修士队伍突然从后方山谷中冒了出来。这是昨日夜里，奉命悄悄进山的精兵。

原本埋伏的蛮人，成了被埋伏的一方。

“哥，鹿璃不够了！”沈楹楹冲到沈楼身边，高声大喊。

“速战速决！”沈楼拔出虞渊，耀眼的剑光冲破天际。

看到元帅的剑光，大庸军士气大振，喊杀声震天，将恶阳岭的蛮军围起来剿灭。

“温石兰来了！”沈楹楹抬头看向天空，拿出一支箭，搭弓，拉成满月。大箭离弦，直冲天上的光点射去。

饶是温石兰，也不可能接下沈秋庭的箭，他立时将斩狼刀收回手中，横刀于前，借着下坠之力，勉强与箭擦身而过。而第二支箭已然到来，直冲他胸口射去。

瞬间激发五颗鹿璃，温石兰挥刀，与大箭相撞。

“轰——”巨大的爆裂声在空中响起，震得崇山峻岭为之颤抖。温石兰被冲击得直冲地上坠去。斩狼刀在空中打了个旋，稳稳接住主人。

温石兰衣衫褴褛，很是狼狈，但只是受了点皮外伤。

“斩狼！斩狼！”蛮人将士齐声高呼。

沈楼一跃而起，冲上去与温石兰缠斗，阻止他指挥军队。恶阳岭的局势已经难以扭转，这些蛮人注定要被一网打尽。

温石兰也很清楚，却依旧负隅顽抗，打定主意要将沈楼的鹿璃耗尽。就算舍了这一山的蛮人将士也无碍，因为一旦鹿璃用光，后面其他部的援军到来，被围杀的便是庸军了。

近身鏖战，血流成河。一点点向前推进，庸军已然冲到了恶阳岭的尽头，再向前便是一马平川，可以直取王庭。

然而，鹿璃在这一刻告罄了。

冲在前面的修士兵纷纷向后退，残存的蛮人顿时士气高涨。

沈楼蹙眉，与温石兰分开，冲到地面上，一剑砍翻了试图偷袭沈楹楹的蛮人将领，抓住缰绳高喊：“走！”

“我不走！我们马上就要赢了！”沈楹楹不甘心地大喊，拿出最后一支箭，冲着蛮军射去。一剑穿透了十六人，最后射死了一名骑兵的马匹。

“啊啊啊！”沈楹楹不甘地抡起桑弧弓，敲碎了一名蛮兵的头颅。

“楹楹！走！”沈楼圈住妹妹的腰，将她强行拖上虞渊。

就在此时，南边的天空被大片的灵光映亮，无论是庸军还是蛮军，都禁不住抬头看过去。

数以千计的修士御剑而来，个个身上都背着个大包袱。飞在最前面的，便是封重和林曲。

“沈清阙，本王给你送鹿璃来了！”封重高声大喊，取下背上的包袱抖开。

成色上佳的大块鹿璃“哗啦啦”落了满地，被庸军的修士兵快速捡起。刀剑长矛覆上了灵力，修士兵呼啸着重新加入战局。

车马太慢，怕是来不及，正得父皇宠爱的封重提议让修士背着鹿璃送去北漠。钟家兄弟的勤王大军已经过了关口，不日抵京，京中安全无虞。对蛮人恨之入骨的元朔帝当即点头。

大批鹿璃从天而降，战局再次扭转。

温石兰脸色大变。号角声起，蛮人撤军。

“追上去！”沈楹楹翻身上马，被封重一把抓住缰绳。

“穷寇莫追啊。”封重语重心长地劝道。

“滚开！”沈楹楹杀红了眼，抽出马鞭就要揍他，被沈楼一把抓住，直接扯了下来。

“去守关。”沈楼扔给她一块鹿璃。

刚刚冲破了恶阳岭，此刻最重要的是布兵守住这处要塞，将恶阳岭据为己有。断绝后顾之忧，才能继续前行。

被兄长呵斥，沈楹楹总算冷静下来，低声应了句“是”，接过鹿璃补充灵力，转身去整军，随手捶了封重一拳，歪头道：“方才的事对不住，英王殿下莫介怀。”

这哪里是女孩子道歉的姿态？封重张了张嘴，不等他说什么，那边沈楹楹已经走远了。

林曲看到这一幕，弯起了桃花眼：“多时不见，秋庭已然成了虎将，可喜可贺。”

沈楼轻咳一声，不想接这个话茬。

恶战结束，山岭中散发着浓浓的血腥味，煞气在山间徘徊不去，引来了乌云。

要下雨了，沈楼吩咐众人回营，尚未出山，就遇到了飞驰而来的黄阁。

“侯爷不见了！”黄阁急急地落地，几乎是跪着摔到了沈楼面前。

“你说什么？”沈楼一把将黄阁提起来，“谁不见了？林信不见了？”

“午时侯爷说出去吹风，谁知一去就不见了踪影。属下该死，”黄阁咬牙，满头都是汗水，“刃三说，前些时日，他是去给乌洛兰贺若送信了！”

咔咔咔轰——

山中下起了暴雨，无论凡人仙者，皆被浇了个透心凉。

“什么意思？信信去见蛮人大汗了？”封重抓住黄阁的肩膀，在雨幕中大声质问。

沈楼松开黄阁，握紧了手中的虞渊，只觉得那水汽的寒凉自头顶灌到了脚底。他的耳边回响着林信的话。

“清阙，你说他们早年要抓我娘祭天，现在又要我的血，是不是……”

“若是这次，没能阻止噬灵……”

林信早就猜出来了。

他知道，噬灵就是用他的血做的。

他知道，不毁了根源，这场仗就永远打不完。

他知道，以自己做饵才能寻到根源。

沈楼按住胸口，隔着衣衫摸到那只黄玉小鹿。他的信信太强大，也太聪明。强大到，明知是龙潭虎穴还敢硬闯。聪明到，他奔忙两世还是护不住！

［八］

雨越下越大，将山岭上的血迹冲刷掉，汇聚成暗红色的溪流，“哗啦啦”奔下山去。

“王帐在何处？我们赶紧去救信信！”封重拔出灵剑，“叫刃三带路！”

“刃三不知道路。”黄阁抹了把脸上的水珠子，也不知是雨水还是汗水。

这一役，守山的蛮人近乎死绝，温石兰带着修士部下遁逃，片刻便不见了踪影。再想去追，已然没了方向。

“不负去会贺若，定然有所准备，”林曲冷静地说，“他虽凡事只看三步，但这三步还是有的。”

“哪三步？”封重快速思索，越想脸色越难看，“他做事从不考虑后果，若是想三步，大概只会是诱敌、杀敌、杀不了就同归于尽这三步！”

林曲微微蹙眉，不赞同地摇头，为自家弟弟辩解：“他还不至于这般没成算。”

“你没跟他从小一起长大，你不知道。”封重急道，在原地转了两圈，那小子遇事从来不会求救，天大的事都要一力承担。当年雁丘遇险，才十四岁的林信就敢不告诉师父，自己去救他，胆子比天都大。

说话间，沈楼已经御剑飞到了高空，举目四望，远远瞧见东边有一黑点掠过，立时飞掠而去，截住了那快如流星的身影。

封重和林曲也匆忙跟上，就瞧见了捏着摸鱼儿的朱星离。

“是不是林信的？”沈楼盯着朱星离手里的银色小剑。

“是，信儿出什么事了？”朱星离脸上难得没了笑意，冷冰冰地质问沈楼。

“走。”沈楼言简意赅地说，片刻不肯耽搁。

朱星离也不废话，放开摸鱼儿，四人化作一道光影，朝大漠深处奔去。

这小剑，定然是林信一早就放出的，如此才能让朱星离在这个时候赶到。他知道，自己便是噬灵的材料，去见贺若宛如肉包子打狗。但这肉包子淬了毒，如果毒死了狗，就能让师父及时去把他捡回来；如果没有毒死狗，好叫师父去帮他打狗。

下棋看三步，林信着实留了后路。

沈楼的脸色却是更难看了，自始至终，林信的计划就是把他摒除在外的。逗他、哄他，从不依靠他。前世如此，这一世依然如此，就算两人互通了心意，林信也始终把他当个外人。

等找回来，一定要狠狠收拾他，让他知道……

摸鱼儿犹如一尾小鱼，快速游走，四道灵光随着小鱼飞驰而去。临近王帐，小剑便越飞越慢，停在原地转了一圈，剑尖指向一处。

“在那里。”朱星离看向不远处，那顶破了个大洞的金帐篷，四周空无一人，已然人去楼空。

帐篷里乱成一团，吞钩孤零零地戳在地毯上，要倒不倒地晃悠着。刀柄上挂着那用以吸引摸鱼儿的银坠子。

“看来蛮人知道这东西的用处。”朱星离捡起那坠子，摸鱼儿在坠子周围转了两圈，落到掌心，不再动了。

线索中断。

沈楼捡起那断了腿的星湖石小鹿，骤然攥紧。这里应当也不是真正的王庭，只是又一处随时可弃的行宫。恶阳岭战败，这边收到消息，立时离开。

“他们走不远。”沈楼掀开门帘走出去。

大军并非都可御剑，在这么短的时间内，行宫这里的守军只走了不足二十里，带着粮食、辎重，甚至赶着牛羊。然而，队伍里没有大汗和大巫。

一道暗色流光闪过，骑马走在最前面的将领突然没了踪影。

“停！”副将大喊着四处张望，瞧见抓着人御剑遁走的沈楼，大叫起来，“沈家的黑蛇！快！”

蛮人中的仙者立时御剑追上，被一道凌厉的剑光阻拦。灵剑在掌心不停变换，映着骄阳宛如落英缤纷，片刻间将几名蛮人割得满身伤口。林曲回剑于脚下，温文尔雅地做了个“请”的手势。

“跟他们废什么话！”封重直接从后面冲过来，一剑砍向那些蛮人，“叫乌洛兰贺若出来见本王！”

沈楼将捉住的那人扔到朱星离脚边，用剑抵住他的脖子，用蛮语问他林信的去向。

“我不知道，大汗带着大巫和那个汉人小子，单独离开了。”这蛮人起初还要装一下贞烈，看到朱星离手握吞钩往他裤裆上比画，顿时老实了，问什么答什么。

但他只是个守卫统领，连金帐子里发生了什么都不知道，更不知道那三人的去向。

朱星离一掌把人拍晕，站起身来：“十七年前，兰苏逃离北漠，便是因为大巫要拿她祭天。这些年他们一直不肯放过信儿，定然也是想拿他祭天。”

所谓祭天，就是用血造噬灵！

蛮人祭天，会在什么地方？

“雪山。”沈楼抿唇，看向连绵不绝的狼山山脉，挥剑掀开一片草皮，露出褐色的土地，用剑尖快速画出了狼山的地形图。

蛮人笃信天神，安葬、祭祀，皆在高山上。越高的山，越接近天。

朱星离垂目看着沈楼用剑尖圈出的地方，那些都是常年积雪的高山，他掐指快速算起来。

“东！”春痕剑尖点在东边，圈出了这一带的几座山。

为了破解噬灵，朱星离这些时日潜心研究过蛮人的巫术，大致能算出来今日适合祭天的地方。

沈楼二话不说，直接朝那一带奔去。

如今已是盛夏，雪山之上还是冷若寒冬。他记得林信很怕冷，并非不抗冻，而是害怕挨冻。因为小时候差点被冻死，长大了即便有灵力护体，让他单独站在冰天雪地里，他还是会不安。

信信，等我！

大风吹过山顶万年不化的积雪，扬起带着冰碴儿的雪沫，噼里啪啦地打在脸上。

林信一个激灵清醒过来，睁开眼，发现自己被绑在一根顶天立地的石柱上。

柱子应该是临时削的，凹凸不平，尖锐的棱角抵着他冻僵的后背，很是难受。

灵脉依旧无法运转，也就不能用灵力隔绝严寒。透体而出的红线，连着一口大锅，源源不断地抽着他的血。寒风吹过，林信控制不住地发起抖来。

大巫还穿着那件黑袍，只是没有戴兜帽，也没有蒙眼睛，念念有词地搅动着大锅里的东西。他腰间别着的那镂空的金灯盏，依旧明明灭灭地闪着光。

乌洛兰贺若站在大巫身后，一动不动。多亏了这副天赐的好皮囊，即便双目无神，他看起来依旧威风凛凛。

林信微微伸长脖子，看清了那锅里的东西，不由得泛起一阵恶寒。满满一大锅，全是眼珠子！

线很细，血流得极慢，却不会凝固，一点一点渗进锅里，与锅中黄白相间的汁液融为一体。

“小崽子，你醒了，”大巫心情极好，这山顶上只有他们两个活人，他忍不住跟林信说起话来，“知道这是什么吗？”

“噬灵。”林信张口，发出的声音极为虚弱。

这样的声音，显然取悦了大巫，他微微抬起左手，八根红线琴弦似的连在四根手指上。灵活地动了动手指，贺若便如活人一般走起来，龙行虎步至林信面前，单手捏住林信的下巴，将他的脸抬起来。

“这张脸，跟你舅舅还真像啊，”贺若来回晃着林信的下巴，“怪不得温石兰那个蠢货，几次都不肯捉你回来。”

平日里看惯了不觉得，如今两人站在一起，尤其贺若还是二十几岁的模样，着实十分相像。

这话用的是贺若的声音，自大巫那边传来。

“腹语？在我们大庸，只有玩杂耍的才会这个。”林信嗤笑，看着那得意忘形的大巫。每当他动一下手指，眼中就会闪动银光，想来这便是他平日蒙眼的因由。

“你们大庸？哈哈哈哈，什么大庸大漠，你不过跟我一样，是个杂种罢了，”大巫似是听到了什么笑话，挥手把贺若推开，拿出一颗眼珠子在手中把玩，“杂种，是没有归处的。”

“你是什么杂种？”林信顺着他的话问。

大巫是北漠人，懂汉话，但并不精通，没听出林信在趁机骂他。

“我的母亲，是一名舞娘，没有灵力的凡人。她被蛮人的贵族强掳，生下了我。我从小生活在羊圈里，他们说我是个低贱的杂种，不可能有灵脉，便如牲畜一般对待我。”

被说得多了，他便也以为自己不会有灵脉，每日在那些贵族少年的打骂嬉笑中苟且度日。

“世人都以为，纯血的仙者才会灵力高强，其实他们错了，杂种才更容易出奇才。但是，凭什么？凭什么拥有灵脉就高人一等？！我发过血誓，待我有了力量，定要毁了世间所有人的灵脉，让那些高高在上的贵族们，也像猪狗一样在地上爬行！”

林信试着倒转灵力，灵脉出现了些微的波动，零星几点荧光自大巫身上缓缓溢出。只是这个动作牵扯到了身体里的红线，疼得他眼前一阵发黑。

魂力可用，但实在太疼了，只能一点一点抽。就看是那红线先把他的血吸干，还是他先把大巫的魂力抽净。

忽然，有东西从石头背后冒出来，把逸散的光点尽数吞掉。林信吃了一惊，旸谷剑！

周身的兵器、挂饰都被卸空，旸谷剑自然不可能还在身边。没有主人控制的灵剑，是怎么飞到这万丈高山上的？

“一切都不远了！”大巫抬起双臂，眼睛里银光大盛，锅里的眼珠沸腾起来，好似要跃出锅，向天而去。只要这数以千计的噬灵飞到各地，所有的仙者都逃不过灵脉尽毁、爆体而亡的下场。

沈楼寻到第三座雪山，山高耸入云，掩藏在滚滚云海之中。山脚下乌压压地跪着一群身着黑袍之人，双手高举向天，用蛮语不断地吟诵——

“苍穹为神兮，庇佑大地；巫神降世兮，尊贵无匹。”

这里！

沈楼越过那些狂热的信徒，直冲山顶而去。

“站住！”温石兰立在斩狼刀上，拦住了沈楼的去路。

“闪开！”沈楼御剑一绕而过。

温石兰却如跗骨之疽紧跟上来，重新挡在他面前。山间雾霭缭绕，立在半山腰已然能感觉到阵阵寒气，沈楼赤红了眼，不再废话，直接提剑砍上去。

这些时日在战场上交锋，乃是以统帅的身份，不可能浑然忘我，用尽全力，至今为止，沈楼还没有跟温石兰好好打一场。

虞渊剑犹如活物，刹那间与斩狼刀对了百招，而后迅速返回。沈楼轻点在剑上，旋身而起，灵剑回手，人剑合一。

剑气如长虹贯日，风云变色。

温石兰不敢大意，这些时日交手，他很清楚，这位弱冠之年的小国公，比沈歧睿还要厉害许多。整个大庸恐怕无人能出其右，乃是真正的大庸第一人。

斩狼刀上的鹿璃一颗一颗亮起，亮到了五颗，依然不能压制住沈清阙。

两世的老对手，沈楼对温石兰的弱点再清楚不过。在温石兰激发鹿璃的间隙，沈楼掷剑而出，虞渊在空中回转，直冲温石兰的后心而去。

温石兰回身格挡，慢了一瞬。高手过招，一点点迟缓都是致命的，虞渊擦着温石兰的脖颈飞过，在他肩头留下一道长长的血口子。而沈楼尚有余力，迅速回剑入手，稳稳地朝他刺来。

如果挡不住这一招就要败落，大汗还在上面！温石兰咬牙，大吼一声，激发了第六颗鹿璃。

山崩海啸般的灵力，以雷霆之势兜头扑来，沈楼眼都不眨一下地直接抵上去。

“轰——”山石碎裂，流云溃散。

仿佛泰山压顶、重锤击胸，沈楼嘴角缓缓溢出血来。

温石兰也不好受，六颗鹿璃的灵力在经脉中游走，周身肌肉承受不住地鼓胀颤抖，刚毅的脸渐渐变得狰狞。

沈楼依旧面色平静，耳边响起一道细微的“咔嚓”声，信信的小鹿玉佩，裂了。

半山腰的声响没有传到山顶。

大巫得意地展示自己的大作，却发现林信一直低着头不为所动，冷笑道：“等血耗干，就把你也做成傀儡，让你去对付那个沈楼。他太厉害了，连温石兰都挡不住，大概只有你能打过他吧。”

“只有神才能做出活傀儡，你做的也不过是个木偶。沈楼会在第一时间认出来，然后把你碎尸万段。”林信一句不少地说着，余光瞥向旸谷剑，试着用神魂操纵它。

剑竟然缓缓出鞘了！

修士常会附着一缕残魂在本命灵剑上，以在短程内控制灵剑翻飞。然而剑始终是个死物，可以在空中跃动、翻转，却绝不可能做出“拔剑出鞘”这个动作。

万物有灵，魂力是生灵的精华所在。旸谷剑吸多了魂力，已然生出了剑灵！

“小崽子。”大巫一直以上古巫神自居，很久没有听到这般挑衅他的话了，咬牙捏住那根红线，骤然加快了吸血速度。

“啊——”经脉中跃动的红线带来一阵撕心裂肺的剧痛，林信大喊一声，旸谷剑一跃而出，凌空劈来。

大巫吃了一惊，立时收手，还是被旸谷削掉了一根手指，血流如注。

红线被斩断，巫术的力量立时消失不见。林信一把将经脉里的细线抽出，握住旸谷剑，迅速倒转灵脉。

大量的魂力不可抑制地自大巫身上涌出。顾不得断指之痛，大巫立时抽出数根红线，跟林信缠斗起来。

这次没有了暗算的可能，魂力又在不停地逸散，大巫额头冒出冷汗，控制着乌洛兰贺若冲上去挡剑。

贺若的身体是被巫术改造过的，比常人要坚硬，又不知疼痛，悍不畏死。只见他从背后抽出一把重剑，朝着林信劈砍而去。

林信横剑挡住这一击，被震得虎口发麻、手腕发颤。眼前恍惚了一下，林信知道这是失血过多的缘故，不敢恋战。矮身一扫，将贺若绊倒，扬起灵剑，所有魂力被激发出，轰然劈向大巫。

排山倒海之势避无可避，大巫惊恐地瞪大了满是银光的眼睛，抬手一挥，将那口盛着眼珠子的大锅掀起。

“轰轰轰——”大锅遇到魂力立时炸开，无数眼珠子飞射而出，马蜂般朝林信扑去。

林信挽了个剑花，使出落英剑法在身前画出个满月。充沛的魂力形成一道屏障，将眼珠子抵挡在外。

大巫再次挥袖，磅礴的灵力如泰山压顶，将那些快要被击飞的眼珠子重新推挤上去。巫术，也是仙术的一种，用的还是灵力。

灵剑再快，转出来的屏障始终不是真正的盾牌，很快便有眼珠挤过缝隙，眼看着就要扑到林信脸上。

这半成品的噬灵也不能沾染！

就在这千钧一发之时，大巫突然“咚”的一声倒在地上，浑身抽搐，宛如濒死的鱼。

没了灵力支撑，那些眼珠便“吧嗒吧嗒”尽数落进雪地里。

林信以剑撑地，大口大口地喘息，眼前一阵一阵地发黑，却不敢松懈，咬牙双手握剑，缓缓举起。

“魂力……杂种，果然是……”大巫颤抖着抬头，不甘心地看向林信，一句话没说完，便被一剑穿心。

“对不住，没力气听你说完了。”林信跪倒在地，握掌成爪，扣住了大巫的头颅。

他林信不是神明，没有资格毁人魂魄，但眼前的恶魔并不能称为人。林信抓住挣扎不已的魂魄，用力捏碎。

魂魄的残片如纸钱漫天飘散，林信嗤笑："就当给你撒纸钱了，好走不送。"

笑着笑着，他一头栽进了雪堆里。

失去了太多血，林信的脸白得几乎跟雪地融为一体。旸谷剑自己蹭过来，绕着林信飞了一圈。它只是刚刚生了灵，并没有智慧，不明白主人发生了什么，也不知道该怎么做。

没有灵力护持的身体，被冰雪浸透，林信已经感觉不到冷了，甚至感觉不到手脚的存在，连动动手指的力气都没有了。意识渐渐模糊，林信看着纷纷扬扬的雪，恍惚间回到了五岁那年。

冰天雪地，百里无人。年幼的林信被赵大少捆在树上，几名少年嘻嘻哈哈地离去，独留他在山间一点一点被冻僵。大风如噬人的鬼怪，将小小孩童的呼救渐渐吞没。

濒死的感觉，太可怕了，对于一个孩子来说，根本无力承受。

黑暗中，他忽然跌入一个温暖的怀抱，暖暖的、软软的，散发着一股若有若无的草木冷香。那双手臂尚且细弱稚嫩，但对于林信来说，足以挡住满世风雪。

缓缓睁开眼，他看到的是脸上挂了彩的沈清阙。

"信信！"沈楼把林信抱进怀里，敞开衣襟给他取暖。

林信看着他，眼中泛起湿润的笑意，小声道："我要冻死了，这次，你可不可以，别放开我？"

［九］

沈楹楹暂时接管了军权，便把营地挪到了狼山以北，守在恶阳岭的关口上。这次的营地，比以往行军途中临时搭建的宽敞许多，元帅总算有了自己的营帐，与议事的帅帐分开。

大庸还不到变冷的时候，狼山以北已经寒风呼啸，尤其到了晚上，甚是寒凉。沈楼给昏睡的林信盖好被子，将一个汤婆子塞到他脚边。冰凉的双足白到近乎透明，能看到青色的血管。

朱星离说这孩子失血太多，怕是会冷，支使渊阿几人去千里之外买了暖炉、汤婆子、补药、吃食。买回来之前，沈楼就一直守着他。

黄阁端着一碗汤药掀帘而入，瞧见自家国公正捧着割鹿侯的脚发呆，立时低下头去，不敢多看。紫枢被朱星离抓去干苦力——煎药、炖鸡、烧鱼、煮粥，端盘子的人就变成了黄阁。

听到声响，沈楼立时将林信的脚用被子盖好，沉声问道："黄阁，孤年幼时可去过渭水附近的雪山？"

"您不记得了？"黄阁有些意外，在他的认知里，早慧的沈清阙对于儿时的事应该都记得很清楚，"九岁那年冬天，咱们去渭水的阳山上打猎，还救了个孩子。"

"什么孩子？"沈楼倏然抬头，薄唇微颤，他九岁那年，林信五岁。

"一名冻僵的孩子，不知被谁绑在树上，可怜得紧，"难得有沈楼不记得的事情，黄阁忍不住多说了几句，"您那时候不知为何，不许我们抱，偏要自己抱下山。后来着急回去，才叫属下去找他家人，属下就把他送到赵家了。"

那座山，属于渭水赵家。

"玄王殿下，别走那么快嘛。我五岁那年，被人绑在雪山上，差点冻死，对这冰天雪地害怕得紧。要不，你抱着我走？"

"他们都欺负我，你为什么不带我走？"

"我要冻死了，这次，你可不可以，别放开我？"

那些掩藏在嬉笑里的话，并非尽是甜言蜜语。沈楼闭了闭眼，深深吸了口气。

对不起。

黄阁赶紧把汤药放下，转身出了帐子，迎面撞上追着旸谷跑的朱星离。

温石兰败于沈楼之手，受了伤，被后来赶到的三人给绑了回来，连带着雪山上那些零碎小物件。

朱星离对那些小东西和傀儡贺若都颇感兴趣，除了给林信配药，其他时间都在把玩这些东西。看看这个，摸摸那个。旸谷被沈楼扔出帐子，跟这些杂物堆在一起，也在被摸的范围之内。

还没玩两下，旸谷就跑了。

"小黄，抓住它！"朱星离喊道。

黄阁下意识地伸手，将旸谷剑抓到手里，吃了一惊："这剑怎的会自己跑？"

朱星离小心地接过剑，像是抱着个孩子似的轻轻摩挲，痴痴地笑道："这剑生了灵，如今是活的了。"说罢，拍了腰间的春痕剑一巴掌，旸谷不过一岁就生了灵智，春痕都二十几岁了！

林信醒来的时候，旸谷已经回到了他身边，安静地靠在床头。左右无人，阳光从帐顶透进来，照着床头的空碗。他咂咂嘴，没有意料中的微苦，倒是有鸡汤的鲜香。

起身寻了件沈楼的外衫穿上，他抬脚去了帅帐。

帐中很是热闹，沈楹楹坐在帅座下修大箭，封重端着炖过汤的鸡坐在她旁边吃得满嘴油。朱星离则坐在帅座上，摆弄大巫留下的小物件，啧啧称奇。

林曲跪坐在矮几前，不知从哪里寻的画纸，描摹那盏金灯罩上的花纹，一笔一画沉静安逸，与那吵闹的三人仿佛不在同一个世界，偶尔说一句："这花纹，与林家收藏的一件上古灵器上的花纹有些相像。"

"哦？那灵器是做什么的？"朱星离抬头看他，恰好瞧见走进来的林信，"信儿……"

屋中所有人都看过去，尚未来得及说话，林信就被人从身后抄起来。

"怎么跑出来了？"沈楼眼中带着些薄怒，只是练个兵的工夫，床上的人就不见了，惊得他出了一身冷汗。

"醒了不见你。"林信见沈楼脸色不好，立时乖巧地搂住他的肩膀。

朱星离打了一半的招呼又吞回去，单手捂住眼。

封重嘴里的鸡腿"啪嗒"一声掉在了地上，顿时痛心疾首，也不知该先捡鸡腿还是该先管林信。"你、你们两个怎么回事？"

林曲眸色微闪，脸上的笑意丝毫未变，扯住就要冲过去的封重，温声问道："不负的腿脚可也伤到了？"

林信故作娇羞地小声道："没。"

沈楹楹自始至终没抬头，这些人是不是都忘了，她还是个未出阁的姑娘！姑娘！

云开雾散，林信立时不怕了，转头四下看："我舅舅呢？"

帐子里的几人顿时都不说话了，朱星离轻咳一声，掀开了挂在一侧的舆图。

小玩意儿都带了回来，乌洛兰贺若的身体自然也带回来了，此刻正放在舆图后面的木板床上。温石兰还穿着那件带血的衣裳，面色灰败地守在一旁，不说话也不动，比贺若更像一具尸体。

贺若周身垂着许多红线，风吹动的时候，他会眨眼或是抖抖手指。朱星离眼馋不已，特别想玩，但怕被温石兰咬，只能远远看着："这么精致的傀儡，世间罕见。"

"大汗，死了多少年？"温石兰抬眼看向林信，声音又低又哑，像是许久没有喝水了一般。

“若是我没猜错，应是在我娘出逃之前就死了，”林信从沈楼怀里跳下来，“你没发现，他的脸只有二十几岁吗？”

温石兰与乌洛兰贺若自小相识，一起长大，一起打天下，当然知道这是贺若二十多岁时的脸。听到林信说这话，他缓缓闭上干涩的眼睛。

贺若第一次征服部族的时候，是温石兰与他一起的，所以部族统一得特别快。草原上的人崇拜强者，贺若要做大汗，就需要威望。温石兰甘愿做个隐形人，把所有战绩都推给贺若，这才有了“朝袭狼山头，夜破狼山尾”的传奇。

“赀虏宥连这个贱种！”温石兰突然把贺若紧紧抱进怀里，宛如困兽一般低吼，“他毁了草原的太阳！”

傀儡贺若睁着眼睛，什么也不知道。

远处有将士高歌，随着大漠的风声飘过帅帐——

“岂曰无衣？与子同袍。王于兴师，修我戈矛。”

同袍之人尚在，王却不知去了何方，这些年的戈矛，竟是为了一具空皮囊。那个与他共饮三坛醉卧沙场的王，早已不在了。

林曲手里还捏着那金灯盏，忽明忽暗，看到温石兰如此，禁不住叹了口气，将手中的东西递给他：“这是那大巫不离身的东西，你看是不是可汗的？”

温石兰抬头，看向这位与他交过手的年轻人：“谢谢你的善良，这只是王帐里的灯。”

“且慢！”沈楼突然开口，拿过那灯盏细瞧，“这里面困着一个魂！”

所有人都看向沈楼，林信也甚是惊讶。据他所知，沈清阙对魂魄并没有什么研究，如何看出这里面有魂？

“这是魂灯，我以前……见过，”沈楼顿了一下，“只要灯不灭，里面的魂就不会散。”

这个以前，显然指的是前世，林信了然。

温石兰眼中顿时充满了痛色：“可汗，那一定是可汗的魂！”

无论是在行宫还是在王庭，这盏灯，一直伴在傀儡贺若左右。先前他以为是大巫在故弄玄虚。原来就算死，贺若也没有得到安宁，神魂一直被困在魂灯里！

“原来如此！”朱星离拍了封重一巴掌，“将神魂困于灯中，与肉身放在一处，便可保魄不入地，这身体也就不会腐烂了！”

莫名被打的封重踉跄了一下，挠头道：“那是不是还有救啊？”家里有捣鼓这种魂啊魄的师父和师兄，过目不忘的英王殿下多少也懂点行。

温石兰捧着灯盏，骤然抬头。

“移魂过去能行吗？”林信问师父。

“这身体都已经不是活的了，就算移上去，也是个活死人。”朱星离趁机走上前，摸了摸贺若的经脉，又捏着他的下巴瞧瞧，甚至敲了敲天灵盖。

温石兰满眼希冀地等他诊断，丝毫没有阻拦。

林信看着开始扯红线玩弄舅舅的师父，轻咳一声道：“灵台可有损？”得到否定的回答之后，林信决定试一试。

傀儡贺若被搬进一顶小帐篷，只有朱星离和林信在里面，其他人不得进去打扰。等了两个时辰，坐不住的沈楼以自己“会用魂灯”为由，混了进去，帐门再次合上。

温石兰站在帐子外，神色焦急，想看又不敢进去，宛如等着妻子生产的丈夫。

封重还没从林信跟沈楼的关系中缓过劲来，痛心地问林曲：“是不是我们雁丘没有女弟子，才叫他走了邪路？”

“时也，命也，九萦乃修行之人，该当看开些。”林曲淡淡一笑。

突然，帐篷无风自动，充沛的魂力将门帘掀得翻飞，同时传来了林信的惊呼声。

温石兰想也不想地冲进去，放轻呼吸看着坐在朱砂阵中心、双目紧闭的人。

“移成了，但……”林信话没说完，贺若已经睁开了眼。

碧蓝如洗的眸子，缓缓回神，乌洛兰贺若看着温石兰，不动也不说话。

所有人都屏住了呼吸，等待良久，贺若才扯起一个僵硬的笑容，艰难地叫了一声：“阿干。”

多年未开口，嗓音已经十分沙哑。

阿干，在蛮语中是兄长的意思。温石兰，已经很多年没有听到这个称呼了。

一点一点单膝跪下，紧紧盯着贺若的眼睛，这位斩狼神将，可以操控七颗鹿璃的汉子，突然落下泪来。

第十三章

葛生

葛生蒙楚，

蔹蔓于野。

［一］

这些年，大巫操控的贺若，一直不许温石兰靠近，话也与他说得很少。温石兰只以为大汗因为不能骑马打仗，心绪不好，也就恪守君臣礼仪，不曾靠近，眼睁睁地看着大汗与他越来越疏远，与大巫越来越亲近。

“我该死！”温石兰用拳头捶自己胸口，说一句捶一下，“早该一刀杀了那个贱种！早该发现你在受苦！”

少年时，贺若认他做义兄，他便起誓会护着贺若一辈子，到头来却什么也没护住。

“阿干！”乌洛兰贺若急急地又叫了一声，想上前扶他，却怎么也动不了，四肢皆不受控制，禁不住发出一声嘶吼，“啊……”

温石兰顿时停下了动作，上前扶住他。

“魂是移成了，但只有头颅完好，其余部位皆非人，”林信蹲在贺若面前，捏了捏他冰凉的胳膊，“这身躯只能用红线操控。”

只有头颅活着，能说话，不能动，不能吃东西，活死人罢了。这样活着，未免太痛苦，与那些瘫痪在床的病人无异，唯一的好处是他不需要出恭。

帐子里陷入了一片死寂。

乌洛兰贺若沉默了片刻，忽然低低地笑了起来，用沙哑的声音道：“如此，便足够了。”

困在灯里十几年，看着重重悲剧发生，却不能说话，若不是他心志够坚，早就疯了。如今可以开口，已然知足。

林信有些意外。

“朱先生，可否让我摸摸这孩子？”贺若转头，看向朱星离。

众人有些疑惑为何要问他。朱星离摸摸鼻子，钩起了那八根红线，轻轻动了动手指。

贺若自然地抬起了一只手，盖在林信头顶："叱奴，阿舅对不住你。"

大巫常把消息念给他听，他知道，苏苏儿生了个孩子，叫叱奴。也知道，他的苏苏儿拔剑自刎，只为不留给大巫一滴血。

"自刎？我娘是自刎的？"林信有些吃惊。

"林争寒找到了鹿璃矿，他们在大荒一户人家那里歇脚，遇上了大巫的信徒……"贺若逐渐恢复控制的脸有了表情，显出一丝痛楚来。

兰苏知道被大巫找到了，敌不过便立时拔剑自刎。林争寒抱着她的尸身一路奔逃，蛮人还不知道兰苏已经死了，在招瑶峰附近截杀林争寒之后，才发现兰苏的血早已凝固干涸，用不得了。

林信垂目，缓缓吸了口气。那时候太过年幼，很多事都记不清了，只记得赵坚一路抱着他，临别时父亲塞给他一块玉佩。怪不得母亲没有跟他告别，那时候她已经不在了。

"我的苏苏儿，死去的时候，还在恨哥哥吧？"贺若叹了口气，彼时他已然成了傀儡，没有血可以用，大巫才把主意打到乌洛兰达苏头上。

"没有，"林信摇头，"娘亲说，舅舅是个顶天立地的大英雄。"原话是什么，已然记不清了，但在林信的印象中，自己是有个舅舅的，存在于母亲讲的故事里。什么故事他早已忘记，但清楚地记得，舅舅是个英雄。

"苏苏儿……"贺若顿时哽住了，伸出双臂将林信抱进怀里，握拳轻轻捶了捶他的后背，而后，忍不住笑起来，转头看向朱星离。

这动作，着实是北漠男人之间常用的，朱星离时机把握得极好，与贺若的心绪不谋而合。

朱星离得意地挑挑眉。

被他这么一搅和，悲伤的气氛瞬间没了，众人纷纷坐下来，商量以后的事。

大巫已死，噬灵之祸顿解，沈楼已经没有再往前打的必要了。京中还乱着，今早皇帝来了旨意，叫封重快些回去。大汗失踪，北漠怕是也乱成了一团。

"赀虏宥连的背后，有呼罗部和扎彦部的支持。当年那场酒宴，就是他们设下的。我得去灭了这两个部，让草原太平起来。"这般活着虽苦，但有太多未尽的事需要处理，贺若选择暂时这么活下去，请朱星离把操控红线的方法教给温石兰。

听到贺若愿意活下去，温石兰眼中泛起了光，殷勤地凑到朱星离身边，虚心求教。

林信摸摸鼻子，这些人都没有怀疑自家师父是怎么玩得这般熟练的吗？移魂其实不需要多久，方才那两个时辰，都是朱星离在玩贺若。

“战场之事，孤明日再与大汗商议。”沈楼并没有促膝长谈的意思，扔下这么一句话就抱着面有疲色的林信走了。

回到帐子里，林信就被“咚”地扔到了床上。

在柔软的被褥间挣扎着翻了个身，偷瞄一眼要秋后算账的沈楼，林信吞了吞口水，满眼认真地说：“清阙，你方才听到了没，舅舅说我爹真的找到了鹿璃矿。”

根据大巫的消息，靠着兰苏通灵鹿眼的能力，林争寒真的找到了矿脉。他们在大荒歇脚，给了那户人家一些鹿璃做酬金。那户人家贪婪，偷走了藏有兰苏残魂的角铃，惹来了几年后的灭门之祸。

然而找到了又如何，无论是林争寒还是兰苏，都没有留下任何线索。这是个毫无意义的话题，所以方才帐子里所有人都略过了这一点。

沈楼没接话，掰开林信的手：“孤不需要鹿璃。”

“那你要什么？”

沈楼将那两只手拉过头顶按住，逼他跟自己对视，不说话，就这么看着，似要穿过这副皮囊，将那里面的黑心烂肝看个透彻。

前世，沈清阙的冷脸林信见得多了，根本不怕，但如今那双深邃的眼睛里溢满了痛楚，倒叫他害怕了起来。

“林不负，你究竟把我当什么人了？”沈楼的声音又低又哑，带着难掩的疲惫。

誓言，在“信任”面前灰飞烟灭。沈楼本想与他好好谈谈，真说起来，却只剩下了直白的质问。

这人总是这样，自私自利，自以为是，擅自决定吸走噬灵让他独活，擅自决定做饵又做刀，不跟他商量只言片语。在林信的认知里，他沈清阙究竟是什么东西？

深蓝色的眼睛闪了两下，林信下唇微颤，却说不出话来。

能说什么呢？噬灵之祸，本就是因他而起，这次不解决，以后便是无穷无尽的麻烦。

沈楼是带着目的回来的，解决噬灵之祸便是他最重要的事，于他而言，天下苍生是高于己身性命的。

将计划告诉沈楼，会如何？若是沈楼阻止，便会耽搁最佳时机，大巫从钟有玉手中夺取的一壶血便足以灭了北域军；若是沈楼同意，于林信而言又何其可悲。

“唔……疼……”林信皱起眉头，低声喊疼。

“哪里疼？”沈楼慌忙查看。

“手疼、背疼、胸口疼，你给我揉揉。”

沈楼深吸一口气，当真给他揉了起来：“林信，你是觉得我会为了天下舍了你，还是会不管不顾地拦着你？”

林信的身体轻颤了一下，没作声。

沈楼咬牙，外面骤然响起了号角声。

敌袭！

众人赶到高坡上，瞧见那些身着黑袍的大巫信徒聚集在一处，黑压压的足有千人。个个如同发狂的野兽，号叫着朝营地奔来。

“放箭！”沈楹楹下令，无数箭矢飞射而出。那些人不闪不避，迎头而上，箭矢扎在身上恍若未觉，丝毫没有减缓脚步。

众人吃了一惊，沈楹楹拉开桑弧神弓，大箭裹挟着充沛灵力冲进人群，接连贯穿几人，将最后三人牢牢钉在了地上。

被灵力炸断骨头的这些人倒地，其余人依旧不停向前。

寻常箭矢没有用，只有附着强大灵力的桑弧大箭可以克制，但沈秋庭只有七支箭。

“他们吃了没练成的噬灵，成了没有神志的怪物，”乌洛兰贺若走过来，眸色冷峻，“这些怪物接近活人便咬，被咬的人一时三刻也会变成怪物。”

这些怪物，离营地已经很近了，来不及设陷阱，也来不及逃。必须一招制敌！

［二］

一招制敌，若敌人只有几人、几十人还好说，可如今是上千人！

“回撤！”沈楼下令，站在最前面的弓箭兵立时后退。凡人弓箭只能射十丈远，鹿璃弓也不过能射百丈，弓箭兵离那些黑袍人极近，此时后撤已然来不及了。

“啊啊啊——”黑袍人如同跳蚤般弹起，扑到弓箭兵身上，四肢并用地牢牢攀附其上，张口就咬。士兵们剧烈挣扎着，试图把身上的人甩掉，转头对上那张脸，禁不住惊叫出声。

这些人，已经不能称为人，面上青筋鼓胀、双眼赤红凸显，大张的嘴里流着黄色涎水，恶心又可怖。

一名小兵被咬住肩膀，拼命拉扯之下生生被拽掉一块肉，踉踉跄跄往前跑，没两步就跌倒在地，四肢剧烈抽搐。片刻之后，他以一种极为怪异的姿势骤然爬起，面上青筋鼓胀，跟着那些黑袍人一起扑咬同伴。

沈楼御剑飞过去，凌空一剑砍向最前排的黑袍人，让未感染的士兵快些跑。剑气裹挟着充沛灵力划过黑袍人的脖颈，喷出的却不是血，而是黏稠的浆水。

“嗷——”遇到灵力的黑袍人突然如野兽般嘶吼起来，互相踩着肩膀、攀着脑袋快速堆叠，架起了人形纵梯，长蛇般朝着空中的沈楼扑去。

“呦，还会叠罗汉！”朱星离瞧着稀奇，“这东西怕是已然坏了灵台，如虫蚁般，可聚合为一。”

林信立时明白了师父的意思，绕着黑袍人快速飞了一圈，吞钩灵光熠熠，萝卜削皮般将黑袍人割下来一圈。这一圈人果真如先前那些人的反应一样，往中间人的肩上攀爬。

春痕剑出鞘，快速掀开一块草皮，剑尖在地上画出几个方位：“重儿，坎位；疏静，巽位……如此交纵。”朱星离画了个颇为复杂的路线图。

封重看一遍就记住了，林曲对于类似棋盘的路线也十分熟稔，两人对视一眼便冲了上去。林信在外围削皮，两人不停交叉纵横，沈楼则阻拦前进。

趁着拖出来的这点时间，大军开始快速后撤。

灵气浩浩，剑气汤汤，沈楹楹看得眼花缭乱，禁不住问朱星离：“朱二叔，这阵法可是能将那怪物击垮？”

“不能……”

话音刚落，那边的剑路已经走完，上千黑袍人与刚刚死去的弓箭兵堆叠成了一个极为规整的六棱大柱，八方均衡。

“只是这样堆不会倒。”朱星离笑嘻嘻道。

沈楹楹：“……”

六棱大柱果真固定不动了，宛如一根定海神针，顶天立地。众人顿时松了口气，奔逃的大军也停下来，纷纷感慨太师神机妙算。

不待众人品评一番，那大柱忽又动了起来，所有的肉体在一起交缠、伸展，片刻间变成了一具巨大的人身。这些吞了眼珠子的信徒，大部分是仙者，聚拢在一起，那些灵力便也聚集起来在巨人周身流转。宛如上古妖魔复苏，散发着可怖的气息。

“轰！”巨人抬脚，迈出一步，在松软的草地上踩出个深深的凹坑，适应片刻，便开始快速奔跑。

沈楼面不改色地绕道前方，大剑横劈过去。虞渊一次削掉十颗头颅不成问题，但巨人的腿由数百人的躯体构建，坚如磐石。这一剑下去仅仅劈开三分之一，很快又被挤压到一起，滴答几股黏液，毫无影响。

林曲的灵力不如他，一剑下去只劈了五分之一。

巨人跑得极快，长腿一迈便是三丈远，几息间就追上了不能御剑的凡人兵，将人碾压成泥。

“啊——”惨叫声冲天而起，凡人兵乱成一团，四散奔逃。

这东西，不生不死。刀砍不动，火烧不及，果真如贺若所言，必须一招制敌。

“我来。”温石兰给斩狼刀装齐七颗鹿璃，越众而出。

“你要作甚？”沈楼蹙眉。

“一招破之，唯有斩狼可以做到。”温石兰两指从刀背上摸过去，斩狼似有所感，灵光自刀尖闪过，瞬间流过整个刀面，又在刀柄处激荡而回。

铸刀之人曾言，七颗鹿璃便如北斗星辰，合起来乃是一个完满的定数。七颗齐发，将是六颗之力的百千倍，可开山破石、杀敌万千。但持刀之人，必定爆体而亡。

“小王爷，可汗就托付给你了。”温石兰将红线交到林信手中，单膝跪下向他行了个北漠的大礼。

“阿干！”贺若急急地叫他。

“吾王，温石兰要去履行诺言了。”温石兰握拳，捶了捶自己的胸口，笑得爽朗。

七颗鹿璃齐发的斩狼刀有多厉害，从没有人见过，据说灵力浩瀚如引九霄神龙，神挡杀神，佛挡杀佛。

“当心！”林信惊呼一声，扛着舅舅就跑。

巨人一脚踩过来，将土地震得翻飞，同时伸手抓够空中的沈楼，手臂挥舞得极快，发出震耳欲聋的呼啸。温石兰大喝一声，冲上一处高地，双手握刀，灵力流转于刀面，一颗一颗点亮鹿璃。

林信把舅舅扔给师父，上前拦住温石兰。

“小王爷，快闪开！”温石兰已经激发了六颗鹿璃，周身筋脉开始不受控制地鼓胀。林信拔出吞钩，绞着斩狼“哗啦”一声拽出来，扔得远远的。

强劲的灵力反弹过来，逼得温石兰连退几步，难以置信地看向林信。

“信信。”沈楼落下来，挡在林信身前。

“清阙，你叫所有修士借魂力给我！”林信握住旸谷，抬头看向还在快步朝他们奔来的巨人。

朱颜改造出旸谷，没有说过这剑存储魂力的极限在何处。灵力要在经脉中过一遍才能发之于外，魂力却不需要。

沈楼立时明白了他的意思，御剑而起，冲修士兵打了个手势。上万修士三息内聚于一处。

“魂力于尔，可再生之；社稷于国，旦夕毁之。今须借诸位之力助割鹿侯灭此妖魔，尔等可愿？”清朗低沉的声音传遍全场。

片刻的静默之后，不知何时混进队伍里的封重高声喊道：“侯爷请用！”

其他人立时跟着高声齐呼：“侯爷请用！侯爷请用！”

万众齐心，声震九霄。林信跃至众人头顶，立在吞钩上，将旸谷剑扔出去，由着它自己快速飞了一圈。万千光点升腾而起，好似漫天流萤盘旋飞舞，将林信包裹于内。

旸谷从未吸过如此多的魂力，一时有些傻眼，愣怔了片刻，这才出鞘。犹如夜幕坍塌，星河坠落，魂力化作光带，尽敛于旸谷之中。灵剑发生了变化，嗡嗡作响，不停震颤，几乎抖成了虚影。

林信握住剑柄，吸了太多力量的灵剑重逾千斤。魂力还在源源不断地汇聚，连他的身体也被力量充斥，他双手持剑，缓缓举过头顶。

旸谷周身的灵光不断涨大，虚影连成剑形，足有四丈长。

大剑自巨人头顶劈砍而下，破竹般将巨人劈为两半，所有魂力凝聚于中央，骤然爆裂开来。

“轰——”开天辟地一般的轰响，震得众人瞬间耳鸣，听不到他人说话的声音，只看到沈楼大喊着什么，快速跃到空中，稳稳接住了跌落的林信。

巨人炸了个粉碎，没有一名黑袍人逃脱。旸谷剑一时兴奋，不仅把刚抽的魂力用尽，连先前存储的也耗了个精光，“咣当”一声摔在地上动弹不得。

没有人同情傻旸谷，站着的、爬着的、线提着的，皆欢呼雀跃。

“啊……”林信靠在沈楼怀里，张口想说话，突然头疼欲裂，像是有人用凿子使劲敲他的脑壳，又戳进去来回搅他的脑髓，疼得他惨呼一声便昏了过去。

“信信！”

〔三〕

烟尘弥漫，尸横遍野。

林信疑惑地巡视四周，半晌才想起来，这是鹿栖台。沈楼走后没多久，前来讨伐他的大军便攻了上来。渊阿背叛了他，没有灵力的林信就像是砧板上的鱼，任人宰割，死了个透彻。

如今的自己，是魂吧？

林信低头看看自己透明的手，因平日抽的魂力太多，他的神魂要比寻常仙者强大十倍不止。以至于他死后，还能勉强显个形。

他绕着鹿栖台转一圈，梁倒屋塌，遍地焦土。林信飘到自己缺胳膊少腿的尸身之上，隐隐觉得有什么不对。

有人声从远处传来，林信下意识地躲到了一根断柱后。

一群穿着钟家白衣的壮汉落地寻了半晌，终于找到了林信的尸体，纷纷围了过来。这些人个个蒙着面，浓眉蓝眼，竟是蛮人！为首之人蹲下来割开林信的手腕，只勉强挤出几滴暗色残血，大部分已然顺着伤口流尽。

蛮人暴躁地叫嚷了一句，林信猜测可能是“来晚了”“没血了”之类的。一名黑袍人从天而降，风吹掉了他头上的兜帽，露出一张平平无奇的脸。

白衣人都很恭敬地向他行礼，称他为“巫”。

北漠的大巫？林信下意识地藏得更牢些。

大巫张开手，一根纤细的红线钻进了林信的尸身中，线的末端连着一个血囊，摸索了半晌，勉强吸出来半碗血。大巫出离愤怒了，一巴掌甩到白衣人脸上，叽里咕噜骂了几句。

林信撇嘴，啧啧，内讧了。正瞧热闹，大巫突然抬眼看了过来。纵然只是个魂，林信也禁不住脊背发凉，有一种被毒蛇盯住的感觉。

与那张平凡的脸相比，这双眼睛实在太过艳丽。当他动用巫术的时候，眼中会有银光闪过，分外妖异。

大巫身形一闪，刹那间挪到了林信面前，用刚刚收集的血，在掌心画了个极为怪异的图，而后，握掌成爪。一股强大的吸力笼罩住林信的神魂，整个魂不受控制地被抓到了大巫的手中。

这人抓魂可不像朱星离那般轻拿轻放，仿佛一块烙铁印在身上，林信禁不住张嘴大叫。然而，魂是发不出声音的。

“小杂种，跟你的母亲一样狡诈。死了，也不肯留给我一滴鲜血！”大巫就这么拽着疼痛不已的林信的魂回到尸体边，强行拽住还停留在肉体上的魄，将两者扔到巴掌大的三足两耳黄铜小香炉里。

香炉并不是真的香炉，内里刻满了符文。林信心知不妙，调动魂力试图冲出去。

“小崽子，听话，”大巫将一颗鹿璃嵌到香炉盖上，“既然血不能用，就炼成补药，给我的大汗补补身子吧。”

随着鹿璃的嵌入，香炉内燃起了幽蓝的魂火。林信真真切切感受到了灼烧的疼痛，禁不住在炉子里翻滚，快速用魂力将自己的魄包裹起来。如果魄被烧坏，他就再没生的希望了。

魂火一层一层消耗他的魂力，神魂越来越虚弱，无法再推动炉盖。

这世间，只有他会用魂力代替灵力，其他但凡研究魂魄的，都是炼魂的邪术。这位大巫就是其中的佼佼者。

魂火太盛，须臾间便耗尽了林信的魂力，眼睁睁地看着魄如蜡烛般融化，只能拼着剧痛用手去接，将融化的魄吞噬进神魂里，用神魂护着。

“啊——”林信蜷缩成一团，声嘶力竭地大喊，许是回光返照的力量，这声音竟传了出去。

“什么人？”那声音哑得厉害，但林信能听出，那是沈清阙。

外面传来打斗声，香炉被扔到地上，摔开了盖子。离开鹿璃，炉中的魂火骤然停止，林信破败不堪的魂魄，已经没有力气滚出炉子，只能趴在边缘看着远处。

恢复灵力的沈楼，比先前更厉害了。

“轰”的一声巨响，一圈白衣人都被掀翻。穿黑袍的大巫不知跑到哪里去了，似乎在香炉落地的瞬间那家伙就不见了，应是惧怕沈楼吧？

林信恍惚地想。

沈楼怎么又回来了？是来看他死得透不透吗？也对，这世间，最恨他的，除了有杀父之仇的钟家兄弟，大概也就是沈楼了吧。

“钟家叫你们来打扫战场，不是叫你们来糟践林信的！”虞渊剑灵光大盛，滔天怒意似要将这些人撕成碎片。

那些白衣人根本不是沈楼的对手，又怕被沈楼发现他们是蛮人，低着头抵挡两下，转身就跑。

沈楼也没有追，提着虞渊剑走过来，站在林信的尸身旁呆愣半晌，缓缓蹲下，摸了摸林信的脖颈：“林不负……”

刚叫了个名字，声音便哽住了，沈楼木木地起身，将滚落到远处的手臂捡回来，往他身上拼凑。可是怎么拼都拼不上，断口的血都流干了，那只修长白皙的手已然蜡黄如朽木。

沈楼拼了半晌，渐渐赤红了眼，把地上的尸体抱起来，紧紧箍在怀里。咬牙半晌，他宛如一头受伤的野兽，发出了极为压抑的悲鸣声。

林信不解地看着这一幕，神志越来越虚弱，看到的画面也是断断续续的。破破烂烂的魂魄已然支撑不住，再不找什么护持，怕是要魂飞魄散了。

荧荧光点从香炉中逸散而出，立时吸引了沈楼的注意。

“炼魂炉？”沈楼一把抓起香炉，看着里面逐渐消散的魂魄，再看看怀里林信迅速塌陷的俊脸，立时将盖子盖上。

昏昏沉沉中，有一股力量灌进来，让林信觉得舒服多了。隐约听到了师伯朱颜改的声音：“现造魂器已然来不及，这魂魄被折磨得太厉害，一时三刻就会消散。林家有一个上古魂器，或可一用。”

再打开的时候，林信看到了林曲的脸。

“这是林家祖传的魂灯，可保魂魄不散，但他这般虚弱，”林曲皱起眉头，缓缓叹了口气，“只要灯亮着，魂就还在，若是灭了……便是散了。”

沈楼捧着那金色的灯盏，小心翼翼地将林信的残魂放进去，抬头面色平静地对林曲道：“你要的东西，明日会有人送来。”

要拿走林家的宝物，自是要付出代价的。林曲不置可否，看着那忽明忽灭的魂灯问：“这人，是谁？”

“与你无关。”沈楼不答，揣着魂灯转身离去。

离开踏雪庐，沈楼先找到钟有玉，把他狠狠打了一顿，告诉他放进鹿栖台的钟家人会炼魂邪术，林信已经魂飞魄散了。钟有玉震惊过后，倏然冷笑，说这是报应，钟家与林信从此恩怨两清。

回到浣星海的卧房，沈楼的肩膀才骤然垮下来，静默着坐了很久。

“林信，”沈楼看着桌上的魂灯，“为什么吸走噬灵？我之于你……就这般重要吗？”

“吧嗒”，豆大的泪珠子落在桌面上，晕湿了云锦桌布。

林信惊呆了。他从没见沈楼哭过，遇到再大的难事，哪怕死了爹，沈楼都没有哭。今日哭得这般伤心，竟然是为了他林不负！

魂灯很小，但对于魂魄来说也没什么憋不憋屈的。小小的魂灯，白天被沈楼挂在身上，晚上就放在沈楼的床头。

沈楼每天都要跟他说话，有时候说战场局势，有时候说家长里短，甚至还会讲儿时的趣事。但更多的，是不可宣之于人前的思念。

“山有木兮木有枝，你知道下一句是什么吗？”

“葛生蒙楚，蔹蔓于野。予美亡此，谁与？独处？”

“这只小鹿，送你。”

沈楼每次受不住的时候，就会雕一只星湖石小鹿。七年下来，雕了满满一柜。

噬灵蔓延，无克制之物，大庸节节败退。皇位还没坐热乎的封章，没能活到退守南域就死了，天下重任尽数落在了沈楼的肩上。战无可战之时，朱颜改带他们看了石壁中的上古大阵。

“时光回溯，魂飞魄散之人不可活，那只剩残魂之人呢？”沈楼问朱颜改。

“你说信儿？”朱颜改看向沈楼腰间挂着的魂灯，微微摇头，“他的魂魄十不存一，即便熬过了回溯，也活不过几日。”

沈楼迟迟没有同意启动大阵，重新排兵布阵，抵御蛮人。得空的时候，就在朱家的万卷古籍中翻找。

终于有一日。

“找到了！”沈楼捧着那卷书，开怀大笑。

林信透过魂灯看过去，那破烂的书页上，用古字写着“割魂术”。

“残魄不可活，割生魄以祭之；残魂命不久，献生魂以补之。”

沈清阙要做什么？林信急急地撞着灯壁，但并没有什么用，只是明灭得快了几分。

先练魂魄离体，再练割魂之术，最后练祭魄补魂。四域和皇室收藏的古籍皆在此地，沈楼花费月余，总算练熟了所有的术法。

［四］

启动大阵，只有一人可以带着记忆回到过去，其余人和万物都回到原点，前尘尽忘。沈楼坐在大阵中央，悄悄把魂灯握在手中。

朱颜改、林曲和钟有玉，坐在大阵边缘，各守一角，将毕生修为散于阵中。繁复的纹路渐渐亮起，石室中的灵气骤然活跃了起来，绕着沈楼旋转升腾。

石室的穹顶被灵气刮过，附着在鹿璃表面的石头纷纷碎裂，飞沙走石“呼啦啦”如暴雨倾盆，随灵气绕着沈楼盘旋。

林信扒着灯盏，眼睁睁地看着沈楼渐渐魂魄离体。魂力充沛、灵光熠熠的魂魄，被凌空割裂。许是怕林信来世身体不好，沈楼竟割了大半给他，自己留了小半。

“沈楼！”林信使劲撞着魂灯，然而沈楼听不到魂魄的声音。他终于知道哪里不对了，这些分明是前世的事，是他死后发生的，只是他不记得了。

魂魄虚弱的沈楼倒在阵法中央，抱着魂灯轻声道：“信信，我会找到你的，等我。”

沈楼魂轻，先一步被阵法吸走，而林信身上是沈楼割下的魂魄，被大阵默认为是主体。林信回到过去之日，才是时光回溯之力开启之时。

“沈楼、沈楼！”林信猛地睁开眼，入目的是一片青罗帐，鼻端萦绕着草木冷香，此处应当是沈楼在浣星海的卧房。他单手捂住眼，泪水顺着指尖落到枕头上。

战场上抽多了魂力，打开了那些被残魂记录下来，又在时光回溯中尘封在魂魄深处的记忆。

林信一直以为，于沈楼而言，天下重于一切，所以他去独自面对大巫，不敢告诉沈楼，怕在那人口中听到一句“去吧，保重”。

如今想来很是后怕，若是自己就那么死了，如何对得起为他割魂裂魄、受尽苦楚的沈楼？自以为是孤胆英雄，其实是把一颗真心扔到地上践踏。

林信用力抹一把脸，掀开床幔赤脚跑了出去，要快些找到沈楼，跟他说声对不起。

沈楼正在廊下坐着，用一把精细的刻刀雕着星湖石，听到脚步声，抬头看过来，立时扔下刀伸手接住林信：“怎的不穿鞋？”

“清阙、清阙……”林信哽住了喉头。

沈楼轻轻拍着他的后背，当他还在害怕雪山的事，低声道：“对不起，那时太年幼，不记得雪山上抱下来的孩子就是你。”

“对不起，你为我受了那么多苦，我都忘记了，还糟践你的真心。”林信忍不住哭了起来，这样一份深情，他从不敢奢望，却不知早已得到。

滚烫的泪水砸在颈窝里，有些烫。沈楼沉默片刻，将人抄抱起来，重新坐下。

谁欠谁更多，早已说不清，也无须多计较。

暖风吹过庭中花树，片片落英飘进回廊。

“这个给你，”沈楼将刚刚雕好的小鹿塞到林信手中，不待他多问，又默默将一个锦囊递过去，“玉佩碎了，这个，赔你。”

林信愣了一下，看看锦囊中碎成几块的黄玉小鹿，忽然笑了起来：“你还记着当年我叫你赔小鹿的事啊？”

“记着，一直记着。”沈楼垂目，握住林信冰凉的双足焐热。

林信被他弄得有些痒，忍不住蜷了蜷脚趾。

［五］

得知林信只是魂力过剩，并无大碍，封重就先一步回了京城，以应付元朔帝那边一道比一道急的诏令。

林曲倒不急着走，坐在浣星海的凉亭里跟沈歧睿下棋：“世伯得空去踏雪庐劝劝我父亲吧，他整日里不出门，就知道拿家里的孩子消遣。”

坐在一边修箭羽的沈楹楹插嘴道：“爹，听见没，无事就走亲访友去，切莫天天盯着家里的孩子。”无所事事的沈歧睿，近来开始惦记女儿的婚事，叫她很是头疼。

沈家老爹黑了脸。

林曲弯起波光潋滟的桃花眼，缓缓落下一子，断掉了沈歧睿一条好路。

不远处的水榭上，朱星离正教温石兰操纵红线的技巧。温石兰笨手笨脚学得极慢，在林信昏睡的这几日里，勉强学会了基础要领。

“今天，咱们学点难的。”朱星离单手拨弄红线，那边贺若就坐了下来，潇洒地跷起了二郎腿。

“这……”温石兰从没见大汗这般坐过，他们草原汉子都是叉开腿坐的。

贺若无奈地笑，任由朱星离逗弄他家阿干。

教了跷二郎腿，又教翻跟头、挠痒痒、挖鼻孔，看得温石兰满头大汗：“这些就不必了吧？”他是断不会让贺若做出这种动作的。

“哎，该学的还是要学，改日你们回北漠无人教习，临到用时可没地方哭去。”朱星离摆出传道授业的先生嘴脸。

“师父、师父！”林信快步跑过来，蹿到师父背上。

朱星离被撞得趔趄，连带着贺若也做了个极为怪异的动作，他赶紧把红线还给目露凶光的温石兰，将背上的大膏药给拽下来：“臭小子，多大了还撒娇。”

“嘿嘿，”林信恬不知羞地龇牙笑，扯着师父的衣袖往外走，“走走走，有个好东西给您看。”

朱星离被拉到沈楼的住处，见到桌上摆着的东西，顿时吃了一惊：“这是……”

桌面上，无数碎玉屑组成了一幅山河图。

小鹿玉佩碎裂，林信就把它与娘亲留下的角铃放在一起，打算等重新埋葬双亲的时候一并埋进去。谁知那碎玉遇见角铃就开始不停地晃动摇曳，似要摆出什么形状来。

林信索性一把将玉块捏成齑粉，碎玉便在角铃的影响下显示出了这么一幅图来。这图应当是用某种术法置于角铃之中的，那块玉佩中有特殊材质，碰见角铃，如同铁屑遇到磁石，瞬间摆出了原本的模样。

朱星离仔细看着那些起伏的山峦，沉吟片刻，单指点在那尤为突兀的一处：“莫归谷与大荒的交界。”

“师父，这是不是矿脉？”林信小声问。先前贺若说过，林争寒生前找到了新的鹿璃矿。

“十之八九，”朱星离抬抬下巴示意林信把图描摹出来，“以我对你爹的了解，这肯定不是他养外室的地方。”

“喀喀……”沈楼呛咳一声，及时拉住林信试图欺师灭祖的手，“明日我陪你去看看。”

墉都先前被蛮人攻城，城墙残破不堪。钟家兄弟这些时日一直在忙着修缮城墙。城墙是用西域莫归谷的石头造的，这苦差事自然就落到了钟家头上。

钟有玉站在石料堆上，忍不住抱怨：“你说说，这四域国公，是不是咱俩最惨？”

“你惨，我不是国公。”钟无墨接过属下递上来的石头验看，点头示意可以用，叫他们继续，自己则迈开腿往僻静处走，省得别人瞧见他自说自话。

他站在莫归崖上，俯瞰云雾迷蒙的山谷。当年他跟沈楼一起跌下去，钟戮试图杀沈楼，理由是嫌麻烦。后来才明白，这应是叔叔钟随风下的命令。不过人都死了，再计较这些也没什么意义。

“谁说你不是国公？现在你就是我，我就是你，”钟有玉丝毫没有察觉自家弟弟的感时伤怀，还在喋喋不休，“如今百废待兴，林曲诸事不管，在浣星海下棋喝茶，朱颜改抱着猫去京城跟皇上讨要战场消耗的鹿璃，沈楼那个浑蛋……”

“你说谁是浑蛋？”林信踩着旸谷剑突然出现，一把抓住钟有玉的衣领，直接将人扔下悬崖去。

“啊啊啊啊啊！”钟有玉惊叫不已，想要御剑却被弟弟阻止。

钟无墨及时拔出灵剑，戳进山壁中，勉强止住了下落的趋势，扒着山壁仰头看向林信。

林信蹲在崖顶，挑眉看他："钟有玉，上回你刺我一剑的事，咱俩好像还没算过账。"

"呸呸呸，那时候不都说好了，恩怨两清！"钟有玉气恼不已，双手持剑，一下一下往上爬。

"谁跟你两清，我前日恢复了记忆，想起你们钟家以前对我做过的事，咱们其实早就清了。你戳我那一下就是额外的，得让我还回来。"林信拿小石子砸他脑袋。

沈楼走过来，站到林信身后，对于两位发小的苦难视而不见。

"沈清阙，你管管！"钟有玉挂在山壁上，离林信还有三尺远，不敢再上前，怕再被推下来。

沈楼叹了口气，低头圈住林信的腰，以防他掉下去。

钟有玉："……"

正僵持着，传讯的金吾卫自天边而来，及时停在了悬崖边："圣旨到，请素国公前来接旨。"

"在这儿！"钟有玉叫嚷道，盼着金吾卫能救他于水火。

几名金吾卫先看到了蹲在崖边的玄国公，再看到玄国公怀里的割鹿侯，当即不敢多言，直接对着挂在山壁上的钟家兄弟宣读旨意。

元朔帝决定提前退位，令列侯诸公于下月初八参加新帝登基大典。

封重回京，就被告知自己即将继承皇位。

元朔帝子嗣不算少，但活下来的皇子只有太子和封重两人。封章已经被褫夺太子之位，关进了天牢峰，这辈子是别想出来了。封卓奕自己没了灵力，每日强撑实在耗费心力，只能提前退位。皇位毫无疑问地落在了封重头上。

"儿臣自幼顽劣，恐难担此大任。"封重悄悄皱了皱鼻子，说实话，他一点也不想当皇帝。

"吾儿当为尧舜，普天之下无有比你更适合做皇帝的人了。"元朔帝摆摆手，起身走出了大殿。

八十八级陛阶，通向至高无上的天子之位，但在这个鹿璃当道的年月，"天子"二字远不及前朝时尊贵。元朔帝叹了口气，问坐在玉栏杆上喝酒的朱星离："朕传位给九萦，国祚如何？"

朱星离想也不想地说："二十载。"

封卓奕铁青了脸："选封章不足五载，选封重也只有二十，我大庸当真气数已尽吗？"

朱星离不言语，余光瞥见手拉手去寻新帝的林信和沈楼，抬抬下巴笑道："如此，兴许还有千秋万代。"

元朔帝转头看过去，不明所以。

林信将鹿璃矿的图纸交给封重，作为新帝登基的贺礼。

"师兄……"封重捧着那张图纸，声音有些哑。

这鹿璃矿所在之地，乃是西域、北域、中原交界处，说是谁家的都可以。以他二人的关系，林信完全可以向他讨要这块地与鹿栖台置换。这样，林信就会拥有不输给朱家的财富，成为能与四域对抗的第五大诸侯。

"这是我爹找的，他毕生所愿就是将这矿脉献给皇室，报君黄金台上意。若我昧下，岂不辜负了这个'信'字？"林信笑着揉搓封重的脑袋，这坏东西总不肯好好叫"师兄"，如今得了便宜才肯说句好听的，"快多叫两声，等你当了皇帝，就叫不得了。"

"谁说叫不得！"封重单指蹭了一下鼻子，"你永远都是我师兄。"

林信歪头看他，眨眨眼，给沈楼做了口型："哭了"。

沈楼拉住那只试图继续作弄的手，摇了摇头。天子终究是天子，从今以后，哪怕心中再亲近，也得保持君臣礼仪。他莫名一阵高兴。

朝中百废待兴，不仅仅是修城墙的问题。因为酌鹿令推行得太迅猛，许多股肱之臣被逼走了，文官武将皆是近年新拔擢的。人才凋敝，登基大典都找不到操持之人。

封重换上一身便服，挨个上门，将那些老臣都请回来，包括当年他亲自送出城去的中书令杜晃。封重直接拜杜晃为丞相，让他主持登基大典。

新帝继位，大赦天下，犒赏有功之臣。

暂缓酌鹿令，林信的爵位改成了"寻鹿侯"，封地增加一倍，与北域接壤。封沈楼为玄王，世袭罔替。

"天下兴，不称王，"沈楼果断拒绝了这个奖赏，前世他做玄王，是为了统领天下兵马共同抗敌，如今却是不必了，"皇上若是想要奖赏臣，就赏臣点鹿璃吧。北漠之战耗尽了家底，攒点钱好成亲。"

封重看着旁边跟沈楼低声细语的林信，嘴角抽搐。

鹿栖台修好了，沈楼提着厚礼来贺乔迁之喜。

"侯爷说，新房建成与老侯爷、老夫人迁葬是一天，不便热闹。诸位放下贺礼便可自行离开。”渊阿九刃守在门前，只收礼，不放人进。

“我等远道而来，侯爷连见一面都不肯，是不把列侯诸公放在眼里了！”望亭侯家次子不满地嚷嚷。

“罗二公子若是想见，可以单独放您进去。”刃一单指顶开渊阿剑，面色冰冷地说。

众人顿时噤声，不敢多言。单独见林不负？谁也没这个胆。那位可是个不讲理的主，一言不合就暴起杀人。以前元朔帝在位时还收敛着，如今新帝是他师弟，这位已经把凶相摆到了明面上。

“孤要进去。”沈楼跃上台阶。

渊阿立时行礼：“见过玄国公，侯爷已经等您多时了。”

在众人敢怒不敢言的目光中，沈楼笑着踏进了鹿栖台。眼前的宫室与前世别无二致，飞檐反宇，丹楹刻桷。

推开那扇刻在记忆里的殿门，一条红绸骤然扑了上来。沈楼立在原地，不闪不避，任由那艳色织锦将自己裹缠起来拽进屋内。大门轰然合上，只余满室烛光荧荧。

“进了这魔窟，可就是魔头的人了。”林信语调森然。

“你待如何？”沈楼低头看他。

“呵呵。”林信拍开绕着他转圈凑热闹的旸谷剑，用微凉的手指划过沈楼的脖颈。

沈楼险些没忍住笑，跟着他往内室走，环顾四周：“这里还是以前的模样，你带我认过阵，我逃得出去。”

“是吗，你竟还记得。”林信趴在他肩上，看着掩藏在地毯花纹中的大阵。那时候他怕自己吸了噬灵即刻就会死，便提早教会沈楼破阵的方法。

“嗯，”沈楼一步一步走过当年被林信拉着认的地方，“这是生门，这是死门……”

林信跳下来，拉住沈楼：“其实，还有一个门，我没告诉你。”

“什么？”沈楼眼带笑意地看他。

林信将那只温热的大手按到胸口上，一本正经道：“心门。”

秋风乍起，吹过陌上新起的坟冢，吹过红绸软纱、雕梁画栋，吹过鹿栖台外山河重重。

沈楼愣怔片刻，缓缓露出个极浅的笑来：“无妨，我无师自通，已然寻到了。”

图书在版编目（CIP）数据

酌鹿 / 绿野千鹤著 . — 广州 : 广东旅游出版社 , 2021.8
ISBN 978-7-5570-2104-7

Ⅰ . ①酌… Ⅱ . ①绿… Ⅲ . ①幻想小说—中国—当代 Ⅳ . ① I247.5

中国版本图书馆 CIP 数据核字 (2021) 第 081034 号

酌鹿

ZHUO LU

出版人：刘志松
责任编辑：梅哲坤
责任技编：冼志良
责任校对：李瑞苑

广东旅游出版社出版发行
地址：广州市荔湾区沙面北街 71 号首、二层
邮编：510130
电话：020-87347732
印刷：三河市冀华印务有限公司
（地址：河北省廊坊市三河市杨庄镇杨庄村）
开本：700 毫米 ×980 毫米 1/16
字数：392 千
印张：22.5
版次：2021 年 8 月第 1 版
印次：2021 年 8 月第 1 次印刷
定价：55.00 元

如发现图书质量问题，可联系调换。质量投诉电话：010-82069336